DIE LEIDENSCHAFT DER DÄMONEN

DÄMONENFÜRSTEN

MILA YOUNG

HARPER A. BROOKS

INHALT

DANKE

Danke, dass Du einen Mila Young und Haber A. Brooks Roman gekauft hast. **Wenn Du benachrichtigt werden möchtest, wann Mila Youngs nächster Roman veröffentlicht wird,** melde Dich bitte für ihre **Mailing Liste** an indem Du **hier** klickst.

Deine Emailadresse wird keinen Dritten zugänglich gemacht und Du kannst Dich jederzeit abmelden.

DÄMONENFÜRSTEN

Die Besessenheit der Dämonen
Die Versuchung der Dämonen
Die Begierde der Dämonen
Die Verführung der Dämonen
Die Leidenschaft der Dämonen
Die Liebe der Dämonen

DIE LEIDENSCHAFT DER DÄMONEN

Überall gibt es Feinde... Aber keiner ist so tödlich wie der, der in mir schlummert.

Vampirclans, der auferstandene Luzifer, entfesselte Höllenhunde und ein wildgewordenes Schattenwesen, das die Kontrolle übernehmen will ... Und nein, das ist nicht der Anfang von einem schlechten Scherz. Es ist ein Albtraum.

Und es ist mein Leben.

Um in die Hölle zu gelangen und den bevorstehenden Krieg zu verhindern, müssen wir die letzten drei Reliquien finden und die Tore öffnen. Aber die größte Bedrohung ist nicht Luzifer. Es ist die Kreatur, die mit mir meine Seele teilt.

Eher friert die Hölle zu, als dass meine Dämonen mich gehen lassen, aber da Sayahs Macht und ihr Einfluss wachsen, bin ich mir nicht sicher, ob irgendjemand meine größte Angst noch aufhalten kann.

Ich verliere mich an die Dunkelheit.

Und das Unheimlichste daran ist ... dass es mir gefällt. *Nur ein Klick, um noch heute tiefer in die Unterwelt zu reisen!*

1

MAVERICK

„Der Weg ins Paradies beginnt in der Hölle.” — *Dante Alighieri*

Ich traue meinen Augen nicht.

Aria, die kleine, sanftmütige Frau, die ich so leicht überlisten konnte, ist nicht mehr da. Sie ist kein Mensch. Eindeutig nicht menschlich, und vor uns steht ein Geschöpf von ungeheurer Macht. Mit ihren trüben, weißen Augen, den schattenhaften Rauchschwaden, die sie umhüllen, und den Lichtblitzen, die von ihrer Haut ausgehen, bietet sie einen ziemlich verstörenden Anblick.

Was zum Teufel ist sie?

Ich habe in der Unterwelt schon viel Abgefahrenes gesehen, aber das ist neu. Und dem entsetzten Gesicht meines Bruders und denen von Dorian und Elias nach zu urteilen, sind sie genauso verdutzt. Und verängstigt. Ich glaube nicht, dass ich Cain jemals zuvor verängstigt gesehen habe. Nicht einmal wegen unseres Vaters, und der ist wirklich ein furchteinflößender Hurensohn.

„Aria, bitte", beginnt Cain, dessen Stimme trotz des ganzen Durcheinanders erstaunlich ruhig klingt. Er hält seine Hände hoch und schreitet langsam auf sie zu. „Du darfst nicht zulassen, dass Sayah die Kontrolle übernimmt. Du musst sie bekämpfen ..."

Das dröhnende Lachen der Kreatur klingt wie von Sinnen in der unheimlichen Stille der Nacht. „Du hast keine Ahnung, mit wem du hier redest, Dämon. Sie kann mich nicht kontrollieren. Nicht mehr."

Bei ihren Worten läuft mir ein Schauer über den Rücken. Arias Stimme ist mit der des Schattenwesens verschmolzen und klingt zu rau und gepresst, um wirklich ihre zu sein.

„Wer bist du dann?", schreit Dorian zurück.

Aria legt den Kopf schief und kneift verärgert die Brauen zusammen. „Ich bin die Dunkelheit. Alles verzehrend und unendlich. Ich bin die Albträume, die dich nachts wach halten. Ich bin der Anfang und das Ende."

„Und ein bisschen dramatisch ...", flüstert Dorian halblaut.

Ihre Hand holt aus und eine schattenhafte Ranke schießt aus ihr heraus, die sich um seine Mitte wickelt und ihn mit Leichtigkeit in die Luft hebt. Aria hält ihn dort fest, einen halben Meter über dem Boden, ihre unheimlich weißen Augen auf ihn gerichtet, und nur auf ihn. Die Symbole auf Dorians Brust leuchten heller und seine langen Finger versuchen, sich aus Sayahs Griff zu befreien, aber er scheint keine Chance zu haben.

Cain und Elias nutzen die Gelegenheit, um in entgegengesetzte Richtungen zu rennen, drehen sich um und versuchen, Aria von hinten zu erledigen.

Aria, die Dorian immer noch im Visier hat, streckt ihre Hand aus und der Schatten ahmt ihre Aktion nach. Er wird meterweit weggeschleudert, als wäre er bloß eine Stoffpuppe. Er knallt mit einem harten Aufschlag in den eisigen Schnee. Zur gleichen Zeit stürmen Cain und Elias von hinten auf sie zu und werden in ihrer Geschwindigkeit zu Farbklecksen. Aber irgendwie spürt sie sie, wirbelt herum und schwingt ihren schattenhaften Arm in ihre Richtung. Er trifft sie beide in den Magen und schleudert sie über den Hof.

Ich kann hier nicht einfach herumstehen. Was auch immer Sayah ist, es hat Aria irgendwo in sich gefangen und ich muss sie da rausholen. Selbst wenn das bedeutet, dass ich die Schattenkreatur aufschlitzen und Aria mit bloßen Händen herausziehen muss.

Ich ziehe meine Dolche aus der Scheide, ziele auf die Brust des Monsters, halte den Atem an und werfe einen mit tödlicher Präzision in Sayahs Richtung. Er schwirrt durch die Luft und pfeift, während er mit unglaublicher Geschwindigkeit auf sein Ziel zufliegt.

Zu meinem Erstaunen ist Sayah in der Lage, meine Waffe aufzuspüren und sie direkt am Griff aus der Luft zu greifen. Sie hält sie mit der Klinge auf ihr Herz gerichtet, nur Zentimeter davon entfernt, die Haut zwischen ihren Brüsten zu durchbohren, und hebt ihren Kopf, um meinen Blick zu erwidern.

Mein Schwanz zuckt bei diesem Anblick. Verdammt! Das ist verdammt noch mal nicht der richtige Zeitpunkt, um scharf zu werden. Aber ein tödlicher Kampf hat etwas so verdammt Geiles an sich. Ich weiß auch nicht, wie ich es erklären soll.

Mit einer fließenden Bewegung wirbelt sie das Messer wie eine geübte Kriegerin um ihr Handgelenk und schleudert es mit der Spitze nach unten in die Erde.

Ich stürze mich auf sie, den anderen Dolch fest umklammert. Aber sie läuft nicht weg. Sie stürmt auf mich zu und begegnet mir in Sekundenschnelle. Ich schwinge meinen Dolch, aber sie duckt sich und dreht sich mit Leichtigkeit aus dem Weg. So schnell ich kann, versuche ich, sie in der Mitte zu erwischen, aber es gelingt ihr, meinen Angriff abzuwehren.

Ich starre auf unsere gekreuzten Arme und bin fassungslos. Die meisten Dämonen in der Hölle können nicht annähernd mit meinen Kampffähigkeiten mithalten, aber sie schafft es, ohne auch nur ins Schwitzen zu kommen.

Sie grinst.

Meine andere Faust saust auf ihr Gesicht zu, aber sie blockt auch diese ab. Wieder bin ich verblüfft und vor Erstaunen wie erstarrt.

„Willst du nochmal mit mir spielen?", fragt Sayah durch Arias Lippen, und der Klang geht mir auf die Nerven. Mit jedem Schlag gelingt es ihr, mich entweder aufzuhalten oder der Berührung auszuweichen, und plötzlich vollführen wir einen seltsam fließenden Tanz über den Platz, während ich versuche, eine Gelegenheit zu finden, um zuzuschlagen, und sie all meinen Angriffen mühelos ausweicht.

„Was ... meinst du ...?" Meine Antwort kommt mit schnellen Atemzügen, während ich versuche, wieder zu Atem zu kommen.

Sie dreht sich, ihr Arm schnellt hervor, windet sich um meinen Kopf und reißt mir den anderen Dolch aus der Hand. Blitzschnell ist die Klinge an meiner Kehle und ihre andere Hand packt meinen Arm und reißt ihn zurück. Mein Ellenbogen schmerzt sofort, weil er in die falsche Richtung gebogen wurde.

Mein Körper versteift sich, die scharfe Klinge bohrt sich so tief in mein Fleisch, dass Blut fließt, und mir wird klar, dass sie damit den Moment in Luzifers Thronsaal wiederholen will. Nur ist es jetzt sie, die mich festhält.

Ein unheimliches Grinsen umspielt ihre Lippen und lässt meinen Puls in die Höhe schießen. Auch wenn ihre Augen ihre Farbe verloren haben und nun milchig weiß sind, kann ich die dunklen Absichten dahinter erkennen. Sie will mich töten, aber zuerst will sie mit mir spielen.

Mein Schwanz versteift sich bis zur Schmerzgrenze, es ist zu eng in meiner Hose. Es hilft auch nicht, dass sie wunderschön, splitterfasernackt und blutverschmiert ist. Ein nur allzu verlockender Anblick. Aber ich muss das jetzt ausblenden. Ich bin ja immer für ein kleines Kräftemessen zu haben, aber jetzt ist nicht der richtige Zeitpunkt dafür. Aria ist in echter Gefahr und ich muss mich daran erinnern, dass das hier nicht sie ist. Nicht wirklich. Es ist Sayah, die Schattenkreatur; sie hat mich an den Eiern gepackt. Im wahrsten Sinne des Wortes.

Sie drückt meinen ausgestreckten Arm noch weiter nach hinten, sodass ich vor Schmerz (auf)zische.

„Gefällt dir das, Dämon?", fragt sie und beginnt, meine eigene Klinge an meinem Hals auf und ab zu führen. Die Haut brennt, doch der Schmerz macht mich nicht nur wütender, sondern auch geiler. Und an ihrem schmalen Blick kann ich erkennen, dass sie das auch bemerkt. „Du stehst doch darauf, wenn es weh tut."

In dem Moment, in dem sie ihren Griff um mich lockert – und sei es auch nur ein bisschen –, werde ich sie entweder niederschlagen oder nach vorne über beugen. Im Moment bin ich mir gar nicht so sicher, was davon.

Sie lehnt sich nah an mich heran und ihre Lippen streifen meine Wange, als sie flüstert: „Sie will dich, verstehst du? Ich kann ihre dunkelsten Sehnsüchte sehen. Ihre geheimsten Gedanken ... und sie sehnt sich danach, dass du sie fickst. Heftig und grob."

Ihre Worte entfachen ein Feuer in mir, und ich bin plötzlich ganz verschwitzt. Sagt mir dieses Geschöpf die Wahrheit?

Sie leckt mir über die Seite des Gesichts und raunt dann, angetan von dem, was sie schmeckt: „Aber sie ist treu ... Treu gegenüber ..."

Sie zuckt zurück und wirbelt ihren Kopf nach rechts. Aus dem Augenwinkel sehe ich, wie Cain auf uns zustürmt, die ledernen Flügel fest an seinen Körper gepresst und mit einem tiefschwarzen Blick voller Entschlossenheit und Wut.

Ich nutze diese wenigen Sekunden der Ablenkung, um meinen freien Arm hochzureißen und das Messer wegzustoßen. Dann ducke ich mich, drehe mich, befreie meinen Arm aus ihrem Griff und packe sie schnell am Handgelenk, um sie gleichzeitig zu drehen. Ihr Rücken knallt gegen mich und ich halte sie fest, die Klinge direkt an ihrem Hals. Ihre nackten Brüste schmiegen sich sanft an meinen Arm und die Kurve ihres Hinterns drückt gegen meine Leistengegend. Ich knurre.

Ich stoße meine Nase in ihr Haar und atme tief ein.

Verdammt, sie riecht so gut. Nach Vanille und Zimt und …
ungebändigter Kraft. Mein Verstand verschwimmt.

Cain baut sich vor uns auf, sein Gesichtsausdruck ist
eine Mischung aus Wut und Angst. „Keine Bewegung,
verdammt", brüllt er. Seine Fäuste glühen feurig rot. „Du
hast sie verletzt und du hast Aria verletzt."

„Und?", schnauze ich. „Wir haben die Bestie. Was
spielt es für eine Rolle, was mit Aria passiert? Sie ist nur
eine weitere Seele."

Er zögert.

Kann das sein? Mein ältester Bruder sorgt sich
tatsächlich um eine Erdenfrau, und das nicht nur wegen
des dunklen Wesens in ihr? Zuerst dachte ich, dass er sie
bei sich behält, um sich ihre Macht zunutze zu machen,
aber jetzt … Ich weiß es einfach nicht.

Vielleicht friert die Hölle einfach gerade zu.

„Lass sie gehen, Maverick", sagt er und spricht jedes
Wort so aus, dass die Bedrohung dahinter deutlich wird.
Ich kann das Misstrauen in seinen Augen sehen. Er hat
Angst, dass ich hier rauskomme und sie zurück in die
Hölle verfrachte.

Und vielleicht sollte ich das auch. Vater würde sich
darüber freuen. Er würde mich sogar belohnen. Aber ist
es das wert?

Nein. Luzifers Bewunderung währt nur kurz, bevor sie
in Langeweile oder Abscheu umschlägt. Das hatte ich auf
die harte Tour gelernt.

Ich habe es satt, mich nach seiner Aufmerksamkeit zu
sehnen. Nie wieder.

Wenn ich mich endlich von seiner erdrückenden
Macht befreien will, muss ich ihn vom Thron stoßen. Und
das bedeutet, dass ich mich mit meinem Bruder und den

beiden anderen Abtrünnigen der Hölle zusammentun muss.

Ich werfe Cain den Dolch vor die Füße, um ihm meine Treue zu bekunden, aber sein Blick wird nur noch härter.

„Lass sie gehen", wiederholt er, während sich seine Flügel ausbreiten. Die scharfen Krallen an den Enden funkeln im Licht des Mondes. Ich sehe, wie Dorian zu uns herüber eilt, den Hügel hinunter und auf den Hof zu, und ich bin mir sicher, dass, wenn ich mich umdrehe, ich sehen würde, wie Elias wieder versucht, sich von hinten anzuschleichen.

Keiner von ihnen glaubt, dass ich hier bin, um zu helfen, und ich kann es ihnen nicht verdenken. Ich würde mir auch nicht trauen.

„C... Cain?"

Ich erstarre.

Es kommt von Aria. Aber die Stimme hat den Klang des Schattenwesens verloren. Sie klingt jetzt wie sie. Nur sie.

Cains Augen weiten sich, und als ich auf die Frau in meinen Armen hinunterschaue, ist der Rauch um sie herum verschwunden, die flackernden orangen Lichter sind erloschen.

Ist Sayah weg? Einfach so?

Cains Miene wird weicher, seine Flügel falten sich ein und die schwarzen Adern auf seiner Haut verschwinden. „Aria ..."

Dann erschlafft ihr ganzer Körper in meinen Armen. Ihr Kopf rollt auf die Seite. Bewusstlos.

2

CAIN

Ich hebe meinen Blick zu Aria, die in meinem Bett liegt und so friedlich aussieht. Ihre Atemzüge sind flach; Sayahs Besessenheit hat ihren Körper schwer gezeichnet. Alles an Aria ist wunderschön, doch was in ihr steckt, ist erschreckend. Es hat uns alle kalt erwischt und das war unser Fehler, dass wir nicht bedacht haben, wie Sayah während des Rituals reagieren würde.

Meine Sorge rührt daher, dass ich Aria nicht beschützen kann.

Ich stelle mich neben das Bett und streiche ihr eine lose Haarsträhne aus der Stirn.

Stimmen durchdringen die völlige Stille, zusammen mit schweren Schritten auf den Dielen draußen im Flur.

Dorian tritt als Erster ein, sein Blick ist nur auf Aria gerichtet und er marschiert auf ihre andere Seite. Er streicht ihr mit dem Handrücken über die Wange, seine Lippen sind schmal, Schatten ziehen über sein Gesicht. „Verdammt, das ist nicht gut, und wir haben schon viel Scheiße durchgemacht. Das ist ihr gegenüber nicht fair."

Elias stößt Maverick in den Raum und drückt ihn auf einen Stuhl, bevor er seine Handgelenke hinter dem Stuhl und dann seine Knöchel zusammenbindet. Keiner von beiden sagt ein Wort, aber ihre Blicke sind auf Aria gerichtet.

Ein düsteres, erschütterndes Schweigen legt sich wieder über den Raum und zeigt, wie weit entfernt von uns Aria sich in diesem Moment fühlt. Wie sehr Sayah darauf bestand, dass sie nun die Kontrolle hat.

Die Erinnerungen an das, was gerade passiert ist, durchzucken mich und lassen mich nicht in Ruhe.

„Was jetzt?", drängt Dorian und reißt mich aus meinen Gedanken.

„Ich schlage vor, wir fangen damit an, Maverick zu töten", knurrt Elias.

„Was zum Teufel habe *ich* getan?", antwortet mein Bruder. „Ihr drei seid für das Ritual verantwortlich, das dieses Ding in ihr hervorgebracht hat."

„Willst du mich verarschen? Das ist deine verdammte Schuld. Ich wette, wenn du Aria nicht in die Hölle gebracht hättest, wäre Sayah nie so mächtig geworden", beharrt Elias.

„Kannst du das denn beweisen? Weißt du überhaupt, was *es* ist?", schnauzt Maverick zurück, mit Verachtung im Gesicht.

„Weißt du es, Bruder?" Ich drehe mich zu ihm um, meine Stimme wie Säure, und gehe auf ihn zu. „Denn wenn du es weißt, ist das die beste Möglichkeit, deinen Arsch zu retten. Oder ich verfüttere dich einfach an Elias." Wut wallt in mir auf. Ich habe genug von den Spielchen.

Er schüttelt den Kopf. „Wenn ich das wüsste, hätte ich

es schon in der Hölle ausgemerzt. Aber was auch immer es ist, es versucht, Aria zu erobern."

Ein Schauer läuft mir über den Rücken und zerfrisst mich. Ich wusste davon, aber es mit eigenen Augen gesehen zu haben und es von meinem Bruder zu hören, der noch nicht so lange mit Aria zu tun hat wie wir, jagt mir eine Heidenangst ein.

„Wir sollten uns nicht von der Wut blenden lassen", sagt Dorian, der Ruhige unter uns, was hier allerdings nicht ganz funktioniert. Ich habe hier die Kontrolle, aber ich habe das Gefühl, dass ich sie *verliere*. Ein Faden nach dem anderen, alles rutscht mir durch die Finger.

Aria.

Die Herrschaft über mein Revier auf der Erde.

Es ist mein Ziel, in die Hölle zurückzukehren und meinen kaltherzigen Vater zu beseitigen.

Aber das scheint so unerreichbar, als würde ich den Kontakt zu mir selbst verlieren. Aria hat mich mit Gefühlen abgelenkt, die ich nie hätte empfinden dürfen. Trotzdem ist sie jetzt das Wichtigste für mich, und wenn ich meine anderen Prioritäten zurückstellen muss, dann soll es so sein. Aber ich darf dabei nicht den Kopf verlieren, sonst geht alles den Bach runter.

Der Angriff ist jetzt nicht mehr aufzuhalten. Wir stecken mittendrin und werden uns den Weg freikämpfen, auch wenn das bedeutet, dass wir uns durch alle durchkämpfen müssen, um es zu schaffen.

Ich hole tief Luft, entspanne meine verkrampften Muskeln und wende mich an meine Männer. „Okay, was wissen wir bis jetzt? Das Ritual hat eindeutig funktioniert, denn wir alle haben die Verbindung zu Aria gespürt. Ich bezweifle also, dass dort etwas Seltsames passiert ist."

„Abgesehen davon, dass euer Ritual dieses Ding dazu gebracht hat, von ihr Besitz zu ergreifen", fügt Maverick hinzu und seine Stimme geht mir auf die Nerven.

„Ich bin mir der Situation bewusst", knurre ich, ohne ihn dabei anzusehen. Meine Hände sind zu Fäusten geballt. Ich habe zwar die Kontrolle, aber heute bin ich kurz davor, vor lauter Wut zu explodieren. Ich konzentriere mich wieder auf Dorian und Elias und fahre fort: „Sayah ist in den letzten Wochen stärker geworden, und was auch immer da draußen passiert ist, es hat ihr die Möglichkeit gegeben, endlich die Kontrolle zu übernehmen. Das wirft die Frage auf: Wird Aria sie selbst sein, wenn sie aufwacht, oder werden wir Sayah gegenübertreten?"

Zunächst antwortet niemand. Dorian kommt herum und stellt sich ans Ende des Bettes. „Sayah ist ein Parasit, der sich an ihr festgesaugt hat, also gibt es nur einen Weg, ihn loszuwerden. Ihn auszutreiben."

Maverick räuspert sich. „Ich stimme dem hübschen Jungen hier zu. Wenigstens ist er bei Sinnen." Er starrt Elias an.

„Kann ich ihn jetzt aus dem Fenster werfen, mit Stuhl und allem Drum und Dran?", knurrt Elias und sein Blick bleibt an meinem Bruder hängen.

Ich werfe einen Blick über meine Schulter auf Maverick und stelle mir vor, wie viel Freude es mir bereiten würde, ihn durch den Raum segeln zu sehen.

Maverick hebt seinen Kopf und sieht mich an. „Bist du bereit zu riskieren, dass Aria während eines Exorzismus stirbt? Es könnte sie umbringen, wenn wir nicht wissen, womit wir es zu tun haben."

„Wenn sie von klein auf mit diesem Fluch belegt

wurde, stimmt das. Wir könnten ihr am Ende eher schaden als nützen", vermutet Elias. „Ich habe das schon erlebt. Es ist fast unmöglich, diese Mistkerle aus Menschen zu entfernen."

Meine Kehle schnürt sich angesichts dieser Möglichkeit zusammen. Ein Wirrwarr von Gedanken drängt sich in meinem Kopf zusammen und erdrückt mich, während die Dringlichkeit der Situation auf mich einwirkt. Wir haben keine Zeit zu verlieren.

Maverick zuckt mit den Schultern. „Also, was ist der Plan, Bruder? Abwarten, bis sie aufwacht und uns wieder in den Hintern tritt? Oder versuchst du ein anderes Ritual?" Der Spott in seiner Stimme macht mich rasend.

„Der Plan ist, dass du dein Maul hältst", knurrt Elias, während Dorian laut aufseufzt.

„Bei Sayah wird es nicht funktionieren, sie zu fesseln", sagt er. „Wir brauchen also einen Plan B, falls sie nicht als sie selbst aufwacht."

„Einverstanden." Maverick nimmt mir die Worte aus dem Mund. „Ich meine, wir alle wollen sie zurück. Ich kann sie immer noch förmlich schmecken."

Seine Worte berühren mich und ich drehe meinen Kopf in seine Richtung, während das Feuer in meiner Brust lodert. „Was hast du gesagt?"

Das Grinsen in seinem Gesicht reicht aus, um mich aus der Fassung zu bringen. Mein Zorn entlädt sich sofort und ich stürze mich auf ihn, bevor ich zur Vernunft kommen kann.

Ich rase so schnell auf ihn zu, dass er nach hinten geschleudert wird und der Stuhl, auf dem er sitzt, unter unserem Gewicht nachgibt und entzwei bricht.

Ich schlage ihm zweimal ins Gesicht und verpasse ihm

einen dritten Schlag auf den Kopf, weil es sich so verdammt gut anfühlt, einfach auf etwas einzuschlagen. Der Scheißkerl lacht nur, während er unter mir eingeklemmt ist und Blut von seiner aufgeplatzten Lippe sein Kinn besudelt.

In dem Moment, in dem ich innehalte, zuckt er mit den Schultern und verpasst mir überraschend einen Kopfstoß direkt auf die Nase, sodass das Blut sofort in meinen Hals schießt.

Ich steige von ihm herunter, knie mich neben ihn und wische mir das Blut von der Nase. Der Gedanke, ihn zu verprügeln, schießt mir durch den Kopf, genauso wie die erwartungsvollen Blicke von Dorian und Elias, die uns beobachten. Sie warten darauf, dass ich sie mit mir abwechseln lasse, um ihre Gelegenheit zu bekommen, Maverick fertigzumachen. Er liegt immer noch auf dem Rücken, die Hände sind hinter ihm gefesselt, aber er grinst.

Irgendetwas in seinen Augen, eine Verletzlichkeit, die ich schon einmal gesehen hatte, zieht mich in eine vergangene Erinnerung, in der Vater Maverick an einen Stuhl gefesselt hatte und ihn folterte. Ich wusste, dass er meinen Bruder an diesem Tag töten würde. Es lag förmlich in der Luft. Ich hatte Vater noch nie so rasend vor Wut gesehen, so gefährlich. Irgendetwas überkam mich an diesem Tag, und ich half meinem Bruder. Ich habe mich selbst in Gefahr gebracht, um ihm zu helfen. Er mag mich wütend machen, aber ich verabscheue Luzifer viel mehr.

Diese Erinnerung bleibt ein unausgesprochenes Ereignis zwischen uns, und jetzt zeigt sich derselbe Ausdruck in seinem Gesicht. Einer, bei dem er trotz seiner

Worte und Taten um Hilfe bittet. Warum sonst hätte er die Hölle verlassen und Vater den Rücken gekehrt, wenn er Luzifers Zorn genauso gut kennt wie ich?

Ich stehe auf und packe Maverick an seinem Hemd. Ich ziehe ihn auf die Beine.

„Danke", sagt er leise.

Ich nicke und drehe mich wieder zu Aria und meinen Männern um, die kein Wort sagen. Familie ist verdammt kompliziert, und das wissen sie besser als ich, denn sie haben die ganze Scheiße mit meinem Vater und meinen Brüdern in der Hölle erlebt.

Um uns herum bricht die Welt zusammen, aber das heißt nicht, dass ich mit ihr untergehen muss.

Ich knacke meinen Nacken. „Also gut, wir brauchen einen Plan."

„In Vaters Tagebuch wird Arias Name oft erwähnt", sagt Maverick, und seine Stimme klingt nicht mehr so arrogant wie zuvor. „Als ich es durchgeblättert habe, bin ich auf eine Stelle gestoßen, an der er in lateinischer Sprache etwas über Weihwasser geschrieben hat und dessen Wirkung auf sie untersucht hat. Das ist einer der Gründe, warum er sie zurückhaben will, damit er an ihr experimentieren kann, um herauszufinden, was in ihr steckt."

„Er will sie also mit Weihwasser exorzieren?" Dorian spricht es offen aus. „Aber Weihwasser wirkt nicht bei Dämonen. Das gibt es nur in Filmen."

„Das liegt daran, dass das Zeug aus den Kirchen nicht das Wahre ist", fügt Maverick hinzu. „Nach dem, was ich im Tagebuch entschlüsselt habe, braucht man für Weihwasser ein spezielles Kreuz, das zusammen mit Salz hineingetaucht wird, und muss es dann mit einem Gebet von jemandem segnen lassen, der ein reines Herz hat. Und wir alle wissen, dass viele Priester weit davon entfernt sind, reinen Herzens zu sein."

„Warum sollte Luzifer also mit Sayah zusammen sein wollen?", fragt Elias.

„Du redest da über den Herrn der Hölle", antwortet Dorian. „Was hat er sich schon immer gewünscht? Er will seine Macht ausbauen und alles kontrollieren. Sayah ist ein neues Spielzeug für ihn, und er will es verstehen und besitzen, vermute ich."

Dorian hat nicht Unrecht. Ich erinnere mich noch gut an mein Leben in der Hölle, an all den Mist, den Vater gebaut hat, an die vielen Toten, an die Wut auf jeden, der ein Geheimnis vor ihm hatte oder seine Position bedrohte. Nichts davon hat sich bei ihm geändert. Nicht eine verdammte Sache.

Aber jetzt hat er Aria im Visier, und das kann ich einfach nicht hinnehmen.

Ich starre Aria einen langen Moment lang an. „Passt auf sie auf. Ich muss das Tagebuch durchforsten und herausfinden, was ich noch darin entdecken kann." Ich packe Maverick am Hemd. „Du begleitest mich."

„Was ist denn mit Maverick los?", fragt Elias, als ich in Richtung Flur gehe. „Bleibt er jetzt nur bei uns, weil er das gesagt hat?"

Ich drehe mich zu Dorian und Elias um, die neben Arias Bett stehen und auf eine Erklärung warten. Sie sehen stinksauer aus. Sie hassen Maverick genauso sehr wie ich, aber was ist, wenn er jemand ist, den wir uns zunutze machen können? Was, wenn er endlich zur Einsicht gekommen ist und die Wahrheit über unseren Vater erkannt hat?

„Können wir ihm wirklich trauen?", fragt Dorian.

Ich klammere mich fester an meinen Bruder. „Du irrst dich, wenn du glaubst, dass ich ihm traue, aber ich habe ihn lieber an unserer Seite als in Luzifers Ohr." Ich sehe Maverick an. „Wenn du die Wahrheit sagst, dann können wir einen weiteren Krieger in dieser Schlacht gebrauchen. Wenn nicht ..." Ich richte meinen Blick auf meine beiden Männer. „Wenn er einen Schritt aus der Reihe tanzt, gebe ich euch beiden die Erlaubnis, ihn auszuschalten."

Maverick versteift sich in meinem Griff, aber anstatt sich gegen mich zu wehren, sagt er: „Das ist nur fair." Seine Stimme ist steif, aber bestimmt. „Ich will nur Aria beschützen und Luzifer aufhalten. Wir haben also ein gemeinsames Ziel."

Aber ein Ziel ohne Plan ist bloß ein Wunsch...

Mit Maverick im Griff marschiere ich auf den Flur hinaus. Ich bin fest entschlossen, in Vaters Tagebuch eine Antwort zu finden, die uns bei Sayah hilft, damit wir nicht wieder in die Falle tappen. Und wenn Maverick sich als Dorn in meinem Auge erweist, werde ich ihn eigenhändig erledigen.

3

ARIA

Meine Augen öffnen sich plötzlich und ich atme tief ein, als ob ich aus dem Wasser aufgetaucht wäre. Als ob ich ertrunken wäre und endlich einen Weg gefunden hätte, um wieder zu Atem zu kommen.

Ich setze mich auf und befinde mich in einem großen Bett. Ich überblicke den Raum ... Es ist Cains Zimmer, aber ich bin allein und es ist kein Geräusch zu hören. Das Licht dringt durch das Fenster herein, während draußen der Schnee friedlich vor sich hin rieselt.

Ich rühre mich nicht, versuche, mein rasendes Herz zu beruhigen, und erinnere mich an das Letzte, was mir einfällt.

Dunkelheit.

Übermächtiger Druck.

Kälte ... Ich erinnere mich, dass mir so kalt war ... und dann war da Sayah.

Ich spürte, wie sie von mir Besitz ergriff, wie sie

grausam zupackte, mich zusammenpresste, mich in sich hineinzog, alles tat, um mich zu unterdrücken.

Meine Hände wurden schweißnass bei der Erinnerung und dem Wissen, dass ich keine Chance hatte. Und ich bekam nicht mit, wie sie aus mir herausfuhr. In einem Moment ertrank ich selig in der Lust meiner drei Liebhaber, und im nächsten hatte das Monster in mir sein Gesicht gezeigt. Dann verschwamm alles.

Ich erinnere mich nur noch bruchstückhaft an das, was um mich herum geschah, vor allem an Cain und Maverick, die Sayah gegenüberstanden, aber darüber hinaus war ich am Ertrinken. In meinem Kopf gab es nichts als meine Panik und ihr Echo. Die Befürchtung, dass ich für immer in meinem Kopf gefangen sein würde, verloren für die Welt, verloren für meine Männer.

Mein Herz schlägt noch heftiger, wenn ich auch nur daran denke, und ich zittere so stark, dass ich nicht weiß, wie ich mit so etwas in mir leben soll. Sie ist noch schlimmer geworden, und ich wusste, dass meine Zeit schnell ablaufen würde.

Was, wenn ich sie nicht aufhalten kann ... verschwinde ich dann für immer?

Ich schließe meine Augen und das Zimmer scheint sich um mich herum zu drehen. Mir stockt der Atem ... Mein ganzes Leben lang habe ich mit Sayah gelebt, aber ich hätte nie geglaubt, dass sie ein so bedrohliches Wesen ist, das mich aus dem Weg räumen will.

Das Klacken von etwas, das auf die Holzdielen schlägt, ertönt im Zimmer und ich öffne die Augen, als Cassiel auf das Bett springt. Er ist so groß, flauschig, sein Fell ist schneebedeckt und seine beiden Vorderbeine sind bandagiert, aber es scheint ihm gut zu gehen.

„Cass." Ich schlinge meine Arme um ihn, weil ich ihn brauche und meinen eigenen Schrecken vergessen will. Er schmiegt sich an mich, sein Kopf liegt in meinem Schoß und er atmet schwer, als wäre er die Treppe hinaufgerannt, um mich zu sehen.

Ich fahre mit meinen Fingern durch sein dichtes Fell. „Ich kann dir gar nicht sagen, wie schön es ist, dich zu sehen. Du hast mich halb zu Tode erschreckt, als du aus dem Fenster geschleudert wurdest." Meine Brust verkrampft sich bei der Erinnerung, die mich fast umgebracht hätte.

Eine Bewegung im Türrahmen lenkt meine Aufmerksamkeit auf Elias, der sich mit einer Schulter am Türstock abstützt, die Hände tief in den Taschen seiner Jeans vergraben. Er trägt einen schwarzen Hoodie und sieht so menschlich aus. Abgesehen davon, dass er verdammt gut aussieht – kein Sterblicher könnte jemals so aussehen wie er, mit seiner Kraft in so gewöhnlicher Kleidung.

Aber er gefällt mir so. Damit fühle ich mich ... normal.

Das Licht fällt genau im richtigen Winkel auf ihn, seine bronzenen Augen strahlen heute besonders hell, und sein Lächeln bringt mich fast um den Verstand. Er sieht mich an, als ob ich alles auf der Welt für ihn wäre, und es ist fast beängstigend zu wissen, dass ich genau das riskiere, wenn ich Sayah gewinnen lasse.

„Hey, kleines Kaninchen. Schön zu sehen, dass du wach bist. Wie geht's dir?" Er schlendert ins Zimmer, seine Schultern wippen mit seinem gemächlichen Gang auf und ab. Sein Blick lässt mich nicht los, und hinter seinen Augen sehe ich den Schmerz, den er zurückhält. Der Schmerz, mich zu sehen ... Erwartete er Sayahs Rückkehr?

„Komm her", sage ich zu ihm und möchte ihn berühren, ihn an mich drücken.

Er ist so schweigsam, was nicht zu ihm passt, wo er doch immer einen flotten Spruch auf Lager hat, besonders wenn Cassiel in der Nähe ist. Stattdessen setzt er sich auf die Seite des Bettes und streicht dem Luchs über das Fell.

Dann schließt er mich in seine Arme, abrupt und heftig, als hätte er all seine Kraft aufgebracht, um nicht sofort zu mir zu stürmen, als er den Raum betrat.

„Ich habe dich so sehr vermisst", flüstert er atemlos.

Seine Umarmung ist wunderbar. Er ist alles, wonach ich mich sehne, also vergrabe ich mein Gesicht in seiner Halsbeuge, seine Haut ist so warm, so einladend. Und als ich seinen Duft einatme, überflutet er mich. Männlich, holzig, mit einem Hauch von Wolf. Er ist alles, und ich umklammere ihn fester, will mich in ihm verlieren.

Er streichelt mit einer Hand meinen Rücken, die andere legt er auf meinen Hinterkopf, er hält mich fest und weiß genau, was ich brauche.

Um dem Grauen zu entkommen, das ich durchgemacht habe.

Ich bin völlig durcheinander. Als ich endlich nach Luft schnappe, hebe ich meinen Kopf und küsse ihn, weil ich mich mit ihm füllen will und nicht mit dem Monster, das in mir wohnt.

Seine Lippen sind sanft, als hätte er Angst, mich zu verletzen, und doch ist sein Kuss der eines Mannes, der es versteht, meine Leidenschaft mit den zärtlichsten Berührungen zu entfachen.

Unsere Köpfe berühren sich an der Stirn und wir blicken uns gegenseitig an.

„Cassiel geht es jetzt gut", sage ich beiläufig und ziehe mich zurück, um den kleinen Kerl zu kraulen, der immer noch seinen Kopf auf meinem Schoß liegen hat. Er macht ein schnurrendes Geräusch und genießt die Aufmerksamkeit.

„Wir mussten viel herumlügen und dem Tierarzt des hiesigen Zoos ein bisschen drohen, aber ja. Er hat es gut überstanden." Er grinst Cass frech an. „Ich dachte, Katzen landen sowieso immer auf ihren Füßen?"

Wie aufs Stichwort faucht Cass ihn an.

Ich lache. „Nicht immer. Jedenfalls bedeutet es mir alles, dass du das getan hast." Ich grinse ihn schief an und bekomme einen Kuss auf die Nase.

„Was ist mit dir? Wie fühlst du dich?"

„Verwirrt. Verloren. Verängstigt. Es ist lächerlich, aber ich habe mein ganzes Leben mit Sayah gelebt, und in dem Moment, in dem sie ihre Muskeln spielen lässt und mir ihre wahre Seite zeigt, ihre wahren Absichten, bin ich ein Angsthase."

Er streicht mir über die Seite des Gesichts. „Du bist der stärkste Mensch, den ich kenne, weil du so viel durchgemacht hast und nie aufgibst."

Ich kichere leicht. „Ernsthaft, wenn ich jetzt einen Notausgang hätte, um den ganzen Mist einfach hinter mir zu lassen, wäre ich in Versuchung."

Er schüttelt den Kopf. „Ich würde dich nicht lassen. Ich kenne dich zu gut. Du würdest dich später dafür hassen."

Ich kann mir ein Lächeln nicht verkneifen. „Ich weiß, dass du recht hast, aber ich hasse es, immer der Staatsfeind Nummer eins zu sein. Ich brauche eine Pause."

„Wie wäre es damit? Wenn wir die ganze Scheiße

hinter uns gebracht haben, nehmen wir dich mit, wohin du willst. Egal wohin. Es wird ein Aria-kriegt-was-sie-sich-wünscht-Urlaub sein."

Ich lächle und wische mir über die Augen, bevor ich gähne. „Ja, das würde mir gefallen."

„Wie wäre es, wenn du noch ein bisschen schläfst? Cassiel passt auf dich auf und ich warte draußen, in Ordnung?" Er umfasst mein Gesicht und küsst mich sanft.

Ich nicke, und als er aufsteht, um zu gehen, schlüpfe ich unter die Decke. Cassiel kuschelt sich neben mich, und schon senkt sich ein schwerer Schlaf über mich.

Als ich aufwache, ist es ruhig im Zimmer und es duftet sanft nach Lavendel. Ich hebe den Kopf und sehe, dass jemand eine Kerze in mein Zimmer gestellt hat, und es riecht wunderbar. Cassiel liegt an meiner Seite und schnarcht wie ein Ungeheuer, aber von den Männern ist nichts zu sehen. Trotzdem ist meine Kehle so trocken wie Sandpapier und fühlt sich unheimlich rau an, wenn ich versuche zu schlucken.

„Bleib liegen", flüstere ich Cassiel zu und schlüpfe aus dem Bett. Ich stelle fest, dass ich einen meiner langen T-Shirt-Pyjamas trage. Auf der Vorderseite ist ein süßes, orangefarbenes Kätzchen abgebildet, das mit einer Pfote an einer Wäscheleine hängt und dem Spruch „Hang in There".

Ich muss lachen und frage mich, welcher todbringende Dämon mich in dieses Oberteil gesteckt hat. Ich tippe auf Dorian, denn er liebt es, Elias auf die Palme zu bringen. Vor allem, wenn es um Katzen geht.

Und in diesem Moment merke ich, dass ich nicht mehr so blutverschmiert bin wie während des Rituals. Wer von den Jungs hat den Wettbewerb gewonnen, mich säubern zu dürfen? Aber wenn ich mir meine Fingernägel ansehe, sind darunter immer noch Spuren von Rot zu sehen. Ich muss unbedingt duschen.

Auf nackten Füßen durchquere ich den Raum und trete auf den Flur hinaus. Es ist niemand zu sehen und es ist leise, was beruhigend ist. In letzter Zeit liebe ich die Stille immer mehr, denn das bedeutet, dass kein großes Disaster im Gange ist.

Als ich die Treppe hinuntergehe, höre ich eine flüsternde Stimme aus der offenen Kellertür. Meine Gedanken kreisen um die drei Jungs und ich will sie alle sehen, denn mein Puls steigt beim Gedanken, sie um mich herum zu haben. Meine Füße gleiten über die Dielen, als ich schneller werde und die knarrenden Holzstufen hinuntersteige.

Unten angekommen, dringen weitere Stimmen durch den langen Flur. Hier unten riecht es nach feuchter Erde, und das liegt an den vielen Säcken mit Erde, die den Weg säumen. Ich weiß noch, wie ich Elias das erste Mal hier unten antraf und nicht verstand, warum er das Zeug reinschleppte. Jetzt, wo ich weiß, dass es dazu beitragen kann, bestimmte Magie zu verstärken oder zu binden, leuchtet es mir ein, warum die Dämonen es in ihrem Haus aufbewahren. Sie haben immer etwas vor.

Ich folge dem Geflüster und komme zu einem Raum, dessen Tür einen Spalt offen steht. Vorsichtig werfe ich einen Blick hinein.

In der Mitte des Raumes kauert Maverick auf dem Boden, den Kopf nach vorne gesenkt, und summt ein Lied vor sich hin. Es ist eine beruhigende Melodie, die ich nicht kenne, aber es tut mir leid für ihn, ihn so zu sehen.

Seine Hände sind nicht nur auf dem Rücken gefesselt, sondern auch an den Boden gekettet. Aus seinem Mund tropft Blut und unter seinem Auge hat er einen hässlichen Bluterguss. Ein Kreis aus weißem Pulver, wahrscheinlich Salz und Erde, umgibt ihn, vermutlich um ihn am Verschwinden zu hindern.

Ich erinnere mich vage an ihn, als er gestern Abend beim Ritual an der Seite von Cain gegen Sayah kämpfte.

Doch so vieles an Maverick irritiert mich. Er ist ein Arschloch, aber er hat mich auch gerettet. Ich traue ihm nicht, aber wenn ich in seiner Nähe bin, pocht mein Herz noch stärker in meiner Brust. Ich sehne mich nach seiner Aufmerksamkeit, aber ich weiß auch nicht, wo seine wahre Zugehörigkeit liegt. Ich habe gesehen, wie er sich mit Luzifer angelegt hat und den Hass zwischen ihnen, aber sind nicht alle Dämonen in der Hölle ähnlich?

„Du kannst reinkommen", sagt er, hebt den Kopf und schenkt mir ein zuckersüßes Lächeln. Seine Unterlippe ist aufgeplatzt und Blut tropft an seinem Kinn herunter.

Ich stoße die Tür auf und trete ein.

„Wie geht es dir?", fragt er mich.

„Das sollte ich dich auch fragen", antworte ich.

„Bestens", antwortet er. „Mein Bruder ist nicht gerade vertrauensvoll gestimmt, also habe ich mein eigenes Zimmer bekommen. Gefällt es dir?" Sein Sarkasmus bringt mich dazu, ihn anzugrinsen.

„Warum bist du wirklich hier?", frage ich ihn. „Ich erinnere mich, dass du gestern Abend aufgetaucht bist, aber was dann? Hat Cain dich gefangen genommen und gefesselt?"

„Es wird dich vielleicht überraschen, dass ich mich freiwillig gestellt habe."

„Um gefesselt zu werden?" Ich schnappe nach Luft.

Er grinst. „Das nicht. Aber um hier zu bleiben. Um euch vier gegen Luzifer zu helfen."

Ich schaue ihn streng an. „Wieso das? Was willst du wirklich von mir?"

„Kann ein Mann nicht endlich sein Leben auf die Reihe kriegen und erkennen, dass er es vermasselt hat, weil er sich für das falsche Team entschieden hat?"

„Ein normaler Kerl, vielleicht. Aber du? Kann ich mir nicht vorstellen."

Das übertrieben süße Lächeln ist wieder da. Ich sehe keine bösen Absichten oder versteckten Hintergedanken in seinem Ausdruck oder in seinen Augen.

Aber vielleicht ist er ja auch der größte Lügner der Welt.

„Warum bist du nicht ein braves Mädchen, kommst her und befreist mich von diesen Ketten?", sagt er und dreht sich um, damit ich seine gefesselten Handgelenke sehen kann.

„Auf keinen Fall."

Wir starren uns an und er zieht das Bein, auf dem er saß, unter sich weg, dann stemmt er sich auf die Beine, sodass er nicht mehr zu mir aufschauen muss. Seine braunen Augen werden sanfter und ich ertappe mich dabei, wie ich ihn zu lange anstarre, auf seine Lippen blicke und mich daran erinnere, wie unglaublich sie sich auf meinen anfühlten. „Ich weiß nicht, ob Cain es dir erzählt hat, aber der Vertrag, den ich mit deiner Freundin Joseline hatte ..." Er hält inne und räuspert sich.

„Ja?", dränge ich.

„Er ist null und nichtig. Ich habe ihn aufgekündigt."

Meine Augen scheinen sich bei seinen Worten von selbst zu weiten, und ich merke, wie ich mich fast nach vorne beuge. „Das hast du?"

„Nimm es als Friedensangebot."

Ich schlucke trotz meiner trockenen Kehle. „Danke", sage ich sofort und bin ehrlich gesagt erleichtert, dass Joseline nicht mehr unter dem Teufelspakt steht. Das bedeutet mir alles. Trotzdem bin ich mir immer noch nicht sicher, was ich von Maverick und den Gefühlen, die er in mir weckt, halten soll.

„Warum hast du deine Meinung geändert?", frage ich, und es fällt mir schwer zu glauben, dass das alles in gutem Glauben geschieht. Natürlich wünsche ich mir das, wollen wir nicht alle eine Welt voller Regenbögen und Einhörner? Aber das wird einfach nicht geschehen. Ich bin drei Dämonen verfallen und ein vierter kommt mir auch noch gefährlich nahe, da ich auf Bestrafungen stehe. Aber ich bin auch Realistin und weiß, dass hinter jeder Entscheidung ein Motiv steckt.

Doch das Knarren der Dielen vor dem Zimmer lenkt mich ab und ich drehe mich um und vergesse meine Worte, als Elias in die Tür tritt und die Stirn runzelt, als er mich sieht.

ELIAS

„Ich habe mir Sorgen gemacht", sage ich und stürme ins Zimmer, ohne Maverick zu beachten. Ich ziehe Aria in meine Arme und halte sie fest. Im

Ernst, als ich sie in Cains Zimmer nicht fand, überkam mich eine leichte Panik.

„Ich hatte Durst", erzählt sie mir.

„Und dann bist du im Keller gelandet?"

„Ich habe Stimmen gehört. Ich dachte, es wäre einer von euch dreien."

Ich winke ab. Es spielt sowieso keine Rolle. „Komm, ich hole dir etwas zu trinken."

Aber bevor ich sie hinausbegleiten kann, betreten Dorian und Cain plötzlich den Raum und beanspruchen den ganzen Platz für sich.

„Oh, sieh mal, wir feiern eine Party", scherzt Maverick. „Hat jemand Plätzchen mitgebracht?"

„Was machst du denn hier?", fragt Cain Aria. Niemand schenkt Maverick Beachtung.

Sie zuckt mit den Schultern. „Ich war durstig und auf dem Weg in die Küche, aber ich habe Stimmen gehört. Die haben mich hierher geführt und ich habe ihn ange-troffen, während ich euch erwartet habe."

„Das ist seine Unterkunft, solange er bei uns bleibt", erklärt Cain, während Dorian sich aus dem Zimmer stiehlt.

„Er bleibt hier?", fragt sie mit halb offenem Mund und blickt erst zu Cain und dann zu Maverick, der ihr zuzwinkert.

Ich werfe ihm einen strengen Blick zu und möchte ihn am liebsten niederschlagen.

„Es ist kompliziert, aber wir arbeiten an einer Lösung", sagt Cain.

„Oh, Bruder, kannst du nicht einmal Klartext reden? Schätzchen, ich habe die Hölle verlassen und bin hier, um mich eurer kleinen Dämonenbande anzuschließen."

Ein Knurren entringt sich meiner Kehle und meine Aufmerksamkeit richtet sich auf Maverick. „Nur über meine Leiche. Cain würde niemals …"

„Das lässt sich einrichten", antwortet das Arschloch. Alles an ihm lässt mich vor Wut auflodern. Erst ist er auf Luzifers Seite und tut, was diesem gefällt, dann ist er plötzlich mit uns befreundet und steht nicht mehr auf der Seite des Teufels. Denkt er, wir sind von gestern?

Als ob er wüsste, was ich denke, hält Maverick meinem Blick stand. Er führt mich in Versuchung. Er hat eine Art, mir mit einem einzigen Blick zuzusetzen. Ich frage mich manchmal, wie Cain und seine sechs Brüder so unterschiedlich sein können.

Das Flüstern von Cain und Aria erregt meine Aufmerksamkeit und ich drehe meinen Kopf. Ich sehe, dass sie näher an die Tür gerückt sind und sich leise unterhalten. Ich hebe meinen Kopf, spitze die Ohren und lausche, was sie sagen.

„Bei dem Ritual hast du gesagt, dass du mich liebst. H… Hast du das auch so gemeint?", fragt sie und ihre Worte treffen mich hart.

Liebe? Cain, Luzifers Sohn, hatte gesagt, er liebe sie? Ich hätte nie gedacht, dass er überhaupt zu solchen Gefühlen fähig ist.

Wie konnte ich das nur übersehen, wo ich doch dabei war?

Aber ich war ja auch *nicht ganz* bei der Sache.

Dorian kommt plötzlich mit einem großen Glas und einem Krug mit eiskaltem Wasser in den Raum gestürmt. Er geht zu Aria hinüber und schenkt ihr ein Glas ein und unterbricht sie und Cain damit bei ihrem Gespräch.

„Wir reden später darüber", versichert ihr Cain, während sie das Glas annimmt und es hinunterstürzt.

Aria geht mir ständig durch den Kopf und ich kann sie nicht aus meinen Gedanken vertreiben. Ich sehne mich nach ihr, mache mir Sorgen um sie und will sie jede Sekunde des verdammten Tages an meiner Seite haben.

Verdammt!

Heißt das, dass ich ... sie auch ... liebe?

„Na, das ist ja ein glückliches Wiedersehen", sagt Maverick und reißt mich aus meinen Gedanken. „Und wie ich sehe, hast du mir kein Glas Wasser gebracht. Wie unhöflich. Sind wir hier, um wieder über Luzifers Tagebuch zu reden, oder wollt ihr eure Pläne für die Weltherrschaft aushecken?"

„Halt verdammt noch mal die Klappe", schnauzt Dorian.

„Welches Tagebuch?", fragt Aria.

„Maverick hat das Tagebuch unseres Vaters gestohlen und ich habe versucht, es zu entziffern", erklärt Cain.

„Luzifer hat eine ziemliche Besessenheit für dich entwickelt", wirft Maverick ein, woraufhin Aria nur noch bleicher wird.

„Was steht da drin? Ich will es sehen", beharrt sie und ich hätte nichts anderes von meinem kleinen Kaninchen erwartet.

„Ich versuche immer noch, es zu entziffern. Es ist in einer seltsamen Sprache geschrieben, die ich nicht verstehe."

„Dann ist das einfach. Wir finden jemanden, der diese Sprache sprechen kann, und erledigen das." Sie schiebt sich an Cain vorbei und nähert sich Maverick, wenige Zentimeter von der Linie entfernt, die ihn gefangen hält.

„Du musst doch wissen, in welcher Sprache es geschrieben ist, oder?"

Aber Maverick schüttelt den Kopf. „Wenn ich das wüsste, hätte ich es schon übersetzt."

Ich trete näher an Aria heran und lege meine Hand auf ihren Arm. „Es gibt Stellen auf Latein, in denen es darum geht, Weihwasser an dir auszuprobieren."

„Wozu?", fragt sie und ihre Stimme überschlägt sich fast vor Schreck. „Um Sayah zu vernichten?"

„Verdammt, Elias, warum zum Teufel machst du ihr Angst?", platzt Dorian heraus.

Ich drehe mich sofort zu ihm um. „Sie hat ein Recht darauf, alles zu wissen, was wir tun. Keine Geheimnisse mehr", weise ich ihn zurecht. „Das hat uns früher so viel Ärger eingebracht. Wir sind jetzt ein Team."

„Ich kann es verkraften", sagt sie. „Elias hat Recht. Keine Geheimnisse mehr, bitte."

„Können wir zuerst über die Übersetzung des Tagebuchs reden, bevor wir irgendwelche verrückten Theorien aufstellen? Ich will es lieber ganz genau wissen." Dorian wirft Cain einen Blick zu. „Wenn keiner von uns es herausfinden kann, dann brauchen wir jemanden, der es kann. Holen wir uns Hilfe."

„Ach ja? Von wem?", frage ich.

„Miranda. Die Seherin von den Sturmmärkten", sagt Dorian. „Ihre Gabe ermöglicht es ihr, mehr von Sachen oder Menschen zu sehen. Vielleicht kann sie über die Sprachbarriere hinwegsehen und sie entschlüsseln."

„Das klingt weit hergeholt", murmele ich. „Außerdem kann sie doch niemanden sehen, der in der Hölle geboren wurde?"

„Das ist ein Gegenstand, Elias. Keine Person." Er tippt

sich an den Kopf, um zu signalisieren, dass er darüber nachdenkt. „Es ist ein Hintertürchen."

„Blödsinn."

„Hey, einen Versuch ist es wert. Ich glaube nicht, dass dir etwas Besseres einfällt."

„Du vertraust dieser Person?", fragt Maverick und mischt sich wieder in das Gespräch ein.

Als Dorian nickt, wendet er sich als Nächstes an mich. Ich zucke mit den Schultern. „Sie hat eine ausgeprägte Vorliebe für Weihrauch und Parfüm, aber das war's auch schon", sage ich.

„Dorian hat Recht", sagt Cain laut und gewinnt damit wieder unsere ganze Aufmerksamkeit. „Die Zeit ist nicht auf unserer Seite, also je eher wir etwas über Luzifer erfahren, desto besser. Sie entziffert das Tagebuch und wir finden schnell die letzten Relikte."

„Und da wir gerade am Teilen sind", sagt Aria, während sie ihr Glas Wasser auffüllt. „Als Dorian und ich vor ein paar Tagen in der Bibliothek waren, habe ich etwas entdeckt, das uns interessieren könnte."

Alle Augen im Raum sind jetzt auf Aria gerichtet, als sie ihr Wasser austrinkt und das leere Glas auf einen kleinen Tisch an der Wand stellt.

„Ich habe gelesen, dass jeder von Luzifers sieben Söhnen geschaffen wurde, als er Hilfe brauchte, um seine Herrschaft auszuüben. Einer für jede seiner sündigen Eigenschaften, und so wurden die ersten Sündendämonen geboren."

„Wir alle kennen die Geschichtslektion." Maverick wirft den Kopf zurück und lacht.

„Verstehst du es nicht?", fragt sie ihn, aber es ist Dorian, der nach vorne tritt.

„Aria ist da an etwas dran. Luzifer wollte über sein Reich herrschen, indem er einen Weg fand, seine Seele in sieben Teile zu zerteilen ... Er hat seine *eigene* Seele gespalten."

In meinem Kopf dreht sich alles. „Scheiße!", platzt es aus mir heraus, als mir plötzlich klar wird, dass er einen Teil von sich selbst benutzt hat, was bedeutet, dass er immer noch mit seinen Söhnen verbunden ist.

„Ah, Elias hat es verstanden."

Maverick stößt ein verärgertes Knurren aus. „Erklärt es mir."

„Als wir aus der Hölle geworfen wurden, hätte Luzifer Cain töten können und sollen, hat es aber nicht getan", erklärt er.

Mavericks Gesichtsausdruck verrät, dass er sich auch immer gefragt hat, warum das so ist.

Dorian fährt fort. „Wenn er einen von euch, seinen Söhnen, tötet, dann tötet er sich selbst."

Aria nickt. „Genau."

Cains Stirn legt sich in Falten. Er hat es verstanden und ich sehe schon, wie sich die Rädchen in seinem Blick drehen, während er die Information verarbeitet.

„Das ist also der Grund, warum er nie einen von uns getötet hat, obwohl ich schwören hätte können, dass er es tun würde, und er war manchmal verdammt nah dran – er konnte uns einfach nicht ausschalten", sagt Maverick aufgeregt.

Ich kann es selbst nicht glauben. Haben wir wirklich gerade Luzifers Achillesferse gefunden?

„Das erklärt so viel", murmelt Cain vor sich hin. „Und auch, warum er uns alle gehasst hat. Er hat erkannt, dass er sich selbst geschwächt hat, indem er uns erschaffen hat."

Schweigen erfüllt den Raum und ich spüre, wie sich in meiner Magengrube ein Gefühl der Hoffnung breit macht. Hoffnung, dass wir zum ersten Mal seit langer Zeit etwas gefunden haben, das uns nützt.

Cain wendet sich der Tür zu und blickt zu uns zurück. „Wir machen uns jetzt auf den Weg zu den Sturmmärkten."

4

———

ARIA

Die Dämonen weichen nicht von meiner Seite, als wir zu einer unschuldig aussehenden Textilreinigung schlendern, über deren Türknauf ein kleiner schwarzer Regenschirm aufgemalt ist. Der Eingang zu den magischen Sturmmärkten.

Drei der Dämonen, sollte ich sagen. Maverick wird immer noch gefesselt im Keller festgehalten.

Ich lasse ihn nur ungern dort, besonders nachdem er mir geholfen hat, als Sayah durchdrehte, aber Cain, Dorian und Elias lassen nicht mit sich reden. Keine Chance.

Ich meine, ich kann das ja verstehen. Immerhin hat er mir ein Messer an die Kehle gehalten. Aber er hat mich nicht in die Hölle zurückgeschickt, als er die Gelegenheit dazu hatte. Und das muss doch auch etwas zählen, oder?

Und er hat Joselines Seelenvertrag ohne erkennbaren Grund zerrissen. Außer, dass er versucht hat, unser Vertrauen zu gewinnen. *Mein* Vertrauen. Die Gewissheit, dass sie nun davon befreit ist, lässt mich auch ein bisschen ruhiger schlafen.

Aber es ist sinnlos, sich mit Wesen zu streiten, die es schon seit Hunderten von Jahren gibt. Sie hatten viel mehr Zeit, ihre Dickköpfigkeit zu perfektionieren.

Wir müssen nur auf den Markt gehen, mit der Seherin Miranda sprechen und wieder nach Hause zurückkehren, denn uns steht eine Reise bevor. Eine Reise, die mir insgeheim Angst macht, aber die gleichzeitig auch notwendig ist. Das sollte doch ganz einfach sein, hoffe ich.

Die Türglocke ertönt, als Dorian sie für uns alle aufhält, aber nachdem wir hindurchgegangen sind, hat uns ein mächtiger Zauber mitten in ein Maisfeld in irgendeinem Scheißnest im mittleren Westen gebracht. Wie immer, wenn ich mit der ungeheuren Magie dieses Ortes konfrontiert werde, bleibe ich stehen und staune. Das müssen ja kilometerweise grüne Halme sein. In der Ferne kann ich die vielen Zelte und Verkaufstische sehen, die die Märkte ausmachen.

So ein Mist. Der falsche Tag, um einen Rock und flache Schuhe zu tragen. Das habe ich nun davon, wenn ich versuche, an einem normalen Tag, an dem ich nicht arbeite, einen Schritt aus meiner Komfortzone herauszutreten.

„Wo um alles in der Welt sind wir?", frage ich. Die Tür schließt sich hinter uns und wird zu einem beliebigen, schwebenden Gegenstand in der Mitte des Feldes. Es erinnert mich an eines der surrealistischen Gemälde, die ich bei meinem jährlichen Schulausflug ins Museum gesehen habe.

„Sieht aus wie Ackerland, so weit das Auge reicht.

Vielleicht ... Kansas?", antwortet Dorian. „Die Märkte ändern sich bei jedem Besuch."

„Warst du überhaupt schon mal in Kansas?", fragt Elias, während wir alle in Richtung des belebten Marktplatzes gehen und bei jedem Schritt hohe Halme aus dem Weg schieben. Elias zieht entschlossen eine Handvoll zurück, damit er hindurchgehen kann, und lässt sie dann los, sodass sie Dorian ins Gesicht klatschen.

Er schlägt sie mit einem Ächzen beiseite. „Ernsthaft? Wie erwachsen von dir."

Elias schmunzelt nur.

Cain zieht seine Augenbraue hoch, aber er lässt es dabei bewenden.

Wir stapfen an den vielen Tischen vorbei und schlängeln uns zwischen den übernatürlichen Gästen aller Arten, Formen und Größen hindurch, bis wir ganz hinten ankommen, wo sich Mirandas Zelt befindet. Das Kreischen von Vögeln erregt meine Aufmerksamkeit und ich lasse mich zu einem Stand treiben, an dem sich Käfige mit kleinen schwarzen Vögeln stapeln. Sind das Haustiere?

In diesem Moment sehe ich das Schild über dem Tisch des Verkäufers. Botenvögel.

Hmm ... Wie der Spatz, den Joseline mir geschickt hat, der mit der Nachricht, dass sie die Stadt verlassen würde?

„Hallo, kleines Fräulein", sagt die freundlich aussehende Verkäuferin. „Ob nah oder fern, wenn du eine Nachricht übermitteln musst, erledigen diese Vögel den Job im Handumdrehen."

Ich brauche mich nicht einmal umzudrehen, um zu wissen, dass Dorian, Elias und Cain sich hinter mir nähern. Ich kann ihre Nähe durch unsere Verbindung spüren. Ich weiß nicht, wie ich es beschreiben soll, aber es überkommt mich eine unbeschreibliche Ruhe, wenn ich weiß, dass sie in der Nähe sind.

„Wie funktioniert das?", frage ich die Frau hinter dem Tisch. Ich bin beileibe keine Hexe. Ich kann nichts beschwören, so wie Joseline.

„Du flüsterst ihnen einfach deine Nachricht und den Namen der Person zu, die sie erhalten soll, und schickst sie los. Natürlich gilt: Je mehr Informationen, desto besser. Zum Beispiel eine Adresse oder den Namen der Stadt, aber ich habe schon gesehen, wie diese kleinen Vögel es mit nur einem Namen geschafft haben. Und schwupps, sind sie weg." Sie schnippt mit den Fingern, um das zu verdeutlichen.

„Schwupps? Was meinst du damit?"

„Das sind keine echten Vögel, Aria", erklärt Elias. „Sie sind nur ein vorübergehender Zauber, der die Nachricht überbringen soll, und sobald ihre Aufgabe erledigt ist, verschwinden sie."

„Genau." Die Frau nickt. „Kein Füttern oder Saubermachen erforderlich."

Ich blicke zu Cain auf, der dicht an meiner Seite ist. Als ob er meine Gedanken lesen könnte, seufzt er und sagt: „Du willst deiner Hexenfreundin eine Nachricht schicken."

Ich nicke. „Ich muss doch wissen, wie es ihr geht."

„Ich verstehe." Er blickt zur Verkäuferin auf. „Wir werden auf dem Weg nach draußen einen kaufen."

„Danke." Ich lächle.

„Gut, dann lass uns das hinter uns bringen. Mir gefällt es nicht, dass diese Schlange allein in unserem Haus ist. Wer weiß, ob er sich nicht aus den Ketten befreit hat und seine Eier an unseren Kissenbezügen reibt", sagt Dorian und meint damit natürlich Maverick.

Elias wirft ihm einen Blick zu, der sagt: „Was zum Teufel ist los mit dir?", aber Dorian zuckt nur mit den Schultern.

„Das würde ich an seiner Stelle auch tun", antwortet er auf die ungefragte Frage.

Elias verzieht das Gesicht. „Ich ... werde alle meine Laken in die Wäsche stecken, wenn wir nach Hause kommen. Aus einem völlig anderen Grund."

Er lacht, und gemeinsam machen wir uns auf den Weg zu Mirandas Zelt.

Als ich sie das erste Mal traf, hatte sie mich vor einem brutalen Hexenmeister gerettet, nachdem Cassiel seine Tränke umgeworfen hatte. Aber selbst bei dieser netten Geste kam mir etwas nicht ganz geheuer vor. Vielleicht war sie eine Seherin und wusste schon Dinge über mich, bevor wir einander überhaupt begegnet waren. Oder vielleicht war es etwas anderes ... Ich bin mir nicht sicher.

Es stellte sich heraus, dass sie auch die Ex von Dorian ist.

Ich weiß, dass mir das egal sein sollte. Wir alle haben eine Vergangenheit. Aber aus irgendeinem Grund überkommt mich die Eifersucht, als wir zu ihrem Zelt aus buntem Stoff, aufgehängten Lichtern und verzauberten Gegenständen gehen.

Wie werden sie sich verhalten, wenn sie im selben Raum sind? Wird er sich an ihre gemeinsame Zeit erinnern und eine zweite Chance haben wollen?

Das sind lächerliche Gedanken, ich weiß, aber ich kann mir nicht helfen. Oder das mulmige Gefühl, das mir den Magen verdreht.

Oder die Wut.

Es überrascht mich, wie schnell sie sich entlädt, wie ein Wasserschwall, nachdem ein Damm gebrochen ist. Ich stelle mir vor, wie ich gegen eine der fliegenden Lampions stoße, die das Innere ihrer Bude beleuchten, und das ganze Ding in Brand stecke. Mit ihr darin.

Die Heftigkeit meiner Gedanken verblüfft mich. Ich wollte vielleicht schon mal jemanden niederschlagen – oder auch schon zwei Leute –, aber noch nie jemanden töten. Vor meinem Ausflug in die Hölle und der Auseinandersetzung mit Maverick ist mir das noch nie in den Sinn gekommen.

Das passt einfach nicht zu mir.

Ist das so, weil ... es *nicht ich* bin? Nicht wirklich?

Sayah.

Sie hat mich wieder einmal manipuliert.

Eine sanfte Hand streicht über meinen Arm, und als ich aufschaue, steht Cain da und mustert mich besorgt mit seinen kristallblauen Augen. „Geht es dir gut, Aria?"

Ich blinzle und verdränge die mörderischen Gedanken. Ich muss mir nur bewusst sein, was sie mit mir anstellt, und einen kühlen Kopf bewahren. Ja, das ist es. Ich kann nicht zulassen, dass sie wieder die Kontrolle übernimmt. Sie könnte am Ende jemanden umbringen. Wie einen meiner Dämonen. Und ich will verdammt sein, wenn ich das zulasse. Schattengeist hin oder her.

Vor Mirandas Zelt bleiben alle stehen und beäugen mich genau. Ich bemerke, dass ich Cains Frage nicht beantwortet habe.

„Äh, ja. Mir geht's gut." Ich versuche, das Ganze abzutun, als wäre es keine große Sache, aber als Cains Augen sich verengen, weiß ich, dass er mich durchschaut hat.

„Wenn du das Gefühl hast, dass der Schatten wieder auftauchen könnte ...“

„Ich bin in *Ordnung*“, unterbreche ich ihn etwas energischer, als ich eigentlich beabsichtigt habe. Ich räuspere mich und versuche, mich wieder zu fangen. „Ich will das nur hinter mich bringen. Ich bin ein bisschen wegen dem beunruhigt, was im Tagebuch steht, verstehst du?“

Das stimmt zumindest teilweise.

Es scheint geklappt zu haben, denn Cain nickt, zieht den Vorhang des Zeltes zurück und bedeutet mir mit einer Geste, einzutreten.

Als wir alle in den zauberhaften, kreisrunden Raum eintreten, sind wir erstaunt, dass Miranda auf der Sitzfläche in der Mitte liegt, die aus riesigen Kissen, Decken und Teppichen besteht. Es ist, als hätte sie auf unsere Ankunft gewartet. Und vielleicht hat sie das ja auch, denn sie ist ja eine Seherin und so.

Sie steht auf und schreitet mit der Grazie einer Katze zu uns herüber, mit der gleichen selbstbewussten Unnahbarkeit, die diesen Tieren ebenfalls eigen ist. Ohne Dorian, Elias oder mich auch nur eines Blickes zu würdigen, steuert sie direkt auf Cain zu. Als wäre er die einzige andere Person hier.

„Oh, Cain. Komisch, ich wollte dich gerade anrufen.“ Ein träges, lüsternes Grinsen umspielt ihre Lippen. Die Art, wie sie ihn ansieht, mit harter Entschlossenheit in ihren dunklen Augen, lässt mich wieder vor Wut schäumen. Aber Cains Blick ist auf alles gerichtet, nur nicht auf sie, und ich sage mir, dass ich nur überreagiere.

„Anrufen?“, wirft Dorian ein.

Sie dreht sich lustlos in seine Richtung. „Das war ein Scherz, Schätzchen.“

„Der war nicht sehr lustig", murrt Elias. Seine Stimme klingt komisch durch seine zusammengekniffene Nase.

„Denk nicht zu viel darüber nach. Du könntest dich verletzen." Dann richtet Miranda ihre ganze Aufmerksamkeit wieder auf Cain. Sie streckt ihre Hand aus und sagt: „Das Tagebuch, bitte."

Er hält inne. Natürlich hatte ihr gegenüber noch niemand Luzifers Tagebuch erwähnt.

„Soll ich es nun entschlüsseln oder nicht?" Sie winkt ungeduldig mit ihrer erwartungsvollen Hand. „Dann gib es mir."

Er greift in seine Jacke und holt das kleine schwarze Lederbuch heraus. „Und du bist sicher, dass du es übersetzen kannst?", fragt er.

„Hoffen wir es, um eurer willen."

„Und bevor du nach der Bezahlung fragst", beginnt Dorian, bringt den Satz aber nicht zu Ende.

„Bezahlung? Oh, ich setze es einfach auf deine laufende Rechnung." Sie blickt Cain immer noch an und zwinkert ihm zu, während sie mit einem Finger über die Seiten des Buches streicht. Andeutungsweise.

Wut kocht in meinem Körper hoch. Sie lähmt mich für einen Moment. Sie ist nicht hinter Dorian her. Es ist Cain. Und ich weiß nicht, ob das schlimmer ist. Besser ist es jedenfalls nicht.

Sie schlägt das Buch auf, leckt sich über den Finger und fängt an zu blättern, während sie vor sich hinmurmelt. „Hmm ... Ich werde einige Zeit brauchen, aber ich bin sicher, dass ich einen Teil davon schaffen kann. Die wichtigen Stellen."

„Perfekt. Das ist alles, was wir brauchen", antwortet Dorian.

Mit einer Bewegung aus dem Handgelenk klappt sie das Buch zu. „Da wir gerade über Rechnungen und Bezahlung gesprochen haben, sollten wir jetzt die Bedingungen vereinbaren."

Dorian rollt mit den Augen. „Hast du endlich herausgefunden, was du willst?"

Sie wirft ihm einen Blick zu, hinter dem Ärger aufblitzt. „Ich habe es schon immer gewusst", sagt sie scharf, „aber mit Geduld und Zeit kommt man weit. Und jetzt ist der richtige Zeitpunkt, um darüber zu reden."

Cain steht neben mir stocksteif wie eine Statue. Es ist klar, dass er mit diesem Teil des Gesprächs noch nicht gerechnet hat.

„Wie lauten denn deine Bedingungen?", antwortet er mit zusammengebissenen Zähnen.

„Das ist ganz einfach." Sie wendet sich ab und beginnt, durch den runden Raum zu schlendern, schwingt ihre Hüften und schiebt sich an den bunten Vorhängen vorbei, die ihr im Weg sind. Sie zieht es in die Länge.

Neben mir erzittert Cain vor unterdrückter Wut. Seine blauen Augen beginnen sich zu verdunkeln.

Als sie den Raum vollständig durchquert hat, bleibt sie stehen und dreht sich um. „Ich will natürlich die Hölle."

Elias weicht zurück, als ob ihre Worte ihn direkt in die Brust getroffen hätten. Dorian bricht in hysterisches Gelächter aus und krümmt sich, während er sich an einer Säule in der Nähe abstützt. Ich weiß nicht, was ich denken soll. Was soll das überhaupt bedeuten? Sie will die Hölle. Das heißt, sie will sie besitzen? Über sie herrschen? Das kann doch wohl nicht ihr Ernst sein.

Wie ein Raubtier, das sich an seine Beute heran-pirscht, wendet Miranda ihren Blick nicht von Cain ab, als sie wieder zu uns zurückkommt. Ohne mich und alle anderen zu beachten, schlendert sie zu ihm, drängt ihre Brüste an seinen Oberkörper und hebt ihr Kinn an, um ihn anzuschauen.

„Ich will sie beherrschen", flüstert sie und blickt auf seinen Mund. „Gemeinsam mit dir."

Meine Hand schnellt hervor, bevor ich es bemerke, und schließt sich um ihre Kehle. Blinde Wut erfasst mich und lässt mich so fest zudrücken, dass ihre Augen hervortreten.

Sie stolpert zurück, und während ich sie festhalte, trete ich vor Cain und beobachte, wie sie nach Luft schnappt, und genieße jede Sekunde davon. Ich habe genug davon, dass sie versucht, ihn ständig anzubaggern. Jetzt behauptet sie, sie wolle mit ihm die Hölle beherr-schen? Das glaube ich einfach nicht.

Cain gehört mir, du Schlampe. Mir.

Niemand kann mich aufhalten. Auch nicht, als Miranda mich am Arm packt, um mich zum Loslassen zu bewegen. Ihre langen Fingernägel hinterlassen rote Striemen auf meiner Haut, einige tief genug, dass sie bluten, aber das ist mir egal. Das Brennen ist nichts im Vergleich zum Blick des puren Entsetzens in ihren Augen.

Ich. Ich, die ich im Begriff bin, ihr erbärmliches Leben zu beenden.

Damit hast du nicht gerechnet, oder?

„Wir ... hatten einen ... Deal", presst sie krächzend hervor.

„Scheiß auf deinen Deal", erwidere ich.

„Sie hat Recht", mischt sich Dorian hinter mir ein.

„Ein Dämonenvertrag, unterzeichnet mit Blut. Er ist unumstößlich."

„Du kannst mich nicht ... töten ...", keucht Miranda.

„Im Vertrag steht, dass wir sie nicht töten können", erklärt Dorian weiter.

„Aber ich habe nichts dergleichen vereinbart, also gilt das nicht für mich." Der Hass, der in mir brodelt, ist nicht mehr zu bändigen. Ihr Gesicht färbt sich langsam blau und die Adern in ihren Augen treten deutlicher hervor, als ich ihr diese überhebliche Haltung austreibe.

„Da hat sie nicht ganz unrecht", mischt sich Elias ein.

Klasse.

„Aria." Es ist Cain. Überraschenderweise ist seine Stimme ruhig und löst die Anspannung, die meine Muskeln beherrscht. „Lass sie los."

Moment, er will, dass ich sie nicht töte? Aber der Vertrag ...

Ich halte inne. Es ist doch unmöglich, dass er ihr wirklich das gibt, was sie will, oder? Dass er mit ihr die Hölle beherrschen wird?

„Aria", versucht er es erneut, immer noch sanft. „Das bist nicht du. Sondern Sayah."

Ich schaue ihn über meine Schulter an und sehe die Sorge in seinem Gesicht. Als ich Miranda und den verzweifelten Blick in ihren Augen bemerke, frage ich mich, ob er dieses Mal Recht hat. Ist es wirklich Sayahs Dunkelheit, die in mich eindringt, oder ist es meine eigene Wut, meine eigene Eifersucht, die sich endlich Bahn bricht? Es fühlt sich an wie meine eigene. Es ist zu schwer zu sagen, wo Sayah aufhört und ich anfange...

Allein dieser Gedanke bringt mich dazu, Miranda

loszulassen. Sie fällt zu Boden, fasst sich an die Kehle und schnappt nach Luft.

Als ich Cains Hand zwischen meinen Schulterblättern spüre, zucke ich zusammen und bewege mich auf Elias zu, der in der Nähe des Zelteingangs steht.

Keiner der Dämonen rührt sich, um mich zu trösten, und dieses Mal bin ich dankbar dafür. Ich will einfach nur in Ruhe gelassen werden.

Mit ernstem Blick wendet sich Cain wieder Miranda zu, die sich immer noch ihren schmerzenden Hals reibt und versucht, wieder zu Atem zu kommen. „Luzifer sitzt auf dem Thron, also kann dein Teil der Abmachung nicht erfüllt werden", sagt er sachlich.

„Ja, vorerst." Mirandas Stimme ist heiser, als sie antwortet. „Aber du hast Pläne, ihn zu stürzen, nicht wahr?"

„Früher wollte ich vielleicht den Thron, aber jetzt nicht mehr. Es ist wichtiger, dass Luzifer entmachtet wird."

Langsam und auf wackeligen Beinen erhebt sie sich, um aufzustehen. „Das mag ja sein, aber als sein Erbe bist du automatisch der nächste Anwärter auf die Krone. Und hier kommt mein Teil der Abmachung ins Spiel. Ich will an deiner Seite sein. Als Königin."

In meinem Kopf blitzen Bilder von den roten, spitzen Nägeln auf, die über Cains nackte Brust fahren. Die beiden liegen sich in den Armen, ihr Kopf ist in Ekstase nach hinten geworfen, während er seinen Schwanz in sie stößt, immer und immer wieder. Ich kann sein lustvolles Stöhnen in meinen Ohren hören.

Die Wut brodelt wieder in mir und treibt mich vorwärts, ich will ihr geradewegs in ihr hübsches kleines

Gesicht schlagen. Aber Elias streckt seinen Arm aus und hindert mich daran, einen Schritt weiterzugehen.

„Das werden wir natürlich nicht zulassen", flüstert Elias vor allem mir zu, aber Miranda hört es auch, denn sie antwortet schnell.

„Du hast keine andere Wahl." Sie wirft mir einen bösen Blick zu. „Das ist mein Lohn dafür, dass ich dir bei der Suche nach diesem kleinen Mädchen geholfen habe und Luzifers Tagebuch übersetzen werde. Basta."

Alle blicken Cain an und warten darauf, dass er das Angebot ablehnt. Dass er ausrastet. Sie verflucht. Irgendetwas. Aber stattdessen brummt er nur: „Na gut", dreht sich auf dem Absatz um und stapft zum Ausgang. Als er an mir vorbeikommt, wirft er nicht einmal einen Blick in meine Richtung, sondern schlägt die Vorhänge zurück und verschwindet wieder im geschäftigen Treiben auf dem Marktplatz.

Ich drehe mich zu Dorian und Elias um. Die beiden sehen genauso ratlos aus wie ich. Bevor wir gehen, werfe ich einen Blick auf Miranda und stelle fest, dass sie von einem Ohr zum anderen grinst. Unsere Blicke treffen sich und ich kann den Funken des Triumphs dahinter sehen.

Sie denkt, sie hat gewonnen. Sie glaubt, dass Cain sie auserwählt hat, und vielleicht hat er das auch.

Aber das heißt nicht, dass ich ihn gehen lassen werde. Nicht ohne Widerstand.

5

CAIN

Die Fahrt nach Hause ist ruhig. Angespannt.

In dem beengten Raum um uns herum schwirren Fragen umher, aber wie ich vermute, ist niemand mutig genug, sie laut auszusprechen. Alle fragen sich, was ich denke. Wie komme ich aus dieser Situation heraus? Ehrlich gesagt, bin ich mir noch nicht sicher.

Miranda mag am Anfang die Unschuldige gespielt haben, aber sie wusste von Anfang an, was sie von mir wollte. Sie will Luzifers Thron, und sie betrachtet die Rolle als meine Königin als die einzige Möglichkeit, ihn zu erobern.

Das Problem ist, dass ich den Thron nicht begehre. Und ich will auch nichts mit ihr zu tun haben.

Ich werfe einen Blick auf den Rücksitz, wo Aria, Dorian und Elias zusammengepfercht nebeneinander sitzen. Anstatt ihren üblichen Platz in der Mitte einzunehmen, hat Aria den Platz in der Ecke gewählt, so weit weg von mir wie möglich. Ich vermute, dass das Absicht ist. Ihre Verärgerung über mich ist deutlich spürbar. Ich habe den Verrat in ihren Augen gesehen, als wir Mirandas Zelt verließen. Aber ich konnte ihr zu diesem Zeitpunkt keine Antwort geben. Ich konnte keinem von ihnen eine geben. Schon gar nicht vor Miranda.

Doch ich lasse mir etwas einfallen. Dies ist nur ein weiterer Punkt auf meiner langen, beschissenen Liste von Dingen, die ich in Ordnung bringen muss, aber ich lasse mich nicht für das Machtspiel von jemand anderem benutzen. Ich habe es nicht zugelassen, dass mein Vater das tut, und ich werde schon gar nicht zulassen, dass sie unsere Abmachungen gegen uns ausspielt, auch wenn sie sich für noch so clever hält.

Sobald wir zu Hause sind, muss ich mit Aria sprechen und ihr erklären, was auf uns zukommt. Nachdem ich gesehen habe, wie Sayah heute fast wieder auf den Sturmmärkten in Erscheinung getreten wäre und wie selbstverständlich Aria Miranda fast getötet hätte, muss ich vorsichtig sein. Sie ist jetzt unglaublich zerbrechlich, und ich möchte nicht derjenige sein, der sie zu Fall bringt und in den sicheren Untergang stürzt.

Als die Limousine um unsere kreisförmige Einfahrt herumfährt und vor der Haustür des Anwesens anhält, steigt Aria als Erste aus und marschiert ins Haus, ohne auch nur auf uns zu warten. Während wir anderen ihr nachschauen, wendet sich Dorian an mich.

„Sie war ziemlich unheimlich vorhin, findest du nicht?", murmelt er und meint damit, wie Aria vor unseren Augen Miranda fast das Leben ausgehaucht hat.

„Unheimlich, aber unglaublich heiß", fügt Elias grinsend hinzu. „Zu sehen, wie sie die Sache in die Hand nimmt und auf Beschützerin macht ..." Er leckt sich über die Lippen, denn seine Gedanken sind eindeutig in schmutzigen Gefilden unterwegs.

Aber er hat nicht Unrecht. Zuerst war ich baff über ihre enorme Geschwindigkeit und Stärke, aber als ich merkte, dass sie sich von Miranda bedroht fühlte und sich weigerte, mich ihr zu überlassen, durchfuhr mich eine Welle der Lust.

Ich musste mich daran erinnern, dass es nicht sie war. Es war Sayah. Und die Fähigkeit des Schattens, Arias Gedanken und Handlungen jetzt so leicht zu manipulieren, ist beängstigend. Ich habe Angst, dass wir sie ganz an das Monster verlieren, und es nervt mich, dass ich nicht weiß, wie ich es erkennen soll.

Deshalb brauchen wir Miranda, die uns sagt, was in Luzifers Notizen steht. Das ist das Einzige, was uns in dieser Sache helfen kann, also möge die Seherin denken, dass sie bekommt, was sie will. Für den Moment.

Als wir das Haus betreten, sehe ich Cassiels flauschigen Schwanz den Flur entlang in Richtung Bibliothek verschwinden und wenn ich raten müsste, dann ist Aria dorthin gegangen. Entweder in die Bibliothek oder ins Kellerzimmer, um meinen Bruder zu besuchen.

Dorian legt den Botenvogel, den er auf dem Weg hinaus aus den Sturmmärkten für Aria gekauft hat, auf einen Tisch in der Nähe, bevor er die Treppe hinaufgeht.

„Wo willst du hin?", schnaubt Elias.

„Duschen. Ich weiß nicht warum, aber jedes Mal, wenn ich auf diese Märkte gehe, habe ich das Gefühl, dass ich mich danach abschrubben muss." Er schaudert, um das zu unterstreichen. „Ein dreckiger Ort."

„Und ich glaube, du hast einen Maisstängel im Haar", sagt Elias und zeigt auf ihn.

„Was?" Er fährt sich mehrmals mit den Fingern durchs Haar, aber natürlich ist da nichts. Als er merkt, dass Elias ihn nur verarschen will, starrt er ihn an. „Du kleiner Scheißer."

„Ich mag vieles sein, aber *klein* gehört nicht dazu."

Kopfschüttelnd schreite ich hinter Aria und Cassiel her.

„Cain." Elias' Ruf hält mich auf, und ich drehe mich um. „Hast du vor, uns zu erzählen, was das alles sollte?"

Dorian lehnt sich über das Geländer und ist gespannt auf meine Antwort. Aber im Moment habe ich keine für sie.

„Ich muss erst mit Aria reden", sage ich stattdessen. „Dann komme ich zu euch und wir besprechen, wie es weitergeht."

„Mit den Nightwalkers?", fragt Elias.

„Und was ist mit Maverick?", fügt Dorian hinzu.

„*Alles*", sage ich mit zusammengebissenen Zähnen. „Wir werden das alles besprechen. Aber zuerst muss ich zu Aria."

Dorian geht die Treppe hinauf, während Elias sich auf den Weg in die Küche macht, wahrscheinlich für eine seiner vielen Vormittags-Mahlzeiten vor dem Mittagessen.

Ich wende mich um, gehe den Flur entlang und halte inne, als ich die Kellertür erreiche. Ich will sie gerade öffnen, um zu sehen, ob sie nach unten gegangen ist, als ich die vertrauten Schwingungen ihrer Seele durch unsere Verbindung am anderen Ende des Flurs spüre.

Sie ist in der Bibliothek.

Drinnen finde ich sie auf der Chaiselongue sitzend mit einem Gesetzesbuch in der Hand. Bei ihrem Anblick muss ich lächeln. Sie hat wirklich keine Zeit verschwendet.

„Da drin wirst du nichts finden", sage ich und deute auf das normale Rechtsbuch. „Dämonenverträge sind viel komplizierter als die, die Menschen unterschreiben."

Ohne aufzublicken, klappt sie das Buch zu, steht auf und schiebt es zurück ins Regal, ihre Bewegungen sind steif, ruckartig und voller Wut. Cassiel erhebt seinen Kopf von seinem Platz auf dem Teppich und beobachtet, wie Aria die Buchrücken nach etwas anderem zum Lesen durchsucht, bevor er sich streckt, gähnt und hinausgeht.

„Es gibt keine Quellenangaben zu den Höllendeals. Sonst würde jeder eine Möglichkeit finden, aus ihnen herauszukommen."

Doch sie antwortet nicht und sieht mich nicht einmal an.

Ich gehe näher heran. „Aria ..."

Nichts. Sie fährt fort, Bücher herauszuziehen und ihre Einbände zu untersuchen, bevor sie sie zurücklegt.

Ich greife nach ihrer Hand, aber sie zieht sie weg, lässt das Buch fallen, das sie herausgenommen hat, und wirbelt zu mir herum. „Was?", bellt sie und ihre Augen glühen vor Wut.

„Hast du gehört, was ich gesagt habe?"

„Ich muss *etwas* tun", blafft sie zurück. „Irgendjemand muss es tun."

Ihre Worte verblüffen mich. „Was meinst du?"

„Ich muss etwas tun, weil du es nicht tust."

„Das ist nicht wahr."

„Du wirst einfach auf deinem schwarzgeflügelten Hengst mit ihr in den höllischen Sonnenuntergang reiten und nie wieder an mich denken."

Hengst? Sonnenuntergang?

Ich lache fast über die Absurdität des Ganzen, aber als ich den tatsächlichen Schmerz in ihrem Ausdruck sehe, halte ich mich zurück.

Als sie nach einem anderen Buch im Regal greift, ergreife ich ihre Hand. Ich muss ihre Aufmerksamkeit erregen; ich muss ihr sagen, was ich für sie empfinde. Die Wahrheit.

Sie versucht erneut, die Hand wegzuziehen, aber ich drehe sie und halte sie ihr über den Kopf. Mein Körper ist über sie gebeugt, er überragt ihren viel kleineren Körper und sie stößt vor Überraschung einen kleinen Schrei aus.

„Lass mich los", sagt sie.

„Nein", flüstere ich. „Das werde ich nicht."

Sie stöhnt verärgert auf und versucht, sich loszureißen.

„Du musst mir zuhören", sage ich mit Nachdruck. Sie zappelt weiter und versucht, meinem Blick auszuweichen. Ich halte sie ganz fest. „Aria, hör mir zu."

„Nein!"

Ich erinnere mich an eine Zeit, in der sie mich fürchtete. Als ich sie sowohl vor Angst als auch vor Verlangen erzittern ließ. Manchmal vermisst der Dämon in mir diese Zeit, aber als sie mich mit feurigen Augen anschaut, steigt derselbe Hunger, den ich damals für sie empfand, mit noch größerer Kraft in mir auf. Ich genieße die Herausforderung. Das Zurückdrängen. Den Widerstand.

Ich mag das Spiel.

Denn ich gewinne immer.

Meine andere Hand packt sie am Kinn und ich zwinge sie, mir in die Augen zu sehen. „Aria, ich will Miranda nicht."

Daraufhin hört sie auf, sich zu wehren, und ihr Körper erschlafft. Der Schmerz und der Verrat, den sie empfunden hat, scheinen förmlich durch, als sie zu mir aufblickt, und mein Herz schwer wird. Denkt sie wirklich, dass sie mir völlig egal ist? Habe ich meine Gefühle für sie nicht deutlich genug zum Ausdruck gebracht? Ich glaube nicht.

Das ist alles noch so neu für mich. Was ich für Aria empfinde – was ich ihr während des Rituals gestanden habe – ist etwas, von dem ich dachte, dass Dämonen es nie fühlen könnten. Etwas, von dem ich dachte, ich sei unfähig, es zu fühlen. Bis sie in unser Leben trat.

„Ich will sie nicht", wiederhole ich, nur um sicherzugehen, dass sie die Wahrheit auch wirklich vernimmt. Damit sie sie wirklich hört. „Ich will weder über die Hölle herrschen noch sie als meine Königin haben. Niemals."

Sie schweigt, als sie die Worte verarbeitet, aber während sie schweigt, fahre ich fort.

„Ich will dich, Aria. Dich. Und nur dich. Ich weiß nicht, was ich noch tun muss, um ..."

Sie küsst mich, heftig und unerwartet, und schneidet mir das Wort ab. In diesen Millisekunden stellt sie sich auf die Zehenspitzen und lässt ihre Zunge in meinen Mund gleiten, um den Kuss zu vertiefen.

Instinktiv drängt mein Körper sie fester gegen das Regal, und das Bedürfnis, mehr von ihr zu haben, schießt wie ein Blitz durch mich hindurch. Die Hand, die sie festhielt, fährt nun durch ihr Haar und verfängt sich in ihren Locken. Damit ziehe ich ihren Kopf nach hinten.

Sie atmet heftig ein, ihr Mund öffnet sich und ich nehme ihre Unterlippe zwischen meine Zähne.

„Ist das alles, was du hören wolltest?", hauche ich gegen ihren Mund. „Dass ich dich will?"

„Und nur mich."

„Das ist wahr", sage ich. Ich drücke ihr einen Kuss auf das Kinn. „Nur dich. Für immer."

„Dann zeig es mir."

Ein Knurren steigt in meiner Kehle auf. Genau das will ich hören. „Mit dem größten Vergnügen."

Ohne noch mehr Zeit zu verschwenden, greife ich unter ihren Rock, ertaste den Saum der Nylonstrümpfe zwischen ihren Beinen, hake meinen Finger hinein und ziehe daran. Der Stoff platzt auf und reißt mitten durch.

Kein Höschen?

Prima.

Ich bin nicht überrascht, dass sie bereits feucht und bereit für mich ist, und der Dämon in mir liebt das sogar noch mehr. Ich spreize ihre geschmeidigen Schamlippen und schiebe einen Finger in sie hinein.

„Ahh ..." Sie windet sich gegen mich, ihr Mund ist immer noch ganz nah an meinem. Ein weiterer Finger ist drin und sie keucht vor Verlangen. Ich stoße schnell und ohne Hemmungen in sie hinein, weil ich weiß, dass sie es liebt, wenn ich sie auf diese Weise mit meinen Fingern ficke. Ein kleiner Vorgeschmack auf das, was als Nächstes kommt.

Und wenn sie kommt, werde ich sie küssen, ihre Leidenschaft schmecken und ihre Ekstase trinken. Dann, noch bevor sie zu Atem kommt, stoße ich in sie hinein. Immer und immer wieder, bis sie zu schwach ist, um sich zu bewegen und mich anfleht, aufzuhören.

Ich drücke sie immer noch gegen das Regal und spüre,

wie sich ihr Körper anspannt und ihre Beine zittern, weil sie sich kaum noch auf den Beinen halten kann.

„Komm für mich, Aria", befehle ich. „Komm für mich, und dann werde ich dich so heftig ficken, dass du nie wieder fragen musst, was ich für dich empfinde."

Mit einer kleinen Bewegung meiner Finger finde ich ihren Lustpunkt und sie verliert in meinen Armen augenblicklich die Kontrolle. Sie schreit. Sie zittert. Ich sehe zu, wie sie sich meinen Berührungen hingibt und weiß, dass ich genau das für alle Ewigkeit will. Sie. Niemanden sonst.

Ich ziehe mich von ihr zurück und öffne schnell meine eigene Hose. Sie bekommt sie zu fassen und zieht sie mir eilig aus. Ich packe sie an den Oberschenkeln, ihr Rock wird hochgeschoben und ich hebe sie hoch, damit sie ihre scharfen Beine um meine Taille schlingt.

„Cain", bettelt sie, und wie immer bringt dieser Klang meine Beherrschung ins Wanken. Flüssiges Feuer schießt durch meine Adern, als der Dämon aufsteigt, und meine Sicht wird schärfer.

Als ihr Orgasmus sie überrollt, stoße ich in ihre Enge und stöhne, als sich ihre Muskeln um mich zusammenziehen.

Verdammte Scheiße, sie fühlt sich so gut an.

Während sie mit dem Rücken an den Bücherregalen lehnt, stoße ich meinen Schwanz in sie. Eine süße Mischung aus Lust und Schmerz blitzt auf ihrem Gesicht auf und die Bücher über uns wackeln an ihrem Platz. Ich vergrabe mein Gesicht in ihrem Hals, während sie sich am Rücken meines Hemdes festhält, als ob sie um ihr Leben kämpft. Vielleicht tut sie das auch, denn ich werde nicht langsamer. Ich stoße mit so viel Kraft in sie hinein, dass die Wände erzittern und Bücher um uns herum herabregnen.

Ich strecke einen Arm aus, um sie zu schützen, und als sich ihre Beine um meine Hüften krallen, weiß ich, dass sie gleich wieder kommen wird. Das Problem ist, dass ich spüre, wie mein eigener Höhepunkt naht, und wenn sie ihren Höhepunkt erreicht, werde ich es sicher auch tun.

Ich ziehe mich aus ihr heraus und setze ihre Füße auf den Boden, wobei ich mir sofort einen vernichtenden Blick von ihr einfange.

Ich will ihr gerade sagen, dass sie sich keine Sorgen machen soll – wir sind noch nicht fertig –, aber sie packt mich grob am Hemd und zieht es mit einem Ruck nach unten, wobei sie mich mitnimmt.

Verdammt! Sie ist stark.

Irgendwie liege ich auf dem Rücken, die heruntergefallenen Bücher graben sich unangenehm in meine Wirbelsäule und sie steht über mir mit einem zufriedenen Grinsen im Gesicht.

Mein Herz klopft. Das ist nicht wie bei ihrem ersten Versuch im Red Room. Sie ist selbstbewusst und so unglaublich heiß, wenn sie das Kommando übernimmt. In meinem Kopf dreht sich alles vor Verlangen, aber als ich mich aufsetze und nach ihr greifen will, drückt sie mir ihren Fuß in die Brust und stößt mich wieder nach unten.

Ich könnte in Schwierigkeiten stecken. Diese Frau hat es geschafft, mich, den ersten Sohn Luzifers, aufs Kreuz zu legen. Buchstäblich und im übertragenen Sinne.

Auch gefühlsmäßig.

In diesem Moment senkt sie sich auf mich und lässt mich wieder in sie eindringen. Ich knirsche mit den Zähnen. „Aria ... Verdammt ...“

„Ich bin dran", sagt sie und ich hätte nie gedacht, dass mich drei Worte so sehr berühren können. Sie beginnt, sich auf und ab zu bewegen, schiebt mich in sie hinein und wieder heraus und übernimmt die volle Kontrolle. Während sie mir in die Augen blickt, steigert sie ihr Tempo.

Ich umklammere ihre Hüften und hebe meine eigenen an, um ihr Stoß für Stoß entgegenzukommen. Das Geräusch unserer Körper, die aufeinander klatschen, erfüllt den Raum, und mein ganzer Körper spannt sich an. Wenn wir so weitermachen, kann ich mich nicht länger zurückhalten.

Sie ergreift mein Hemd, während sie mich reitet, und ich knurre.

„Liebst du mich, Cain?", schnarrt sie, während wir uns im perfekten Takt bewegen. Sie blinzelt mich mit diesen langen, dunklen Wimpern an, die selbst den stärksten Mann hypnotisieren können.

„Das tue ich."

Wie beim ersten Mal, als ich es während des Rituals sagte, ist da kein Zögern oder Bedauern. Nur die Wahrheit. Ich kann es nicht länger leugnen. Was ich für sie empfinde, kann nichts anderes sein.

Aria ist alles für mich. Und ich werde alles tun, was nötig ist, um sie an meiner Seite zu haben.

„Ich will hören, wie du es sagst", sagt sie. „Sag es."

Ich drücke sie fester an mich und wir beide beschleunigen unser Tempo rasend schnell. „Ich liebe dich, Aria."

Sie wirft ihren Kopf zurück und schreit, als ihr Höhepunkt sie in die Höhe treibt. Das köstliche Kribbeln schießt mir den Rücken hinunter. Ihre Muskeln spannen sich auf die richtige Weise um mich und es dauert nur

Sekunden, bis auch ich komme und mich nicht mehr zurückhalten kann.

Schwer atmend und mit schweißnasser Stirn bricht sie auf meiner Brust zusammen. Trotz der Gefahr, die uns umgibt, bin ich so erleichtert und glücklich, dass ich meine Arme um ihren kleinen Körper schlinge und sie an mich drücke, bis sich alles beruhigt hat.

Wir bleiben eine Weile so, still und ruhig, und hören auf unsere schnellen Atemzüge, bis sie sich wieder normalisieren.

Arias Stimme ist leise, als sie wieder das Wort ergreift. „Cain?"

„Ja?"

„Warum hast du mich Miranda nicht töten lassen?", fragt sie. „Das hätte dich vom Vertrag befreit."

Nicht gerade das, worüber ich nach wirklich gutem Sex reden möchte, aber okay.

Ich seufze. „Weil das nicht du warst, mein Schatz. Ich hatte Angst, dass du es für den Rest deines Lebens bereuen würdest, wenn ich zulasse, dass du sie umbringen lässt."

„Was ist, wenn du dich irrst, Cain? Was ist, wenn ich es die ganze Zeit war? Was, wenn diese Wut und Dunkelheit, die ich spüre, gar nicht Sayah ist? Was, wenn ich es tatsächlich bin?"

„Das stimmt nicht. Ich kenne dich, und das warst nicht du."

Sie blickt zu mir auf, ihre Augen suchen mein Gesicht mit großer Sorge ab. „Aber bist du es wirklich? Ich glaube nämlich langsam, dass ich mich selbst nicht mehr kenne."

Ich stütze mich auf meine Ellbogen, und sie zieht sich zurück, um mich anzusehen.

„Ich schon", sage ich und streiche ihr eine lose Haarsträhne hinter die Schulter. „Ich werde einen anderen Weg finden, aus Mirandas Deal herauszukommen. Das werde ich. In diesen Verträgen gibt es immer ein Schlupfloch zu Gunsten des Dämons. Ich muss es nur finden und ausnutzen."

Aria scheint mit dieser Antwort zufrieden zu sein und lehnt sich wieder an mich, sodass ich mich wieder hinlege. Sie rutscht an meine Seite und lässt sich unter meinem Arm nieder, und ich kann nicht anders, als zu denken, wie perfekt ihr Körper dort hinpasst.

„Cain?", ruft sie mir wieder zu und legt ihre Hand auf mein Herz.

Ich schaue zu ihr hinunter und schenke ihr ein kleines Lächeln.

„Ja, Aria."

„Ich ... Ich liebe dich auch."

6

MAVERICK

Über mir bebt die Decke und Schmutz und Staub regnen auf mich herab. Ich schnaube und schüttle meine Haare aus, um alles aus meinem Gesicht und meinem Mund zu bekommen.

Ich höre Arias Schreie und das Stöhnen meines Bruders, der sie ein Stockwerk über mir durchvögelt, und eine Mischung aus Wut, Eifersucht und Hunger wütet in mir.

Scheiß auf Cain. Er weiß nicht, wie gut er es hat.

Er ist seit einem Jahrhundert auf der Erde, lebt in Saus und Braus, baut ein Imperium auf, völlig frei von Vaters psychotischen Tendenzen, obwohl er eigentlich verbannt werden sollte. Bestraft.

Doch meine anderen Brüder und ich waren in der Hölle und taten alles, was wir konnten, um zu überleben. Das ist einfach ungerecht.

Die alten Stützbalken über mir beben, das Wummern ihrer Körper, die gegen die Wand schlagen, wird schneller, ihr Stöhnen wird lauter und ich beiße die Zähne zusammen. Eigentlich sollte ich es sein, der sie fickt. Ich. Ich könnte diese Dunkelheit in ihr zähmen, ihr die Art von Vergnügen bereiten, nach der sie sich sehnt. Etwas, das auf die denkbar angenehmste Weise weh tut.

Aber wird Cain mich jemals in dem Leben akzeptieren, das er sich hier aufgebaut hat? Und Aria? Das ist doch die entscheidende Frage, oder?

Wenn ich mich in dem dunklen Raum umschaue und die kreisförmige Linie aus frischer Erde und Salz um mich herum betrachte, würde ich sagen, dass die Antwort darauf bisher nein lautet.

Ich musste sie nur davon überzeugen, dass ich bereit bin, längerfristig hier zu bleiben. *Falls* sie mich haben wollen.

Zum Glück für Cain hasse ich Luzifer mehr als ihn. Und zum Glück für Aria, hasse ich sie nicht. Noch nicht.

Als ich an meinen Fesseln ziehe, rasseln die Ketten. Ich ziehe etwas fester an ihnen, aber da der Dämonenkreis meine Kräfte hemmt, habe ich keine Chance, mich aus ihnen zu befreien. Oder mich loszureißen.

Der Nachteil an diesen Fallen ist, dass sie sehr fragil sind. Nur ein kleiner Windstoß oder eine Berührung mit dem Fuß, um den Kreis zu durchbrechen ...

Ich rutsche nach unten und strecke meine Beine und Arme so weit aus, wie es geht. Mist! Selbst mit meinen Schuhen bin ich immer noch zu klein, um die Linie zu erreichen. Sieht so aus, als würde das schmerzhaft werden.

Die Geräusche von Sex auf dem Boden über mir hören nicht auf.

Klasse. Sie übertönen jedes Geräusch, das ich hier unten mache.

Wenigstens ist mein Bruder für irgendetwas gut.

Ich dehne mich weiter, meine Muskeln sind angespannt und brennen. Aber ich beiße die Zähne zusammen, nehme den Schmerz in Kauf und warte, bis ich das deutliche Knacken höre, wenn sich meine Schultern ausrenken.

„Scheiße!" Das tut weh, aber es ist gut so. Ich kann so weit nach unten rutschen, dass ich mit der Schuhspitze das Salz und den Schmutz des Kreises wegwischen kann, und sofort lässt der Druck der Magie, die mich unterdrückt, nach.

Ich blinzle und stehe plötzlich wieder auf meinen Füßen, die Ketten und Fesseln sind verschwunden.

Meine Arme hängen wie leblos an meiner Seite.

Verdammt! Wann habe ich das letzte Mal etwas gegessen? Ich kann mich nicht daran erinnern. Vielleicht als ich den Kerl, der für Cain gearbeitet hat, in den Sümpfen von Missouri ausgesaugt habe.

Das ist verdammt lange her.

Das wird den Heilungsprozess mit Sicherheit verlangsamen.

Aber gut. Wenigstens bin ich frei.

Ich schreite zur Tür, aber bevor ich durchgehen kann, verdecken die breiten Schultern meines Bruders mir den Weg. Ich hatte nicht einmal gehört, dass sein kleines Fickfest zu Ende war.

Mit eisigem Blick kommt er auf mich zu und zwingt mich, nach hinten zu weichen und weiter in den Raum zu gehen.

„Du bist ein geschickter Entfesselungskünstler, das muss ich dir lassen", sagt er mit steinerner Miene.

Es ist erstaunlich, wie sehr er von uns allen Vater

ähnelt. In der Gesichtsform. In seinem Auftreten, bis hin zu seiner Haarfarbe. Sein Dämon. Beide strahlen Dominanz und Macht aus, verlangen Respekt und Autorität, nur weil sie einen Raum betreten. Ich hingegen, der letzte meiner Brüder, der aus Luzifers Seele gezogen wurde, bin fast sein Gegenteil. Weißes Haar, silbern geflügelter Dämon ... Das Einzige, das uns eint, ist die Sünde, die uns miteinander verbindet. Die Gier – das Bedürfnis, immer mehr zu wollen und nie zufrieden zu sein mit dem, was uns gegeben wird.

Ich mustere Cain und bemerke sein zerknittertes, offenes Hemd, bei dem die obersten Knöpfe fehlen, und sein zerzaustes Haar. In meiner Brust kribbelt es vor Eifersucht.

„Wegen mir hättest du nicht aufhören müssen", sage ich und deute auf seinen ungepflegten Zustand. „Es klang so, als hättest du da oben eine Menge Spaß gehabt."

Sein Körper spannt sich an. Ist er überrascht, dass ich sie hören konnte? Denn ich bin mir sicher, dass halb Vermont es mitbekommen hat. Sie haben es ja auch nicht gerade geheim gehalten.

„Wenn du vorhast, hier zu bleiben, solltest du dich daran gewöhnen", antwortet er.

Daran gewöhnen? Ich möchte auch meiner Leidenschaft frönen.

„Du bist besessen von ihr", sage ich und beäuge ihn.

Er macht einen weiteren Schritt auf mich zu. „Ich liebe sie."

Seine Worte treffen mich wie ein Schlag und ich stolpere rückwärts, wobei ich fast über meine eigenen Füße stürze.

Ich kann meine Stimme nicht wiederfinden und starre

ihn einen langen Moment lang an, weil ich mich frage, ob ich ihn vielleicht falsch verstanden habe. Aber nein. Er hatte es gesagt. Das „L"-Wort. Liebe.

Ein hysterisches Lachen sprudelt in meiner Kehle hoch. Ich versuche, es zurückzuhalten, aber ich kann nicht anders; es schießt aus mir heraus und ich lache so sehr, dass ich keine Luft mehr bekomme. Bald muss ich husten, röcheln und keuchen, alles gleichzeitig.

„Tut mir leid, aber hast du gesagt ...", bringe ich zwischen zwei Atemzügen hervor.

Seine Augen verengen sich.

„Du machst Witze!"

Aber in seinem Gesicht ist keine Spur von Belustigung zu sehen.

Ich halte abrupt inne und stehe auf. „Du machst keine Witze." Endlich beginnt das Ziehen und Zerren meines Körpers, der sich selbst zu heilen beginnt. Meine Finger kribbeln, als das Gefühl in sie zurückkehrt. „Aber das ist unmöglich."

„Es mag eine Zeit gegeben haben, in der das so war, aber jetzt nicht mehr", sagt er.

„Aber ihr seid ... wir ..."

„Dämonen, ja."

„Luzifers Söhne", antworte ich und meine Stimme wird lauter. „Wir wurden aus seiner eigenen Seele gezogen. Und wir beide wissen, dass dieser Bastard nicht imstande ist, auch nur annähernd so etwas zu fühlen."

„Wir sind nicht Vater", sagt er, aber dann sieht er mich an. „Zumindest bin ich es nicht."

„Ich bin ganz gewiss nicht dieser Psychopath."

„Was mich nur noch mehr bestärkt. Wer sagt denn,

dass wir nicht unser eigenes Leben führen können? So, wie wir es leben wollen. Lieben, wen wir wollen ...“

Ich lehne mich zurück. Kann immer noch nicht glauben, was er mir da erzählt. Mein Bruder hatte noch nie Interesse an einem anderen Menschen gezeigt, geschweige denn sich für ihn interessiert.

Liebe? Fehlanzeige.

„Scheiße. Das muss wirklich guter Sex gewesen sein“, murmle ich. „Vielleicht darf ich als Nächstes mal ran?“

Er steht blitzschnell vor mir, die Augen schwarz, die Adern sichtbar auf seiner Haut und die Flügel weit ausgebreitet. Das, was von seinem Hemd übrig ist, hängt in zwei Hälften zerrissen an seinen Armen herunter. Er fasst mich jedoch nicht an. Er baut sich nur über mir auf, mit einem bedrohlichen Grollen in seiner Kehle.

„Du hältst dich gefälligst von ihr fern“, knurrt er. Seine Stimme ist in diesem Zustand immer tiefer und donnernder.

Ich sehe ihm direkt in die Augen. Mein eigener Dämon versucht, sich aufzurichten, weil er es nicht mag, herausgefordert zu werden. „Was willst du tun, Cain? Hm? Mich töten? Mach schon, tu es. Vielleicht hast du ja mehr von Vater, als du denkst.“ Aber als sich meine Flügel entfalten, schießt der Schmerz durch jeden Muskel und lähmt mich, sodass ich gezwungen bin, sie wieder einzuziehen. Ich kann nicht anders, mein Körper zittert vor Schwäche.

Verdammt noch mal. Ich hasse es, mich ihm unterwerfen zu müssen, aber zwischen dem magischen Entzug des Dämonenkreises und meinem Mangel an Seelen in letzter Zeit habe ich keine andere Wahl.

Zu meiner Überraschung weicht Cain ein wenig

zurück und sein tintenblauer Blick schweift über mich. „Wie lange hast du schon nichts mehr gegessen?", fragt er.

„Wen interessiert das?", schnauze ich. Noch mehr Schmerz durchzuckt meine Arme, weil alles seine Zeit braucht, um sich wieder zusammenzufügen.

Er tritt einen Schritt zurück und will etwas erwidern, aber eine andere Stimme meldet sich zu Wort.

„Was soll das denn werden?" Es ist Dorian, der mit seinem üblichen dummen, selbstbewussten Grinsen und nassen Haaren in den Raum schlendert. Als käme er gerade vom Schwimmen oder aus der Dusche. „Haben wir einen Pinkelwettstreit unter Brüdern? Oh! Vielleicht vermessen wir ja unsere Schwänze, um zu sehen, wer den Größten hat?" Er beginnt, seine hautenge Hose aufzuknöpfen.

„Auf keinen Fall. Lass den Scheiß da, wo er hingehört", sage ich.

„Das sagst du, weil du weißt, dass ich gewinnen würde."

„Ja, ja. Wir alle wissen über Inkubi und die Schweinereien jenseits der Gürtellinie Bescheid."

„Es ist ein Zwei-für-Eins-Special."

Ich weiß gar nicht, was ich dazu sagen soll, also lasse ich es bleiben und schaue wieder zu meinem Bruder. Er schüttelt seinen Dämon ab, und der zieht sich schnell und kampflos zurück.

Als sich seine Flügel wieder einklappen, betrachtet er meine ausgekugelten Schultern und leblosen Arme. „Dir ist klar, dass du in den Kreis zurückkehren musst."

„Und dir ist klar, dass ich wieder einen Ausweg finden werde, oder?", antworte ich. „Ich bin nur so lange dort geblieben, um euch zu zeigen, dass ich mich an eure Regeln halte und dass man mir vertrauen kann."

„Aber du bist doch entkommen", sagt Cain unwirsch.

„Er ist entkommen?", wiederholte Dorian mit ungläubiger Stimme. „Wie? Der Kreis ..."

„War wohl nicht groß genug", fügt Cain hinzu. Er deutet auf die Stelle, an der ich mit meinem Schuh die Linie durchbrechen konnte.

Er blickt zwischen mir und dem Kreis hin und her, als könne er nicht glauben, dass ich einen Ausweg aus dem Kreis gefunden habe. „Ach du Scheiße."

Plötzlich klingelt ein Handy, und Cain zieht es in Windeseile aus seiner Tasche, drückt den Knopf und hält es an sein Ohr.

„Ja", meldet er sich.

Am anderen Ende ist eine gedämpfte Stimme zu hören, nicht laut genug, als dass ich sie verstehen könnte. Hier wäre es praktisch, das Ohr eines Höllenhundes zu haben.

Sein Gesichtsausdruck ändert sich nicht, während er dem Anrufer zuhört, und er antwortet nur mit „Mhm" und „Verstehe" und „Sofort", bevor er auf Beenden drückt und das Telefon wieder weglegt.

„Und?", drängt Dorian, bevor ich etwas sagen kann. „Worum ging es?"

„Unser Team hat ein weiteres Relikt gefunden", antwortet er. Ich weiß nicht, wie er das macht, aber sein Gesicht ist wie versteinert.

„Moment, ist das nicht eine gute Sache? Habt ihr nicht nach den Teilen der Harfe gesucht?", frage ich.

„Ja, aber nach deinem Stunt mit einem der letzten

Stücke, die wir gesucht haben, müssen wir äußerst vorsichtig sein."

Dorian atmet tief durch. „Meinst du, das könnte eine Falle sein?"

„Von mir?", werfe ich ein.

Cain schüttelt den Kopf. „Von Luzifer."

Das wäre wohl möglich. Er kann vielleicht nicht so einfach aus der Hölle herauskommen, aber er könnte immer einen unserer anderen Brüder dazu bringen, für ihn Fallen zu stellen. Er hatte mich angeworben.

„Was ist unser nächster Schritt?", fragt Dorian.

Cain schweigt einen langen Moment und denkt nach.

„Elias, Aria und ich werden nach Brasilien aufbrechen, um das Relikt zu holen", erklärt er nach einiger Zeit. „Dorian, du bleibst hier und sorgst dafür, dass unser Haus, unser Club und unsere Stadt vor den Nightwalkers geschützt werden. Und vor ..." Er blickt in meine Richtung. „anderen ungebetenen Gästen."

Autsch. Ein Tiefschlag.

„Und Nightwalkers sind?" Ich balle und löse meine Fäuste und verkneife mir den Schmerz, der immer noch andauert, während die Heilung langsamer als normal voranschreitet.

„Vampire, die versuchen, in unser Revier einzudringen", erklärt mein Bruder.

„Scheiße, ihr wart ganz schön beschäftigt hier oben."

„Du hast ja keine Ahnung", murmelt Dorian, bevor er seine Aufmerksamkeit wieder auf Cain lenkt. „Du meinst also, ich muss hier bleiben und babysitten?", fragt er.

„Ich vertraue dir, dass du hier bleibst."

Er seufzt. „Gut. Ich weiß nicht, warum Elias den ganzen Spaß haben darf."

Wie aus dem Nichts erscheint Elias an der Tür, völlig nackt und für einen Höllenhund etwas mitgenommen dreinblickend.

Cain tritt auf ihn zu. „Was ist los?"

Elias' Tätowierungen und Narben, die seinen Oberkörper zieren, sind deutlich zu sehen und sein langes Haar ist blutverschmiert. Seine Haut wölbt sich auf der Brust und seine Muskeln treten hervor, während er die Reste seiner Form als Höllenhund abschüttelt.

„Zwei weitere Höllenhunde pirschen sich an unsere Grundstücksgrenze heran", schnauft er, während er versucht, zu Atem zu kommen. „Diese Wichser haben mich verfolgt."

Ich kann Elias zwar nicht ausstehen, aber der Höllenhund ist der Beste in seinem Metier. Es gibt einen Grund, warum er schon in jungen Jahren zum Befehlshaber seiner eigenen Legion aufgestiegen ist. Er ist eine Tötungsmaschine.

„Herzlichen Glückwunsch?" Dorian klatscht langsam für ihn. „Bist du nur hier, um dich zu freuen?"

Er legt den Kopf schief, während er versucht, sich an den Grund seines Hereinstürmens zu erinnern. „Nein, eigentlich nicht." Er wendet sich an Cain. „Auf dem Rückweg bin ich jemand anderem begegnet."

Alle warten, bis er zu Ende gesprochen hat.

„Viktor."

Dorian und Cain tauschen verwirrte Blicke aus.

„Sollte der nicht untergetaucht sein?", fragt Dorian.

„Er ist im Foyer und wartet auf dich." Elias nickt Cain zu. „Er will das Problem mit den Nightwalkers besprechen. Er kann nicht nur rumsitzen und abwarten. Er will Rache."

„Das kann ich ihm nicht verdenken", antwortet Dorian. „Und was jetzt? Was ist mit dem Relikt?"

Alle schauen zu Cain und warten auf das letzte Wort.

Er zieht die Schultern zurück und wendet sich an alle. „Alles läuft weiter wie geplant. Elias und ich werden hier bleiben, um uns um die Höllenhunde und die Vampirprobleme zu kümmern. Dorian, du und Aria werdet nach Brasilien aufbrechen und den Anweisungen des Suchteams folgen, um den anderen Teil von Azraels Harfe zu finden."

„Ich will mit", mische ich mich ein. „Ich kann helfen."

„Auf gar keinen Fall", antwortet Elias, bevor Cain es tun kann.

„Nie im Leben", fügt Dorian hinzu.

„Ich könnte euch von Nutzen sin. Ich weiß, wie Luzifer Pläne schmiedet. Wenn das wieder eine Falle ist, werde ich sie vor allen anderen erschnüffeln können", sage ich.

Cain blickt mich nur an, ohne etwas zu sagen. Es hilft auch nicht gerade, dass es fast unmöglich ist, zu erraten, was er denkt. Er ist schwieriger zu durchschauen als Luzifers Buch.

„Ich will auch etwas davon haben", gestehe ich. „Ich will in dieser Welt leben und diese Stadt zu unserem eigenen kleinen Stückchen Hölle machen. Aber vor allem will ich Vater ein für alle Mal loswerden." Ich hoffe, ich kann ihn davon überzeugen, dass ich keine Bedrohung bin. Zumindest nicht mehr. „Deshalb bin ich auch nicht einfach hier abgehauen. Und du weißt, dass ich viele Möglichkeiten hatte, als ich den Kreis durchbrochen habe. Aber ich habe nichts davon getan."

Trotzdem sagt er nichts. Mein Inneres zieht sich vor Sorge zusammen. Was, wenn er mich nicht akzeptiert?

Nach allem, was ich ihm, seinen Freunden und Aria angetan habe, würde es mich nicht wundern.

„Ich bin hier geblieben. Weil ich hier sein will", fahre ich fort.

„Na gut", sagt er plötzlich.

„Warte, du willst, dass er abhaut?", krächzt Dorian mit großen, ungläubigen Augen. „Warum zum Teufel sollte er irgendwo hingehen, außer von einer Klippe gestürzt zu werden?"

„Ich hab's verstanden. Er macht nur Witze." Elias lacht bellend. „Das muss ein Scherz sein."

Aber in Cains Gesichtsausdruck ist nicht die geringste Spur von Belustigung zu erkennen.

„Cain ...", beginnt Dorian vorsichtig. „Ich glaube nicht, dass das eine gute Idee ist."

Cain wirbelt plötzlich auf mich zu, sodass ich zurückspringe. Feuer brennt in seinen Augen. „Das ist deine letzte und einzige Chance zu beweisen, dass das, was du sagst, wahr ist, *Bruder*." Er betont das letzte Wort absichtlich. „Zeig uns deine Treue und hilf uns, das Relikt zu finden, damit wir zurück in die Hölle kommen und unseren Vater stürzen können."

Ich nicke, aber innerlich bin ich ganz aufgeregt. „Verstanden."

Holt mich verdammt noch mal aus diesem Keller raus.

Dann geht er auf die Tür zu, bleibt aber stehen und legt Dorian eine Hand auf die Schulter. „Wenn er auch nur einen Zentimeter aus der Reihe tanzt, töte ihn."

Dorian blickt zu mir rüber und grinst breit. „Mit dem größten Vergnügen."

7

———

ARIA

Während wir in der gemütlichen Limousine sitzen, fällt draußen der Schnee in Massen. Es dämmert und alle Straßenlaternen sind eingeschaltet, sodass die Stadt durch den Schnee fast wie ein Wunderland wirkt. Aber das ist alles nur eine Illusion. Diese Welt wird von übernatürlichen Geschöpfen regiert, und das, was in den Nachtstunden so alles herumspukt, gibt es wirklich. Ich muss es wissen, denn schließlich lebe ich mit drei von ihnen zusammen.

Zu dritt sind wir auf dem Weg zum Flughafen und ich bin mir nicht sicher, ob auch nur einer von uns für eine Operation in Brasilien, im Amazonas-Regenwald, wirklich bereit ist, aber wenn eins der Relikte sich dort befindet, dann fahren wir eben dorthin.

Dorian sitzt zwischen Maverick und mir, seinen Arm um meinen Rücken geschlungen. Wir haben kaum geredet, seit wir von zu Hause weg sind, also wird das ein höchst interessanter Trip werden.

„Warst du schon mal im Amazonas-Regenwald?", frage ich sie, um das Schweigen zu durchbrechen.

Dorian schüttelt den Kopf. „Das wird mein erstes Mal sein. Aber ich wollte schon immer mal unter anderen Umständen dorthin."

„Mich interessiert das überhaupt nicht", sagt Maverick. „Da gibt es Piranhas und alles Mögliche, das dich umbringen will."

„Du verwechselst es anscheinend mit Australien", korrigiert ihn Dorian.

„Das glaube ich nicht. Im Amazonas gibt es Insekten, die deinen Schwanz hochkrabbeln und dort ihre Eier ablegen."

Dorian spannt sich an und zieht seine Beine zusammen. Mir hätte der Mund offen stehen können; das hätte ich von Maverick nicht erwartet. Vielleicht hat er mehr Angst vor der Reise, als er zuerst zugeben wollte. Oder er hängt schon zu lange mit Elias ab.

„Blödsinn", bellt Dorian.

Maverick zuckt mit den Schultern. „Ich fordere dich heraus, im Wasser zu schwimmen, wenn wir da sind."

Als niemand antwortet, kichere ich vor mich hin. „Wir sollten uns alle vornehmen, nicht ins Wasser zu gehen, was haltet ihr davon?"

„Ihr solltet euch mehr Sorgen um die Anakondas machen", meldet sich Dorian. „Das sind wahre Menschenfresser da unten."

„Zum Glück sind wir keine Menschen", antwortet Maverick.

Ich werfe einen Blick aus dem Fenster, während sie sich weiter darüber auslassen, vor welchen Kreaturen sie keine Angst haben müssen. Ich vermute, sie würden beide wie kleine Mädchen schreien, wenn sie in den Fluss fallen würden.

Ein Polizeiauto schießt mit heulender Sirene an uns vorbei und ich drücke mein Gesicht ans Fenster, um zu sehen, was da vorne los ist.

Wenige Augenblicke später, als wir die Straße hinauf rasen, sehen wir viele rot und blau blinkende Sirenen, die sich am Ende einer Wohnstraße versammelt haben. Es ist zu dunkel, um genau zu erkennen, was da vor sich geht.

Dorian lehnt sich an mich und starrt ebenfalls nach draußen. „Was ist hier los?"

„Keine Ahnung."

Blitzschnell rast etwas Dunkles zusammen mit den blinkenden Polizeiautos quer über die Straße. Schnell genug, dass die Verkehrsteilnehmer es übersehen hätten.

„Hast du das gesehen? Was war das?", frage ich.

„Für mich sah es aus wie ein Vampir", antwortet Dorian. „Verdammte Vampirbiester."

„Wirklich? Es könnte auch ein Höllenhund sein", wirft Maverick ein und seine Worte jagen mir einen Schauer über den Rücken.

„Warum musstest du das unbedingt sagen?", platzte ich heraus.

Dorian knurrt und drückt ihn in seinen Sitz. „Im Ernst. Wenn wir auf einen Höllenhund treffen, bist du dafür zuständig, ihm in den Arsch zu treten. Es ist sowieso deine Schuld, dass sie überhaupt hier sind."

„Damit habe ich kein Problem", brüstet er sich.

Dorian holt sein Telefon heraus und ruft Cain an, so wie es aussieht. Als es läutet, wendet er sich an Maverick. „Lass uns ein paar Regeln für diesen Trip aufstellen. Ich habe hier das Sagen. Wenn du irgendetwas tust, das mich verärgert oder Aria verletzt, mache ich dich fertig. Und du tust nichts, ohne mich um Erlaubnis zu fragen."

„Dorian", Cains Stimme ist laut genug, dass wir sie hören können. „Was ist los?"

„Am Stadtrand ist irgendwas passiert. Ich habe einen Vampir gesehen und die menschlichen Behörden sind mit im Spiel."

Er verstummt und hört zu, obwohl ich Cains Gemurmel nicht verstehen kann.

„Hört sich gut an. Mach's gut." Dorian legt auf und steckt sein Telefon weg.

„Was hat er vor?", frage ich.

„Er und Ramos gehen heute Abend auf Vampirjagd und fangen mit der Straße da hinten an."

Ah, der Albino-Dhampir mit den Ninja-Fähigkeiten. In einem Kampf wäre er bestimmt nicht schlecht.

„Elias jagt immer noch Höllenhunde auf unserem Grundstück?", frage ich, und er nickt.

Im Auto wird es wieder ruhig und ich starre aus dem Fenster, weil ich irgendwie wehmütig bin, Cain und Elias zurückzulassen. Vor allem, nachdem Cain und ich einander unsere Liebe gestanden haben. Ich kann ja verstehen, warum sie zurückgeblieben sind, aber es wäre mir lieber gewesen, wenn sie uns begleitet hätten.

Als wir an der Ausfahrt zum Flughafen abbiegen, zieht sich mein Magen vor Aufregung und Nervosität zusammen. Ich habe keine Ahnung, was mich erwartet, aber wenn es nach unseren bisherigen Erfahrungen auf der Suche nach Relikten geht, steht uns eine höllische Fahrt bevor.

*D*er Wind streicht über mein Gesicht und durch mein Haar, die Luft ist frisch und klar. Wir sind in Brasilien, auf dem Amazonas, und seit wir an Bord des offenen Schiffes gegangen sind, hänge ich praktisch über meinem Sitz und nehme staunend die Umgebung in mich auf.

Dieser tropische Regenwald ist genau so, wie ich mir den Garten Eden vorgestellt habe. Üppig grüne Bäume und Pflanzen, die so dicht aneinander gedrängt am Flussufer stehen, dass man nicht sehen kann, was dahinter liegt. Das erklärt, warum es so viele Brüllaffen gibt, die in den Ästen schwingen und laute, bellende Geräusche von sich geben. Das ist die einzige Möglichkeit, sich an diesem Ort fortzubewegen.

„Hier draußen will dich alles umbringen", hatte uns der Bootsvermieter gesagt. Auch wenn wir mit zwei Dämonen unterwegs waren, waren wir uns einig, dass wir nicht alleine losziehen und irgendein Risiko eingehen wollten.

Das trübe Wasser schlägt Wellen, als wir uns einen Weg durch den Fluss bahnen. Je länger wir hier draußen sind, desto sicherer bin ich, dass ich nicht allzu viel Zeit in dieser Wildnis verbringen möchte.

Ich drehe mich auf meinem Sitz um und sehe Maverick und Dorian im hinteren Teil des Bootes sitzen und sich fast normal unterhalten. Ich kann mir nur vorstellen, dass sie eine gemeinsame Vergangenheit haben, da sie beide in der Hölle aufgewachsen sind. Obwohl ich Elias vermisse, erscheint es mir vernünftiger, dass er nicht hier ist, denn sonst wäre Maverick schon in den Fluss gestürzt. Oder aus dem Flugzeug.

Ich kann den großen Höllenhund wirklich gut leiden, aber sein aufbrausendes Temperament kann in solchen Situationen problematisch sein.

Ich rutsche aus meinem Sitz und bahne mir einen Weg durch die beiden Sitzreihen, um mich neben Dorian zu legen, wobei sich unsere Beine berühren. Wir haben alle lange Hosen und Stiefel an, um Krabbeltiere fernzuhalten.

„Wollt ihr nachher noch ein wenig Nacktbaden gehen?" Ich werfe einen Blick auf das trübe Wasser und dann wieder auf die beiden und lache.

Keiner von ihnen reagiert erfreut, sondern wirft mir nur einen ausdruckslosen Blick zu.

„Das war nur ein Scherz", sage ich. „Wie weit ist es noch?"

Maverick antwortet: „Es könnte eine Weile dauern."

Es sollte einfach sein, sage ich mir immer wieder. Wir steigen dort aus, wo Dorian dem Bootsführer aufgrund von Cains Hinweisen Anweisungen gegeben hat, und ich muss nur noch das Relikt aufspüren, oder? Aber wir sind schon seit über zwei Stunden auf diesem Boot und ich habe noch keine Lücke im dichten Wald und im Laub gesehen, durch die jemand hindurchkommen könnte.

Ich lehne mich im Sitz zurück, Dorian streckt seinen Arm hinter mir aus und ich genieße die Sonne, die auf uns herabscheint. Das Boot ist nicht überdacht, es gibt nur ein paar Sitzreihen und den Kapitän vorne, der uns durch den verschlungenen Kanal steuert. Und wir sind allein auf dem Boot. Schätze, es ist gerade keine Touristensaison.

Gegen Mittag lehne ich mich nach vorne und schaue zu Dorian und Maverick hinüber, die sich mit geschlossenen Augen auf den Sitzen räkeln und sich wie Eidechsen sonnen.

„Hey, das dauert aber ganz schön lange, findet ihr nicht auch? Was, wenn wir genauso lange brauchen, um das Relikt zu finden? Ich habe keine Lust, hier draußen zu übernachten, es sei denn, hinter diesem dichten Wald versteckt sich ein Fünf-Sterne-Hotel.“

Dorian reißt ein Auge auf. „Wir verbringen die Nacht nicht hier. Es wird schon gehen.“ Er legt seinen Arm um meine Mitte und drückt mich an sich, sodass wir eng zusammenrücken. Er ist glühend heiß. Mir wird das zu viel und ich stehe auf und gehe zu den Vorräten an Getränken und Snacks in der Kühlbox. Ich schnappe mir zwei Wasserflaschen und werfe sie den Jungs zu. Dorian schnappt sich beide, denn Maverick hat sich nicht einmal gerührt.

Vermisst er die Hölle so sehr, dass die Sonne ihn zu einem Faultier gemacht hat?

Als Dorian ihm die Flasche zuwirft, stöhnt er auf und richtet sich in seinem Sitz auf. Ich trinke meine Flasche zur Hälfte aus und schnappe mir dann ein paar der vorbereiteten Sandwiches, denn ich will ja auch etwas essen, um mich abzulenken.

Als ich meinen letzten Bissen verdrücke, macht das Boot eine scharfe Rechtskurve und ich schaukle in meinem Sitz. Wir folgen der Kurve des Flusses und steuern dann auf eine angrenzende Wasserstraße zu, die uns von den üblichen Trampelpfaden wegführt ... oder besser gesagt, vom Wasserweg.

Es ist eine engere Passage, die Bäume hängen tiefer über uns, die Sonne ist verschwunden.

Ich schaue mich um, und sehe, wie nah die Äste sind,

so nah, dass ich sie berühren könnte, was ich aber unterlasse. Ich habe den Film *Anaconda* gesehen, in dem sie auf einem solchen Boot im Amazonas unterwegs sind, und sagen wir einfach, dass das Tier beschließt, die Menschen zu seinem Festessen zu machen.

Oh je, ich habe mir die Horrorgeschichten der Jungs zu Kopf steigen lassen.

Als wir immer langsamer werden, hebe ich den Kopf und sehe, dass wir auf eine schlammige Böschung zufahren, wo sich der Wald zu einem Weg öffnet, einem versteckten Tor, als wären wir in Narnia.

In meinem Magen kribbelt es.

„Das ist es", ruft Maverick, als wäre er endlich aufgewacht.

Ich schnappe mir meinen Rucksack und stopfe noch ein paar Flaschen Wasser und Snacks hinein, sozusagen als Geschenk für den Fall, dass wir auf Einheimische treffen. Der Bootsvermieter hatte uns erzählt, dass in diesem Teil des Waldes ein kleiner indigener Stamm lebt, also könnte ich das Essen bei Bedarf als Tauschmittel benutzen.

Als das Boot so nah wie möglich heranfährt, blickt der Fahrer, ein älterer Mann mit tief gebräunter Haut und pechschwarzem Haar, in unsere Richtung.

„Zwei Stunden", sagt er und zeigt uns zwei Finger, falls wir seine Worte nicht verstanden haben. „Ich bin in zwei Stunden wieder da, seid nicht zu spät."

Ich möchte ihn fragen, wie es ist, nachts über den Fluss zu fahren, was mich beunruhigt, aber ich behalte es für mich. Stattdessen lasse ich mir von Dorian helfen, ans Ufer zu kommen. Er steigt als Erster ins knöcheltiefe

Wasser, während ich hektisch meine Arme durch den Rucksack fädele.

„Ich trage dich", sagt er und ich zögere keinen Moment, sondern klettere über den Rand des Bootes. Er schließt mich in seine Arme. Wir durchqueren das Wasser schnell und das Plätschern des Wassers hinter mir bestätigt, dass Maverick uns dicht auf den Fersen ist.

Meine Füße landen auf dem weichen Boden und ich spüre eine schwere Hitze auf meinem Rücken, als würde der Wald selbst ausatmen.

Fast augenblicklich stehen wir drei am Ufer und sehen zu, wie das Boot wegfährt. Der Mann hat offenbar vor, eine Gruppe von Wanderern weiter flussabwärts abzuholen und sie zu einer anderen Stelle zu bringen.

Sobald er außer Sichtweite ist, wenden wir uns alle dem Wald zu. Und der ist überwältigend. Alles ist riesig, dicht gedrängt und es gibt so viele seltsame Geräusche, dass ich nicht sagen kann, ob sie von Käfern, Vögeln oder Affen stammen. Vielleicht auch etwas Schlimmeres.

„Okay, wohin jetzt?" Maverick sieht mich an.

„Jetzt macht Aria ihr Ding", sagt Dorian und seine Hand gleitet über meinen unteren Rücken. „Wir haben zwei Stunden Zeit. Also bleiben wir auf dem Weg, und zwar schnell."

Mavericks Blick fällt auf mich. „Arias ... Ding?"

Dorian presst die Lippen aufeinander und bereut sofort, dass er es verraten hat.

Na ja. Es ist ja nicht so, dass es etwas ändern würde, wenn er es wüsste. Wenn er wirklich auf unserer Seite ist, dann ist ohnehin alles in Butter. Und wenn nicht, dann will Luzifer mich sowieso, also ist es auch egal.

„Ich kann magische Gegenstände aufspüren", beginne ich und werfe einen Blick in Dorians Richtung, um zu sehen, ob er mich aufhalten will. Er tut es nicht. „Mit meinem Zeh."

Maverick blinzelt, als würde er auf noch etwas warten, aber als ich nicht weiterspreche, fängt er an zu lachen. Er fasst sich an die Brust, wirft den Kopf zurück und zittert am ganzen Körper.

„Okay, schon gut. Das ist *nicht wirklich* lustig", sage ich.

Er hört nicht auf und ich werde immer genervter.

„Hey!" Ich verpasse ihm eins auf die Schulter, und erst dann beruhigt er sich wieder.

Er wischt sich die Tränen aus den Augen – ja, echte Tränen – und sagt: „Scheiße, der war gut. Zum Totlachen!"

„Sie macht keine Scherze", mischt sich Dorian mit ernstem Gesicht ein.

Maverick blickt zwischen uns hin und her, immer noch fassungslos. „Tut mir leid, aber was? Du willst mir sagen, dass du mit deinem Zeh Relikte aufspüren kannst?"

„Je dunkler die Magie ist, die sie umgibt, desto besser", antworte ich.

„Das ist doch absurd."

„So konnten wir die anderen Relikte der Harfe bis jetzt finden", erklärt Dorian. „Das ist eine ziemlich clevere Masche."

„Wow, na dann." Maverick reibt sich die Stirn. „Deshalb haben wir sie mit auf diesen Trip genommen."

Meine Augen weiten sich. „Du fandest, ich häte nicht mitkommen sollen?"

„In den wilden Amazonas? Ehrlich gesagt, nein."

Das tut weh, aber wenn ich ehrlich bin, wäre das nicht

der erste Ort, den ich mir für einen Urlaub aussuchen würde.

„Können wir einfach losziehen?" Dorian schlägt sich auf den Nacken. „Ich werde schon von den Mücken aufgefressen."

„Was für ein Weichei." Maverick schüttelt den Kopf.

Ich schubse sie beide nach vorne. „Wir müssen uns konzentrieren. Keine Zickenkriege."

Wir machen uns auf den Weg in den Wald und folgen dem ausgetretenen Pfad. Sie folgen mir dicht auf den Fersen. Sträucher und Grünzeug drängen sich uns in den Weg, und der Boden ist mit getrockneten Blättern übersät. Ich suche den Boden ab, um nicht auf eine Schlange zu treten, und halte gleichzeitig Ausschau nach etwas, das aus den Bäumen fällt.

Aber ich muss mich verdammt noch mal beruhigen, bevor ich in eine Panikattacke verfalle, denn mein Kopf schwirrt in alle Richtungen und mein Atem rast.

Der Schweiß rinnt mir den Rücken hinunter und ich ziehe meine Haare mit dem Gummiband um mein Handgelenk zu einem Pferdeschwanz hoch.

Wir sind schon eine gute halbe Stunde unterwegs, als mich eine sanfte Melodie erreicht.

Ich halte inne und Dorian rennt mir direkt in den Rücken. „Tut mir leid, Babe."

„Hört ihr das?", frage ich und drehe mich auf der Stelle, um die Richtung des Geräusches zu bestimmen.

Beide haben ihre Köpfe gehoben. „Vielleicht der Ruf eines Panthers?", schlägt Maverick vor.

„Nein, es ist ein Lied, fast wie ein Wiegenlied. Du weißt schon, die Art von Lied, die von diesen aufziehbaren Schmuckschatullen kommt. Das klingt genau so."

Es kommt von rechts, und als ich mich in diese Richtung drehe, scheint die Melodie immer lauter zu werden. Etwas Federleichtes kribbelt in meiner Brust, und plötzlich schlage ich mich quer durch das Meer von Pflanzen, stapfe durch die Vegetation, um den Ursprung der Melodie zu finden.

Jemand schnappt nach meinem Arm, starke Finger halten mich auf. Ich drehe mich um und sehe einem besorgten Maverick ins Gesicht.

„Du darfst den Pfad nicht verlassen." Er zerrt mich zurück aus dem Dschungel und ich schüttle den Kopf, um die Melodie zu vertreiben, die mich zu verfolgen und zu rufen scheint.

„Ich glaube, es ist das Relikt", sage ich, aber weder Dorian noch Maverick drängen mich, es ausfindig zu machen.

„Wir folgen der Spur und schauen, ob sie stärker wird, wenn wir weitergehen", befiehlt Dorian.

Natürlich weiß ich, dass sie Recht haben, aber für einen Moment überwältigte mich die Entschlossenheit, die Melodie zu verfolgen. Genau wie damals, als ich das erste Relikt im Keller der Villa der Dämonen aufspürte. Wenn alles gut geht, können wir es schnell finden und dann aus diesem Regenwald verschwinden.

Ich kratze mich zum hundertsten Mal am Arm, weil ich überzeugt bin, dass die Käfer mich auffressen.

Wir gehen weiter, die Schatten werden dunkler, die Hitze intensiver und die seltsamsten Geräusche dringen aus diesem Wald. Aber meine Aufmerksamkeit richtet sich auf die Musik, die mich mit schnellen Schritten vorwärts lockt.

Wir gehen um einen riesigen Baum herum, der ein

paar hundert Jahre alt sein muss, und kommen auf eine offene Fläche ohne jegliche Vegetation. Der Boden ist ausgetreten und weiter vorne öffnet sich das Land, um eine Ansammlung von Häusern aus verwittertem Holz zu offenbaren. Die Dächer sind spitz und bestehen aus getrockneten Blättern und etwas, das wie Stroh aussieht.

„Wow, wir haben den Stamm gefunden", sagt Maverick, der an mir vorbeigeht und als Erster hingeht.

Von mir aus. Wenn er der Erste sein will, der möglicherweise angegriffen wird, weil er unbefugt in das Revier eines Stammes eingedrungen ist, dann kann er das gerne tun.

Aber die absolute Stille jagt mir einen Schauer über den Rücken.

„Wo sind die anderen?", frage ich Dorian.

„Vielleicht haben sie den Ort verlassen."

„Warum?"

Dorian ergreift meine Hand und führt mich hinter Maverick hinein.

Es sind keine Menschen zu sehen.

Keine Regung.

Nur die Musik, die ist hier stärker und mit ihr beginnt ein leichtes Kribbeln an meiner Zehenspitze. „Ich spüre es", gebe ich zu. „Das Relikt ist ganz in der Nähe. Lasst es uns finden, damit wir hier rauskommen, denn es ist verdammt unheimlich, wenn niemand da ist."

Mit jedem Schritt wird mir mulmig zumute, denn die Schatten in den Wäldern rund um das Stammesdorf bewegen sich.

Plötzlich taucht eine verschwommene Gestalt in meinem Blickfeld auf, und ich bin nicht die Einzige, die sie sieht, denn wir alle drei drehen uns in ihre Richtung.

Alles, was wir wahrnehmen, ist ein Rascheln von Sträuchern und palmenähnlichen Pflanzen, als ob jemand tatsächlich an ihnen vorbeigegangen wäre.

Mein Herz rast und ich frage mich, was das wohl sein könnte.

Als ein brachiales Heulen um uns herum ertönt, zucke ich zusammen. Kurz darauf folgen weitere Schreie, die alle so wild klingen, als würde man uns den Krieg erklären. Und wir sind der Feind.

„Scheiße, was ist das?", murmle ich.

Dorian und Maverick rücken näher an mich heran, mit dem Rücken zu mir, und suchen das Dorf nach irgendwelchen Anzeichen ab.

Mein Herz hämmert in meiner Brust und ich drehe mich auf der Stelle, um etwas zu erkennen, etwas zu sehen. „Werden wir gejagt?"

Wieder blitzt eine Bewegung auf, direkt auf dem offenen Feld. Und diesmal ist die Gestalt unverkennbar ... ein braungebrannter Mann in schwarzen Shorts, was mir sagt, dass er bestimmt schon einmal mit Menschen in Berührung gekommen ist, rennt in Windeseile mit einem langen Speer über der Schulter über das Feld.

Und schon ist er in den Wäldern verschwunden.

„Okay, das war jetzt aber seltsam, oder?", frage ich.

„Das muss eine Tradition sein, um Neuankömmlinge zu verscheuchen", sagt Maverick. „Wir müssen so harmlos wie möglich aussehen."

„Wir haben ja gar keine Waffen bei uns", sage ich.

„Pssst", unterbricht mich Dorian.

Die Musik ist hier lauter, mein Zeh vibriert noch, also sind wir am richtigen Ort. Jetzt müssen wir nur noch die schreckhaften Einheimischen überwinden.

„Du, pssst", schimpft Maverick zurück und ich würde mit den Augen rollen, wenn wir nicht in Gefahr wären. Der Kerl hatte eine Waffe bei sich, und für sie waren wir in ihrem Gebiet.

„Lass uns ein Opfer bringen, um ihnen zu zeigen, dass wir in Frieden kommen? Meine Sandwiches."

Dorian und Maverick belächeln meinen Vorschlag einhellig.

„Wow, ihr zwei seid plötzlich zu Vollidioten geworden. Was habt ihr denn für Ideen?"

Doch als plötzlich wieder ein Heulen ertönt, hebe ich den Kopf zu dem Dutzend Stammesangehöriger, die aus dem Wald hervorbrechen.

Ein leiser Schrei entweicht meinen Lippen und ich zucke zurück.

Der Schrecken drückt auf meine Lunge. Ich kann kaum noch atmen.

Die Einheimischen stürmen mit gezogenen Waffen auf uns zu, doch da bemerke ich, dass andere aufeinander zu rennen und sich prügeln. Sie kämpfen untereinander.

Natürlich kommt mir das schlimmstmögliche Szenario in den Sinn. Die Hälfte der Gruppe will uns tot sehen und die andere nicht? Bitte lass sie keine Kannibalen sein. Ich weiß nicht einmal, ob es in dieser Gegend welche gibt, aber im Moment bin ich zu verängstigt, um klar zu denken.

„Lasst uns sie bekämpfen", sagt Maverick und schiebt die Ärmel seines Hemdes hoch.

„Nein, ihr dürft sie nicht verletzen. Wir sind doch die Eindringlinge." Ich bin fest entschlossen, nicht der Grund dafür zu sein, dass ein Stamm im Regenwald ausgelöscht wird.

Ich packe ihn hinten am Hemd und ziehe ihn mit mir nach hinten, Dorian an meiner Seite.

„Sie hat Recht. Sei nicht so ein Arschloch, Maverick. Du bist gut im Weglaufen, also machen wir das auch."

Maverick stürmt auf Dorian zu, beide stehen einander gegenüber, die Nasenflügel blähen sich auf, das Testosteron ist unübersehbar.

Aber wir befinden uns mitten in einer Schlacht und Männer mit langen Speeren kommen auf uns zu. Ich kann nicht anders, als mich zu fragen, ob diese scharfkantigen Spitzen in Gift getaucht sind.

„Lauft!", brülle ich und drehe mich um, um wegzulaufen. Die Pappnasen können sich um ihren eigenen Scheiß kümmern, wenn sie mitten in der Schlacht einen Streit vom Zaun brechen wollen.

Aber sie sind mir genauso schnell auf den Fersen und atmen schwer.

Ich weiß nicht, wohin ich mich wenden soll, aber als ich den Weg, den wir gekommen sind, wieder einschlagen will, wird er von zwei Männern mit Speeren versperrt, die miteinander streiten. Instinktiv schwenke ich in die entgegengesetzte Richtung, schiebe mich durch das Gebüsch, vorbei an Ästen und hohen Bäumen, wobei die Pflanzen an meiner Hose zerren, aber ich halte nicht an, nicht solange die Stammesangehörigen direkt hinter uns vor Wut heulen.

Bei Viktors unerwartetem Besuch in unserem Haus nutzte Cain die Gelegenheit, um mit ihm über die Nightwalkers im Fegefeuer zu sprechen. Er hat sogar Ramos als Verstärkung mitgebracht, nur für den Fall, dass noch mehr Vampire in den Club eindringen und wieder ihr Unwesen treiben. Und außerdem, weil ich gerade mit meinem eigenen Scheiß beschäftigt bin.

Ich wurde damit beauftragt, unser Haus zu bewachen. Während wir darauf warten, dass Dorian, Maverick und Aria von ihrer Reise zurückkehren, bin ich dafür verant-wortlich, dass unser Grundstück frei von Höllenhunden bleibt. Sie sind ebenso hartnäckig wie Kakerlaken. Sie kommen so lange, bis sie alles haben, was sie wollen. Also bin ich rund um die Uhr zur Schädlingsbekämpfung im Einsatz. Ich habe sogar schon draußen geschlafen. Das heißt, wenn ich überhaupt schlafen kann.

Aber das macht mir nichts aus. Ich habe den Reiz der Jagd vermisst, und den habe ich jetzt in Hülle und Fülle.

Als ich am Ufer des Sees entlang trabe, das Blut des

letzten Höllenhundes, den ich zerfleischt habe, noch feucht in meinem Fell, streift ein Hauch von Schwefel die vorbeiziehende Brise, und ich schwenke meinen Kopf in diese Richtung.

Noch einer. Das muss er sein.

Ich sprinte los, Richtung Norden, durch den dichten Wald und das schlammige Terrain. Es ist mitten im Winter und die eisigen Temperaturen können mir durch mein dickes schwarzes Fell nichts anhaben, aber es zwickt trotzdem in meiner Nase. Ich denke an die Tage, als ich noch ein Jüngling war, der Befehle von einem anderen annahm und durch die ganze Welt rannte, um verdammte Seelen zu finden und sie in die Hölle zurückzubringen. So hatte ich Serena kennengelernt. Als Kreuzungsdämonin war sie immer auf der Erde, um mit ahnungslosen Menschen Geschäfte zu machen.

Die meisten Übernatürlichen waren klug genug, sich von ihrer Art fernzuhalten, aber Menschen? Die waren ein leichtes Ziel, vor allem, wenn sie verzweifelt genug waren. Und die erbärmlichsten und bedürftigsten von ihnen zu finden, war ihr Spezialgebiet.

Ich schätze, man könnte sagen, dass ich auch in diese Kategorie gefallen wäre. Sie hatte mich für einen Trottel gehalten. Ein liebeskrankes Hündchen.

Jedes Mal, wenn ich mich an Serenas Verrat erinnere, kocht mir das Blut in den Adern und die Wut verzehrt mich. Nicht nur für das, was sie getan hat, sondern auch für meine eigene Dummheit. Ich beschleunige mein Tempo, jage dem Geruch nach, den alle Höllenwesen hinterlassen, wenn sie zum ersten Mal auf dieser Welt auftauchen, und will in etwas hineinbeißen. Um diese Gefühle loszuwerden. Um Blut zu schmecken.

Ich komme näher und zu meiner Überraschung rennt die Kreatur nicht weg oder stürmt auf mich zu, wie es die meisten tun, wenn sie mich kommen hören. Ich war absichtlich laut – ich liebe Verfolgungsjagden – aber da sich weder Geräusche noch Gerüche verändert haben, scheint es, als würde der Hund an Ort und Stelle bleiben. Er wartet einfach auf mich.

Er will ein Duell? Kein Problem. Das macht mir nichts aus. Die Übermütigen sterben in der Regel am schnellsten, und er kann sich ja nicht vor mir verstecken und einen Überraschungsangriff starten. Ich habe seinen Standort bereits ausgemacht.

Er ist also eine leichte Beute.

Als ich einen Schatten zwischen den Bäumen entdecke, springe ich durchs Gebüsch und lande auf der anderen Seite, in der Mitte einer kleinen Lichtung. Und was vor mir steht, ist kein Höllenhund.

Zum Teufel, es ist nicht einmal ein Mann. Es ist eine Frau.

Und auch nicht irgendeine Frau.

Blonde Haare, die zu einem asymmetrischen Bob gestylt sind, stechend grüne Augen, eine Motorradlederjacke, zerrissene Jeans und ein Grinsen, das sagt: Ja, ich bin's …

Serena?

Wenn man vom verdammten Teufel spricht …

Sie winkt mir kurz zu. „Hallo, Elias."

Es ist schon so lange her, dass ich sie gesehen habe, dass ich fast vergessen habe, wie sanft und verführerisch ihre Stimme ist.

Ich ziehe meinen Hund zurück und dränge ihn zurück, damit ich ihr als Mensch gegenübertreten kann.

Er versucht zu protestieren, weil er sich nicht einsperren lassen will, aber in diesem Zustand kann ich nicht mit ihr reden. Ich gebe ihm noch einen kräftigen Schubs, und er gibt nach. Innerhalb von Sekunden stehe ich wieder auf zwei Beinen, während die bittere Kälte in meine nackte Haut schneidet.

Ich stehe einen Moment lang da und weiß nicht, was ich sagen oder tun soll. Ich habe sie seit hundert Jahren nicht mehr gesehen – seit der Nacht, in der sie mir das Herz herausgerissen und uns verraten hat. Auch der Höllenhund in mir ist verwirrt. Da die Verbindung des Rituals uns noch immer vereint, ist er sich nicht sicher, ob er töten oder sitzen bleiben soll.

Als ich endlich meine Stimme wiederfinde, beschließe ich, das Offensichtliche zu sagen. „Was zum Teufel machst du hier?"

Ihr Blick streift mich von Kopf bis Fuß, und ihre grünen Augen funkeln, als sie auf meiner Leiste verweilen. Ich trete einen Schritt zurück.

„Ob du es glaubst oder nicht, ich bin gekommen, um nach dir zu sehen", sagt sie und verschränkt ihre Arme. „Die Hölle hat wieder über euch drei geredet. Es scheint, als hättet ihr etwas gefunden, das Luzifer interessant findet."

Der Name „Luzifer" auf ihren Lippen lässt mich meine Zähne zusammenbeißen. Natürlich würde sie alles über ihn und seine *Interessen* wissen. Sie hat als eine seiner Handlangerinnen gearbeitet, um seine Gunst zu gewinnen.

„Verschwinde von hier", schnauze ich. „Das ist mein Revier."

Sie rollt mit den Augen. „Hunde und ihr *Revier*. Was hast du denn gemacht? An alle Bäume gepinkelt?"

Ich presse die Zähne so fest zusammen, dass meine Schläfen schmerzen.

„Und ... was hast du hier oben gemacht?", fragt sie. „Hast du mich vermisst?"

„Ganz im Gegenteil", antworte ich.

„Oh, Elias. Sei doch nicht so." Sie tritt zu mir und legt mir eine Hand auf die Wange. Ich weiß nicht, warum, aber ich lasse sie gewähren. Und als sie mich zärtlich anlächelt, beginnt mein Herz wieder zu rasen, so wie früher, wenn ich sie sah. Nach all dieser Zeit, nach allem, was sie getan hat, gibt es immer noch einen Teil von mir, der sich um sie sorgt.

Und ich hasse das.

Trotz des warmen Lächelns, das ihre Lippen umspielt, blitzt etwas Kaltes in ihrem Blick auf. „Du warst immer so ein guter Junge für mich, Elias. So treu ergeben. Liebevoll. Gehorsam."

Ich schnaufe. „Du hast einen Hund beschrieben. Ein Haustier."

„Vielleicht warst du ja für mich wie ein Haustier", sagt sie mit falscher Süße. „Vielleicht wollte ich nur etwas zum Abrichten, etwas, das mir folgt."

„Ich habe dich geliebt." Mein ganzer Körper zittert jetzt vor dem widersprüchlichen Bedürfnis, sie entweder in Stücke zu reißen oder ihr zu Füßen zu fallen. Ihr Verrat hat mich zerstört und ein klaffendes Loch in meinem Herzen hinterlassen.

Sie nimmt ihre Hand von meinem Gesicht. „Das war dein Fehler. Dämonen sind nicht fähig zu lieben."

Ich knurre. „Doch, das sind sie. Wir lieben leidenschaftlich. Gefährlich. Brutal. Mit Reißzähnen, Fell, Flügeln und Krallen. Mit all der Dunkelheit in unseren Seelen."

„Bist du jetzt ein Dichter?" Sie lacht, und das Geräusch, das mir früher Freude bereitete, geht mir jetzt auf die Nerven. „Du bist weich geworden, Elias!"

„Fick dich!"

„Sag mir nicht, dass du wirklich an diesen Müll glaubst."

„Das tue ich." Aber dann taucht Arias wunderschönes Gesicht in meinem Kopf auf und Wärme breitet sich in mir aus, um den Schmerz zu betäuben. „Und das tue ich immer noch."

„Dann bist du ein Narr."

Wut durchströmt mich, und meine Bestie bäumt sich auf. Ich werfe meinen Kopf zurück und brülle so laut, dass die Bäume erbeben und nistende Vögel in die Luft fliegen. Ihr Herz ist so schwarz wie das von Luzifer. Warum habe ich das nicht früher bemerkt? Sie kann gar nichts außer ihrem eigenen Machthunger empfinden.

Serena zuckt nicht einmal zurück, was mich nur noch wütender macht.

„Du wirst mir nicht wehtun. Das weiß ich", sagt sie selbstgefällig.

„Bist du dir da sicher? In den letzten hundert Jahren hat sich eine Menge verändert." Das ist mehr als wahr. Gerade in den letzten paar Monaten hat sich viel verändert. Seitdem Aria in unser Leben getreten ist.

Mit einem Knurren in meiner Brust mache ich einen großen Schritt auf sie zu. Das lässt sie zurückweichen, und in ihren Augen steht tatsächlich Angst. Als Kreuzungsdämonin hat sie keine außergewöhnlichen Kräfte wie Inkuben oder Sündendämonen. Wenn ich wollte, könnte ich sie hier töten. Mit Leichtigkeit.

Und genau jetzt will ich das auch.

„Das ist deine letzte Warnung. Hau ab. Jetzt."

Sie rührt sich nicht von der Stelle.

Mann, diese Frau stellt meine Grenzen wirklich auf die Probe.

Ich mache einen weiteren drohenden Schritt.

Sie schreckt zurück. „Gut, ich gehe", sagt sie und hebt ihre Hände zur Kapitulation. „Ich glaube, das war sowieso lange genug."

Ich lehne mich zurück und starre sie verwirrt an. „Lange genug? Für was?"

Ein Heulen zerreißt die Nacht und eiskaltes Grauen fährt mir durch den Rücken. Das ist nicht das Heulen irgendeines Wolfes. Es ist von meiner Art. Ein Höllenhund.

Und es kommt aus einem Kilometer südöstlich von hier. Aus dem Anwesen.

Oh, verflucht.

Deshalb ist Serena hier. Um mich so lange abzulenken, bis die Hunde unser Haus erreicht haben.

Ich werfe einen letzten Blick auf die Frau, die ich einst liebte, und sehe, dass sie breit grinst und zufrieden mit sich ist. Aber so gern ich ihr dieses Lächeln auch aus dem Gesicht schlagen würde, ich renne den Weg zurück, den ich gekommen bin, verwandle mich auf halbem Weg wieder in mein Tier und beschleunige das Tempo, sobald alle vier Pfoten den Boden berühren.

CAIN

Im Keller des Fegefeuers, in einem der Besprechungsräume, sitze ich an einem langen Tisch mit Ramos zu meiner Rechten und Viktor am hinteren Ende. Charlotte ist auch hier, sie sitzt auf dem Schoß des Meistervampirs, und ich würde lügen, wenn ich behaupten würde, dass es mich nicht tangiert, sie zusammen zu sehen. Die Art und Weise, wie sie ihn bewundernd und liebevoll ansieht, wie sie ihre Arme um seinen Hals schlingt und ihren Kopf auf seine Schulter legt, lässt mich meine Aria schmerzlich vermissen. Ich wünschte, ich hätte sie auf der Reise begleiten können, aber diese Nightwalkers werden für meinen Geschmack zu dreist.

„Ich möchte dir noch einmal dafür danken, dass du auf meine Char aufgepasst hast, während ich ... unpässlich war", sagt Viktor mit seinem starken Akzent. „Seit ich weiß, was sie ihr angetan haben, will ich sie keine Sekunde länger am Leben lassen."

Nachdem er Viktor hierher gebracht und mit Charlotte wiedervereint hatte, war er natürlich wütend, als er erfuhr, was die Nightwalkers mit ihr gemacht hatten, während er weg war. Das hatte ihn noch entschlossener gemacht, sie alle abzuschlachten. Und ich konnte es ihm nicht verdenken. Wenn das jemand Aria angetan hätte ... nun, ich würde kein Auge zutun, bis ich jedem einzelnen dieser Blutsauger mit bloßen Händen das Herz herausgerissen hätte.

Die Liebe hat mich mit Sicherheit noch verrückter gemacht. Und ich war von Anfang an nicht gerade zurechnungsfähig.

„Ich verstehe", sage ich. „Charlotte ist schon sehr lange bei uns. Sie ist wie eine Familie für uns."

„Habt ihr einen Plan? Stephan hat meinen Clan infiltriert. Er hat einige meiner treuesten Männer gegen mich aufgebracht. Es gibt niemanden mehr, dem ich trauen kann."

„Stephan wendet sich an jeden, den er finden kann, um seine Zahl zu erhöhen, aber wie wir beide wissen, können junge Vampire nur sehr wenig ausrichten. Sie sind ungeschickt, schlampig und schwach. Er hat zwar die Soldaten, aber keine Armee."

Viktor nickt.

„Wir konnten einige Informationen aus den Vampiren herausholen, die wir in den Queen Anne Townhomes gefunden haben. So haben wir herausgefunden, wer hinter diesem Schlamassel steckt. Ich nehme also an, dass diese Babyvampire ihrem Meister noch nicht ganz treu sind. Wenn wir einen fangen, können wir vielleicht Informationen herausbekommen, die uns nützlich sein könnten", fahre ich fort und werfe einen Blick auf Ramos. Ihm sind unsere Verhörpraktiken nicht fremd, denn er hat selbst an vielen Verhören teilgenommen. „Wenn wir herausfinden, wo sein Nest ist oder sogar, wo sie diese neue Droge Hush lagern, können wir unsere Verbündeten zusammenrufen und uns auf einen Großangriff vorbereiten."

„Keine Überlebenden", sagt Viktor und schlägt mit der Faust auf den Tisch, sodass dieser scheppert.

„Genau."

Ramos steht auf, bereit zu gehen. Viktor lässt Charlotte los und steht auf, doch ich strecke eine Hand aus, um ihn aufzuhalten.

„Wir wollen nicht, dass Stephan erfährt, dass du noch lebst", sage ich zu ihm. „Es wäre vielleicht klüger, wenn du hier bleibst und die Zeit mit Charlotte genießt. Ramos und ich werden die Jagd übernehmen."

Sein Blick schweift zu Charlotte und ein Grinsen huscht über seine Lippen. Sie zwinkert ihm zu.

„Aber du wirst den Vampir hierher bringen, ja?", fragt er.

Man muss kein Genie sein, um zu wissen, was er damit andeuten will. Er will mitmachen, und ich habe kein Problem damit, ihm das zu erlauben.

„Für den unschönen Teil? Klar."

Die Dunkelheit schiebt sich hinter seine Augen und seine Reißzähne schieben sich über seine Oberlippe. „Perfekt."

***

Einen der Nightwalkers-Vampire aufzuspüren und gefangen zu nehmen, ist einfacher als erwartet. Nach Dorians Anruf auf dem Weg zum Flughafen brauchten wir nur noch den Sirenen zu folgen. Ramos und ich konnten einen im Industriegebiet der Stadt, direkt vor der Autobahnausfahrt, aufspüren. Es war ein Mann Mitte vierzig, der sich in der Gegend nach neuen Kunden umsah.

Wir setzten ihn im Fegefeuer ab und Ramos richtete es ihm im Keller „gemütlich" ein. Bevor ich ging, meinte ich zu Ramos, er solle tun, was er tun müsse, um ihn zum Reden zu bringen, vielleicht sogar Viktor hereinbitten, um ihm ein paar Schläge zu verpassen. Solange sie ihn am Leben ließen, war es mir ziemlich egal, was sie vorhatten. Aber angesichts der eher ... einzigartigen Fähigkeiten von Ramos hatte ich keinen Zweifel daran, dass wir bald eine Antwort bekommen würden.

Erschöpft lasse ich mich von Holmes nach Hause fahren. Als ich durch die Haustür trete, checke ich mein Handy auf Anrufe oder Nachrichten, aber das Display ist leer.

Ich bin mir nicht sicher, was ich erwartet habe. Vielleicht eine SMS von Dorian, in der steht: „Upps. Ich musste deinen Bruder loswerden. Er hat es nicht mal bis zum Flughafen geschafft."

Und ehrlich gesagt, würde mich das nicht überraschen.

Lachend schaue ich auf und erstarre vor dem, was ich vor mir sehe. Der Teppich ist zerfetzt, Schlamm und Blut verschmieren die Wände und Böden und tiefe Kratzer überziehen das Treppenhaus. Der Eingangstisch, den wir *gerade erst* ersetzt hatten, ist wieder in tausend Stücke zerschmettert, der Käfig des Botenvogels, den wir Aria auf dem Markt gekauft hatten, ist zertrümmert und leer.

Es sieht aus, als ob ein wildes Tier hier Amok gelaufen ist. Vielleicht auch zwei.

Mein Magen krampft sich zusammen, aber bevor ich Elias rufen kann, taucht er plötzlich oben auf dem zweiten Treppenabsatz auf, blutverschmiert und völlig nackt.

„Was ist hier passiert?", schnauze ich und werfe einen Blick in das Wohnzimmer, wo ich sehe, dass die Sofas zerrissen sind und auch die Bücher zerfetzt wurden. Verdammt noch mal. Wehe, wenn jemand mein Büro angerührt hat.

Elias stürzt sich über das Geländer, fällt die zwei

Stockwerke hinunter und landet in einer Hocke auf dem Boden. Als er sich aufrichtet, sehe ich, dass ihm die Sorgenfalten tief in die Stirn gebrannt sind. Offensichtlich ist etwas passiert, während ich weg war.

„Höllenhunde", knurrt er. All das Blut, die Kratzer und die Trümmer ergeben jetzt einen Sinn. „Sie haben das ganze Haus verwüstet. Unsere Zimmer. Das Wohnzimmer. Das Esszimmer."

„Mein Büro?"

„Ich hatte noch keine Gelegenheit, mir den gesamten Schaden anzusehen, aber bis jetzt sieht es ziemlich schlimm aus."

Das kann man wohl sagen. Vor allem von dort, wo ich stehe. „Sie müssen auf der Suche nach Aria gewesen sein."

„Oder nach den Relikten", sagt er, woran ich gar nicht gedacht hatte. Das ist eine ziemlich gute Vermutung und wahrscheinlich auch zutreffend, denn Luzifer will nicht, dass wir in die Hölle zurückkehren. Er schickt seine Hunde los, um Aria und die Relikte zu ihm zurückzubringen.

„Zum Glück war Aria nicht hier", fährt er fort. „Das hätte wirklich schlimm enden können."

Daran will ich gar nicht denken. „Und die Höllenhunde?"

„Tot. Alle."

„Wie viele?"

„Vier."

„Vier?" Die Wut fährt mir die Arme rauf und runter. Wie zum Teufel konnten vier Höllenhunde in unser Haus eindringen? Es war Elias' Aufgabe, sie fernzuhalten. Was zum Teufel hat er die ganze Zeit gemacht? Kaninchen gejagt? „Und wo warst du?"

„Einen Kilometer weiter nördlich auf der Jagd ...", er blickt weg,„... nach etwas anderem."

Was soll das denn wieder heißen?

„Hör auf mit dem Scheiß, Elias. Wie sind vier Höllenhunde in dieses Haus gekommen?"

Er fährt sich mit der Hand über das Gesicht und seufzt verzweifelt. „Serena", murmelt er beim Ausatmen, und ich bin mir nicht sicher, ob ich ihn richtig verstanden habe.

„Tut mir leid, aber hast du gerade Serena gesagt?"

Er nickt. „Genau die. Ja. Sie tauchte nördlich von hier auf, in der Nähe unserer Grundstücksgrenze, und nutzte die Gelegenheit, mich abzulenken, damit Luzifers vier Straßenköter sich hier reinschleichen und alles verwüsten konnten."

Sieht so aus, als gelte ihre Loyalität nach wie vor derselben Person. Sie ist immer noch eine von Luzifers Groupies. Ich bezweifle, dass sie sich jemals für Elias interessiert hat.

„Du hast gesagt, du wärst hinter ihr her ... Bitte sag mir nicht, dass du sie gefickt hast", sage ich. Er mag gesagt haben, dass er seine Lektion gelernt hat, wenn es um sie ging, aber ich bin mir nicht sicher. Er war schon früher auf ihre Lügen hereingefallen.

Er wird blass. „Was? Nein!"

„Gut."

„Aber ich hätte sie fast umgebracht."

„Ich wünschte, das hättest du getan." Ich schaue mir noch einmal das Foyer an und nehme den ganzen Schaden in Augenschein. All unsere Möbel, die Wände, die Treppe, die Einrichtung ... Alles muss entweder repariert oder ersetzt werden. Seufzend reibe ich mir die Stelle zwischen den Brauen, wo sich eine schreckliche Migräne zusammenbraut. „Bitte sag mir, dass sie die Relikte nicht angefasst haben."

„Das war das Erste, was ich kontrolliert habe. Sie sind immer noch sicher in deinem Zimmer."

Erleichterung durchströmt mich. Wenigstens dieser Punkt ist sicher.

„Und wo ist der Luchs?", frage ich und denke daran, wie erschüttert Aria wäre, wenn ihm noch etwas zustoßen würde.

„Cassiel? Gute Frage. Er kam nicht heraus, um zu helfen, als die Hunde hier waren. Ich habe einfach angenommen, dass er sich irgendwo unter einem Bett versteckt hat, wie ein Feigling."

„Wenn er verletzt ist ...", beginne ich, aber Elias nickt bereits und versteht, worauf ich hinaus will.

„Das würde Aria das Herz brechen."

„Genau."

Ein Krachen ertönt im Flur, in der Nähe der Rückseite des Hauses, und mein Herz setzt einen Schlag aus. Elias und ich starren einander an, während uns derselbe Gedanke durch den Kopf geht.

Noch mehr Höllenhunde.

Ein weiterer lauter Aufprall, diesmal als würde etwas Schweres umfallen. Ein Stuhl?

Wir warten keine Sekunde länger und rennen den Korridor hinunter, in Richtung der lauten Geräusche der Zerstörung. Wir stürmen in die Bibliothek und sehen keinen Höllenhund, sondern Cassiel, der seinen gewaltigen Körper auf dem Ende der Liege balanciert, umgeben von umgestürzten Tischen und Glasscherben. Er schlägt in die Luft, wo ein kleiner schwarzer Vogel kreist, gerade außerhalb seiner Reichweite. Der Botenvogel.

„Soll das ein Scherz sein?", schnaubt Elias. „Er ist einfach nur eine riesige Miezekatze."

Er geht hinüber und fängt den Vogel im Tiefflug mit einer Hand aus der Luft. Cassiel knurrt ihn an, und er knurrt zurück, wobei seine scharfen Eckzähne aufblitzen. Behutsam reicht er mir den Vogel, den ich in meinen geschlossenen Händen halte. Seine Flügel schlagen gegen meine Handflächen.

Auch wenn das Ding nicht echt ist, ist die Magie so empfindlich, dass ich sie mit dem geringsten Druck meiner geschlossenen Fäuste auslöschen kann. Ich denke daran, wie schlimm es heute hätte werden können – wie nah wir dran gewesen wären, Aria oder die Relikte zu verlieren, nur weil wir für eine Millisekunde weggeschaut haben.

Es steht jetzt zu viel auf dem Spiel. Zu viel hängt davon ab, dass wir erfolgreich sind. Nicht nur für uns, sondern für jede Seele da draußen.

Wenn Luzifer mit seinem Plan, den Himmel zu stürzen, Erfolg hat, könnte er seine Muskeln spielen lassen – eine kleine Bewegung seiner Hände und die ganze Erde, jeder Mensch, jedes übernatürliche Wesen, wäre ihm ausgeliefert.

Zermalmt.

Ein Tag wie dieser durfte nie wieder passieren. Keine Ausrutscher mehr. Denn der nächste könnte sehr wohl unser letzter sein.

9

———

ARIA

Ich renne wie verrückt durch den Amazonas-Regenwald, Panik schnürt mir die Lunge zu.

Starke Arme packen mich um die Taille und in Sekundenschnelle bin ich hochgehoben.

Ich schreie auf und wehre mich gegen die Hände, die mich festhalten, als eine vertraute Stimme an mein Ohr dringt. „Langsam, Aria." Mavericks Atem strömt warm gegen meinen Hals, er hält mich schützend fest. „Wir haben den Stamm abgehängt. Sie sind nicht mehr hinter uns her."

Ich schnappe nach Luft und drehe meinen Kopf, um festzustellen, dass er Recht hat. Dorian steht hinter ihm und blickt den Weg zurück, den wir gekommen sind, aber wir sind allein. Wir stehen mitten im Regenwald und werden praktisch vom Grün verschluckt.

Maverick lässt mich herunter, aber sein Arm bleibt fest um meine Taille geschlungen und hält mich fest.

„Okay, wir müssen uns neu aufstellen", sage ich. „Was zum Teufel ist da gerade passiert? Ist noch jemandem aufgefallen, dass sie sich auch untereinander gestritten haben? Vielleicht haben wir einen Konflikt innerhalb des Stammes mitbekommen?"

„Eher einen Krieg", fügt Dorian hinzu. „Diese Speere dienen zum Töten."

„Vielleicht hätten wir sie bekämpfen sollen", sagt Maverick.

„Schlechte Idee", sage ich. „Wir müssen zurück ins Dorf, ohne angegriffen zu werden, um das Relikt zu holen. Es ist dort drin, und sie anzugreifen ist das Gegenteil von dem, was wir jetzt gebrauchen können." Um ehrlich zu sein, spukt mir auch der Gedanke im Kopf herum, einfach hineinzustürmen und das Relikt zu holen.

„Was ist, wenn sie herausfinden, weswegen wir hier sind?", fragt Dorian.

„Du bist paranoid", bellt Maverick zurück. „Sie wollen Aria für sich selbst. Hast du irgendwelche Hinweise auf Frauen gesehen?"

Ich will mit ihnen streiten, aber ein Teil von mir fragt sich, ob die beiden recht haben. Ich kann nicht einmal logisch begründen, warum, aber es fühlt sich richtig an. Als ob diese Stammesangehörigen irgendwie gegen uns sind.

„Okay, wie lautet also der Plan? Wir schleichen uns rein und machen das Ding ausfindig?" Ich spreche schnell, mein Blick geht nach links und rechts. Ich weiß, dass ich unter Adrenalin stehe, ich spüre es in meinen Adern pulsieren. Ich fühle mich auch nicht ganz richtig, als ob etwas in meinem Kopf verdreht ist und ich es nicht durchschauen kann. Ich hoffe immer wieder inständig, dass es nicht Sayah ist, aber es fühlt sich anders an und ich kann es nicht erklären.

„Wie sollen wir das hinkriegen?", fragt Dorian. „Sie sind überall und jetzt haben wir unser Überraschungsmoment verloren."

„Bist du beim Jagen faul geworden, seit du die Hölle verlassen hast?", stichelt Maverick.

„Leck mich. Dich schlage ich mit links."

Ich reibe mir die Schläfen, als die beiden wieder aufeinander losgehen, ihre Zündschnüre sind so kurz, dass alles sie zur Weißglut bringt. Ich verstehe das, denn ich fühle mich auch so, als würde ich schreien wollen. Und mir wird schnell klar, dass hier noch ein anderes Element im Spiel ist, das uns beeinflusst.

Deshalb atme ich tief ein, verdränge den Sturm in mir und lege jedem der Jungs eine Hand auf den Arm.

„Genug. Spürt ihr es nicht? Es liegt etwas in der Luft. Das macht uns alle wütend und misstrauisch. Es muss das sein, was auch die Stammesangehörigen befallen hat."

Sie sehen mich an, keiner von ihnen antwortet sofort, als würden meine Worte ein bisschen brauchen, um durch den Nebel in ihren Gedanken zu dringen.

Dorian nickt zuerst und nimmt meine Hand in seine. „Ich glaube, du hast Recht. Wir müssen bei der Sache bleiben."

Maverick ringt nach Luft, sein Blick ist auf die Stelle gerichtet, an der Dorian mich festhält und sein Daumen über die Innenseite meines Handgelenks streicht.

„Ich weiß, was das ist", murmelt Maverick. „Du willst Aria nur für dich und willst uns auseinanderbringen, stimmt's?" Er rammt Dorian eine Hand in die Brust und stößt ihn ein paar Schritte zurück.

Bevor ich die Kraft aufbringen kann, ihn in die Schranken zu weisen, lässt Dorian mich los und stürzt sich auf Maverick. Beide stürzen zu Boden und wälzen sich wie die Verrückten herum, schlagen und kämpfen.

„Im Ernst, seid ihr bescheuert? Hier wimmelt es von Schlangen, giftigen Spinnen, Feuerameisen und vielem mehr. Steht verdammt noch mal auf!"

Sie hören nicht auf mich und ich bin überzeugt, dass wir bei diesem Tempo die Nacht im Wald verbringen werden und dann von all den tödlichen Insekten umschwärmt werden. Und lebendig gefressen werden.

Ich finde einen Stock auf dem Boden und schnappe ihn mir, bevor ich ihn den beiden Jungs in den Rücken und in die Beine stoße, die sich in einer anderen Welt zu befinden scheinen. Ich schnaube frustriert, dann ziehe ich eine Flasche Wasser aus meinem Rucksack und überschütte sie damit.

Ihr Knurren und ihre Aufmerksamkeit richten sich auf mich, das hat gewirkt.

„Könnt ihr mal aufhören, so einen Scheiß abzuziehen und euch für zwei Sekunden konzentrieren?"

Ich spüre, wie sich meine Schulterblätter in meine Muskeln bohren, weil sie so angespannt sind. Die beiden stehen auf und schütteln sich den Schmutz von ihren Kleidern und Haaren. Das Blut von ihren aufgesprungenen Lippen und die Kratzer von ihren Schlägen werden wohl bald heilen, aber das ist mir im Moment egal, denn ich bin kurz davor, sie selbst zu vermöbeln.

„Wir sind nicht die Gegner", beschwöre ich sie.

Sie nicken übereinstimmend, als ich eine Bewegung über Mavericks Schulter wahrnehme.

Mein Herz bleibt fast stehen, als ich sehe, wie der größte Tausendfüßler der Welt über seine Schulter krabbelt, und verdammt, der ist richtig lang und fett. Ich bin sicher, ich habe gelesen, dass diese Dinger giftig sind und Schlangen fressen.

„Maverick, was auch immer du tust, beweg dich nicht", sage ich.

Dorian weicht sofort vor ihm zurück und Maverick macht natürlich das Gegenteil.

Er dreht sich um und rührt sich. „Was ist los?"

Der Tausendfüßler krabbelt an seiner Brust herunter und bahnt sich seinen Weg zwischen den Knöpfen seines Hemdes. Maverick mag gekreischt haben, als er das Ding wegschnipste, das dann auf Dorian und mich zugeflogen kam.

Ich schreie auf und springe aus dem Weg, während Dorian das Ding wie Superman auffängt und es in den Wald wirft. Er schüttelt den Kopf über unser Verhalten. „Babys."

„Ich hatte keine Angst", sagt Maverick und versucht, über seine Schultern nach weiteren Käfern Ausschau zu halten, während er sich auf der Stelle dreht wie ein Hund, der versucht, seinen Schwanz zu fangen.

„Also ich hatte schon Angst. So, neue Regel. Wer ein Viech auf sich hat, schmeißt es nicht auf mich, verstanden?"

Wir stehen alle nur da, ich bin total durch den Wind, aber ich muss mich beruhigen.

„Lasst uns einen Plan schmieden", beginnt Dorian, seine Stimme ist halbwegs normal, und das soll bitte auch so bleiben. „Wir gehen ruhig rein, bieten ihnen vielleicht deine Sandwiches an und ich werde mein Mojo benutzen, um ihnen zu versichern, dass wir keine Gefahr darstellen. Während ich das tue, gehst du mit Maverick los und holst das Relikt."

Ich nicke, denn ich weiß nicht, wie wir das sonst machen sollen.

„In Ordnung, ich bin bereit dafür. Wie viel Zeit haben wir, bis das Boot zurückkommt?", fragt Maverick.

Dorian holt mein Handy heraus und schnappt nach Luft. „Scheiße, vierzig Minuten. Wie zum Teufel konnten wir so viel Zeit verlieren?"

„Dann müssen wir uns beeilen", sage ich.

„Und bitte, bekämpft den Drang, paranoid zu sein und zu kämpfen", weise ich sie an, und beide stimmen zu.

Wir machen uns auf den Weg zurück durch den dichten Wald und ich habe keine Ahnung, wie wir so weit gekommen sind, ohne von etwas gebissen worden zu sein. Jetzt, wo wir uns dem Pfad nähern, erregt alles meine Aufmerksamkeit: die leuchtend grüne Schlange, die sich in einem Ast zusammengerollt hat, die Tarantel mit einem Vogel im Maul, die Käfer ... Ich habe noch nie so viele Insekten gesehen. Ich bin überrascht, dass hier überhaupt jemand leben kann.

Dorian hält inne, als wir den Rand des Weges erreichen und weiter unten zu unserer Rechten der Eingang zum Dorf liegt. Anders als beim letzten Mal stehen jetzt ein Dutzend Männer herum und streiten sich in einer Sprache, die ich nicht verstehe, zwei verprügeln sich gegenseitig.

„Gebt mir die Sandwiches und das Wasser", befiehlt Dorian. „Sobald ich ihre Aufmerksamkeit habe, schleicht ihr zwei nach hinten und zieht euer Ding durch."

„Abgemacht", bestätigt Maverick und schaut mich mit einem gierigen Blick an, der mich irgendwie erschreckt und anmacht. Warum ist er manchmal so sonderbar?

Dorian lässt sich das nicht zweimal sagen und stürmt

im Nu in Richtung des Dorfes. Als er die Ebene erreicht, wird er langsamer und streckt die Hände mit dem Essen in die Höhe, um so harmlos wie möglich auszusehen. Das dürfte schwer sein, wenn man bedenkt, dass die Einheimischen froh sind, wenn sie überhaupt bis zu seiner Brust reichen und bei weitem nicht so breit sind wie er.

Sie stürzen sich mit ihren Speeren auf ihn, aber er weicht nicht zurück. Stattdessen redet er mit ihnen. Es ist zu weit weg, um sie zu verstehen, aber ein Teil von mir schwört, dass er eine Kombination aus Englisch und Portugiesisch spricht. Ich beuge mich vor, um seine Worte zu hören, um zu wissen, was er sagt. Es könnte ja sein, dass er uns verrät und ihnen genau sagt, wo wir sind, damit er sich das Relikt zuerst schnappen und wie ein Held dastehen kann.

Maverick ist an meinem Ohr, seine Hände liegen auf meiner Taille und lenken mich ab. „Bist du bereit?", flüstert er.

Ich drehe meinen Kopf, um seinen Blick zu erwidern, und in seinen Augen liegt etwas fast Besessenes, als hätte er nur auf den Moment gewartet, mich ganz für sich allein zu haben. Natürlich kann es sein, dass ich mir das alles nur einbilde, denn ich spüre immer noch den heißen Ruf des Relikts und das leise Summen des Liedes, während Gedanken der Paranoia wie Mücken in meinem Kopf herumschwirren.

Es ist fast so, als ob ich an diesen überwältigenden Gefühlen ersticken würde.

Maverick ergreift meine Hand und wir laufen im Kreis um das Dorf herum, um nicht gesehen zu werden. Ich kann nicht einmal darüber nachdenken, dass wir so schnell durch einen Wald voller Getier laufen und ich bin mir ziemlich sicher, dass es das Falsche ist, was wir tun.

Ich meine, Maverick ist es egal, denn er ist ein Dämon und die Dinge da draußen können ihn nicht töten, auch wenn er wegen eines Tausendfüßlers ausgeflippt ist.

Äste streifen mein Gesicht, meine Haare verfangen sich in den Pflanzen, an denen wir vorbeilaufen, und ich verheddere mich in den Lianen. Maverick lässt das nicht auf sich sitzen und reißt wie ein strahlender Ritter an den Pflanzen, die versuchen, sich um mich zu wickeln.

„Willst du, dass ich dich trage?", fragt er aufrichtig.

Ich habe zwar mit dem Gedanken gespielt, aber ich bezweifle, dass wir dadurch schneller vorankommen, und ich befürchte, dass mich etwas berühren könnte. Das ist unmöglich.

„Ich bin in Ordnung", flüstere ich. „Lass uns einfach schnell gehen."

Maverick steht neben mir, während wir uns beeilen.

„Dieser Dschungel erinnert mich an die Jagdgebiete zu Hause. Es ist glühend heiß, überall wachsen Pflanzen und Ranken und es wimmelt von Monstern. Cain und ich sind dort früher oft auf die Jagd gegangen", flüstert er.

Ich hatte nie den Eindruck, dass Cain viel mit seinen Brüdern unternommen hat, aber andererseits gibt es sie schon wahnsinnig lange, also wäre es logisch, dass sie das getan haben.

„Was ist zwischen euch beiden passiert?", frage ich leise, als wir das Laub hinter uns lassen.

„Zeit. Höllisches Theater. Luzifer. Mein Vater ist ein eifersüchtiger Scheißkerl. Wenn sich jemand von seinen Söhnen miteinander verstand, sah er das als Bedrohung und trieb sie mit Lügen auseinander. Denn wenn sich einerzweIo von uns näher kommen würde, könnte das bedeuten, dass wir uns gegen ihn verschwören könnten."

„Was für ein Psychopath." Wenn ich die Geschichten höre, verabscheue ich Luzifer noch mehr, was schwer ist, wenn man bedenkt, dass ich ihn ohnehin am liebsten tot sehen würde.

„Und noch viel mehr", antwortet Maverick.

Wir stapfen weiter und finden uns bald im Wald vor der Rückseite der Hütten wieder. Da niemand in Sicht ist, schleichen Maverick und ich lautlos los und sprinten über das offene Gelände, um uns hinter einem der Häuser zu verstecken. Wir stehen mit dem Rücken zu den Hütten und mein Herz pocht in meinen Ohren. Seine Seite schmiegt sich so dicht an meine, dass ich die Wärme spüre, die er wie ein Ofen ausstrahlt.

Das Summen des Liedes von vorhin wird in meinen Ohren immer lauter. Auch mein Zeh kribbelt unkontrolliert in meinem Stiefel. „Das Relikt ist nah."

Dorians Stimme erreicht uns von unserer Position aus, wo er im Hauptbereich des Dorfes steht.

„Ich bin wie ein Gott", sagt er zu den Einheimischen, dieses Mal auf Englisch. „Die Götter, zu denen ihr betet, das bin ich."

Ich verdrehe die Augen, während Maverick ein falsches Würgegeräusch von sich gibt. Er beugt sich vor und flüstert: „Ich will einfach nur da rausgehen und ihn platt machen. Dann werden wir ja sehen, wer hier der Gott ist."

„Wage es ja nicht", zische ich und reiße ihn am Arm, obwohl ich nicht leugnen kann, dass Dorians Prahlerei meine Nackenhaare hochgehen lässt.

Konzentriere dich auf das Relikt, wiederhole ich immer wieder.

Maverick nickt, aber ich glaube ihm nicht.

Ohne einen weiteren Moment zu verschwenden, ziehe ich ihn um die Kurve der Hütte, in deren Nähe wir uns befinden. Ich schaue um die Ecke und sehe, dass die Stammesangehörigen alle zu Dorian aufschauen, als würden sie seinen Worten Glauben schenken. Es sind keine anderen Menschen in der Nähe.

Wo sind die Frauen und Kinder?

Ich kann nicht verstehen, was Dorian sagt, aber ein Mann mit Gesichtsmalen steht vor ihm und bewegt seine Hand auf und ab, als würde er eine Welle oder eine Schlange oder was weiß ich beschreiben. Dann zeigt er auf den Himmel. Ich wette, sie reden immer noch über Götter, vielleicht fordern sie Dorian heraus.

Maverick drückt sich an mich, sein Knurren hallt durch seine Brust und vibriert an meinem Rücken. Als ich ihn über meine Schulter ansehe, sind seine Augen auf Dorian und die Männer gerichtet. Er ist wie ein territorialer Wolf, der bereit ist, seine Beute anzugreifen.

„Was wetten wir, dass er uns verraten wird? Ich glaube, ab hier sind es nur noch wir zwei", flüstert er. „Wir holen das Relikt und lassen ihn zurück."

Einen Moment lang denke ich über seine Worte nach, dann ertappe ich mich und schimpfe mit mir, dass ich so etwas überhaupt denke.

„Halt die Klappe und reiß dich zusammen." Ich schwöre, wir brauchen so viel Abstand zu diesem Relikt wie möglich, denn es ist der einzige Grund, der erklärt, warum ich mich plötzlich wie eine gespaltene Persönlichkeit fühle, abgesehen davon, dass wir es zuerst finden und mit nach Hause nehmen müssen.

Mavericks Hände liegen auf meinem Hintern und er drückt ihn zusammen. Ich zucke zurück und drehe mich um, bevor ich ihm eine Hand an die Kehle drücke. „Was zum Teufel machst du da?", zische ich.

Aber seine Augen sind trüb, und er ist nicht er selbst. Genau wie damals im Wald verliert er schnell den Verstand.

So ein Mist. Ich schiebe ihn in den hinteren Teil der Hütte und verpasse ihm dann eine Ohrfeige. Ja, das ist ein bisschen übertrieben, aber ich kann nicht zulassen, dass er durchdreht. „Reiß dich zusammen."

Feuer brennt in seinen Augen, und als Nächstes wirft er sich auf mich, und unsere Münder treffen aufeinander. Es ist explosiv und brennend und so verdammt heiß, dass ich mich selbst vergesse. Die hungrige, hinterhältige Seite in mir schreit nach ihm, um ihn auf meine Seite zu bringen, damit wir gemeinsam stärker sind, falls Dorian sich gegen ihn wendet. Ich erwidere seinen Kuss voller Verzweiflung, liebe seinen Geschmack und die Art, wie er mich hält, als könnte uns nichts trennen.

In mir entfacht ein Verlangen, eine Erregung, die ich verzweifelt für Maverick aufrechterhalten habe, ob ich es nun zugeben will oder nicht.

Ich will das hier … ich will ihn … ich will, dass er mich ganz und gar bekommt.

Er stöhnt gegen mich, sein Körper drückt mich an die hintere Wand der Hütte, seine Erektion drängt sich zwischen uns. Seine Hände liegen auf meinen Brüsten, drücken sie zusammen und er schluckt mein Stöhnen. Ich schlinge ein Bein um seine Hüfte und klettere auf ihn wie auf einen Baum, denn jeder Zentimeter meines Körpers bettelt darum, dass er mich in diesem Moment beansprucht.

Ich wimmere, als seine Hand zwischen meine Schenkel gleitet und mich neckt, während er langsam mit seinen Fingern über meine pochende Muschi fährt, nur der Stoff meiner Hose ist zwischen uns.

„Fuck", knurrt er in meinen Mund. „Ich werde dich probieren."

Plötzlich ertönt in der Ferne Dorians Lachen, das uns auseinanderreißt, und wir schnappen beide nach Luft.

Mavericks Augen richten sich auf den vorderen Teil der Hütte, wo Dorian immer noch herumprahlt. Er knurrt, und noch bevor ich den Nebel aus meinem Kopf vertreiben und mich daran erinnern kann, dass wir dabei sind, zu entgleisen und zu versagen, rast er zwischen zwei Häusern hindurch, direkt auf Dorian zu.

„Scheiße!"

10

ARIA

Ich ringe selbst nach Luft und stolpere, um nach Mavericks Kuss wieder auf die Beine zu kommen ... er hat mich völlig umgehauen. Und so bescheuert es auch klingt, ich will mehr.

Aber mein Kopf ist durcheinander und ich fürchte, ich habe Wahnvorstellungen.

Maverick und Dorian brechen um mich herum zusammen, und mir geht es nicht besser. Ich spüre, dass wir uns alle gegenseitig umbringen werden, wenn die Eingeborenen es nicht vorher tun.

„Konzentrier dich, Aria. Weshalb bist du noch mal hier?" Ich wippe mit den Füßen. „Relikt. Verdammt, wir müssen das Relikt in diesem Dorf finden, aber wir stecken in so vielen Schwierigkeiten."

Mavericks Stimme dröhnt zusammen mit Dorians Stimme von vor den Hütten, aber ich kann ihre Worte nicht verstehen.

Also beschließe ich, sie zurückzulassen und schnell

weiterzugehen, solange ich noch einen Teil meines Verstandes zur Verfügung habe. Der Stachel der Ablehnung, dass er mich verlassen hat, dass er sich jetzt mit Dorian gegen mich verbünden wird, flackert auf, aber ich kämpfe gegen die Eifersucht und die Paranoia an.

Konzentriere dich. Konzentriere dich. Konzentriere dich.

Mein vibrierender Zeh führt mich zu einer Hütte ganz am Ende des Dorfes. Das Gebäude ist größer als die anderen und hat ein spitzeres Dach.

Ich eile die knarrenden Stufen hinauf, die einer kleinen Leiter ähneln, um auf die Veranda zu gelangen, als ich bemerke, dass keiner der Männer nur annähernd in meine Richtung schaut. Ich erwische Maverick und Dorian bei einem Streit, die Hände in die Luft geworfen, die Brust aufgeplustert. Ernsthaft, ich kann nicht einmal versuchen, irgendetwas zu verstehen, wenn sich mein Inneres so verdreht anfühlt, als wäre ich zu einer Brezel geworden.

Der Eingang zur Hütte ist dunkel und mit herunterhängenden Streifen aus hohem Gras verdeckt.

Ich weiß, dass dies der richtige Ort ist. Meine Zehen spielen verrückt, das Lied dröhnt in meinen Ohren, und innerlich brennt meine Brust.

Mit leisen Schritten öffne ich die Tür aus Gras und schlüpfe hinein. Diese Hütte ist nur ein einziger großer Raum. Es sind schon fast zwanzig Menschen hier versammelt, alles Frauen und Kinder, aber sie sind auf den Knien und beugen sich vor und murmeln Dinge, die ich nicht verstehe. Sie sind alle zur Vorderseite des Raumes gerichtet und scheinen eine kleine, goldene Statue auf einem hölzernen Sockel zu verehren.

Ich blinzle durch die Dunkelheit und warte darauf, dass sich meine Augen vom hellen Licht draußen erholen, um alles klarer zu sehen.

Ohne den geringsten Zweifel weiß ich sofort, dass der goldene Gegenstand, den sie verehren, das Relikt ist. Man muss kein Experte sein, um zu erkennen, dass dieses Ding diese Leute beeinflusst. Und zwar so sehr, dass sie es für göttlich halten.

Ich halte mich an der Wand fest und bewege mich vorwärts, um einen besseren Blick auf den Gegenstand zu erhaschen, während mein Puls rast.

Wie zum Teufel bekomme ich das Ding überhaupt hier raus? Ich bezweifle, dass sie mich mit ihrem Gott unter dem Arm weggehen lassen werden. Vielleicht sollte ich Dorian hierher bringen, damit er sich als ihr Gott ausgeben kann. Auch wenn ich mich über ihn lustig gemacht habe, ist das vielleicht gar keine so schlechte Idee.

Je mehr ich in Zeitlupe nach vorne schlurfe, desto deutlicher wird das Objekt erkennbar. Ich betrachte eine goldene Schlange, die sich in sich selbst zusammengerollt hat und deren rautenförmiger Kopf mit leuchtenden smaragdgrünen Augen aus der Mitte herausragt. Sie ist wirklich wunderschön. Wo um alles in der Welt haben diese Leute das Relikt überhaupt gefunden?

Ich drehe mich um, als die Bodendiele unter mir knarrt.

Ich erstarre auf der Stelle vor Panik, und alle heben den Kopf und richten ihre Augen auf mich. Ich könnte glatt ohnmächtig werden. Ihre Blicke sind verstört, und wer könnte es ihnen verdenken? Sie beten und haben gerade eine völlig fremde, urbane Person in ihrem Gebetsraum entdeckt.

„Hallo", sage ich unbeholfen und winke mit der Hand.

Aber meine Gelegenheit, mich noch mehr lächerlich zu machen, wird mir durch das plötzliche, schrille Geschrei von draußen genommen. Ich zucke zusammen, und auch die Frauen und Kinder sind auf den Beinen, rennen zur Tür und strömen wie in einer Sturzflut nach draußen.

Ich taumle auf meinen Füßen, mein Blick schwenkt von den Flüchtigen zu dem Relikt, das sie völlig unbeachtet zurückgelassen haben. Ich zittere am ganzen Körper, aber ich habe keine Zeit zu verlieren. Ich eile durch den Raum und schnappe mir die goldene Schlange, die so groß ist wie ein kleiner Chihuahua und in keine meiner Taschen passt, aber verdammt, sie wiegt eine Tonne. Sie muss aus purem Gold sein, denn meine Arme brechen gleich ab.

Ich nehme meine Tasche von den Schultern, öffne den Reißverschluss und schiebe die Schlange hinein, aber als ich sie hineinwerfe, fällt sie bis zum Boden der Tasche und reißt ein Loch in den Stoff.

Plonk.

Das Relikt knallt auf die Dielen.

Oh, verflucht!

Ich bin außer mir vor Wut. Als ich sehe, dass ich nichts wirklich Wertvolles in der Tasche habe, werfe ich sie weg und hebe die Statue auf. Ich stürze nach draußen auf die Holzveranda. Alle Frauen und Kinder sind mit den Männern unten in der Mitte des Dorfes und umringen etwas ...

Ich trete an das Ende der Veranda und erschrecke bei dem Anblick.

Dorian und Maverick sind mit dem Rücken an einen dicken Ast gefesselt und die Männer bauen zu ihren Füßen einen Berg aus abgebrochenen Ästen auf. Sie wollen sie verbrennen? Warum zum Teufel bleiben sie einfach da stehen, schreien sich an und streiten sich immer noch?

Vorsichtig steige ich die Leiter hinunter, während ich mit der goldenen Schlange jongliere, die mir immer wieder aus der Hand zu gleiten droht.

Ich bin kurz davor, sie einfach zurückzulassen, da sie wahrscheinlich versucht haben, den Einheimischen zu erzählen, dass ich das Relikt gestohlen habe, weswegen sie überhaupt gefesselt wurden.

Die Schlange brummt in meinen Armen im Einklang mit dem Wiegenlied in meinem Ohr, während das Feuer der Paranoia in meiner Brust lodert.

Ich sollte sie verlassen, das sollte ich wirklich tun.

Plötzlich ertönt in der Ferne ein lautes Hupen, und das vertraute Geräusch durchdringt meine Gedanken.

Das Boot. Oh, Mist.

Der Bootsvermieter ist zurückgekehrt und ich werde auf keinen Fall an diesem Ort zurückgelassen, um verrückt zu werden.

Ich eile an der Menschentraube vorbei, die ihre neu gefangenen Opfer zu bejubeln scheint. Als ich näher an dem Pfad bin, der uns zum Dorf gebracht hat, lasse ich wider besseres Wissen einen lauten Pfiff ertönen, der die Aufmerksamkeit aller auf sich lenkt.

Es dauert nur Sekunden, und alle Augen sind auf mich gerichtet.

Die Stammesangehörigen sehen sofort, was ich in den Armen halte, und stürzen sich auf mich, ihre Speere auf mich gerichtet und den Tod ankündigend.

„Pare", rufe ich, eines von nur zwei Wörtern, die ich auf Portugiesisch kenne. Das eine ist „Stopp" und das andere ist „cócegas", was so viel wie „kitzeln" bedeutet, aber das bringt hier wohl nichts, oder? Joseline hatte mir ein paar der Wörter beigebracht, die sie in der Schule gelernt hatte, und das waren die einzigen, die ich behalten konnte.

Als ich die goldene Schlange über meinen Kopf hebe, um zu zeigen, dass ich sie wegwerfen und zerbrechen werde, wird mir klar, was für ein schrecklicher Fehler das ist. Meine Arme zittern furchtbar.

„Pare", rufe ich erneut und die Stammesangehörigen halten inne, während die Frauen und Kinder in meine Richtung auf die Knie gefallen sind und die Schlange anbeten. Mein Herz schlägt für diese armen Menschen, die auf die Magie dieses Gegenstandes hereingefallen sind. Genau wie Dorian und Maverick, die offenbar vergessen haben, dass sie verdammte Dämonen sind und ein Seil sie nicht gefangen halten kann.

Sie schauen mich beide verwundert an, als wollten sie herausfinden, was ich da tue.

„Das Boot ist da, befreit euch oder ich verschwinde ohne euch", schreie ich sie an.

Als ob meine Worte in ihren von Relikten beeinflussten Gehirnen einen Sinn ergeben würden, winden sie sich und stemmen sich gegen ihre Fesseln. Sie brechen aus ihnen aus wie der Hulk und die Menschen um sie herum weichen zurück. Kluger Schachzug.

„Bitte, wir müssen jetzt gehen", fordere ich, aber die

wenigen Stammesangehörigen vor mir haben ihre Aufmerksamkeit nicht von der Schlange in meinen Händen abgewendet. Ich lasse sie sinken, weil meine Muskeln vor Anstrengung zittern, und drücke sie stattdessen an meine Brust.

Dorian schüttelt den Kopf, und ich sehe den gleichen Kampf auf Mavericks Gesicht.

„Konzentriert euch", rufe ich. „Wir haben das Relikt und müssen los."

Als sich einer der speerbewehrten Männer zu Dorian umdreht und ihn anschreit, er solle zurückgehen, ist er schnell wie der Wind, reißt dem Mann die Waffe aus dem Griff und bricht sie über seinem Knie entzwei.

Der Rest der Männer stürmt daraufhin mit aggressiver Haltung und Kriegsgeschrei in seine Richtung.

Aber als ein weiteres Hupen des Bootes ertönt, packt mich die Panik.

„Lauf", sagt Maverick. „Lauf zum Boot und wage es nicht, ohne uns zu verschwinden."

Ich wirble herum und renne unbeholfen den Feldweg durch den Wald entlang, den wir gekommen sind. Das Relikt ist schwer zu tragen, aber als ich zurückblicke, sind ein halbes Dutzend Frauen hinter mir her, deren grasdurchwirkte Kleider in alle Richtungen flattern und zeigen, dass sie darunter völlig nackt sind.

Aber es sind ihre panischen Blicke, die mich so beunruhigen. Sie würden alles tun, um ihren Gott zurückzubekommen, also laufe ich schneller. Der Rückweg kommt mir viel weiter vor, als ich ihn in Erinnerung habe, und es scheint, als würde ich ewig laufen.

Meine Lunge brennt, meine Arme schmerzen und mein Herz hämmert wie wild.

Bald kommt das Boot in Sicht, und es beginnt bereits, sich vom Ufer zu entfernen.

„Warte!", schreie ich. „Bitte warte, ich bin hier. Wir kommen schon."

Der Kopf des Bootsführers dreht sich in meine Richtung, und er muss die Meute sehen, die mir auf den Fersen ist, denn seine Augen weiten sich zu der Größe von Kugeln.

Alles in mir kribbelt, dem Zittern in meiner Brust ist kein Einhalt zu gebieten.

Unser Bootsführer ist aus dem Boot gesprungen und kommt mit einem Gewehr in der Hand direkt auf mich zu. Als Nächstes richtet er es in den Himmel und schießt.

Das Geräusch ist ohrenbetäubend, meine Ohren klingeln lauter als der Gesang der Relikte. Ich beuge mich vor und hechte an ihm vorbei, während ich einen Blick hinter mich werfe.

Die Verfolger haben die Verfolgung aufgegeben, aber sie ziehen sich nicht zurück. Sie starren mich, wie ich das nehme, von dem sie glauben, dass es ihnen gehört. Ich hasse es, das zu tun, denn der Schmerz in ihren Gesichtern lässt mich erbärmlich fühlen. Aber dieses Relikt gehört weder ihnen noch sonst jemandem, und wenn ich es ihnen überlasse, wie lange wird es dauern, bis sie sich gegeneinander wenden?

Als ich das Wasser erreiche, sehe ich Dorian und Maverick, die so schnell auf uns zu rasen, dass die Frauen sie kaum bemerken. In Sekundenschnelle sind sie an meiner Seite, und unser Bootsführer eilt zum Boot.

„Steigt ein", schreit er uns an. „Ich weiß nicht, was ihr getan habt, aber ich will heute niemanden umbringen."

Ich schnappe nach Luft, und bin völlig außer Puste. Mein

Blick wandert von Maverick zu Dorian. „Was sollen wir tun? Dieses Relikt scheint einen großen Radius zu haben. Wir können es nicht lange durch die Stadt oder auf dem Boot mitnehmen, bevor es den Bootsführer beeinflusst."

„Bedecke es mit Erde", schlägt Maverick vor. „Die Erde sollte seine Kraft schützen, wenn auch nur für eine Weile."

„Wie kannst du dir da sicher sein?", frage ich und tue trotzdem genau das, was er sagt. Die Erde aus dem Wasser ist schlammig und ich benutze sie, um so viel Schlamm wie möglich auf die Schlange zu streichen und ihre Augen zu bedecken. Genau in diesem Moment fällt mir ein Gefühl der Schwere von den Schultern.

„Spürst du das?", sage ich und blicke zu den Männern auf.

„Es ist erledigt." Maverick reißt sich das Hemd vom Leib und enthüllt eine wohlgeformte Brust, die mich ihn ein bisschen zu lange anstarren lässt, und wickelt das Relikt darin ein.

Dorian schließt mich in seine Arme und in Sekundenschnelle bin ich auf dem Boot. Wir stehen alle da, dreckig und schwer atmend, und der Schrecken darüber, wie schlimm das hätte ausgehen können, durchfährt mich. Die Stammesangehörigen drängen sich in der Nähe, um uns aufbrechen zu sehen, und ich wünsche ihnen alles Gute, nachdem sie das dämonische Relikt, das nur Chaos vor ihre Haustür gebracht hat, wieder losgeworden sind.

„Ich frage gar nicht erst", sagt der Bootsführer und lenkt uns aus dem engen Kanal auf den Amazonas, den Weg zurück, den wir gekommen sind.

„Am besten, du fragst nicht", sagt Dorian.

Wir sitzen zu dritt auf dem Rücksitz, und ich bin fassungslos über das, was wir gerade erlebt haben. „Ich schlage vor, dass Elias und Cain das nächste Relikt ohne uns holen", schlage ich vor.

„Verdammt, ja", antwortet Maverick. „Ich kann mir immer noch keinen Reim auf die Dinge machen, die ich vorhin gefühlt habe, verstehst du? Um ehrlich zu sein, habe ich immer noch dieses wütende, besitzergreifende Gefühl im Hinterkopf, aber ich habe im Dorf völlig die Kontrolle verloren."

„Ja, das habt ihr beide."

Maverick zieht eine Augenbraue hoch, sein Haar ist widerspenstig und Schmutz bedeckt seine Wangen. „Sagt das Mädchen, das mich geküsst hat, als würde es mir trotz der Gefahr die Kleider vom Leib reißen."

Mir bleibt der Mund offen stehen. „Entschuldige, du hast doch begonnen."

„Warte mal", sagt Dorian und seine Stimme wird tiefer. „Ihr beide habt euch geküsst, während ich versucht habe, unsere Ärsche zu retten? Und seit wann wird zwischen euch geküsst?" Seine Hände liegen auf mir und er zieht mich besitzergreifend an sich, was ich total genieße.

Maverick fängt an zu lachen. „Ist das die Zeit, in der du allen erzählt hast, dass du ein Gott bist?"

Ich kann es nicht mehr zurückhalten und kichere ihn an. „Das war urkomisch, ganz zu schweigen davon, dass ihr euch wie Brathähnchen fesseln lassen habt. Was zur Hölle habt ihr zwei getan?"

Dorian wirft Maverick einen scharfen Blick zu. „Dieser Idiot schwebte über dem Boden."

„Ich hatte sie überzeugt, bis du dich auf mich gestürzt hast."

Ich lache immer noch, lasse mich in den Sitz zurücksinken, genieße die kühle Brise und will das nie wieder tun. Vielleicht lache ich so viel, weil wir in großer Gefahr schwebten. „Ihr beide habt die Kontrolle verloren."

„Niemand darf je darüber reden, was hier passiert ist, abgemacht?", fragt Dorian, dessen Handgelenke immer noch wund und rosa sind, weil er gefesselt war.

„Abgemacht", sagt Maverick, und jetzt starren beide in meine Richtung.

„Elias würde gerne hören, wie ihr beide fast zu Kebabs geworden wärt."

Als ihre Blicke nur noch schärfer werden, schnaufe ich. „Beruhigt euch, ich werde kein Wort sagen. Ehrenwort."

„Gut", sagt Dorian. „Jetzt habe ich eine wichtige Frage an dich."

„Ja, und die wäre?", frage ich.

„Wer von uns beiden kann besser küssen? Das bin ich, oder?"

Maverick stößt ein kräftiges Lachen aus, und es scheint, dass das Relikt noch nicht ganz aus ihrem Körper verschwunden ist.

„Das werde ich nie verraten." Ich ziehe es vor, sie zu sticheln und keinen Wettbewerb hervorzurufen, denn ehe ich mich versehe, wird Elias davon erfahren und verlangen, dass er es ist. Das passiert nun mal, wenn man es mit so vielen Egos zu tun hat.

Ich lache und lehne mich lächelnd zurück, denn die letzten zwei Stunden haben sich angefühlt, als wäre ich durch den Fleischwolf gedreht worden und jetzt möchte ich nur noch verschnaufen. Und wenn die beiden nicht aufhören, mich anzustarren, als wäre ich eine Süßigkeit, muss ich wohl oder übel verkünden, dass ich keinen von beiden als idealen Küsser wähle.

11

ARIA

Der Taxifahrer hält auf halber Strecke der Auffahrt zu unserer Villa an. Vor uns parken ein halbes Dutzend Lastwagen, und dann stehen da überall Männer in braunen Uniformen, die Kisten und Möbel ins Haus tragen. Ist das etwa eine Couch?

„Was ist denn hier los?" Ich lehne mich vom Rücksitz nach vorne. „Haben Cain und Elias beschlossen, auszuziehen, während wir weg waren?"

Maverick lacht. „Das würde ich ihnen zutrauen."

„Das würden sie nie tun." Ich steige bereits aus dem Taxi und mache mir Sorgen. Ich eile über das schneebedeckte Gelände, die Kälte beißt mir ins Fleisch, vor allem, weil ich meinen Mantel im Taxi vergessen habe. Aber ich muss wissen, was los ist, um sicherzugehen, dass es Cain und Elias gut geht.

Ich eile die Eingangstreppe hinauf und Elias reißt die Tür auf, als ich nach der Klinke greife.

„Aria!" Seine Augen weiten sich und noch bevor ich „Hallo" sagen kann, hat er mich in seinen Armen. Ich werde von seinen starken Armen umschlungen und unsere Münder finden zueinander. Der Kuss ist gierig, aber kurz, denn in Sekundenschnelle hat er mich wieder auf die Erde zurückgeholt. „Wir hatten keine Ahnung, dass du schon zurück bist. Keiner hat uns benachrichtigt. Wie ist es gelaufen?"

„Ja, Dorians Handy ist in Brasilien kaputt gegangen und es ist nicht so, dass Maverick oder ich eins haben, aber die Mission war ein voller Erfolg." Ich grinse. „Aber gibt es etwas, das wir wissen sollten?" Ich werfe einen Blick auf die Lastwagen hinter mir. Außerdem gibt es im Flur keine Möbel, die Wände weisen Löcher auf und jemand ist gerade dabei, zu verputzen und zu verspachteln, während wir sprechen. „War hier Krieg?"

„Entschuldigung", sagt ein Mann hinter mir, und Elias nimmt meine Hände und zieht mich aus der Türöffnung. Zwei Arbeiter schleppen ein Bett durch die Flügeltüren.

„Beinahe", sagt Elias. „Wir hatten einen Zwischenfall mit einem Höllenhund. Die verdammten Viecher sind eingebrochen und haben alles verwüstet, auf der Suche nach dir oder den Relikten. Wahrscheinlich beidem."

„Scheiße! Bist du oder Cain verletzt worden?"

Er schüttelt den Kopf. „Der Boss ist in seinem Büro und räumt alles auf, nachdem die Hunde es verwüstet haben. Er ist stinksauer. Aber ich habe ihm gesagt, dass das die ideale Gelegenheit ist, die Villa mit neuen Möbeln zu verschönern." Er redet schnell ... irgendwie nervös. Der Angriff hat ihn verunsichert, ob er nun versucht, eine tapfere Miene aufzusetzen oder nicht. Wir müssen unbedingt unsere Erlebnisse austauschen, sobald wir etwas zur Ruhe gekommen sind.

Aber mein Kopf ist zu vernebelt, um logisch zu

denken, als meine Gedanken zu dem Thema abschweifen, was passiert wäre, wenn ich zum Zeitpunkt des Angriffs hier gewesen wäre. Dann überkommt mich die Panik.

„Verdammt! Cassiel? Bitte sag mir, dass es ihm gut geht?"

„Er ist in deinem Zimmer, kleines Kaninchen. Er hat die ganze Zeit geschlafen und kein einziges Barthaar ist gekrümmt worden."

Ich eile schon die Treppe zu meinem Zimmer hinauf, weil ich ihn selbst sehen muss. Vorbei an weiteren Möbellieferanten sprinte ich direkt in mein Zimmer und finde es leer vor. Alles ist fort.

Bis auf Cassiel, der in der Mitte des Zimmers auf dem Bauch liegt, den Schwanz hin und her schwingt und mit den Augen auf den kleinen Käfig mit dem magischen Botenvogel starrt, den Cain für mich auf dem Sturmmarkt gekauft hatte.

Ich stürze zu ihm hinüber und schlinge meine Arme um seinen Hals, aber er schaut nicht einmal in meine Richtung. „Hast du mich überhaupt vermisst?" Ich küsse seinen Kopf und lehne mich zurück, um ihm den Rücken zu kraulen, was er besonders mag. „Es scheint, als hätte ich die ganze Aufregung hier verpasst. Aber ich bin extrem froh, dass du, Cain und Elias alle in Sicherheit seid. Das ist das Wichtigste."

„Interessant. Die Katze kommt vor mir?", sagt Cains tiefe Stimme aus dem Türrahmen hinter mir.

Ein Lächeln umspielt meine Lippen und mein Herz schlägt mir bis zum Hals. Ich bin auf den Beinen und fliege in seine Richtung. Ich stoße mit ihm zusammen und er stolpert zurück in den Flur, weil er nicht damit gerechnet hat, dass ich so schnell auf ihn zukomme. Er hat mich in seinen Armen, meine Beine sind um seine Taille geschlungen und wir küssen einander. Ich fühle mich schmutzig, weil ich mich so schnell auf ihn stürze, wo doch jeden Moment ein Handwerker herein kommen kann. Aber in Wahrheit ist mir das egal, denn ich wollte unbedingt wieder bei meinen Männern sein.

Cains Hände liegen auf meinem Hintern und drücken ihn zusammen.

„Ich habe dich vermisst", flüstere ich gegen seine Lippen, als er sich umdreht, mich an die Wand drückt und seinen harten Körper gegen mich drängt.

Ich wimmere, als sein Finger zum Feuer zwischen meinen Beinen gleitet, seine Stirn liegt an meiner und sein Atem ist schwer. „Ich will dich auf der Stelle ausziehen, deine Beine spreizen und dich ficken."

Sein Atem streicht über mein Gesicht und ich stöhne gegen ihn an, während ein Schauer der Erregung über meinen Körper fährt.

Er küsst mich wieder sanft, findet meine Zunge und saugt an ihr. Ich reibe meine Hüften an seiner Erektion, die zwischen meine Schenkel drückt, und keuche vor Lust.

Seine Zähne knabbern an meiner Unterlippe und ziehen daran, die Intensität in seinen Augen ist überwältigend vor Verlangen. „Du machst mich so hart", knurrt er und stößt seine Hüften gegen mich, während der Hunger in seinen Augen noch größer wird.

Ich schlinge meine Arme um seinen Hals. „Und was willst du jetzt machen?", necke ich ihn, als er eine Hand zwischen unsere Körper gleiten lässt und unter den Bund meiner Jeans und Unterwäsche schiebt.

Er grinst verrucht und ich stöhne auf, als er zwei

Finger in mich gleiten lässt und sie genau an der Stelle krümmt, die mich in den Wahnsinn treibt.

„Oh, verdammt." Meine Hüften wiegen sich seinen Stößen entgegen, unsere Küsse sind wild und chaotisch, passend zum rasenden Adrenalin, das in mir ausbricht.

„Ist es das, was du im Sinn hattest?", knurrt er und erobert meine Lippen erneut, während er mich weiter wild befummelt.

Ich erschaudere und erliege seinen Berührungen und winde mich, als er seinen Mund zu meinem Hals hinunterzieht, wo er mich ableckt. „Ich liebe es, wie du schmeckst, wie du riechst. Ich will nie wieder, dass du so lange von mir getrennt bist. Niemals."

Seine Bewegungen sind fordernd und schnell, und ich ertrinke in Erregung. Ich klammere mich an seine Schultern, um mich festzuhalten, denn ich habe jegliche Kontrolle über meinen Körper verloren. Cain hat mich in der Hand, er macht, was er will, und ich stöhne nur noch und verliere den Bezug zur Realität.

Er bewegt seine Finger hin und her, seine Zähne finden die weiche Haut über meinem Schlüsselbein und in dem Moment, in dem er zubeißt, schreie ich auf, weil mich ein Orgasmus durchfährt.

Cain hört nicht auf, mich zu fingern und zu beißen, bis ich ihn um Gnade anflehe.

Seine Augen sind völlig schwarz, als er zu mir aufblickt, und ich sehe, dass auch er sich verloren hat, und das liebe ich verdammt noch mal an ihm. Mit einem Blinzeln werden seine Augen wieder normal, dann nimmt er seine Hand aus meiner Hose.

„Ich schätze, du hast mich auch vermisst?" Ich lache und stehe auf, zuerst mit wackeligen Knien.

„Du hast ja keine Ahnung."

Erst dann bemerke ich, dass wir einen unerwarteten Beobachter hatten.

Einer der Lieferanten steht am Ende des Flurs in der Nähe der Treppe, mit weit aufgerissenem Mund und Augen, und die Kiste, die er bei sich trägt, liegt vor seinen Füßen.

„Hau ab", knurrt Cain den Mann an, der zurückweicht und die Treppe hinuntersteigt. Dann dreht er sich zu mir um. „Ich habe noch gar nicht danach gefragt. Wie ist die Reise gelaufen?"

„Wir haben das Relikt bekommen, das ist alles, was zählt, und Dorian glaubt, dass es die Eingeweide sind, weil sie einer Schlange ähneln."

Er nickt und lächelt mit diesem perfekten Grinsen. „Soll ich fragen, was das bedeutet?"

„Das solltest du besser nicht tun."

Das Klingeln seines Handys in der Hosentasche lenkt seine Aufmerksamkeit von mir ab und ich möchte das Ding am liebsten aus dem Fenster schmeißen. Ich habe ihn und Elias wie verrückt vermisst und wünsche mir nichts sehnlicher, als in ihren Armen zu liegen.

Cain nimmt das Telefon zur Hand und schaut auf das Display, wobei er die Stirn in Falten legt. „Ich muss da rangehen. Aber ich bin gleich wieder da. Ich will alles hören." Er eilt den Flur hinunter und ich betrete mein Zimmer, wo ich Cassiel vorfinde, der immer noch vom Vogel besessen ist. Mein Atem rast noch immer, weil das Ganze so intensiv war, aber das überrascht mich nicht im Geringsten. Meine Beziehung zu den Dämonen in meinem Leben hat sich verselbständigt.

Als es an der Tür klopft, kommen zwei Lieferanten,

die etwas bringen, das wie mein neues Bett aussieht. Ich weiß sofort, dass ich ihnen aus dem Weg gehen muss.

„Ich lasse euch das in Ruhe aufbauen, ich verschwinde gleich", sage ich zu ihnen und eile rüber, um den kleinen Käfig mit dem Vogel zu holen. Cassiel rennt sofort hinter mir her und schnuppert an dem kleinen schwarzen Spatz. Ich halte nicht an, bis wir im Garten sind. Ich setze mich auf die Verandastufen und blicke in den Wald in der Ferne. Cassiel lässt sich neben mir nieder, während ich den Käfig in meinem Schoß wiege.

Die kleine Kreatur sieht mit ihren zwitschernden Geräuschen täuschend echt aus, sogar ihre Augen bewegen sich, und da im Haus ein ziemliches Chaos herrscht, ist das der perfekte Zeitpunkt, um diesen Zauber zu benutzen.

Ich öffne den Käfig und nehme den Spatz in meine Hand. Er wehrt sich nicht, und als ich ihn berühre, fühlt er sich federleicht, aber innen weich an, als würden meine Finger durch ihn hindurchgehen, wenn ich ihn zu sehr drücke.

Cassiel stützt sein Kinn auf meine Schulter und ist vom Vogel viel zu sehr angetan. Ich atme tief durch und sage: „Ich habe keine Ahnung, ob das funktionieren wird, aber ich werde es versuchen. Hey Joseline, ich bin's, Aria. Gute Nachrichten: Maverick hat deinen Vertrag gekündigt, also ist deine Seele frei, Süße. Du gehörst keinem Dämon. Wie auch immer, ich vermisse dich furchtbar und bitte ..."

Der Vogel zuckt in meinem Griff, und er zuckt in meiner Hand, also öffne ich meine Finger. Dann flattert er mit den Flügeln und fliegt davon. Cassiel stürzt sich auf ihn, aber ich schlinge meine Arme um seinen Hals und halte ihn zurück. „Nee, das ist nichts für dich."

Ich schätze, es gibt eine Grenze für die Länge der Nachricht. Ich hebe mein Kinn und sehe zu, wie das kleine Ding in der Ferne verschwindet. Cassiel lässt sich wieder neben mir nieder, wir beide baden im Sonnenlicht, und ich wünschte, ich könnte Joselines Stimme hören und mich vergewissern, dass es ihr gut geht.

DORIAN

Cain hat mich über den Mist informiert, der in den letzten Tagen in der Villa passiert ist, und mich damit wütend gemacht. Wir haben schon genug Scheiße von Luzifer am Hals, ohne dass diese beschissenen Vampire auch noch in unserer Stadt Chaos anrichten müssen.

Im Nachhinein betrachtet hätten wir ihr Blut in dem Moment vergießen sollen, als wir ihr Eindringen in unser Revier bemerkt haben. Aber wir haben es verkackt und die Gelegenheit verstreichen lassen, weil wir uns um wichtigere Dinge kümmern mussten – Höllenhunde, Sayah, Aria nicht zu verlieren.

Jetzt spaziere ich also auf Cains Befehl direkt ins Fegefeuer, um mit meiner Inkubuskraft Informationen aus dem Vampir herauszubekommen. Ramos und Viktor hatten anscheinend nicht viel Erfolg und ich habe keinen Zweifel daran, dass die beiden hervorragend foltern können, was mir sagt, dass diese Blutsauger mehr Angst davor haben, ihren neuen Meistervampir Stephan zu verärgern. Cain hat gesagt, ich soll mich beeilen, also werde ich das tun.

Der Club ist tagsüber ruhig, aber immer noch für Geschäftskunden geöffnet, die in ihrer Mittagspause gerne einen Drink und einen Lap Dance genießen.

Ich steige in den Keller des Fegefeuers hinab und treffe dort auf einen Vampir, der halb zusammenge-sunken auf dem Eisenstuhl sitzt, an den er gefesselt ist.

Als ich mich ihm nähere, reißt er den Kopf hoch und fletscht seine Reißzähne. Das Arschloch ist zerschrammt und blutet, ein Auge ist zugeschwollen. Ich empfinde kein Mitleid mit diesem Arsch. Er sieht aus, als könnte er in den Vierzigern sein, kurzes dunkles Haar, eine große gebogene Nase und aufgesprungene Lippen. Er ist eher dünn, aber wenn es um Vampire geht, spielt die Größe keine Rolle, denn die sind alle verdammt stark. Die Untoten scheinen diese Fähigkeit in natürlichem Über-fluss zu haben.

Er faucht, als ich mich ihm nähere, und kämpft mit den Ketten, die seine Arme und Beine fesseln.

„Ich habe das Gefühl, dass du mir alles sagen wirst, was ich wissen will", sage ich zu ihm.

Er keucht und spuckt Blut auf den Betonboden zwischen uns. „Streng dich ruhig an. Du wirst mir keine Angst einjagen, also spar dir die Mühe. Du wirst dich schon noch wundern, sobald wir Glenside und alle darin erobert haben."

Ich umrunde ihn, weil ich weiß, dass es so einfach sein wird ... zu einfach, und eigentlich geht es mir gar nicht um Spaß. Ich hasse einfach jeden, der mich oder die, die mir nahestehen, bedroht. Und im Moment bin ich einfach nur sauer, dass ich meine Zeit mit diesem

Arschloch verbringe, anstatt mit Aria in der Villa zu sein.

Ich umrunde ihn noch einmal und klatsche ihm eine Hand auf den Kopf, um meine Faust in seinen Haaren zu vergraben und seinen Kopf zurückzureißen. Er starrt mich von unten an, und in diesem Moment entfalte ich die dämonische Magie, die mich zu dem macht, was ich wirklich bin.

Seine Augen weiten sich, als er die dunklen Hörner sieht, die sich aus meinem Kopf herauswinden, und die filigranen Tätowierungen, die sich über meine Haut ziehen, aber ich bemerke, dass seine Aufmerksamkeit auf die blauen Runen in meiner Haut gerichtet ist, die meine Inkubuskraft wecken.

„Wie fühlst du dich?", frage ich und grinse.

„Was zum Teufel bist du, Mann?"

Ich nehme das Messer von meinem Gürtel und setze die Klinge an seinen Hals. Ich brauche keine Worte, denn der Schrecken in seinem Gesicht ist alles, was ich brauche. Das Messer dringt in sein Fleisch ein, als ich es ihm in die Kehle stoße, gerade tief genug, dass er blutet, aber nicht genug, um ihn zu töten. Jedenfalls noch nicht.

Er bäumt sich auf und wehrt sich gegen meinen Griff an seinem Kopf. Ich lasse seinen Kopf los und stelle mich dann vor ihn. Blut tropft von seinem Hals und auf seine Kleidung und er faucht mich an, das kaltblütige Monster zeigt seine wahre Gestalt.

Ich gehe in die Hocke und bewege die Klinge in meiner Hand. „Dämonen brauchen keine Waffen, um zu töten, wusstest du das? Wir schaffen das selbst ganz gut, auch wenn es eine Sauerei ist. Zerfetztes Fleisch, gebrochene Knochen, und das alles, während du noch lebst.

Das ist es ja, wir lieben es, den Schrecken in den Augen unserer Opfer zu sehen.

Ich gebe ihm keine Chance zu antworten, sondern stoße die Klinge genau in die empfindliche Stelle zwischen seinem Oberschenkel und seiner Leiste. Ich lächle, als ich sie zurückziehe und das Blut überall hin spritzt.

Seine Schreie durchdringen die Dunkelheit um uns herum und ich schließe meine Augen, um in ihnen zu baden. Angstschreie haben etwas fast Beruhigendes an sich. Auch wenn ich es vorzog, mir in der Hölle nicht die Hände schmutzig zu machen, ließ ich mir dennoch die Chance nicht entgehen, die Schlimmsten der Schlimmen leiden zu lassen. Das ist die Sache mit der Hölle ... viele ernähren sich von Angst, und das süße, kränkliche Gefühl, das mich bei diesem Vampir beschleicht, weckt Erinnerungen an alte Zeiten. An das Blut, die Massaker, die Schlachten und den Spaß, den wir hatten. Von klein auf haben Cain und ich gejagt, und als wir Elias in unser Rudel aufgenommen haben, hat er das Ganze auf eine ganz neue Ebene der Qualen gehoben.

Ich will nicht leugnen, dass ich die alten Zeiten manchmal vermisse. Aber jetzt genieße ich die langsame Folter, die gut zu meiner Informationsbeschaffung passt.

Als seine Schreie gedämpft werden und in Schluchzen übergehen, nähere ich mich ihm und schnappe mir seine Zunge, ein ekelhaftes, blasses Ding, dann greife ich wieder nach dem Messer.

Er wimmert, seine Augen ertrinken vor Angst, und als mich der Gestank von Pisse erreicht, schaue ich nach unten und sehe, dass er sich in die Hose gemacht hat.

Scheiße.

Er versucht, etwas zu sagen, also lasse ich das schleimige Ding, das er Zunge nennt, los und wische mir mit der Hand über die Hose.

Ich starre ihm in die Augen und setze meine Überzeugungskraft ein, wenn ich mit ihm spreche. Ich will, dass er sich öffnet, bevor er zu sehr verblutet und völlig hysterisch wird, wie es bei Vampiren oft der Fall ist.

„Du wirst mir alles sagen, was ich wissen muss." Ich stoße meine Kraft aus und lasse sie meine Worte umhüllen.

„Ich werde reden." Er nickt mit dem Kopf wie eine dieser Wackelpuppen, sein Gesicht ist blut- und tränenverschmiert.

„Natürlich wirst du reden. Was zum Teufel hat Stephan vor?"

Er wimmert, und es ist wirklich erbärmlich, wie sehr er gegen meine Fähigkeit ankämpft. Aber er wird niemals gewinnen.

Ich richte die blutige Spitze der Klinge auf seine Leiste und drücke zu, nur für den Fall, dass er vergisst, wer hier das Sagen hat. Es ist mir scheißegal, was für ein großes, böses Monster du bist, kein Mann will, dass sein Schwanz aufgeschlitzt wird, selbst wenn er wieder nachwächst.

„Zwing mich nicht, noch einmal zu fragen."

Er zittert furchtbar und murmelt: „K... Kekse."

„Wie bitte?" Ernsthaft, er verarscht mich und jetzt ist Schluss mit lustig.

„Die verlassene Keksfabrik in der Stadt." Er verkrampft sich und kämpft mit sich selbst, um den Mund zu halten. Das macht so viel Spaß.

„Was ist mit ihr?"

„Pst. Dort bewahrt Stephan das Hush auf."

Die Droge, von der in den Nachrichten immer wieder die Rede ist, wenn Menschen an einer Überdosis sterben, und ich habe ähnliche Geschichten von Übernatürlichen gehört.

„Warum?", dränge ich ihn.

„Geld", schreit er. „Verdammt noch mal, ich habe dir doch alles erzählt."

Das bezweifle ich irgendwie.

„Versuch's noch mal", knurre ich, weil ich dieses Spiel satt habe, und aus meinen Worten strömt starke Kraft.

Er verstummt daraufhin und sieht mich an, als läge er im Koma, dann spricht er. „Er wird euch alle töten und die, die nicht an Hush sterben, werden verwandelt."

Ich bin auf den Beinen und wische meine Klinge an der Schulter seines Hemdes ab, bevor ich sie hinten in meinen Gürtel stecke. Stephan baut sich also eine Armee auf, während er seinen Reichtum vermehrt, und dann wird er wie jeder Diktator seine Macht über das Land und die Welt ausbreiten. Das würde ich auch tun, wenn ich ein sadistischer Mistkerl wäre. Aber diese Zeiten liegen weit hinter mir.

„Lässt du mich jetzt gehen?" Er zittert, blutet stärker und ich habe es satt, in sein verdammtes Gesicht zu schauen.

„Sicher, ich gebe dir die Freiheit, die du suchst." Ich löse die Ketten, mit denen er an den Stuhl gefesselt ist, und entferne sie von seinen Knöcheln, lasse aber seine Hände hinter dem Rücken gefesselt. „Jetzt bist du ein braver Junge, nicht wahr?"

Er nickt verzweifelt und macht nicht einmal Anstalten, abzuhauen.

Ich packe ihn an den Haaren und ziehe ihn die Treppe

hinauf. Er stolpert hinter mir her und schreit auf. Solange er unter meinem Einfluss steht, hat er keine Chance, selbstständig zu denken.

Die wenigen Kunden im Club schauen in unsere Richtung, darunter auch Antonio von der Bar, aber das ist ein ganz normales Bild im Fegefeuer. Wir bringen den Müll raus. Ich reiße die Türen zum Foyer und dann die Eingangstür auf.

Der Vampir weicht jetzt zurück. Er schreit um Hilfe, aber niemand ist in Sicht.

Ich stoße ihn vorwärts und befördere ihn direkt ins Sonnenlicht.

Er heult sofort auf und stürzt zurück zu uns, aber ich schlage ihm die Tür vor der Nase zu. Das letzte Bild, das ich von ihm erhalte, ist sein Körper, der sich bereits in Asche auflöst. Sekunden später öffne ich die Tür wieder und sehe einen kleinen Haufen Staub auf unserer Türschwelle.

Nun, das fühlt sich eindeutig besser an. Ein Vampir weniger, bleiben noch Dutzende.

12

MAVERICK

Ich stehe an der Wand meines Zimmers und starre auf die krude gemalte Zielscheibe, die ich zum Üben an der gegenüberliegenden Wand aufgehängt habe. Naja, ich meine *mein Zimmer* nicht unbedingt wörtlich. Als wir aus Brasilien zurückkamen, hatte Cain ein Einzelbett und eine Kommode für mich in dem Kellerraum aufgestellt, in dem sie mich eingesperrt hatten.

Wie nett von meinem Bruder, oder?

Es war zwar nicht annähernd so extravagant wie das, in dem ich in der Hölle lebte, aber es würde reichen. Außerdem machte mir die dunkle und feuchte, fast kerkerartige Atmosphäre nichts aus. Ich habe schon in schlimmeren Räumen geschlafen.

Nachdem wir das Darmrelikt wiedergefunden hatten, erhielt ich andere Freiheiten, wie etwa meine Dolche, und so vertrieb ich mir die Zeit damit, sie zu schärfen und meine Kampffähigkeiten aufzufrischen, nur für den Fall, dass ich sie im entscheidenden Showdown mit Luzifer brauchen würde.

Oder für jeden anderen, der mich auf die Probe stellen würde.

Mit einem kurzen Blick auf das Ziel werfe ich einen von ihnen mit einer schnellen Bewegung aus dem Handgelenk. Die Klinge segelt quer durch den Raum und trifft genau ins Schwarze.

Ich lache in mich hinein. Es ist fast *zu* einfach.

Ich schließe die Augen und werfe den anderen Dolch. Die Tür geht knarrend auf, als ich höre, wie der Dolch das Ziel trifft, und ich schaue auf und sehe Arias Kopf, der nur wenige Zentimeter von der Klinge entfernt ist und voller Angst auf meinen Dolch starrt.

Langsam stößt sie die Tür weiter auf, ihre Wangen sind totenbleich und ihre Hände zittern. „Das war ein bisschen zu knapp", sagt sie und schluckt, als sie wieder auf die Dolche blickt. Sie trägt einen weißen Pullover, der an einer Schulter herabhängt und die cremefarbene Haut ihres Schlüsselbeins und Dekolletés freilegt. Die engen schwarzen Leggings lassen zwar keine Haut erkennen, aber ich kann jede Kurve ihres verlockenden Körpers ausmachen. Ihre Oberschenkel. Ihren Hintern.

Auch wenn sie vor mir keine Geheimnisse verbirgt – ich habe sie schließlich schon nackt gesehen –, spannen sich meine Muskeln an, weil ich mir das alles noch einmal ansehen kann.

Ich gehe hinüber, komme nah genug heran, um an ihr vorbeizustreichen, und ziehe die Dolche aus dem Holz. Allein die kurze Berührung mit ihr lässt meinen Puls in die Höhe schnellen. Es ist beunruhigend und erregend zugleich. Ich hätte nie gedacht, dass jemand so einen

Einfluss auf mich haben könnte, schon gar nicht eine Frau.

„Ich habe keinen Besuch erwartet", sage ich, schlendere wieder durch den Raum und nehme meine Position ein wie zuvor.

Schnell entfernt sie sich von der Zielscheibe und rückt näher an mein Bett heran. „Ich kann ja gehen ... wenn du willst."

„Nein." Das Wort rutscht mir schneller heraus, als mein Gehirn es realisieren kann, und ich räuspere mich schnell und sammle mich wieder. Mein Griff um die Dolche wird fester. „Ich habe sowieso nicht viel vor. Ich trainiere nur den Umgang mit dem einen oder anderen Messer."

Sie wirft einen Blick zurück auf das Holzbrett, auf dem alle meine vergangenen Würfe zu sehen sind. Meistens im mittleren Kreis. „Das kann ich sehen", antwortet sie. „Ich war beinahe dein neues Ziel gewesen."

„Glaube mir. Wenn ich dich hätte treffen wollen, hätte ich das auch getan. Ich verfehle nie das Ziel."

Sie sieht mich an. „Stimmt ..."

„Gibt es einen Grund, warum du hier unten bist?" Ich halte jede Klinge hoch und tue so, als würde ich ihre Schneiden untersuchen, indem ich mit dem Daumen über sie streiche, um die Schärfe zu prüfen, bis der Schmerz und das Blut auf meiner Haut mir die Antwort geben.

„Kannst du es mir beibringen?"

Ihre Frage wirft mich aus dem Gleichgewicht. „Äh, wie bitte?"

„Kannst du mir beibringen", wiederholt sie etwas lauter, „eine Waffe zu führen wie du."

Interessant ...

Das hätte ich nicht von ihr erwartet, aber ich lerne schnell, dass Aria voller Überraschungen steckt. Und diese gefällt mir sehr gut.

Ich fahre mir mit dem blutenden Daumen über die Unterlippe und dann mit der Zunge hinterher. Ihr Blick beobachtet jede meiner Bewegungen mit Neugier. Sie mustert mich.

Ich irritiere sie.

Errege sie.

Das ist gut.

Ich will all das mit ihr machen und noch viel mehr.

Ich will ihre Grenzen austesten.

Sie ficken.

Ihre Bedürfnisse auskosten.

Sie auf die schönste Art und Weise verletzen.

Aber so sehr ich mich auch danach sehne, diese Dinge zu erkunden, gibt es ein großes Problem, das mir den Weg versperrt.

Mein Bruder. Cain.

Er ist offensichtlich in sie verliebt, und ich habe seine Drohung, sie in Ruhe zu lassen, laut und deutlich vernommen. Wenn ich jemals Luzifers Tyrannei entkomme und mir mein eigenes kleines Stück Hölle auf Erden schaffen will, dann muss ich auf seiner Seite bleiben. Sein Vertrauen gewinnen. Seine Regeln befolgen.

Und wenn ich mit Aria spiele, wird mir das nichts nützen.

Aber Junge, es würde Spaß machen.

„Willst du lernen, wie man kämpft?", frage ich sie und frage mich, was ihre wahren Beweggründe sein könnten.

Sie ist so klein und jung. Wenn ihr Schatten nicht wäre, könnte sie sich kaum verteidigen.

Vielleicht ist das der Sinn der Sache.

Sie nickt. „Immer wenn wir angegriffen werden, muss ich abhauen oder zusehen, wie die Jungs die Führung übernehmen, und ich habe es satt. Ich will nicht mehr gerettet werden. Ich will keine Angst mehr haben ...“ Sie hält abrupt inne und hält sich den Mund zu. Ich habe den Verdacht, dass sie mir gerade etwas verraten hat, was sie lieber nicht getan hätte, und als eine Röte ihre Wangen küsst, wird diese Vermutung bestätigt.

„Angst zu haben ist keine Schwäche, Aria“, sage ich. „Man kann alle Gefühle nutzen, aus ihnen lernen und sie zu seinem Vorteil einsetzen.“

„Woher weißt du das?“

„Das geht nur mich etwas an“, antworte ich.

„Ach ja, richtig. Du kannst Gefühle manipulieren.“

„Manipulieren würde ich nicht sagen. Das klingt, als würde ich etwas falsch machen. Ich verstärke oder unter- drücke nur die Gefühle, die schon da sind.“

Sie rollt mit den Augen. „Das ist dasselbe.“

„Das glaube ich nicht.“

„Wie auch immer, Maverick“, sagt sie.

Es ist sinnlos, mit ihr zu streiten, also drehe ich mich um und lege meine Dolche auf die Kommode.

„Hör zu, lass es uns noch einmal versuchen“, beginnt Aria und stellt sich hinter mich. „Bitte zeig mir, wie ich mich verteidigen kann. Du bist der Einzige, der das kann.“

Ich weiß nicht warum, aber wenn ich sie das Wort „bitte“ sagen höre, wird mein Verlangen geweckt. Verdammt, was würde ich dafür geben, wenn sie auf ihren Knien darum betteln würde, meinen Schwanz zu kosten.

Eine der blöden Fesseln meines Bruders um ihren Hals zu wickeln und mich damit so weit in ihre Kehle zu zwingen, dass sie würgt und keucht, aber trotzdem nicht genug bekommen kann.

Ich schüttle die üblen Gedanken ab, die sich in mir festsetzen. Dummerweise muss ich artig sein. Zumindest so lange, bis Luzifer besiegt ist und die Macht auf uns übergeht. Dann kann ich auf Cain scheißen und tun, was ich will.

Aber so weit ist es noch nicht.

„Frag einen deiner Dämonen da oben", sage ich leise. „Ich bin sicher, Cain würde es dir zeigen, wenn du ihn fragst."

Aria blickt weg. „Er würde mich nie eine Waffe anfassen lassen. Geschweige denn mit einer kämpfen", murmelt sie. „Er hat zu viel Angst, dass ich daran zerbreche."

Darüber muss ich lachen.

„Außerdem glaube ich nicht, dass ich Cain, Dorian oder Elias schon einmal mit einer Waffe gesehen habe. Nur dich."

Das stimmt auch. Meine Brüder – und genau genommen die meisten Dämonen – setzen ihre rohe Kraft oder ihre Fähigkeiten ein, wenn sie einem Gegner gegenüberstehen. Waffen werden als Zeichen der Schwäche angesehen. Aber nicht für mich. Ich kämpfe schlauer, nicht härter. Das Leben mit sechs älteren, Sündendämonenbrüdern und einem verdammt verrückten Vater hat mich das gelehrt.

Ich schäme mich nicht, meine Dolche zu benutzen. Ich betrachte das als eine Strategie.

Auf diese Weise kann ich vielleicht mehr Zeit mit ihr

verbringen. Ich breche zwar keine Regeln, aber ich nerve meinen Bruder dadurch.

Ich schnappe mir wieder meine Dolche und drehe mich mit einem Grinsen um. „Weißt du was? Ich glaube, das lässt sich vielleicht einrichten."

Sie grinst mich an und wippt auf ihren Zehen. „Okay, womit fangen wir an?"

Ich antworte, indem ich ihr den Griff eines meiner Dolche in die Hand drücke.

Sie hält ihn locker in der Hand und wird blass. „Äh … Sollten wir nicht zuerst ohne die Dolche anfangen? Vielleicht an der Haltung oder dem Gleichgewicht arbeiten oder so?"

„Die Paranoia meines Bruders ist dir in den Kopf gestiegen, wie ich sehe." Ich lache. „Wenn du von mir lernen willst, wie man kämpft, dann werden wir genau das tun. Durch Kämpfen lernen."

„Kann ich dabei nicht verletzt werden?"

„Natürlich kann das passieren. Das kann jedem von uns passieren. Das ist doch schon der halbe Spaß." Ich halte meinen Dolch in die Höhe und richte die Spitze auf sie. Zögernd folgt sie meinem Beispiel, aber ich kann schon sehen, wie ihre Hand zittert. Trotz ihrer offensichtlichen Angst hält sie ihr Kinn hoch, während sie mir gegenübersteht.

Oh Mann. Das wird ein Spaß für mich.

Ich stürze nach vorne und schwinge meine Klinge, woraufhin sie mit einem Quietschen zurückspringt. Ich stürze mich wieder auf sie, stoße nach rechts, aber sie tänzelt zur Seite.

„Willst du mich *umbringen*?", keucht sie, als ich die Luft zerschneide und versuche, ein Stück hübsche unversehrte Haut zu erwischen.

„Nicht umbringen. Nur ein bisschen verletzen."

Sie weicht zurück und entzieht sich weiterhin meinen Angriffen. Ihr Rücken knallt gegen die hölzerne Zielscheibe, und als sie merkt, dass sie in der Falle sitzt, blitzt Panik in ihrem Gesicht auf. „Maverick!"

Ich ziele auf ihre Schulter, ändere meinen Griff und stoße zu. Im letzten Moment lässt sie sich fallen und die scharfe Spitze bohrt sich stattdessen ins Holz.

„Du kannst nicht ewig weglaufen", sage ich, als sie mir unter dem Arm durchrutscht. Ächzend reiße ich den Dolch heraus, drehe mich, und etwas Silbernes blitzt vor meinen Augen auf.

Ich spüre den brennenden Stich auf meiner Wange, bevor mein Gehirn begreift, was passiert ist. Aria hält ihre Klinge hoch und an der Schneide glänzt es rot. Blut.

Mein Blut.

Meine Finger schnellen zu meiner Wange, und als ich sie zurückziehe, sind auch sie voller Blut.

Mist. Sie hat den ersten Treffer gelandet.

Erstaunt und leicht amüsiert schaue ich zu ihr auf und stelle fest, dass sie lächelt. Auch in ihren Augen ist ein teuflisches Funkeln zu sehen. Es ist dasselbe, das ich gesehen hatte, als wir uns vor Luzifer gegenüberstanden, und auch in der Nacht, als Sayah die Macht übernahm.

Vielleicht ist es dieses Mal der Einfluss des Schattenwesens, vielleicht auch nicht. Wir wissen das nicht so genau. Aber eines ist sicher: Wenn ich diese vertraute Dunkelheit hinter ihrem Blick sehe, die ich in mir selbst wiedererkenne, wird mein Schwanz steinhart.

„Es gefällt dir, mich bluten zu sehen, stimmt's?", frage

ich sie und meine Stimme wird tiefer, während meine Erregung wächst. „Willst du, dass ich dir wehtue?"

Zuerst zögert sie. Aber dann gleitet ihr Blick zum Dolch, an dessen Klinge mein Blut heruntertropft, und ein zufriedenes Grinsen umspielt ihre Lippen.

Oh, ja ...

Sie stürzt sich auf mich und holt erneut aus, ihre Bewegungen zehnmal so schnell. Ich weiche zur Seite aus und stoße mit meiner eigenen Waffe zu, aber sie dreht sich und richtet ihre Klinge auf mich. Unsere Dolche kreuzen sich.

„Du hast mich angelogen", sagt sie und lässt das Messer an meinem auf und ab gleiten. Ein ohrenbetäubendes Geräusch ertönt und ein Schauer läuft mir über den Rücken. Es ist, als ob sie weiß, was sie mit mir macht. Sie reizt mich. Sie testet die Grenzen meiner Kontrolle aus.

„Du hast mich dazu gebracht, dir zu vertrauen." Ihre dunklen Augen sind auf die meinen gerichtet. „Hast mir deinen Ring an den Finger gesteckt."

„Vergiss nicht, dass ich dich in die Hölle geschleppt habe", hake ich nach.

Sie stampft mit ihrem Absatz auf meinen Fuß, und ein Schmerz jagt durch mich hindurch. Ich ächze, aber ich sehe ihren nächsten Angriff kommen, und als sie wieder zustößt, weiche ich aus und finde einen Ausweg. Diesmal trifft meine Waffe auf Haut.

Sie stolpert zurück und stößt gegen die Kommode, mehr vor Schreck als sonst. Es ist nur ein kleiner Schnitt, nichts Ernstes, aber der Dolch fällt ihr aus der Hand und sie blickt auf die zarte, purpurne Linie auf ihrer rechten Brust.

Mir läuft das Wasser im Mund zusammen und plötzlich kann ich mich nur noch darauf konzentrieren. Kann nur noch daran denken.

Sie atmet schnell und mit jedem Heben und Senken ihrer Brust schlägt mein Herz ein bisschen schneller. Ehe ich mich versehe, rücke ich näher an sie heran, schiebe meine Hand hinter ihren Rücken und ziehe ihren Körper an meinen. Sie wehrt sich überhaupt nicht gegen mich. Sie sagt nicht einmal ein Wort, als ich meinen Kopf neige und mit meiner Zunge über die Wölbung ihrer Brust fahre, entlang des Schnitts, und Salz und Kupfer schmecke.

Trotzdem hält sie mich nicht auf.

Es ist so einfach, von ihrem berauschenden Duft umhüllt zu werden. So nah an ihr, kann ich den Schweiß auf ihrer Haut glänzen sehen. Ihr Puls pocht an ihrem Hals und in ihrer Kehle, während sie verzweifelt versucht, zu schlucken.

Verdammt noch mal, ich will mehr von ihr.

Als ich meinen Kopf hebe, treffen sich unsere Blicke wieder und ich stelle fest, dass ihre Augen von demselben lüsternen Hunger erfüllt sind, den ich verspüre. In diesem Moment packt sie mich an den Seiten und drängt ihren Mund gegen meinen.

Jetzt gibt es für mich keine Rettung mehr. Ich ertrinke in ihr, unfähig, nach Luft zu schnappen. Sie küsst mich heftig, ihre Finger wühlen in meinen Haaren und ziehen mich näher zu sich, während unsere Zungen um die Oberhand ringen.

In diesem Wahnsinn nimmt sie meine Unterlippe zwischen die Zähne und beißt fest zu. Blut benetzt meine Zunge, aber das scheint das Feuer in ihr nur noch mehr anzufachen und der Kuss wird immer wilder.

Mit einer Hand streiche ich ihren Rücken hinauf, greife in ihr Haar und reiße ihren Kopf nach hinten. Sie schreit auf, aber nicht vor Schmerz. Und als ich mit meiner Zunge ihre Kehle entlang fahre, verwandelt sich dieser Schrei in ein köstliches Stöhnen, das mich in Erregung versetzt.

„Das wird weh tun", warne ich sie, und meine Stimme klingt heiser vor Verlangen.

„Mit dir tut auch alles weh, oder?", knurrt sie zurück und ich reiße ihren Kopf wieder zurück, um es zu beweisen.

Als sie auf mich herabblickt, sieht man den Konflikt in ihrem Gesicht – sie will mich hassen; sie denkt, dass das falsch ist, aber sie kann sich nicht zurückhalten. Tief im Inneren liebt sie es.

Genau wie ich.

Und ich ... ich brauche *mehr*.

Das mag ein Fehler sein, aber ich bin schon zu weit gegangen. Plötzlich sind mir alle Warnungen und Drohungen von Cain egal. Ich werde Aria ficken. Ich werde dafür sorgen, dass es wehtut. Ich werde ihr dabei helfen, einige ihrer dunklen Sehnsüchte zu befriedigen, die sie bis jetzt unterdrückt hat. Zum Teufel mit den Folgen.

Ich schnappe mir meinen Dolch und ziehe einen weiteren dünnen Schnitt quer über ihr Schlüsselbein, der nur die Oberfläche ihrer Haut durchschneidet. Sie zischt, als sie scharf einatmet, aber wie zuvor zeichne ich den Schnitt mit meiner Zunge nach und beiße dann mit meinen Zähnen in das Ende.

Ihre Hand findet die harte Ausbeulung meines Schwanzes in meiner Hose und reibt mich durch den Stoff. Ich beiße meine Zähne zusammen.

Ja. Mehr.

Ich mache eine weitere kleine Einkerbung an ihrer Schulter und drücke meinen Mund dagegen, sauge und streiche mit meiner Zunge über die Wunde.

Ihr Körper zittert an meinen Lippen. „Ah ... Maverick ...“

Normalerweise lasse ich mir beim Sex gerne Zeit. Aber wenn ich meinen Namen auf ihren Lippen höre, möchte ich mir die Hose und die Leggings, die sie trägt, vom Leib reißen und mich ohne Skrupel in ihr vergraben. Bis sich das Stöhnen in Schreie verwandelt und wir beide auf dem schmalen Grat zwischen Ekstase und Schmerz wandeln.

Und das ist genau das, was ich tun werde.

Als ich nach meinem Hosenschlitz greife, hallen Schritte durch den Flur. Ich zögere.

Als wäre ich aus einer Trance erwacht, legt Aria plötzlich ihre Hände auf meine Brust und stößt mich zurück, gerade als die Tür zu meinem Zimmer aufschwingt.

13

ELIAS

„Was zum Henker!" In Sekundenschnelle nehme ich das Geschehen vor mir auf.

Aria sieht verstört aus, Blut sickert aus Schnittwunden an ihrer Schulter und ihrem Schlüsselbein, ihr weißer Pullover ist zerrissen und rot gefärbt. Ihre Augen sind weit aufgerissen wie die eines Rehs im Scheinwerferlicht, so wie ein verängstigtes Opfer vor Schreck erstarrt.

Maverick steht neben ihr, Blutstropfen auf seinen Lippen und in seinem Mundwinkel.

Der Geruch von Erregung liegt in der Luft, und das trifft mich bis ins Mark. Alles, was ich in meinen Gedanken sehen kann, ist, wie Maverick, diese Bestie, sich auf Aria stürzt und ihr wehtut. Ich sehe ihr Gesicht vor mir, verzweifelt und verängstigt, ihre Schreie werden von seiner Hand erstickt.

Ich zittere und bin außer mir vor Wut, dass er sie auf diese Weise ausgenutzt hat.

Die Wut brennt in mir wie ein loderndes Feuer.

Ein Aufschrei entringt sich meiner Kehle, und ich

balle meine Hände zu Fäusten und beäuge Maverick misstrauisch. Alles in mir tobt, der Stachel der Schuld bohrt sich in mein Herz, dass ich sie nicht früher aufgespürt habe, bevor er ihr wehtun konnte.

Sein Mund bewegt sich, genauso wie der von Aria, aber ich höre überhaupt nichts. Mein Herz hämmert in meinem Ohr und mein Mund giert nach seinem Blut. Ich muss seine Schreie hören.

Ich rase auf Maverick zu und stürze mich auf ihn.

Er schlägt hart auf dem Boden auf und ich schäume vor Wut, als ich ihm eine Faust nach der anderen ins Gesicht schlage, weil er es gewagt hat, mein kleines Kaninchen zu verletzen.

Der Bastard wehrt sich natürlich, aber ich spüre die Schläge, die er austeilt, kaum, denn ich bin schneller als er.

Hinter mir ertönen Schreie, und Aria packt mich am Hemd und versucht, mich zurückzuziehen.

Ich knurre, weil ich dieses Arschloch zuerst fertig machen muss. Er hätte nie zu uns nach Hause kommen dürfen. Scheiße, Cain sollte es besser wissen, aber er hat eine Schwäche, die er sich nicht eingestehen will. Und das wird Aria in den Tod treiben.

Ich beiße die Zähne zusammen, als ich Maverick anremple und ihm ins Gesicht knurre. Er erwischt mich mit einem heftigen Schlag unter dem Kinn, sodass er gerade genug Zeit hat, mir seine Fäuste in die Brust zu stoßen und mich zurückzuschleudern.

Das schlüpfrige Arschloch rollt sich schnell unter mir weg, und Aria steht vor mir und stößt mir eine Hand in die Schulter.

„Hör auf!", brüllt sie mir mit wässrigen Augen ins

Gesicht, während das Hämmern meines Herzens noch lauter in meinen Ohren dröhnt.

Verdammte Scheiße! „Du sorgst dich um dieses Monster, das dich angegriffen hat?" Vielleicht habe ich mich geirrt, und der schleimige Bastard hat sie nicht nur angegriffen. Nein, er hat ihr vorgegaukelt, dass er sich um sie kümmert, und hat ihr irgendeinen Scheiß aufgetischt, um in ihr Höschen zu kommen.

Das Nächste, was ich mitbekomme, ist, dass ein schweres Gewicht auf meinen Rücken kracht und seine rasiermesserscharfen Reißzähne sich in meine Schulter bohren.

„Du Mistkerl", schreie ich und drehe mich mit der Geschwindigkeit eines Höllenhundes herum, aber Maverick mag zwar nicht so groß sein wie ich, aber er ist ein Sündendämon. Diese Arschlöcher sind mächtig und stark, und benötigen keine zusätzlichen Waffen. Maverick hat seine Reißzähne, Hörner und stacheligen Flügel.

Ich stoße ihn von mir runter und er stolpert ein paar Schritte zurück.

Er ringt nach Luft, Blut läuft über seine Wange und sein Kinn und tropft auf sein Hemd. Ihn so zu sehen, macht mich mehr als glücklich. Aber was ich interessant finde, ist, dass er nicht wegläuft, wie er es normalerweise tut. Er stellt sich mir auf Augenhöhe und ist bereit zu kämpfen.

Vielleicht ist er doch nicht das Wiesel, für das ich ihn immer gehalten habe.

Aria schreit uns an, dass wir aufhören sollen, aber als ich das Grinsen auf Mavericks Gesicht sehe, der sich darüber freut, dass er mich provoziert hat, verschwindet der Funke der Ruhe in mir.

„Du bist nichts weiter als ein Egomane, du Hundebaby", faucht er.

Bevor ich etwas sagen kann, rase ich quer durch den Raum auf ihn zu und schmettere ihn gegen die Wand, dann verpasse ich ihm einen Kopfstoß, um ihm das dämliche Grinsen aus dem Gesicht zu wischen.

„Was hast du gesagt?", knurre ich ihm ins Gesicht.

Aber Aria ist da und verpasst uns beiden Ohrfeigen und Schläge, damit wir aufhören. „Raus hier", schreie ich. „Bevor er dich wieder angreift."

Maverick, die Schlange, rammt mir im selben Moment seine knochige Faust direkt in die Nase. Sterne tanzen vor meinen Augen, der Schmerz ist höllisch, und Blut tropft über meine Lippen und mein Kinn. Er hat sie gebrochen. Für einen Moment dreht sich die Welt. Ich stolpere rückwärts und schüttle den Kopf, aber das wird nicht funktionieren.

Aria drückt ihre Hände gegen Mavericks Brust und versucht, ihn aus dem Raum zu schubsen, und vielleicht sollte der Schwachkopf auf sie hören. Ich greife nach oben und richte meine gebrochene Nase wieder auf, meine Augen tränen vor Schmerz. Aber er lässt genauso schnell wieder nach und ich wische mir das tropfende Blut ab.

„Es ist Zeit, dass du gehst, Aria", sage ich ihr. „Das hätte ich schon längst tun sollen."

Sie dreht sich zu mir um, ihr Blick ist vor Wut verengt und ihre kleinen Hände sind zu Fäusten geballt. „Zieht endlich mal euren verdammten Kopf aus eurem Arsch, ihr beiden, und hört auf!"

„Es wird ihm leid tun, dass er dich angefasst hat, dass

er dich überlistet und versucht hat, dich zu vergewaltigen.“

Sie bleibt stehen und glotzt völlig verdutzt. „Was redest du da? Hältst du mich für so dumm? Dass ich mich von ihm überlisten lassen würde?“

„Er hat es schon einmal getan!“

Sie bleibt stehen und starrt mich ungläubig an.

Maverick wischt sich das Blut von der offenen Wunde auf seiner Stirn. „Vielleicht sollten wir noch einmal von vorne anfangen?“, schlägt er vor. Und ich hasse ihn dafür, dass er so ruhig klingt, während ich vor Wut und Verwirrung zittere.

Aria stößt einen frustrierten Laut aus und wirft ihre Arme in die Luft. „Warum muss bei Dämonen immer alles gleich in einem Kampf enden? Er hat ...“ Sie hält inne und blickt zu Maverick hinüber. „Er hat mir das Kämpfen beigebracht.“

Mir schwirrt der Kopf bei ihren Worten und ich versuche zu verarbeiten, was sie gerade gesagt hat.

Dann erfasst mich eine Welle der Zurückweisung. Ich drehe mich zu ihr um und nehme ihre Hand in meine. „Warum bist du nicht zu mir gekommen? Ich würde dir alles beibringen, was du willst, kleines Kaninchen. Ich war mein ganzes Leben lang ein Krieger.“

Sie antwortet nicht sofort, aber ich rieche immer noch Erregung in der Luft. Wenn sie die Wahrheit sagt, kann ich nicht leugnen, dass ich rieche, dass sie sich zu ihm hingezogen fühlt. Ist das der Grund, warum sie ihn nach Trainingstipps gefragt hat? Es hatte nichts damit zu tun, wer der stärkste Krieger ist, sondern war ein Vorwand, um ihm näher zu kommen. Was zum Teufel ist in Brasilien passiert, dass sie mehr von Maverick will?

Was entgeht mir?

„Also, die Schnitte an deiner Schulter und ...?" Mein Blick fällt auf die Wunde, die unter ihrem Schlüsselbein verläuft und den Stoff ihres weißen Pullovers mit Blut befleckt.

„Kampfwunden", antwortet Maverick und geht an uns vorbei, um sich hinter Aria zu stellen, als ob er jetzt ihr Beschützer wäre. Nur über meine Leiche.

Aria wirft einen Blick auf den Boden neben der Tür, wo ein Messer liegt. Sie geht hin, um ihn aufzuheben. „Die Höllenhunde sind mir auf den Fersen, und ich finde es toll, dass ihr mich beschützt, aber ich muss mich auch besser selbst verteidigen können. Ich kann mich nicht immer darauf verlassen, dass ihr vier in der Nähe seid."

Vier. Also zählt sie Maverick jetzt auch dazu?

Ich strecke ihr eine Hand entgegen. „Komm, wir lassen deine Wunden reinigen und verbinden."

Ohne zu zögern ergreift sie meine Hand, aber als sie zu Maverick hinüberschaut, packt mich die Eifersucht. Ich habe schon vor langer Zeit akzeptiert, dass Cain und Dorian sie mit mir teilen werden, aber mit Maverick tue ich mich schwer, denn ich traue dem Bastard immer noch nicht. Aber ich bin doch sehr neugierig ... was sieht sie in ihm, was ich übersehe?

Unausgesprochene Worte huschen zwischen ihnen hin und her, dann senkt sie ihren Kopf und wir verlassen Mavericks Zimmer. Ich schließe die Tür und verriegele sie hinter uns.

Sie entzieht mir ihre Hand, als wir den Keller verlassen und oben im Flur stehen. Sie dreht sich zu mir um und ist sichtlich wütend auf mich. „Hältst du mich wirklich für so dumm?"

„Es bist nicht du, der ich nicht vertraue", sage ich ihr wahrheitsgemäß.

„Dann traue mir wenigstens zu, dass ich es nicht riskieren würde, zu Maverick zu gehen, wenn ich ihn für gefährlich hielte."

Ich beiße mir auf die Zunge, weil ich weiß, dass ich nichts sagen sollte, aber Schweigen war noch nie meine starke Seite. „Wie ich schon sagte, stelle ich nicht dein Urteilsvermögen in Frage, kleines Kaninchen. Du scheinst zu vergessen, wer Maverick wirklich ist. Er ist der Dämon, der Cain an Luzifer verkauft hat, der dich belogen hat, ein Engel zu sein, der dich entführt und in die Hölle verschleppt hat. Wie kannst du sicher sein, dass es sich nicht um einen weiteren Schachzug handelt? Das Arschloch ist schon viel zu lange dabei und hat schon so viel erlebt. Findest du es also nicht seltsam, dass er plötzlich der Gute ist?"

Sie verkrampft sich vor mir, die Wut in ihrem Gesicht lässt ihre Wangen rot werden. „Und was ist mit dir? Und Cain und Dorian? Keiner von euch war anfangs einer *der Guten*." Sie betont das Wort „gut" mit ihren Händen. „Aber du hast dich geändert, warum also nicht auch Maverick?"

Ich kann ihre Frustration nachvollziehen. Sie geht mir unter die Haut. „Weil es Jahrhunderte gedauert hat, bis wir an diesem Punkt angekommen sind. Nicht über Nacht."

Der wütende Ausdruck weicht nicht von ihrem Gesicht, aber erst jetzt bemerke ich, dass ihre Hände an ihrer Seite zittern. Genauso schnell wird ihr Gesicht blass und eine andere Art von Entsetzen macht sich in ihr breit.

Ich erkenne ihren Blick sofort, und sie sieht mich mit flehender Verzweiflung an.

„Sayah", haucht sie den Namen und ich eile zu ihr und nehme sie erschrocken in meine Arme.

Ich verschwende keine Sekunde und eile mit ihr nach draußen in die Kälte. Das ist das Erste, was mir in den Sinn kommt … um sie abzukühlen und ihre Wut zu besänftigen, die durch die Hitze geschürt werden würde.

Sie zittert entsetzlich, als ich sie auf dem mit weißem Schnee bedeckten Hof absetze.

„Tief durchatmen", sage ich ihr. „Du hast das Sagen, Aria."

Sie nickt, kräuselt aber die Nase, während sie die Augen schließt – es ist klar, dass der Kampf in ihr stattfindet. Jetzt wird mir klar, wie vorsichtig wir sein müssen, wenn wir Arias Gefühle anstacheln, denn sie scheinen ein Auslöser für Sayah zu sein, die Kontrolle zu übernehmen. Oder ist es so, dass sie sich von ihnen ernährt und ihr die Kraft gibt, sich durchzusetzen?

Ich fluche, weil ich so blöd war und meine große Klappe nicht über sie und Maverick gehalten habe. Dass ich sie gedrängt habe, obwohl das das Letzte ist, was sie jetzt braucht.

Ich halte sie in meinen Armen und drücke sie an mich, ihr Körper ist total angespannt.

„Hör auf meine Stimme, Aria", sage ich. „Konzentriere dich darauf, stark zu bleiben, denn du bist für deinen Körper verantwortlich und nicht Sayah."

Ihre Augen öffnen sich und ich starre auf den Kampf, der hinter ihnen tobt, die Tragödie, den Schmerz, die Dunkelheit. Es gibt so viel in Aria, das wir noch immer nicht verstehen, und ich hasse es, dass es sie verletzlich macht, dass es uns im Abseits stehen lässt, während ich nichts lieber täte, als Sayah in Stücke zu reißen.

Ihre Lippen verziehen sich zu einem Grinsen, und mein Herz schlägt schneller, weil sie den Kampf verlieren könnte. In meiner Panik werfe ich mir Aria über die Schulter und eile mit ihr ins Haus, direkt in Cains Zimmer, wo er sie in seinem Bett hatte. Letztes Mal, soweit ich mich erinnere, lagen noch Seile in dem Zimmer. Ich musste sie vorsichtshalber festbinden … Das hätte ich anfangs auch tun sollen, aber die Alarmglocken vernebeln mir das Hirn, wenn ich nur Aria helfen will.

Ich stoße Cains Schlafzimmer mit einem Tritt auf und stürme hinein, als Arias Stimme mich auffordert: „Elias, bitte lass mich runter."

Ich entdecke das aufgerollte Seil in der Nähe des Fensters, also gehe ich an die Seite des Bettes und setze sie dort ab.

Ich halte sie immer noch an den Armen fest und schaue ihr in die Augen, um mich davon zu überzeugen, dass es nicht Sayah ist. Die Augen sind das Fenster in die Seele eines Menschen, und das ist eine Sache, die Sayah nicht vor uns verbergen kann, wenn sie Aria übernimmt. Ganz zu schweigen davon, dass sie durchdreht und uns tot sehen will. Das ist nicht mein erstes Rodeo.

Aria lässt sich auf das Bett fallen und ringt nach Luft, als wäre sie einen Marathon gelaufen. Ich kann förmlich sehen, wie die Anspannung aus ihr herausbricht, während die Farbe in ihre Wangen zurückkehrt.

„Ich weiß nicht, wie lange ich das noch aushalte", flüstert sie mit zittriger Stimme und hält sich an meinem Arm fest.

Ich ziehe sie in meine Arme, ihre Wange an meine

Brust gepresst, und will sie nicht mehr loslassen. Das Verlangen, sie für immer bei mir zu haben, ist unerträglich.

Erst als die Dielen im Flur knarren, schaue ich auf und sehe Cain in der Tür seines Schlafzimmers stehen, der sich mit hochgezogener Augenbraue fragt, warum wir in seinem Zimmer sind.

Aria dreht sich um, um Cain anzusehen, aber sie löst sich nicht von meinen Armen.

Cains Blick richtet sich schnell auf die Schnitte an ihrer Schulter und um ihr Schlüsselbein herum, den mit Blut befleckten Pullover.

„Was ist passiert?" Er kommt schnell herein.

„Ich bekam einen Schreck, als Sayah fast aufgetaucht wäre", sagt sie. „Ich glaube nicht, dass es aufhören wird oder dass ich sie weiter in Schach halten kann. Sie wird so viel stärker."

„Hat der lautstarke Kampf unten dazu geführt, dass Sayah herauskam?"

Ich nicke einmal und es ist klar, dass Cain über das meiste Bescheid weiß, was uns an diesen Punkt gebracht hat. Den Rest erkläre ich ihm später.

Es herrscht Schweigen zwischen uns, und Cain steht jetzt ganz nah bei ihr und streicht mit dem Daumen über den Blutfleck an ihrem Kinn. Seine Miene wird unruhig und er runzelt die Stirn.

„Wir können nicht länger auf eine Antwort warten", sagt er. „Es wird immer schlimmer."

Aria zittert in meinen Armen und ich möchte nichts lieber, als sie an mich zu drücken, damit sie den Mist vergisst, der sie verfolgt.

„Was schlägst du vor?", frage ich.

„Vielleicht ist das ein guter Zeitpunkt, um deine Mutter zu besuchen, Aria, und herauszufinden, ob sie noch etwas über Sayah weiß. Etwas, das wir übersehen haben", schlägt Cain vor.

Sie verkrampft sich in meiner Umarmung und befreit sich aus meinen Armen. „Moment, du weißt, wo meine Mutter ist?"

Er nickt und etwas huscht über sein Gesicht, als ihm klar wird, dass er ein Geheimnis verraten hat, das er vor ihr geheim gehalten hatte. Scheiße, das kann nicht gut gehen.

Er räuspert sich und sagt: „Es ist mir gelungen, die Anstalt für psychisch labile Menschen ausfindig zu machen, in der sie untergebracht ist."

Ich halte still, denn ich kenne Aria gut genug, um zu wissen, dass diese Nachricht bei ihr nicht gut ankommen wird. Deshalb war ich auch nicht damit einverstanden, dass Cain ihr Informationen vorenthalten hat.

Sie starrt ihn an, ihre Augen schimmern, aber als ich sie anspreche, verkrampft sich ihr Körper. Das sind keine Freudentränen. „Wie lange weißt du es schon?" Ihre Stimme klingt tief und ihre Schultern ziehen sich zusammen.

„Eine kurze Weile. Die Zeit war noch nicht reif, um es dir zu sagen, weil so viel passiert ist."

Sie zittert. Ich ziehe sie wieder in meine Arme. „Lasst uns alle ruhig bleiben", sage ich und blicke Cain direkt an, der meine Sorge sofort versteht, während sie laut ausatmet. Aber sie schubst mich und stemmt sich auf, um sich vor Cain aufzubauen.

„Eine ... Weile?", wiederholt sie. „Warum zum Teufel hast du mir das nicht früher gesagt?"

Cain versteift sich, seine Lippen werden schmaler, aber ich sehe den Kampf in seinen Augen – er will Aria nicht verletzen, während er sein Handeln rechtfertigt. „Hätte es einen Unterschied gemacht? Damals haben wir Sayah nicht als Gefahr angesehen, und jetzt ist die Lage schnell eskaliert."

„Ja, für mich macht es einen Unterschied", schnauzt sie zurück. „Ich bin nicht dein Eigentum! Und du hast kein Recht, mir solche Informationen vorzuenthalten. Weißt du, wie lange ich meine Mutter schon finden will?" Ihre Stimme zittert, und meine Brust zieht sich zusammen.

Ich unterdrücke den Drang, sie zu verbessern, dass sie jetzt tatsächlich zu uns gehört. Wir sind durch unser Blutritual für die Ewigkeit gebunden, aber das wird niemandem helfen. Außer, dass sie noch wütender auf mich wird. Und irgendwie gefällt mir der Gedanke, dass er bei ihr in Ungnade gefallen ist. Besser für mich.

„Aria, bitte. Ich treffe meine Entscheidungen nie in der Absicht, dich zu verletzen. Ganz im Gegenteil." Er streckt ihr die Hand entgegen, aber sie ergreift sie nicht.

„Was verheimlichst du mir noch?", fragt sie.

Er atmet laut aus und seine Nasenlöcher blähen sich. „Ich habe ihren Namen herausgefunden. Victoria Dawson."

Aria verstummt und wischt sich die Tränen mit dem Handrücken weg. Der Schmerz in ihrem Gesicht macht mich fertig und ich habe das Gefühl, dass sie jeden Moment in hemmungsloses Weinen ausbricht und ich würde Cain am liebsten erdrosseln, weil er ihr das angetan hat.

„Ich kann es nicht glauben", stottert sie. „Die ganze

Zeit hätte ich zu ihr gehen können, aber du hast mich in dem Glauben gelassen, sie sei für mich verloren. Wie konntest du das nur tun?"

Er geht auf sie zu. „Aria ..."

„Nicht", knurrt sie. Die Dunkelheit in ihrem Ton lässt mich aufschrecken. Meine Gedanken fliegen zu Sayah, die jeden Moment auftauchen kann.

Der gleiche Gedanke muss auch Cain durch den Kopf gegangen sein, denn er lässt seinen Arm sinken und drängt sie nicht. Seine Augen verdunkeln sich, während er sie beobachtet und das Schlimmste erwartet. Er ist nicht der Typ, der Niederlagen gut verkraftet, aber er kennt die Gefahr, die in Aria brodelt.

„Vielleicht ist es an der Zeit, dass wir deine Mutter besuchen", schlage ich vor, um die Situation zu entschärfen.

Schweigen.

Schließlich dreht sie sich zu mir um, ihre Wangen sind rot und ihre Augen tränenüberströmt. „Ja, bitte. Nur wir beide, okay?"

„Natürlich, kleines Kaninchen." Als ich sie diesmal an mich ziehe, schmilzt sie an mir dahin.

Mein Blick trifft sich mit dem von Cain, und in seinen Augen lodert ein Feuer. Ohne ein Wort zu sagen, stürmt er aus dem Zimmer. Tja, das ging mächtig in die Hose.

14

ELIAS

Endlich darf ich mit Aria allein auf einen dieser Trips aufbrechen, und wo fahren wir hin? In eine Nervenheilanstalt in Illinois.

Reizend.

Oh, sie will ihre Mutter besuchen – die Mutter, die sie im Stich gelassen und ein böses Schattenwesen geschickt hat, um ihren Vater zu töten.

Wie romantisch, oder?

Und das ist der Schatten, der sich an ihre Seele geheftet hat und der versucht, sie zu überwältigen.

Perfekt.

Als unser Uber-Fahrer vor dem Clover Hill Center für geistige Gesundheit parkt, stöhne ich und rutsche unbehaglich auf dem Vordersitz herum. Da ich nicht fahren kann und Aria auch nicht, hat Dorian dafür gesorgt, dass uns ein Abholservice vom Flughafen abholt.

Woher ich weiß, dass es Dorian war und nicht Cain?

Es war ein Mini Cooper, der uns abholte.

Während der ganzen eineinhalbstündigen Fahrt sind

meine Knie gegen die Windschutzscheibe geknallt, und mein Rücken schmerzt fürchterlich. Kaum angekommen, reiße ich die Tür auf und steige aus. Das ganze Auto wackelt und ächzt dabei und ich verfluche Dorian im Stillen. Das wird er mir büßen.

Nachdem ich meinen Rücken gestreckt habe, bis er knackt, öffne ich Arias Tür und helfe ihr aus dem Rücksitz. Ich spüre, wie der Fahrer mich die ganze Zeit anstarrt und sich wahrscheinlich fragt, wie ich es geschafft habe, mit meiner Größe in so ein kleines Auto zu passen. Ehrlich gesagt habe ich auf diese Frage nicht einmal eine Antwort.

„Gib uns eine Stunde oder so", sage ich ihm.

„Kein Problem, Boss", sagt er mit einem Nicken und fährt los, um auf dem Parkplatz eine Lücke zu finden.

Boss? Na gut. Schräg. Aber ich habe schon Schlimmeres erlebt.

Als wir vor die Glastüren des psychiatrischen Krankenhauses treten, wird Aria neben mir immer angespannter. Es braucht nicht viel Bindung zwischen uns, um zu wissen, dass sie wegen dieses Treffens innerlich in Panik ist. Und ich kann es ihr nicht verdenken.

„Sie ist nur irgendeine Frau", flüstere ich, als sie unbeweglich auf die Türen starrt. „Praktisch eine Fremde."

Sie blickt zu mir auf, die Sorge steht ihr ins Gesicht geschrieben. „Ich weiß ..." Aber ihre Stimme bricht und etwas von ihrer Angst sickert durch.

Ich lege meine Hand auf ihre. „Ich werde die ganze Zeit bei dir sein."

Ein kleines Lächeln flackert über ihre Lippen und sie nickt einmal. Mit Aria an meiner Seite gehe ich zur

Sprechanlage und drücke die Klingeltaste. Der Lautsprecher knackt und eine hohe Frauenstimme meldet sich.

„Ja?"

„Ähh ... hi." Ich starre in das Kameraobjektiv, das in meine Richtung zeigt. „Wir sind hier, um eine Victoria Dawson zu besuchen?"

„Sie besuchen sie?" Sie klingt überrascht. Ich schätze, die liebste Mutter bekommt nicht oft Besuch.

„Ich bin ihre Tochter ...", meldet sich Aria neben mir und stellt sich auf die Zehenspitzen, um ins Bild der Kamera zu kommen.

Eine Weile antwortet nur das Knistern des Lautsprechers.

Ich will gerade fragen, ob sie noch da ist, als der laute Summer ertönt und sich die Tür mit einem Klicken öffnet. Ich drücke die Tür auf und wir gehen hinein in einen Warteraum mit ein paar Stühlen, großen Flügeltüren und einem Tresen, an dem eine Frau in einer weißen Krankenschwesternuniform auf uns wartet.

Aria schlendert gleich zu ihr hin.

„Sie wollen zu Dawson?", fragt die Krankenschwester sie.

„J... Ja. Ich denke schon." Arias Stimme zittert vor lauter Nervosität.

„Haben Sie einen Ausweis dabei?"

Das Fenster des Tresens ist zu niedrig, also beuge ich mich herunter, damit die Krankenschwester mich sehen kann. Sofort werden ihre Augen groß und sie weicht zurück. Das ist die typische erste Reaktion, die ich von den meisten Menschen erhalte, also bin ich daran gewöhnt. „Ich glaube, jemand hat vorhin für uns angerufen. Cain. Er sollte alles für uns geregelt haben."

Und mit „geregelt" meine ich eigentlich, dass er der Einrichtung eine große Summe Geld gespendet hat, wenn sie mich und Aria reinlassen, ohne Fragen zu stellen.

Aria schnaubt bei der Erwähnung von Cains Namen, unbeeindruckt und immer noch sauer auf ihn, weil er ihr nicht früher von ihrer Mutter erzählt hat. Vielleicht liegt es daran, dass er endlich einen Durchbruch bei ihr zu haben schien, nur damit dann das hier passiert, aber ich fühle ein bisschen mit ihm. Er tut nur das, was er für das Beste für sie hält, auch wenn es ein bisschen daneben ist.

Eine weitere Krankenschwester eilt aus dem hinteren Teil des Raumes und schiebt die andere zur Seite. „Ja, ja!" Sie scheucht ihre Kollegin weg, lehnt sich näher ans Fenster und senkt ihre Stimme. „Sie können direkt nach hinten durchkommen. Sie ist im dritten Stock. Zimmer 310."

Großartig. Ich liebe es, wenn alles so einfach ist.

Sie drückt einen Knopf auf dem Schreibtisch und wieder ertönt ein lauter Summer. Die großen mechanischen Türen schwingen für uns auf und wir gehen hindurch. Vor uns befinden sich mehrere Aufzüge und als ich den Knopf drücke, um nach oben zu fahren, fängt Aria an zu zappeln.

„Immer noch nervös?", frage ich sie, während wir beide zusehen, wie die Zahlen auf den Aufzügen bis zum Erdgeschoss herunterzählen. Der rechte Aufzug klingelt und als sich die Türen öffnen, treten wir ein.

„Ja, aber vor allem bin ich immer noch wütend auf Cain, weil er es so lange vor mir verheimlicht hat." Mit einem finsteren Blick drückt sie den Knopf für den dritten Stock. „Ich hätte schon vor Monaten hier sein können. Ich hätte sie nach mir oder meinem Vater oder was auch immer fragen können, anstatt die ganze Zeit mit Fragen zu verschwenden. Zu suchen. Mir Sorgen zu machen."

Wir fahren nach oben, und obwohl sie mich nicht ansieht und geradeaus starrt, kann ich sehen, wie sich ihre Wut in den Metalltüren des Aufzugs spiegelt.

Mann, Cain hat es wirklich vermasselt.

Als ich dieses unheilvolle Kribbeln durch die magische Verbindung zwischen uns spüre, vermute ich außerdem, dass Sayah auch etwas mit ihrer Wut auf ihn zu tun hat. Sie scheint es zu mögen, Arias Emotionen zu verstärken – dann fällt es ihr am leichtesten, die Kontrolle zu übernehmen, so kommt es mir jedenfalls vor.

„Weißt du ... er dachte wahrscheinlich, dass du nichts mehr von deiner Mutter wissen wolltest. Deshalb hat er es dir verheimlicht", versuche ich zu erklären, indem ich versuche, wie Cain zu denken. „Er hat gesagt, dass du ziemlich aufgewühlt warst, als du während unseres Trips ins geschlossene Krankenhaus erfahren hast, dass du ausgesetzt wurdest. Vielleicht wollte er dich nicht noch mehr verletzen."

Ihr Kopf dreht sich in meine Richtung und in ihren Augen blitzt Wut auf. „Nimmst du ihn etwa in Schutz?" Sie schleudert mir die Frage um die Ohren wie eine Peitsche.

„In Schutz nehmen? Nein, das würde ich nicht sagen. Ich versuche nur zu verstehen."

„Er hätte es mir sagen müssen", sagt sie und verschränkt die Arme. „Ich habe die Lügen und die Vertuschungen so satt. Aber was soll ich auch anderes von einem Dämon erwarten?"

So ein Mist. Das ist ein Schlag unter die Gürtellinie.

Der Aufzug klingelt wieder, als wir unser Stockwerk

erreichen. Sobald sich die Türen öffnen, werden wir von einem langen Flur mit weiteren Metalltüren und sterilen weißen Wänden begrüßt.

Nicht gerade ein gemütlicher Ort, was?

Wir gehen schweigend weiter, vorbei an einer Schwesternstation und ein paar leeren Liegen, die an der Wand stehen. Hier ist es viel zu kalt und es riecht nach Alkohol, Urin und Latex. Schließlich kommen wir zu einer Tür mit der Aufschrift 310. Aria bleibt wie angewurzelt stehen. Die Wut, die sie vorhin fühlte, ist schnell verflogen und hinterlässt nur noch die starken Sorgen, die Angst und die Ungewissheit, die sie zuvor verspürt hatte.

Sie reibt sich ihre Arme und blickt wieder zu mir hinüber. „Elias?"

„Hm?"

„Ich weiß gar nicht, was ich sagen soll. Wir begegnen uns zum ersten Mal. Sie wird mich nicht einmal erkennen."

„Du kannst mit „Hallo" anfangen, denke ich", sage ich und lache kurz.

„Das ist nicht lustig."

„Was wolltest du denn von mir hören? Dass du da reingehst und loslegst mit 'Hey Ma! Ich bin's, Aria. Das ist richtig. Die Tochter, der du ein böses dunkles Wesen angehängt hast? Kommt dir das bekannt vor?' Willst du das von mir hören?"

Sie schluckt schwer. „Mir ist so schlecht ... als müsste ich mich übergeben."

Ich drehe mich zu ihr um und ergreife ihre beiden Schultern, um sie dazu zu bringen, mich anzusehen. „Aria, hör mir zu. Den Druck, den du verspürst, legst du dir selbst auf. Diese Frau ist vielleicht deine leibliche

Mutter, aber Blutsverwandtschaft ist nicht gleich Familie. Schau dir Cain, Dorian und mich an. Wir sind zwar keine richtigen Brüder, aber ich vertraue ihnen mein Leben an."

Sie nickt schwach.

„Victoria Dawson kann nur an dich rankommen, wenn du sie lässt", fahre ich fort. „Und das solltest du nicht zulassen. Sie ist bloß jemand anderes – jemand, der dir vielleicht beim Schlussstrich helfen kann, den du brauchst."

Aria presst ihre Lippen zu einem schmalen Strich zusammen und ich kann sehen, wie ihr die Tränen in die Augen steigen, aber sie schafft es, sie zurückzuhalten. Ich kann es nicht ertragen, sie so aufgewühlt zu sehen.

„Wenn du das alles nicht willst ..."

„Ich will", antwortet sie schnell, aber als sie nach der Tür greift, hält sie inne. „Du lässt mich doch nicht allein, oder?"

„Ich bleibe die ganze Zeit bei dir."

„Okay." Dann holt sie tief Luft, packt die Klinke und öffnet die Tür.

ARIA

Das erste, was mir auffällt, ist, wie ruhig und still das Zimmer ist. Keine Geräusche. Keine Bewegung. Nicht einmal vom Bett aus, auf dem die Frau liegt, die meine Mutter sein soll.

Ich betrachte ihr Gesicht, wie blass sie ist, mit eingefallenen Wangen und grauem, fettigem Haar. Es ist schwer, eine Ähnlichkeit zwischen uns zu erkennen, wenn sie so kränklich und alt aussieht. Sie sieht jedenfalls nicht so aus, als hätte sie die Kraft, ein böses Wesen zu beschwören, oder wie die Psychoschlampe, die mein Vater beschrieben hat. Aber seitdem ist viel Zeit vergangen, und wie Elias schon sagte, ist sie eine Fremde.

Als Elias' Hand gegen meinen Po drückt, merke ich, dass ich mich nicht von der Tür wegbewegt habe. Ich trete einen Schritt weiter in den Raum.

Doch meine Mutter bewegt sich nicht. Es sieht kaum so aus, als würde sie atmen.

Ich werfe einen Blick über meine Schulter zu Elias.

„Sie muss unter starken Beruhigungsmitteln stehen", flüstert er. „Ich bin mir nicht sicher, ob wir irgendwelche Informationen aus ihr herausbekommen."

Ich glaube, er hat Recht. Es sieht so aus, als wäre dieser Trip umsonst gewesen.

Niedergeschlagen schleiche ich zurück zur Tür.

„Ist es wieder Zeit für meine Medikamente?", meldet sich eine schwache Stimme.

Ich erstarre auf der Stelle, mein Atem stockt mir in der Lunge.

„Schwester?"

Elias ergreift meine Schultern und hilft mir, mich umzudrehen. Meine Mutter stemmt sich mit zitternden, dünnen Armen vom Bett hoch und leckt sich über ihre trockenen Lippen. Als ihr Blick über mich schweift, hält er nicht inne. Er geht einfach über mich hinweg. Und warum sollte er das nicht? Sie würde mich nicht erkennen. Ich war ein Neugeborenes, als sie mich im Krankenhaus abgab und für immer verließ.

Ich weiß nicht, was ich erwartet hatte, aber mein Herz hämmert wie wild gegen meine Rippen.

Dann sieht sie den riesigen, nachdenklichen Mann

hinter mir und sie runzelt die Stirn. „Diesmal setze ich mich nicht zur Wehr", sagt sie. „Bitte fesselt mich nicht. Ich werde mich nicht wehren."

Fesseln?

Sie würden sie tatsächlich fesseln?

Mein Herz tut weh und ich weiß nicht, warum. Ich sollte keine Gefühle für diese Frau haben.

„Wir sind keine Krankenpfleger", sagt Elias, während ich noch dabei bin, meine Stimme zu finden. „Wir sind nur hier, um Ihnen ein paar Fragen zu stellen."

Sie blinzelt verwirrt.

Elias stellt sich vor mich und ergreift das Wort. Er achtet darauf, seine Stimme ruhig und sanft zu halten. „Vor etwa achtzehn Jahren wurde Ihr Mann getötet ..."

„Nicht mein Mann", widerspricht sie. Ihr Blick wird kalt. „Zum Glück habe ich diesen verlogenen, betrügerischen Bastard nie geheiratet."

Erstaunt über ihre heftige Reaktion sieht Elias mich an. Aber mir fehlen die Worte. Nicht verheiratet zu sein, ist keine große Sache – uneheliche Kinder gibt es andauernd. Aber was mir am meisten auffällt, ist, wie schnell ihre Wut aufbrandet. Außerdem ist das, was sie gesagt hat, dem, was Liam mir gesagt hat, unheimlich ähnlich.

„Die Welt ist ein besserer Ort, seit er nicht mehr da ist", sagt sie. Ihr ganzer Körper zittert, ihr Hass auf den Mann strömt durch sie hindurch. „Aber er hat mehr verdient für das, was er mir angetan hat."

Ich schaue um Elias herum. „Was hat er denn getan?"

Victoria sieht mich an. „Unaussprechliche Dinge. Schreckliche Dinge ..." Ihre Stimme bricht und sie blickt weg, als ob die Erinnerungen zu schmerzhaft für sie wären. „Er war ein Monster."

Ihr verletzter Gesichtsausdruck, die Art und Weise, wie sie die Schultern nach vorne zieht, und der Schmerz, der in ihrer Stimme mitschwingt, wirken auf mich. Ich hatte in den Pflegefamilien, in denen ich untergebracht war, auch schon viel Scheiße erlebt. Pflegegeschwister oder Erzieher, die zu handgreiflich waren oder einen kranken Fetisch hatten und verängstigte kleine Mädchen ausnutzten. Und ich erkenne in ihr den Blick einer gebrochenen Frau und die damit einhergehende Wut.

Könnte mein Vater gelogen haben?

Immerhin ist er in der Hölle ...

Aber Sayah hat zugegeben, ihn getötet zu haben, also was soll das jetzt?

Der einzige Weg, wie ich die Informationen bekomme, die ich brauche, ist, danach zu fragen.

Ich atme tief ein. „Sie hatten ... eine Tochter? Ist das wahr?"

Sie zögert, und die Falten um ihren Mund vertiefen sich, als sie die Stirn runzelt. „Hatte ich", sagt sie. „Ein wunderschönes kleines Mädchen."

Natürlich kenne ich die Antwort auf diese Frage, aber ich muss sie trotzdem stellen. „Was ist mit ihr passiert?"

Ihr Blick schweift zwischen Elias und mir hin und her. Unsicher. „Ich ... musste sie zur Adoption freigeben."

Es tut weh, selbst als sie es sagt, und die Tränen beginnen in meinen Augen zu brennen.

Elias tritt vor, um das Gespräch wieder in die Hand zu nehmen. Und gerade jetzt bin ich so dankbar dafür. „War es wegen Liam Cross?", fragt er. „Hat er Sie dazu gezwungen?"

Sie schüttelt sanftmütig den Kopf. „Nein, nicht er. Aber es war nicht ungefährlich."

„Was meinen Sie?", drängt er.

Sie hält plötzlich inne und beißt sich in die Wange.

„Sie können es uns sagen", fährt Elias sanft fort. „Wir sind hier, um Ihnen zu helfen."

Trotzdem blickt sie uns mit Unsicherheit und Misstrauen an. Und das kann ich ihr nicht verdenken. Aber es muss einen Grund geben, warum sie an diesem Ort gelandet ist. Und dass Sayah in mein Leben getreten ist. Ich muss mehr wissen.

„Was haben Sie gesagt, woher Sie kommen?", fragt sie.

Oh, Mist. Wir hatten uns noch nicht einmal eine gute Lüge ausgedacht, um zu erklären, warum wir hier sind und sie so persönliche Dinge fragen. Was sollen wir denn überhaupt sagen?

Aber Elias tischt ihr seine Lüge auf, butterweich. „Wir sind Teil des Direktoriums", sagt er, ohne auch nur eine Sekunde zu zögern. „Einige Patienten wurden als so weit genesen oder rehabilitiert ausgewählt, dass sie in die Gesellschaft zurückkehren können, und Sie waren einer der wenigen Auserwählten. Damit wir unsere Entscheidung treffen können, müssen Sie uns einige grundlegende Fragen nach bestem Wissen und Gewissen beantworten. Können Sie das für uns tun?"

Ich starre ihn fassungslos an. Blitzschnelle Auffassungsgabe und Lügen aus dem Hut zaubern? Das sind Dinge, die ich von Cain erwarte. Sogar von Dorian. Aber Elias? Er hat wohl zu lange mit den anderen beiden rumgehangen. Sie fangen an, auf ihn abzufärben.

Die Lüge scheint aber zu funktionieren, denn Victoria schnuppert einmal und nickt. „Okay, aber das wird sich verrückt anhören." Sie blickt auf die Tür hinter uns.

„Vertrauen Sie uns. Nichts ist zu verrückt", versichert er ihr.

Wieder schaut sie an uns vorbei zur Tür, als würde sie erwarten, dass jeden Moment jemand hereinplatzt. Als niemand hereinkommt, fährt sie mit leiser Stimme fort. „Wie ich schon sagte, war Liam ein Arschloch. Er hat mich missbraucht. Er hat mich übel zugerichtet. Der einzige Grund, warum wir ein Kind hatten, war, dass er sich mir eines Nachts aufgedrängt hat, als er sturzbetrunken war. Ich habe mich zwar manchmal gewehrt, aber er war zu stark, verstehen Sie? Und die Schläge, die danach kamen, waren immer schlimmer, wenn ich versuchte, mich zu wehren. Also habe ich es meistens einfach geschehen lassen."

Meine Kehle ist wie ausgetrocknet.

Kein Wunder, dass mein Vater in der Hölle ist.

„Er wollte, dass ich abtreibe, aber ich habe mich geweigert. Auch wenn die Schwangerschaft ein kleiner Schock war, wollte ich Mutter werden. Und ich wusste, dass ich es auch ohne ihn schaffen würde. Aber als ich mich weigerte, das Baby loszuwerden, wurde es noch beängstigender. Er wurde noch furchteinflößender. Wutausbrüche und Stalking. Beklaute mich. Hat Drogen in meiner Wohnung versteckt, was auch immer. Alles, was er tun konnte, um mir das Leben schwer zu machen. Ich brauchte eine Möglichkeit, mich und meine Tochter zu schützen. Die Justiz war mir natürlich keine große Hilfe. Er hatte einen Kumpel bei der Polizei, und ich bin sicher, dass er ihm im Hintergrund geholfen hat, also war ich am Verzweifeln ...

„Eines Abends, nach der Arbeit, wusste ich, dass Liam zu Hause ein ziemliches Chaos angerichtet haben würde, und um es noch ein bisschen hinauszuzögern, ging ich in dieses Antiquariat. Ich stand kurz vor meinem Geburtstermin und meine Angst ging durch die Decke. Aber ich stolperte über dieses alte Buch über okkulte Magie. Düsteres Zeug. Gruseliger Kram. Aber da stand ein Zauberspruch, der einen von seinen irdischen Dämonen befreit, und wie gesagt, ich war verzweifelt."

„Sie haben einen Zauber gesprochen?", sage ich, höre ihr aufmerksam zu und hänge an jedem ihrer Worte.

Sie lacht leise. „Klingt verrückt, oder? Ich habe es Ihnen ja gesagt."

Elias deutet ihr an, fortzufahren. Das tut sie.

„In dieser Nacht habe ich den Zauber durchgeführt. Zumindest glaube ich, dass ich es getan habe. Das Buch war so alt, dass viele Worte verblasst und schwer zu lesen waren. Ich tat, was ich dachte, und wie erwartet, kam nichts dabei heraus. Zumindest nicht in dieser Nacht. Zwei Tage später bekam ich mein kleines Mädchen. Zum ersten Mal in meinem Leben war ich glücklich. Richtig, richtig glücklich." Tränen glitzern in ihren Augen, und meine Brust krampft sich zusammen. Ich hatte mich so sehr getäuscht, als ich dachte, sie würde mich nie wollen. So, so, so sehr geirrt.

„Mit Liam währen glückliche Momente nie lange, und an dem Tag, an dem ich mit Aria nach Hause kam, wartete er dort auf mich. Er griff mich an." Ihre Stimme steigt an, als die Worte überstürzt aus ihrem Mund strömen, und ihr Körper zittert. „Er versuchte, sie mir aus den Armen zu reißen und schlug mir ins Gesicht, brach mir die Nase und die Augenhöhle. Ich wurde ohnmächtig. Das muss ich wohl. Ich erinnere mich nur noch daran, dass ich, als ich wieder zu mir kam, auf dem Boden lag und Aria neben mir schrie. Und dieser riesige schwarze Schatten schwebte über Liams totem Körper."

Schatten.

Als würde sie herbeigerufen, regt sich Sayah in mir. Ich spüre, wie sie um meinen Geist herumschleicht, als würde sie aus einem tiefen Schlaf erwachen. Ihr eiskalter Einfluss überflutet mich und verursacht mir eine Gänsehaut.

„Elias ...", hauche ich, während mir die Panik die Kehle hochkriecht.

Sein Kopf wirbelt in meine Richtung, und was er sieht, lässt ihn vor Schreck die Augen aufreißen. Er packt mich am Arm und reißt mich zu sich, aber das kann nicht verhindern, dass die Dunkelheit aus mir herausgleitet und mein Schatten auf dem Fliesenboden größer wird und Größe und Form verändert.

Victoria kriecht zurück ins Bett, ihr Gesicht vor Angst verzerrt. Ihre Schreie erfüllen meine Ohren, aber Sayah hebt bereits vom Boden ab und füllt den kleinen Raum aus.

Sayah, nein! Komm zurück!

Meine Bitten bleiben unbeantwortet. Sie streckt sich weiter und wächst, ihre rubinroten Augen leuchten in die Richtung meiner Mutter. Wird sie auch versuchen, sie zu töten?

Eilige Schritte kommen von draußen, und die Tür wird aufgerissen. Im Handumdrehen ist Sayah wieder in mir, während vier Krankenschwestern in weißen Uniformen zu Victorias Bett eilen. Sie strampelt, deutet auf mich und schreit, während die Krankenschwestern versuchen, sie festzuhalten. Eine von ihnen hält eine

Nadel in der Hand, die sicher mit einer Art Beruhigungsmittel gefüllt ist.

„Wir müssen los." Elias schiebt mich aus der Tür und in den Flur. Weitere Krankenschwestern drängen sich an uns vorbei, um in das Zimmer zu gelangen. Wir nutzen das Chaos als Deckung und schlüpfen die Nottreppe hinunter ins Erdgeschoss. Als wir an den großen Metalltüren ankommen, trägt Elias mich praktisch auf Händen. Er eilt mit uns aus dem Gebäude und über den Parkplatz. Der Motor des wartenden Mini Cooper springt an und Elias steuert darauf zu.

Sayah kreist in mir, unruhig. Sie will raus. Selbst als Elias mich auf den Rücksitz des Wagens setzt, spüre ich, wie die Kälte ihrer Berührung nach mir greift und mich nach unten zieht.

„Elias ...", keuche ich. Meine Gedanken wirbeln herum, meine Sicht verdunkelt sich und ich versuche verzweifelt, mich über Wasser zu halten.

„Halt noch ein bisschen durch, okay?", sagt er und schiebt seinen massigen Körper auf den Beifahrersitz.

„Was ist los?", fragt der Fahrer, der die Dringlichkeit der Situation mitbekommen hat. „Ist sie krank?"

„Hotel. Sofort." Elias knurrt wie das halbe Tier, das er ist, und lässt den Mann – einen Menschen – vor Angst zusammenzucken. Die Räder des Wagens schlingern, als wir den Parkplatz verlassen und auf die Hauptstraße fahren.

MAVERICK

Wenn es eine Sache gibt, die ich an meinem Bruder Cain hasse ... nun ja, in Wahrheit gibt es viele Dinge, aber auf eines möchte ich mich jetzt konzentrieren: Wenn er will, dass du eingesperrt wirst, dann gelingt ihm das verdammt gut. Damals in der Hölle erledigte er Vaters Drecksarbeit, und manchmal bedeutete das, einen von uns Sündendämonen festzuhalten, bis Luzifer bereit war, sich mit uns zu befassen. Cain benutzte alles, was er in der Nähe fand, seien es Ranken oder ein Fluch. Was auch immer den Zweck erfüllte, nicht wahr?

Ich ergreife die Klinke der Kellertür und ziehe daran. Sie öffnet sich nur einen Spalt. „Ach, verflucht!" Ich ziehe an dem Ding, aber es ist, als würde ich versuchen, einen Wagen mit fetten Höllenhunden zu ziehen. Ich werfe einen Blick durch den schmalen Spalt in den Flur und entdecke eine Linie aus Salz und Erde, die den Boden entlangläuft, und es ist klar, dass es der Zauber ist, der mich hier unten festhält. „Verdammter Arsch." Natürlich würde Cain es mir dieses Mal unmöglich machen, auszubrechen. Ich gehe in die Hocke, atme tief ein und stoße einen langen Atemzug aus, in der Hoffnung, das Salz und die Erde zu beseitigen.

Keine Chance.

Keine Aussicht, die Linie aus meiner Entfernung zu durchbrechen.

Verdammt!

Ich muss an die riesige Katze im Haus denken und daran, wie sie die Erde aufscharren könnte, um mich zu befreien. Ich habe keine Ahnung, ob er wie ein Hund kommen würde, aber momentan würde ich alles versuchen.

Ich gebe einen leisen Pfiff von mir. „Komm her, Miez, Miez. Ich habe ein Leckerchen für dich." Okay, das klingt schräg, aber ich höre nicht auf.

Nach fünfzehn Minuten Rufen ertönt das vertraute Klick-Klack-Geräusch von Nägeln auf dem Boden. Um die Ecke taucht der Luchs auf, der sich schnuppernd nähert.

„So ist es gut, komm näher, Kätzchen." Ich gebe kleine Kusslaute von mir, denn ich habe gehört, dass Katzen gut darauf reagieren.

Die Katze schnüffelt an der Linie aus Salz und Erde, bleibt nicht weit von der Tür stehen und hebt ihren Kopf zu mir. „Jetzt komm näher", sage ich mit der süßesten Stimme, die ich finden kann. „Zieh diese riesigen, flauschigen Pfoten über die Linie."

Stattdessen schaut mich das Ding an, als würde es verstehen, was ich vorhabe. Und so schnell wie er gekommen ist, dreht er sich um und macht sich aus dem Staub.

„Warte, nein, komm zurück, du dumme Katze!", knurre ich vor mich hin und er verschwindet um die Ecke.

„Na schön", rufe ich. „Geh und ersticke an einem Fellknäuel."

Schnaufend kehre ich zum Keller zurück und gehe wieder auf und ab.

Ich bin doch nicht aus einem Gefängnis in der Hölle entkommen, nur um in ein anderes auf der Erde eingesperrt zu werden.

Ich lasse mich auf das Bett fallen und stöhne. Wenn ich meinem Bruder helfe, werde ich anscheinend wieder wie ein Hund eingesperrt. Sogar dieses Fellknäuel wird besser behandelt als ich.

Beim Herumsitzen und Nichtstun schweifen meine Gedanken natürlich zu Aria ab. Ich muss ständig an sie denken und kann mir vorstellen, wie sie vor mir steht. Einen Meter fünfundsechzig m groß, lange schwarze Haare, verführerische Schmolllippen und große verletzliche Augen, die signalisieren: Rette mich. Sie weiß es vielleicht nicht, aber dieser Blick macht Männer verrückt, und genau wie mein Bruder und die beiden Idioten, die ihm folgen, ist es fast unmöglich, einer solchen Schönheit zu widerstehen. Wenn ich jetzt noch ihre durchtrainierten Beine, ihren kurvigen Hintern und ihre frechen Brüste dazu nehme, ertrinke ich in ihrer Anwesenheit.

Ich muss sie schmecken, sie beißen, ihr Blut trinken. Verdammt, die Distanz zwischen uns ist ärgerlich. Mein Schwanz wird hart, wenn ich nur an sie denke. Der Geschmack ihres Blutes und ihrer Haut liegt noch auf meiner Zunge, ihr berauschender Duft in meiner Nase. Seit wir zusammen sind, sehne ich mich nach Erlösung, und ich brauche sie.

Bevor ich überhaupt klar denken kann, ist mein

Hosenstall offen und mein Schwanz zuckt beim Gedanken an sie zusammen.

Meine Hand legt sich um meinen Schwanz und ich streichle das dicke, schwere Glied, während ich meinen Kopf nach hinten neige. Zuerst bewege ich meine Hand langsam auf und ab, mit geschlossenen Augen, während ich mir vorstelle, dass es Arias Mund ist. Ich bin so verdammt erregt, so aufgedreht, dass mein Herz in meiner Brust pocht, weil das Blut nach unten schießt.

Ich stelle mir vor, wie Aria mit ihrem wunderschönen nackten Körper und ihrer Entschlossenheit, meine blutigen Spiele zu spielen, ein Messer ergreift. Mit einem schnellen Streich über ihre Brüste starrt sie mich an, und ich nehme sie ganz in mich auf. Die Blutstropfen, die an ihren Titten herunterrollen, den perfekten Kurven folgen und von ihren wunderschönen kleinen erigierten Brustwarzen tropfen.

„Fuck", stöhne ich und pumpe schneller.

Linien von Blut laufen ihren Körper hinunter, das Rot hebt sich so eindrucksvoll von ihrer blassen Haut ab. Sie folgen den verdammt scharfen Kurven und finden ihre süße Muschi.

Mein Körper zuckt. Ich bin ruhelos, hungrig nach ihr. Ich höre sie noch immer stöhnen und keuchen, als ich ihre Wunden geleckt habe.

Jeder Atemzug, den ich mache, kommt rasend schnell und mein Puls pocht, während ich mir vorstelle, wie sie auf mich steigt und sich auf meinem Schoß räkelt, wie ein artiges Mädchen. Ich atme tief ein und rieche sie immer noch, diesen honigartigen, köstlichen Duft, der so typisch für sie ist.

Ich stöhne vor Vergnügen, als ich mir vorstelle, wie sie

sich auf mich setzt und mein Schwanz in ihre nasse Muschi eindringt. Ich wichse meinen Schwanz schneller und erreiche den Punkt, an dem es kein Zurück mehr gibt.

In meinem Kopf höre ich, wie sie ihren Orgasmus herausschreit und keucht, während ich nicht aufhöre, sie zu ficken.

Ich knurre tief, stoße härter und versuche mich an einer beschissenen Imitation dessen, wie Aria sich fühlen würde. Jeder Muskel in meinem Körper spannt sich an, während mein eigener Orgasmus durch mich hindurchbricht. Mein Schwanz versteift sich in meiner Hand, meine Eier ziehen sich zusammen, während Spermaströme aus der Eichel spritzen. Ich stöhne auf, will in sie eindringen, sie ausfüllen, und der Höhepunkt schüttelt mich eine gefühlte Ewigkeit lang durch. Mein Schwanz pumpt weiter Ströme von dickem Sperma, die meine Hand hinunterlaufen, während ich weiter an sie denke.

Als ich endlich fertig bin, atme ich schwer, befreit von der Erregung über Aria, die nicht nachlassen will. Aber für wie lange? Ich wische mich mit einem der Kissen ab und werfe es auf den Boden.

Selbst nachdem ich meinen Samen verschüttet habe, bleibt ihr Gesicht in meinen Gedanken haften, diese markanten dunklen Augen, ihr verruchtes Grinsen, als wüsste sie, welche Wirkung sie auf mich hat.

„Scheiße", murmle ich vor mich hin. „Was tue ich da?" Ich beginne jetzt besser zu verstehen, warum mein Bruder so süchtig nach Aria ist. Sie ist ein Sturm, der in dein Leben hereinbricht, und wenn sie dich erst einmal in der Hand hat, verdammt ... dann kennt sie keine Gnade mit deinem Herzen.

CAIN

Während Elias und Aria in Illinois unterwegs sind, beschließen Dorian und ich, dem Beispiel unseres gefangenen Nightwalkers zu folgen und in den historischen Teil der Stadt zu gehen.

Eine alte Keksfabrik ist nicht gerade der klassische Ort für ein Vampirversteck, aber darum geht es ja auch, oder? Wähle einen Ort, an dem du es am wenigsten erwartest. Und in diesem Fall haben sich die Vampire ein verlassenes Gebäude ausgesucht, in dem einst Tante Idas berühmte Snickerdoodle-Kekse hergestellt wurden.

In dem Moment, in dem wir aus Dorians Ferrari aussteigen und den dunklen Parkplatz betreten, werden wir von den verlockenden Gerüchen von Zucker, Zimt und Ingwer empfangen. Aber auch einige unangenehme Gerüche, wie Benzin und abgestandenes Wasser. Die Fabrik ist ein riesiges, quadratisches Gebäude, bei dem fast alle Fenster zerbrochen und vernagelt sind und die Wände mit Graffiti verziert sind. Unter dem gesprühten Unsinn befindet sich auch das Zeichen der Nightwalkers – ein auf dem Kopf stehendes Dreieck mit einem Kreuz darin – das klein über einem der hinteren Garagentore der Laderampe angebracht ist.

„Das ist eindeutig der richtige Ort", sagt Dorian, als er das Symbol ebenfalls entdeckt. „Sind wir uns sicher, dass wir überhaupt auf Viktor warten wollen?"

„Ich habe ihm versprochen, ihm die Rache zu ermöglichen, nach der er sich sehnt. Vor allem für das, was sie Charlotte angetan haben."

Er seufzt. „Du hast Recht. Wenn es Aria wäre, würde ich auch ein Stück von diesem Rache-Kuchen haben wollen."

Aria ... Allein ihr Name weckt Gefühle in mir, die ich immer noch nicht richtig einordnen kann. Ich liebe sie. Unbändig. Und die Intensität dieser Liebe macht mir Sorgen. Die Liste meiner Feinde ist lang und unvorstellbar tödlich. Wie immer wieder bewiesen, könnte meine Liebe sie töten.

Und ich kann nicht vergessen, wie wütend sie auf mich ist, weil ich ihr nichts von ihrer Mutter erzählt habe. Der Schmerz in ihren Augen. Als ob ich sie verraten hätte. Das nagt an mir, seit sie weg sind.

Ich will sie zurück. Das ist doch ganz offensichtlich. Aber ich weiß, wie viel ihr diese Reise bedeutet. Sie braucht einen Schlussstrich, also erledige ich unser kleines Problem mit den Nightwalkers und genieße die Ablenkung für den Moment. Wenn sie dann zurückkommt, muss ich einen Weg finden, um meinen Fehler wiedergutzumachen. Blumen oder Schokolade ... oder was auch immer die Frauen in diesem Reich mögen.

Ich werde Dorian fragen müssen.

„Hoffen wir einfach, dass Viktor eher früher als später hier ist. Ich traue deinem Bruder in unserem Haus nicht allein über den Weg." Er wirft mir einen Blick zu, um zu sehen, ob ich zugehört habe, was ich nicht getan habe. Er schnaubt und klopft mir mit der Hand auf die Schulter, um mich aus meinen Gedanken zu reißen. „Cain, komm schon, entspann dich. Mach dich ein bisschen locker. Wir werden uns gleich die Hände schmutzig machen. Ein paar Vampiren den Kopf abreißen. Du liebst so etwas doch."

Normalerweise hat er recht. Ich liebe so etwas. Aber in

unserem Leben ist zu viel Scheiße passiert, als dass ich es so genießen könnte wie früher. Ich will nur, dass es vorbei ist und ich zum nächsten Schritt übergehen kann; ich will nur, dass Aria in Sicherheit ist. Vor allem.

Wenn das bedeutet, dass sie auch vor mir in Sicherheit ist, dann soll es so sein.

„Sie wird darüber hinwegkommen", fährt Dorian fort. „Du hast es getan, um sie zu beschützen."

„Jedes Mal, wenn ich versuche, sie zu beschützen, verletze ich sie am Ende trotzdem, so scheint es."

„Frauen sind komplizierte Geschöpfe. Es hilft nicht unbedingt, dass Aria noch komplizierter ist als die meisten." Er schenkt mir ein mitfühlendes Lächeln, und in diesem Moment bin ich dankbar, dass er in diesem Durcheinander an meiner Seite ist. Er hat bewiesen, dass er ein guter Verbündeter und ein noch besserer Freund ist. Ein Bruder für mich – ein *echter* Bruder. Im Gegensatz zu der Kreatur, die im Moment in unserem Keller haust.

Hinter Dorian verschieben sich die Schatten und ziehen meine Aufmerksamkeit auf sich. Als Dorian meine Unaufmerksamkeit bemerkt, dreht er sich um, gerade als Viktor aus der Dunkelheit tritt. Er trägt ein weites weißes Baumwollhemd, das im Nacken offen ist, und eine enge schwarze Hose, als wäre er einem Liebesroman entstiegen. Sein dunkles Haar ist sogar nach hinten geglättet, aber in seinen Augen steht Mord. Er will, dass heute Abend Blut vergossen wird. Und zwar viel davon.

„Wird auch Zeit, dass du auftauchst", sagt Dorian und winkt ihn zu sich.

Viktor ignoriert seine Bemerkung und sieht sich die heruntergekommene Fabrik an. „Sind wir sicher, dass sich die Nightwalkers hier verstecken?"

„Ihr Versteck? Nein", beginne ich, woraufhin er finster dreinschaut.

„Warum zum Teufel sind wir dann hier?"

„Nach dem, was ich vonm Vampir erfahren habe, den wir gefangen gehalten haben, lagern sie hier ihr Hush. Hier fließt das Geld ein und aus", erklärt Dorian, aber Viktors Gesichtsausdruck zeigt, dass er auch mit dieser Antwort nicht zufrieden ist.

„Drogen und Geld sind mir egal", schnauzt er. „Ich will Stephans Kopf."

Ich nicke, wobei ich darauf achte, meine Stimme leise zu halten. „Und das verstehen wir. Aber einer der Gründe, warum seine Gang so schnell expandieren konnte, ist das Geld, das ihnen zur Verfügung steht." Das habe ich schnell gelernt, als ich in diese Welt kam. Geld ist gleich Macht; das ist ein einfaches Konzept, und darauf würde sich jeder konzentrieren, der versucht, eine Stadt zu beherrschen. Den Geldfluss erhöhen. „Das Rohr abknicken, den Wasserfluss stoppen, die Stadt lahmlegen."

Viktor legt den Kopf schief und starrt mich verwirrt an.

„Lass mich dir helfen", gluckst Dorian. „Cain spricht manchmal gerne in Rätseln. Er will damit sagen, dass wir sie von innen heraus schwächen, wenn wir ihnen das Geld wegnehmen."

„Aber ..."

„Du willst sie alle abschlachten. Das wissen wir", unterbricht ihn Dorian.

„Glaube uns. Das wird helfen, die Nightwalkers vollständig loszuwerden. Die Entthronung Stephans ist nur ein Teil der Lösung. Seine Anhänger können ihre Arbeit auch ohne ihn fortsetzen", erkläre ich.

Viktor denkt eine Weile über meine Worte nach. Dann, als sich seine angespannten Muskeln lockern, sagt er. „Als würde man einer Hydra den Kopf abschlagen. Nur dass dann an seiner Stelle mehr wachsen."

Jetzt hat er es verstanden. Die Metapher und alles andere. „Das ist richtig."

„Und die Nightwalkers, die da drin sind, überlassen wir dir."

Er stimmt zu, auch wenn ihm der weniger blutige Plan nicht gefällt.

„Mach dir keine Sorgen", sage ich. „Das ist nur der erste Schritt."

„Ich vertraue euch", antwortet er und neigt sein Kinn in Dorians Richtung. „Selbst für Dämonen wart ihr immer fair zu mir und meinesgleichen."

„Wir brauchen und schätzen das Bündnis mit dir." Ich werfe einen Blick zurück auf die Laderampe und die Tür mit dem aufgemalten Symbol darüber. Dann sehen Dorian und ich einander in die Augen. Er denkt dasselbe wie ich. Es ist an der Zeit, diesen Abend in Gang zu bringen, bevor wir zu viel Aufmerksamkeit auf uns lenken.

Wir gehen zur Tür, an deren Riegel ein schweres Vorhängeschloss hängt. Es ist leicht zu knacken, also nehme ich es und reiße es auf. Es springt auf. Als ich es zur Seite werfe, ergreift Dorian den Hebel und hebt das Garagentor langsam an. Das rostige Metall quietscht laut in der Stille, und wenn sich jemand drinnen verstecken würde, würde er sofort herbeieilen.

Zu unserer Überraschung kommt niemand angerannt, als wir eintreten. Seltsamerweise werden wir nur von noch mehr Stille begrüßt.

„Seid ihr sicher, dass das der richtige Ort ist?", fragt Viktor in einem ungeduldigen Flüsterton.

„Dorians Gabe versagt nie", antworte ich, während ich das große, offene Lagerhaus absuche. Außer uns befinden sich hier nur ausgediente Süßwarenmaschinen, Säcke voller Zucker und Mehl und Kisten mit dem Logo von Tante Ida. „Hier sollte das Hush der Vampire sein."

„Und man sollte meinen, dass ein paar von den Wichsern den Ort bewachen", mischt sich Dorian ein, während er sich umschaut. „Aber hier gibt es keine einzige untote Seele."

Er hat Recht. Dieser Bastard Stephan hat echt Mumm. Das oder er hat keine Angst vor uns, was mich nur noch wütender macht.

Aber niemand ist so wütend wie Viktor. Er wirft den Kopf zurück und brüllt, dass die Spucke nur so fliegt und seine Augen blutunterlaufen sind. Er stürzt sich auf die Kisten und beginnt sie zu zerschlagen. Kekse fliegen in alle Richtungen. Dann stößt er eine der großen Mischmaschinen um, die durch ihr gewaltiges Gewicht den Boden erschüttert.

„Er randaliert", sagt Dorian, als er zu mir kommt. „Sollen wir ihn aufhalten?"

Ich schüttle den Kopf. „Es ist noch nicht das Blutvergießen, das wir ihm versprochen haben, aber Stephan wird so oder so wissen, dass wir hier waren. Es ist besser, wenn wir ihm eine Botschaft hinterlassen."

„Verstanden. Dann lass ich ihn seinen Spaß haben."

Wir sehen zu, wie Viktor alles zerstört, was sich ihm in den Weg stellt, und die Leere anbrüllt.

„Ich werde nicht ruhen, bis ihr alle nur noch Asche im Wind seid!", schreit er, packt einen hundert Pfund schweren Zuckersack und wirft ihn quer durch den Raum, als würde er nichts wiegen. Er greift nach einem weiteren. „STEPHAN, DU FEIGER HUND! STELL DICH MIR!"

Diesmal zerreißt er den Sack in der Luft und verschüttet eine lila kristallisierte Substanz auf dem Boden.

Er bleibt stehen.

Das sieht für mich eindeutig nicht nach den Zutaten für Kekse aus.

Dorian geht hinüber, geht in die Hocke und berührt das Zeug. Er untersucht es zwischen seinen Fingern. „Ich weiß, dass wir noch neu sind, wenn es um die meisten irdischen Dinge geht, aber ich habe noch nie lila Zucker gesehen."

„Ich auch nicht." Ich schaue zu Viktor hinüber. Sein Wutanfall hat sich als hilfreicher erwiesen, als wir dachten.

„Sieht aus, als hätten wir ihr Hush gefunden." Er erhebt sich wieder und steht auf. „Und was jetzt?"

Ich höre ein schrilles Geräusch und spüre einen kalten Luftzug. Wasser spritzt mir ins Gesicht und ich schaue auf, um zu sehen, wie Viktor von den Dachsparren hängt und ein gebrochenes Rohr in der Hand hält. Das Wasser strömt über die Säcke mit den getarnten Drogen und tränkt alles. Als sich das Hush schnell auflöst, fließt ein violetter Fluss in Richtung des Abflusses in der Mitte der Fabrik.

Pfundweise Drogen, alle weggespült.

Tausende, vielleicht Millionen von Dollar sind weg.

Wir wollten Stephans Aufmerksamkeit erregen.

Es besteht kein Zweifel, dass er uns jetzt zuhören wird.

16

ARIA

Ich wache auf, weil ein Gewicht auf meine Brust drückt. Meine Lungen haben Mühe, genug Sauerstoff aufzunehmen, und mein Kopf dreht sich.

Was zum Teufel ist passiert?

Es ist schwer, mich durch die stechenden Schmerzen in meiner Brust und den Nebel in meinem Gehirn zu erinnern, also schaue ich mich stattdessen in dem Zimmer um, in dem ich mich befinde.

Ich liege in einem großen Bett, das mit weißer Bettwäsche bezogen ist. Wie in einem Krankenhaus oder einem Hotel. Nein, nicht in einem Krankenhaus. Die Matratze und die Kissen sind zu bequem, um aus einem Krankenhaus zu stammen. Also ein Hotel. Ja, das könnte stimmen. Vor mir befindet sich eine Kommode mit einem Flachbildfernseher und einem Spiegel, eine Lampe und eine kleine Essecke mit einem Tisch und zwei Stühlen.

Als ich mich im Spiegel erblicke, wende ich schnell meinen Blick ab. Ich bin ein ziemliches Wrack. Die Haare ragen aus meinem Pferdeschwanz, der Eyeliner ist über meine Wangen verschmiert, die Lippen sind ausgetrocknet und blass.

Auweia! Ich sehe aus, als wäre ich schon seit Stunden nicht mehr im Bett gewesen.

Eine Bewegung durch die geschlossenen Balkontüren lässt mich aufhorchen und Elias' unwirsche Stimme dringt durch die Ritzen. Nicht genug, um die Worte zu verstehen, aber aus seiner Dringlichkeit und seinen genervten, hektischen Bewegungen schließe ich, dass er über mich spricht. Und höchstwahrscheinlich auch über Cain.

Die Erinnerung an die Nervenheilanstalt und an alles, was mit meiner Mutter passiert ist, kommt mir langsam wieder ins Bewusstsein. Ich habe auf dieser Reise eine Menge gelernt.

Zum Beispiel, dass mein Vater ein verlogener Mistkerl war. Er war derjenige, der meiner Mutter das Leben zur Hölle gemacht hatte und mich dann loswerden wollte, bevor ich überhaupt geboren war. Sie hatte nur versucht, mich zu beschützen und aus Verzweiflung zu dunkler Magie gegriffen, um das zu erreichen. Offensichtlich war Sayahs Bindung an mich nur ein Zufall. Ein Unfall. Sayah hatte getan, worum meine Mutter sie gebeten hatte, und Liam getötet, aber das, was sie gesehen hatte, machte sie psychisch instabil und sie lag im Krankenhaus.

Bin ich dem Wissen, was Sayah ist und wie ich sie aufhalten kann, schon näher gekommen?

Nein.

Aber ich kenne den Grund, warum sie da ist. Und dass ich nicht vollkommen ungeliebt und unerwünscht war, wie ich dachte. Das macht einen großen Unterschied.

Wenigstens für mich. Meine Mutter hatte mich so sehr geliebt, dass sie bereit war, alles zu tun, um uns zu beschützen. Es lief nur einfach nicht so, wie sie es sich erhofft hatte.

Das Knarren der sich öffnenden Balkontür lenkt meine Aufmerksamkeit auf sich, und als ich aufschaue, stapft Elias zurück ins Zimmer. Als er mich wach sieht, bleibt er stehen und ein Lächeln huscht über sein Gesicht.

„Raus aus den Federn, du Dornröschen", sagt er.

Ich schlage die Decken zur Seite und rutsche an den Rand des Bettes. „Mit wem hast du da draußen gesprochen?"

„Cain."

Ich wusste es.

„Ich musste ihm alles erzählen, was passiert ist. Er ist ein bisschen besorgt um dich."

Auch das überrascht mich nicht. Aber im Moment bin ich immer noch sauer auf ihn, weil er mir nichts von meiner Mutter erzählt hat. Hätte ich das früher gewusst, hätte ich diese Reise unternehmen, meine Fragen stellen und viel früher damit abschließen können.

Er will mich beschützen? Wovor?

Ich frage mich langsam, ob er nur Angst hat, mich zu verlieren. Was dumm wäre. Er hat mir die Möglichkeit gegeben, zu gehen – ich hatte genug Gelegenheiten – und ich bin geblieben. Ich bin viel zu tief in diese Dämonen verstrickt. Ich sorge mich zu sehr. Ich würde sogar wagen zu sagen, dass ich sie ... *liebe*.

„Wir machen uns alle ein paar Sorgen um dich", gesteht Elias und fährt sich mit der Hand durch sein langes Haar. „Vorhin im Uber dachte ich ...“ Er unterbricht sich selbst und blickt zur Seite.

Schuldgefühle machen sich in mir breit. Elias kann ein harter Kerl und furchtlos sein, und wenn er diese Momente der Zärtlichkeit zeigt, trifft mich das mitten ins Herz.

Ich gehe hinüber und lege meine Hand auf seinen kräftigen Oberarm. „Was mit Sayah passiert, macht mir auch eine Heidenangst. Aber im Moment geht es mir gut.“

Er blickt auf mich herab und seine Stirn wird von Sorgenfalten gezeichnet.

„Ich hoffe, du machst dir deswegen keine Vorwürfe. Nichts davon ist deine Schuld.“

Er stößt einen tiefen Seufzer aus. „Ich habe es mir zur Lebensaufgabe gemacht, zu dienen, zu kämpfen und die zu beschützen, die ich liebe. Aber wenn der Feind nicht ... nun, hier ist, weiß ich nicht, was ich tun soll. Wie soll ich dich vor dir selbst schützen?“

„Das ist eine gute Frage. Eine, auf die ich keine Antwort habe“, sage ich.

Er dreht sich um, schreitet zurück zum Balkon und lehnt sich über das Metallgeländer. Die Sonne brennt auf ihn herab und wenn der Wind auffrischt, weht er durch sein Haar und lässt die weißen Vorhänge flattern.

Ich beiße mir auf die Unterlippe und frage mich, ob es besser ist, ihm zu folgen oder ihm seinen Freiraum zu lassen. Wenn es Elias zu viel wird, oder er sich zu viel zugemutet hat, läuft er durch den Wald. Oder geht auf die Jagd. Aber in einem Hotel, mitten in der Stadt, gibt es nicht viele Orte, an denen er sich entspannen kann. Außer draußen auf dem Balkon.

Nach ein paar Sekunden beschließe ich, mich zu ihm

zu gesellen und komme langsam an seine Seite heran. Ich stütze mich mit den Ellbogen auf das Metall, beuge mich vor und atme die kalte, feuchte Luft ein. Es muss geregnet haben, während ich schlief, denn die Straßen und Bürgersteige unter uns sind mit Pfützen übersät.

Wir bleiben eine Weile so stehen, schauen hinaus und sprechen kein Wort. Wir beobachten nur die Autos, die fünf Stockwerke unter uns vorbeirasen.

„Weißt du ...", beginne ich und schaue zu ihm rüber.

Seine Augenbrauen heben sich. „Hm?"

„Ich bin mir ziemlich sicher, dass du den armen Uber-Fahrer vorhin dazu getrieben hast, sich in die Hose zu machen", sage ich und kichere. „So wie du ihn angeschrien hast, er solle losfahren."

Er zuckt mit den Schultern, aber ein Lächeln umspielt seine Lippen. „Das ist schon okay. Ich werde ihm ein gutes Feedback hinterlassen."

„Ich denke, er hat es verdient. Vielleicht auch ein ordentliches Trinkgeld."

„Wahrscheinlich hast du recht." Ein leises Summen ertönt und Elias holt sein Handy aus der Tasche seiner Jogginghose. Er runzelt die Stirn.

„Schon wieder Cain?", frage ich.

„Ja, er hat uns einen früheren Flug nach Hause gebucht."

„Und darüber bist du sauer? Ich dachte, du würdest dich freuen, aus der Stadt und zurück in den Wald zu kommen."

„Du hast Recht. Das bin ich auch", beginnt er und lässt seinen Blick wieder über die lärmenden Straßen schweifen. „Aber ich hatte gehofft, mehr Zeit mit dir zu verbringen."

Ich zögere, als sich ein Kribbeln in meinem ganzen Körper ausbreitet. Ich weiß *genau*, was er meint. Mein Herz scheint es auch zu wissen, denn es pocht schneller vor Aufregung und Vorfreude.

Ich schlucke und antworte: „Wie viel Zeit haben wir denn?"

Er schaut noch einmal auf sein Handy, um die Uhrzeit abzulesen, bevor er es weglegt. „Ein bisschen mehr als drei Stunden."

„Ah."

„Nicht annähernd genug Zeit für all die Dinge, die ich mit dir machen will."

Jeder Teil von mir verkrampft sich bei seinen Worten und mein Verstand springt sofort an einen höchst unheiligen, unkeuschen Ort. Bei Elias weiß ich, dass die Möglichkeiten endlos sind, aber eines ist sicher. Am Ende werden wir erschöpft und ausgepowert sein und nach Luft ringen.

Das mag ich am liebsten.

Obwohl meine Kehle bei den Gedanken, die mir durch den Kopf gehen, trocken wird, tue ich so ruhig und schüchtern wie möglich und zwinkere ihm zu. „Und was hast du dir so vorgestellt?"

Zu meiner Überraschung lässt er sich zu Boden fallen und dreht sich um, sodass seine Schultern gegen die Stäbe des Geländers gepresst und seine langen Beine gespreizt sind. Dieser gewaltige Brocken von einem Mann liegt halb ausgestreckt auf dem Boden des Balkons. Verwirrt starre ich ihn nur an.

„Zuerst musst du mir einen Gefallen tun, kleines Kaninchen", sagt er mit diesem teuflischen Schimmer in seinen bernsteinfarbenen Augen.

„Oh? Und der wäre?"

„Du musst diese leckere Muschi hierher setzen. Und zwar auf mein Gesicht."

Seine schmutzigen Worte und seine überhebliche Art entfachen ein Feuer in mir, und als er dann auch noch eines seiner legendären animalischen Knurrgeräusche von sich gibt, zerfließe ich fast auf der Stelle. Ich bin mir nicht mal mehr sicher, ob ich noch atme, geschweige denn klar denken kann, und dabei hat er noch nicht einmal einen Finger an mich gelegt.

„Und?"

Es ist verlockend ... Und es würde verdammt viel Spaß machen, aber bevor ich etwas tun kann, hupt ein Auto in der Ferne und erinnert mich daran, dass wir hier oben sehr exponiert sind. Jeder, der vorbeigeht oder in einem benachbarten Gebäude ist, könnte uns sehen.

„Lass uns reingehen", sage ich und gehe auf die offenen Türen zu. Aber Elias schnappt mein Handgelenk und zieht mich zu sich zurück.

„Nein. Hier. Jetzt."

„Aber jeder kann sehen ..."

„Und?", schnappt er. „Sehe ich so aus, als würde mich das interessieren?"

Er packt meine Oberschenkel und zieht mein Bein über ihn. Ich trage immer noch das Kleid von meinem Besuch bei meiner Mutter, und als er sich nach unten schiebt, ist sein Gesicht genau da, wo es sein muss, um seine Aufforderung in die Tat umzusetzen. Der Griff, mit dem er meine Beine umklammert, wird stärker, und als er zu mir hochschaut, sieht er aus wie ein hungriger Mann, der ein Festmahl vor sich hat.

Als wolle er mich verschlingen.

Ich zittere.

Er packt den Saum meines Kleides und schiebt ihn hoch, sodass die Stadt um uns herum alles von mir sehen kann. „Jetzt komm her." Ich bewege mich nicht, das ist auch nicht nötig. Er zieht mich nach vorne, platziert sich genau zwischen meinen Beinen und lässt mir nichts anderes übrig, als mich am Geländer festzuhalten, während seine Finger meinen Tanga beiseite ziehen und seine Zunge in meine Hitze eintaucht.

Keine Warnung. Kein verführerisches Gerede mehr. Er leckt einfach über mein Geschlecht, als könne er nicht genug bekommen.

Plötzlich ist es mir egal, wer uns sehen kann. Ich verliere mich in der Lust, die mich durchströmt, in seinen rauen Händen, die sich in meine Arschbacken graben, während er sich an mir gütlich tut. Als seine meisterhafte Zunge aufhört zu spielen und sich auf meinen Kitzler konzentriert, verschwimmt meine Wahrnehmung. Stromstöße schießen durch alle Nervenenden und es dauert nicht lange, bis ich keuche und meine Hände das Geländer umklammern, während sich meine Muskeln auf köstliche Weise anspannen.

Mein Orgasmus überrollt mich und verwandelt meine Beine in Gelee, aber Elias lässt nicht locker. Stattdessen spreizt er meinen Arsch, fährt mit einem Finger an meinem Schlitz entlang, meinen Hintern hinauf und drückt auf das enge kleine Loch dort hinten.

Ich verkrampfe mich automatisch, aber mit weiteren lustvollen Streicheleinheiten und Saugen an meiner Klitoris entspanne ich mich bald und dränge mich gegen seinen Finger.

Er knurrt gegen mich und schickt Erschütterungen durch mein Inneres. Meine Hüften beginnen sich von selbst zu bewegen und reiben sich an seinem Mund. Ich genieße die Geräusche, die er von sich gibt. Er genießt das genauso wie ich, und das macht mich nur noch mehr an.

Ein weiterer Finger stößt in meinen Hintereingang, aber dieser Schreck wird bald von der zunehmenden Lust abgelöst, als ich mein Tempo erhöhe.

Ich bin mir nicht einmal sicher, ob er da unten noch richtig atmen kann, so wild, wie ich auf seinem Gesicht reite, aber im Moment ist mir das egal. Der Höhepunkt, auf den ich zusteuere, ist explosiv und ich bin zu nah dran, um jetzt aufzuhören.

Seine Finger bewegen sich langsam, stoßen in meinen Arsch hinein und wieder heraus, und die Empfindungen, die in mir aufeinandertreffen, sind zu viel. Als ich meinen Höhepunkt erreiche, schreie ich auf und beiße mir dann schnell auf die Lippe, um ihn zurückzuhalten. Ich will nicht, dass jemand die Polizei ruft, weil eine Frau im fünften Stock schreit.

Elias hält mich an den Hüften fest und lässt mich auf seinen Schoß sinken, wo er sich bereits die Hose heruntergezogen und sich entblößt hat. Sein hartes, seidenweiches Glied reibt sich an meinem Geschlecht und seine Hitze verbrennt mich von innen heraus. Durch seine Zunge und mein intensives Verlangen nach ihm bin ich bereits triefend nass.

„Es hat einfach etwas, dich mit einem Kleid zu ficken“, sagt er, seine Stimme ist schwer vor Verlangen. „Das macht mich verrückt.“

„Bequemer Zugang.“ Ich gleite leicht auf ihn und stöhne auf, als sich seine ganze Länge tief in mir vergräbt.

Seine Augen leuchten noch ein bisschen heller, als er mich ansieht. „Genau.“

Elias ist keineswegs ein kleiner Mann, vor allem nicht, wenn es um seinen Schwanz geht. Seine schiere Größe sollte mir eigentlich wehtun, aber er ist immer so vorsichtig, wenn er sich bewegt, so sorgfältig, wie er mich hält und wie er sich positioniert, dass der Sex mit ihm nie weniger als atemberaubend ist.

Und dieses Mal ist es nicht anders.

Er lässt meine Hüften nie los, sondern nutzt seinen Griff, um das Tempo und die Tiefe seiner Stöße selbst zu bestimmen. Er stellt mich auf die Probe. Ich kralle meine Nägel in seine Schultern und krümme meinen Rücken, um ihm meine Antwort zu geben.

Das ist alles, was er braucht. Mit einem weiteren Knurren in seiner Kehle stößt er in mich hinein und trifft jedes Mal auf meine inneren Wände. Es schmerzt, aber auf eine gute Art und Weise, die meine Augen zurückrollen lässt und mich nach mehr wimmern lässt. Als er mich küsst, ist seine Zunge so unerbittlich und offensiv wie zuvor, und ich ertrinke in dem Gefühl, dass er mich umgibt. In mir steckt. Er überwältigt mich. Kontrolliert mich. Beherrscht mich.

Ich liebe jede verdammte Minute davon.

„Fuck, Aria", keucht er zwischen den Stößen. „Ich kann nicht genug von dir bekommen."

„Gut, dass das nicht nötig ist."

Etwas huscht über sein Gesicht, ein Zögern und eine Frage hinter seinen Augen, aber bevor ich danach fragen kann, hebt er mich von ihm herunter und stellt mich auf meine Füße, bevor er selbst aufsteht. Dann dreht er mich herum und drückt meinen Bauch gegen das kalte Metall des Balkongeländers.

Mein Blick fällt auf die Straße unter uns und mein

Magen schlägt Purzelbäume, weil wir so hoch sind. „Äh ... Elias?"

Als ich über die Schulter zu ihm schaue, spuckt er in seine Hand, benetzt seinen Schwanz damit und bewegt ihn immer und immer wieder in seiner Faust. Diese Geste sollte mich eigentlich anekeln, aber aus irgendeinem Grund erregt sie mich nur noch mehr. Hitze kribbelt auf meiner Haut.

„Was ... was machst du da?", krächze ich.

„Wonach sieht es denn aus, was ich tue? Ich werde mir deinen süßen Arsch vornehmen."

Seine Worte lassen mich zusammenzucken.

Er drückt mir eine Hand in den Rücken und bringt mich dazu, mich noch mehr über das Geländer zu lehnen. Eine falsche Bewegung und ich stürze über dieses Ding. In meinen sicheren Tod.

„Elias ...", rufe ich ihm noch einmal zu. Ich bin mir da nicht so sicher.

Er fängt meinen Blick mit seinem ein. „Vertraust du mir?", fragt er.

Was für eine dumme Frage.

„Ja, aber ..."

„Dann sei still." Er packt mein Handgelenk und zieht es so weit nach hinten, dass ich vor Überraschung aufschreie. Mein Kleid ist bereits bis zur Taille hochge-schoben und ich spüre, wie sein Schwanz in meiner Arschritze auf und ab fährt, als würde er um Erlaubnis bitten.

„Du musst dich noch mehr vorbeugen, sonst wird es weh tun", flüstert er.

„Aber wenn ich mich noch weiter nach vorne beuge ..."

„Du wirst nicht fallen", versichert er mir. „Mach dir keine Sorgen."

Es ist leicht für ihn, das zu sagen. Er ist ja nicht derjenige, der gerade über einem Balkon baumelt und einen Sturz aus großer Höhe zu befürchten hat.

Trotzdem tue ich, was er sagt, und beuge mich noch ein bisschen weiter vor.

Seine Eichel stößt in meine Enge und ich atme scharf ein, weil es am Anfang immer wehtut. Langsam und vorsichtig dringt er tiefer in mich ein und der anfängliche Schmerz wird durch ein süßes, wohliges Gefühl ersetzt.

„Oh ja", jault er förmlich. Wenn uns noch niemand gehört hat, dann bestimmt jetzt. „Das ist es, was ich verdammt noch mal meine."

Er wirft seinen Kopf zurück und schließt die Augen. Mit einer Hand hält er immer noch mein Handgelenk hinter meinem Rücken fest und mit der anderen spreizt er meine Pobacken, damit er besser hineinpasst. Zuerst sanft, wie immer, um zu überprüfen, ob ich mich wohlfühle.

Aber langsam und gleichmäßig ist mir selten genug, also greife ich zwischen meine Beine, finde seine Eier und beginne sie zu massieren. Sein ganzer Körper spannt sich an.

„Aria." In seinem Tonfall liegt eine Warnung.

„Fick mich, Elias. Ich setze mein Leben hier nicht umsonst aufs Spiel."

Er gluckst leise. „Ich liebe Frauen, die wissen, was sie wollen." Er richtet sich hinter mir auf, drückt seinen Oberkörper gegen meinen Rücken und fasst mir an die Brüste. Dann stößt er so hart in mich hinein, dass ich schreie.

„Ist es das, was du willst?" Seine Stimme dröhnt an meinem Ohr. Er stößt wieder hart in mich hinein, und wieder schreie ich auf. „Dass ich dich so ficke? So heftig?"

Fuck! Sein versautes Gerede, zusammen mit dem rauen und riskanten Sex, macht mich wild.

Ein weiterer gnadenloser Stoß, der mir den nächsten Atemzug raubt.

„Hm? Was war das? Ich kann dich nicht hören, kleines Kaninchen."

Er stößt erneut in mich.

„Ja! Ja! Genau so." Ich kriege die Worte kaum noch raus, aber wie durch ein Wunder schaffe ich es. Zum Glück hat er den Arm um mich gelegt, sonst wäre ich vor lauter Lust fast zusammengebrochen.

„Möchtest du mehr?", fragt er. Sein heißer Atem strömt mir in den Nacken und jagt mir eine Gänsehaut über den Rücken.

Ich nicke und damit zieht sich Elias leicht zurück. Er spuckt wieder, aber dieses Mal reibt er mit seinen nassen Fingern meinen Arsch auf und ab, bevor er wieder in mich eindringt. Bei der ganzen Sache fühle ich mich schmutzig, sexy und geil zur gleichen Zeit.

Als ich wieder über meine Schulter schaue, grinst er mich verrucht an.

„Warte mal", ist alles, was er sagt, bevor er in mich eindringt. Wieder und wieder. Jedes Mal tiefer, bis ich mir sicher bin, dass ich es irgendwie geschafft habe, ihn ganz in mich hineinzubekommen. Die Farben explodieren vor meinen Augen und ich klammere mich so fest an das Geländer, dass meine Fingerknöchel weiß werden.

Er fickt meinen Arsch jetzt ohne Reue, und bei jedem

Stoß ächzen und wimmern die Bolzen, die die Metall-stangen zusammenhalten, unter seiner Kraft.

Es baut sich ein vertrauter Druck auf und ich weiß, wenn er so weitermacht, komme ich ein drittes Mal. Ich weiß nur nicht, ob mein Körper – oder das Balkonge-länder – das aushält.

Ich schätze, wir werden es herausfinden, denn inner-halb von Millisekunden löse ich mich auf. Ein weiterer Schrei entringt sich meiner Kehle, aber Elias' Hand bringt mich schnell zum Schweigen, als sie sich über meinen Mund legt. Stattdessen schreie ich in seine Handfläche und alles zerspringt in Millionen Stücke, und er stößt noch ein paar Mal in mich hinein, bevor sich jeder seiner Muskeln anspannt und schließlich wieder entspannt.

Gemeinsam lassen wir uns auf den kalten Boden sinken, ich in seinem Schoß und seine Arme um mich herum, um mich festzuhalten. Wir sitzen eine Weile schweigend da und lauschen dem Dröhnen unserer rasenden Herzen, unserem stockenden Atem und den lauten Geräuschen der Stadt, die sich um uns herum abspielen.

Als ich endlich in der Lage bin, mehr als nur ein paar Gedanken aneinander zu reihen, lecke ich mir die trockenen Lippen und sage: „Glaubst du, jemand hat uns gesehen?"

Er schaut mit gerunzelten Brauen auf mich herab. „Auf jeden Fall. Und wer uns nicht gesehen hat, hat uns bestimmt gehört."

Ich gebe ihm einen Klaps auf die Brust und er küsst mir den Scheitel.

„Ist schon gut, kleines Kaninchen. Wir haben ihnen

eine tolle Show geboten. Eine, auf die man neidisch sein kann."

Früher hätte ich mich für das, was wir gerade getan haben, geschämt, aber jetzt … jetzt stört es mich überhaupt nicht mehr.

Als ich wieder zu ihm aufschaue, sehe ich das gleiche Zögern wie zuvor, das seine Stirn in Falten legt. Irgendetwas geht ihm durch den Kopf. Etwas mehr als nur der herzzerreißende Sex, den wir gerade hatten. Aber es fällt ihm schwer, es mir zu sagen.

„Was ist es, Elias?", frage ich ihn und bin ein bisschen besorgt über die Antwort. Wenn es ihn so sehr beschäftigt, kann es nichts Gutes sein, oder?

„Hmm? Was meinst du?"

„Es gibt etwas, das du mir sagen willst. Ich kann es in deinen Augen sehen."

Er starrt mich mit offenem Mund an, überrascht, dass ich ihn durchschaut habe. Aber er streitet es nicht ab. Stattdessen seufzt er und drückt mich fester an sich. „Neulich habe ich gehört, wie du mit Cain gesprochen hast."

Da ich nicht genau weiß, worauf er hinaus will, warte ich darauf, dass er fortfährt.

„Hat er dir wirklich gesagt, dass er dich liebt?"

Oh.

Mist.

„Äh, ja. Das hat er."

„Hast du es auch gesagt?"

Ich halte inne. „Ja, das habe ich."

Er blickt einen langen Moment lang weg, seine Gedanken schweifen ab.

Jetzt bin ich noch neugieriger. „Ist das ein Problem?"

„Was?" Er schüttelt den Kopf. „Nein, nein. Ich bin nur überrascht, das ist alles."

„Überrascht?"

„Ja. Ich hätte nie gedacht, dass Cain zu solchen Gefühlen fähig ist. Schon gar nicht Liebe."

Worauf will er hinaus? „Glaubst du, er hat mich belogen oder so?"

„Nein! Verdammt." Er fährt sich mit der Hand über das Gesicht. „Ich baue hier wirklich Mist."

„Warum sagst du es dann nicht einfach? Ich weiß nicht, was das mit Cain zu tun hat."

„Hat es nicht", antwortet er. „Nicht wirklich."

„Dann sag es mir, Elias. Sag es mir."

Er wird blass. Es ist das erste Mal, dass ich ihn so durcheinander und schwach sehe. Und weswegen? Weil er weiß, dass Cain und ich zueinander „Ich liebe dich" gesagt haben? Ich verstehe das nicht.

Sein Blick sucht mein Gesicht ab, aber ich weiß nicht, worauf er hinaus will.

„Elias ...", beginne ich und berühre seine Wange. Er lehnt sich in meine Handfläche „Was ist los?"

Er holt tief Luft. „Ich habe nach Cain gefragt, weil ich mir ziemlich sicher bin, dass ich dich auch liebe."

Ich lasse sein Geständnis auf mich wirken. Ich lasse die Wahrheit in die Leere sickern, die ich schon so lange in meinem Herzen trage, und fülle die Löcher auf. Als Cain mir das Gleiche sagte, wurde mir warm ums Herz und ich war überglücklich. So sehr, dass mir die Tränen in den Augenwinkeln stechen.

Aria, das Waisenkind, das ohne jemanden aufwuchs, hat jetzt zwei Dämonen, die sie für immer lieben wird.

Das ist beileibe kein Märchen, aber es ist mehr, als ich mir hätte wünschen können.

Da merke ich, dass ich nichts gesagt habe und Elias mich aufmerksam beobachtet und auf meine Antwort wartet. Natürlich würde er das tun, nach dem, was seine Schlampe von Ex ihm angetan hat. Kein Wunder, dass er Angst hatte, es mir zu sagen.

Um ihm die Angst zu nehmen, hebe ich meinen Kopf und drücke meinen Mund auf seinen, um ihn zu küssen, süßer als sonst.

Als ich mich zurückziehe, blicke ich in seine goldenen Augen und sage die Worte, die ich in meiner Seele fühle und von denen ich weiß, dass er sie unbedingt hören wollte. „Ich liebe dich, Elias."

Begeistert springt er auf und zieht mich mit sich hoch. Er küsst mich noch einmal und die Leidenschaft, die er dabei an den Tag legt, bringt meinen Verstand durcheinander. Als er mich endlich loslässt, merke ich, wie die Nässe an meinen Beinen herunterläuft, weil er so viel Samen in mich verschüttet hat.

„Du weißt wirklich, wie man eine Sauerei anrichtet", sage ich lachend. „Ich brauche dringend eine Dusche."

Er lacht. „Ich weiß nicht so recht. Ich mag es irgendwie, wenn du mit mir bedeckt bist. Das zeigt, dass du mir gehörst."

Ich rolle mit den Augen. Was für ein Tier.

Er schiebt einen Arm unter meine Knie und hebt mich hoch wie eine Braut, die nach ihrem Hochzeitstag über die Schwelle getragen wird.

„Was in aller Welt machst du da?"

„Du wolltest doch duschen, nicht wahr, kleines Kaninchen?", grinst er.

„Ja, aber ich dachte, ich brauche keine Gesellschaft."

„So sparen wir Wasser." Seine Augen funkeln schelmisch, als er mich ins Hotelzimmer trägt und zur Dusche geht. „Außerdem haben wir noch zwei Stunden und zehn Minuten bis zu unserem Flug. Wir können uns sauber machen und haben immer noch genug Zeit, um ..."

Mein Puls beschleunigt sich.

Oh Mann. Wenn es um Elias geht, sieht es so aus, als müsste sich dieses kleine Kaninchen in den Durcacell-hasen verwandeln.

17

MAVERICK

Ich bin mir nicht sicher, wie viel Zeit in dieser
Leere, die sie Keller nennen, vergangen ist.
Zehn Minuten. Zehn Stunden. Zehn Jahre.

Als ein scharrendes Geräusch aus der hinteren Ecke
des Raumes kommt, richte ich meine Aufmerksamkeit in
diese Richtung.

Eine Gestalt steht im Schatten, ihre grünen Augen
leuchten, und ich weiß sofort, wer es ist.

„Was willst du, Nix?", knurre ich.

Er tritt aus der Dunkelheit hervor, zieht die Brauen
zusammen und starrt mich grinsend an. Er nimmt den
schmuddeligen Raum in Augenschein, rümpft die Nase
und schlendert näher heran. Das T-Shirt, das er trägt, ist
mindestens zwei Nummern zu klein und spannt über
Brust und Bizeps, ganz abgesehen davon, dass es sich am
Bauch hochzieht. Wie immer trägt er eine Jeans. Seine
Arme sind bis zu den Ellbogen blutverschmiert, und auf
dem Weg zu mir fallen einige Tropfen auf den Boden.

„Du bist einem Blutbad entkommen?", frage ich, wohl

wissend, dass sein plötzliches Auftauchen improvisiert gewesen sein muss.

Er hält vor mir inne, schnuppert an der Luft und wirft einen Blick auf die Tür, die ich einen Spalt offen gelassen habe. Seine Lippen verziehen sich nach oben und seine Selbstgefälligkeit macht mich echt wütend. Er weiß sofort, dass ich hier unten gefangen bin. Das ist das Problem mit meinem Bruder, Nix. Obwohl er der Sündendämon der Lust ist, bemerkt er jede noch so kleine Kleinigkeit.

„Was hast du getan, um Cain zu verärgern?", fragt er und umrundet den Raum. Nach meinem kleinen Abenteuer mit Aria war Cain stinksauer. Weiß der Teufel, was der grünäugige Höllenhund ihm erzählt hat, aber das war mir scheißegal, denn das, was zwischen Aria und mir erblüht ist, lässt sich nicht mehr rückgängig machen. Der verruchte Funke, den ich in ihr entdeckt habe, hat die Bestie in mir geweckt, und jetzt werde ich sie zu meiner Frau machen. Die Verwicklungen durch die anderen drei Männer in ihrem Leben sollten eine interessante Herausforderung sein, die es zu bewältigen gilt. So wie ich das sehe, kann das auf zwei Arten ablaufen. Sie nehmen an, dass ich sie nicht verlasse, oder ich hole sie mir selbst. Eine Entscheidung, die mir noch schwer im Magen liegt, da ich sie nirgendwo hinbringen kann, ohne dass Cain mir auf den Fersen ist. Zumindest im Moment.

Ich zucke mit den Schultern. „Wann ist Cain nicht sauer?"

Er lacht. „Mann, die Hölle ist noch beschissener als vorher, seit du weg bist."

„Was hat Vater gesagt?"

„Er ist schweigsam. Richtig still, und du weißt, wenn er so wird, ist es verdammt schlimm. Ich habe gehört, wie er zu Torryn gesagt hat, dass du dafür bezahlen wirst, dass du ihn verraten hast.“

Vielleicht sollte ich Angst haben, aber wie viel mehr Angst kann ich haben, wenn ich mein ganzes Leben mit dem Teufel gelebt habe? Er hat mich endlos gequält, also ist der Abstand, der zwischen uns ist, ein Urlaub für mich. „Er droht damit, alle zu töten“, sage ich. „Und ist Torryn jetzt der neue Lieblingssohn? Ich schätze, bei Vaters mieser Laune, warum nicht mit dem Dämon des Zorns reden, die beiden können sowieso ständig am Brodeln sein.“

„Du lachst, aber das ist etwas anderes, Bruder. Er weiß, was du getan hast, und Luzifer lässt sich nicht verarschen.“

Ich lecke mir über die Lippen, während meine Gedanken zu dem Tagebuch wandern, das ich ihm gestohlen habe. Natürlich wusste er davon und natürlich würde er mich verdächtigen. Das wusste ich in dem Moment, als ich es nahm und unter mein Hemd steckte. Ein ungutes Gefühl steigt in mir auf, aber ich kann nicht ändern, was geschehen ist. Cain wurde aus der Hölle geworfen, weil er Vater verraten hat, und er hat sich hier draußen ein neues Leben aufgebaut. Also kann ich das auch.

Nix tritt zurück und wirft einen Blick auf die Kellertür und dann wieder auf mich. „Ich könnte dir helfen, hier rauszukommen. Was bekomme ich dafür, dass ich dir helfe?“

Ich stecke meine Hände in die Taschen meiner Jeans. „Nichts. Du schuldest mir noch etwas dafür, dass du den Kreuzungsdämon getötet hast, damit du seine Seelen verkaufen konntest, um die kleine rothaarige Frau zu deinem Vergnügen zu kaufen."

„Sie war meine Dienerin", korrigiert er mich.

„Dienerin. Sexsklavin. Gibt es da einen Unterschied?"

„Das ist schon lange her, Bruder." Seine Nasenlöcher blähen sich, während er die Arme über der Brust verschränkt und der Stoff seines schwarzen T-Shirts sich weiter über seinen Bauch wölbt. „Und du brauchst gar nicht zu reden. Meinst du, ich merke nicht, dass du über das leckere kleine Ding, das du in die Hölle gebracht hast, gestolpert bist? Was ist so besonders an diesem Mädchen, dass zwei meiner Brüder bereit sind, alles zu riskieren? Ist ihre Muschi aus Gold?"

„Halt dein verdammtes Maul", knurre ich. „Wenn du helfen willst, dann tu es, sonst verpiss dich von hier. Oder hast du vergessen, wie Deals funktionieren? Ich tue dir einen Gefallen und du zahlst zurück, wenn ich ihn einfordere."

Aber so wie er mich anstarrt, weiß ich, dass er auch etwas von mir *will*. Aber ihm zu vertrauen, ist ein Fehler, den ich nicht machen werde. Er mag mein engster Bruder sein, aber das bedeutet nicht, dass ich ihm mein Leben anvertrauen würde. Weit gefehlt, aber manchmal ist es so, dass man den Teufel besser kennt. Und das könnte in unserem Fall nicht wahrer sein.

„Machen wir das jetzt, oder was?", frage ich ihn mit dunkler werdender Stimme und blicke auf das Blut an seinen Händen, das auf seine Kleidung tropft. „So wie es aussieht, musst du noch irgendwo hin."

„Nichts, was nicht warten kann. Ich helfe Lorcan in den Folterkellern und brauchte etwas Ablenkung von seinem Gejammer darüber, dass er nicht jagen darf, weil

Vater es vorerst verboten hat. Und ich bin so gelangweilt und durchgedreht, dass ich ihn besuche."

Ich lenke meinen Blick auf den blauen Fleck an seinem Hals. Er ist schwach und wird nicht lange anhalten. Wir heilen schnell, aber die einzige Person, die in der Lage ist, solche Spuren bei einem Sündendämon in der Hölle zu hinterlassen, ist unser Vater.

„Womit hast du Hilfe gebraucht?", frage ich und verfluche mich augenblicklich für meine Frage. Ich muss wohl weich geworden sein, weil ich hier auf der Erde lebe, aber es ist schwer, die Zeichen des Missbrauchs zu ignorieren, die ich regelmäßig zu spüren bekam.

Er schreitet durch den Raum. „Sag mir, was du in Vaters Tagebuch gefunden hast."

Ich erstarre, starre Nix an und versuche, ihn zu durchschauen und herauszufinden, ob seine Worte ein direkter Befehl Luzifers sind.

Als ich nicht reagiere, wendet sich Nix an mich. „Ich habe mich immer in sein Gemach geschlichen und einen Blick in sein Tagebuch geworfen, aber ich konnte nicht verstehen, was darin stand. Ich konnte ja niemanden fragen, ohne dass er es erfuhr."

„Ich habe es nicht."

„Das hat Vater nicht zu Torryn gesagt."

Ich ziehe die Schultern nach vorne und ein Schmerz durchfährt mich, als hätte man mir einen Speer in die Brust gestoßen. Ich sollte von seiner Offenbarung nicht überrascht sein, aber ich hatte gehofft, dass Luzifer mir nicht so schnell auf die Schliche kommen würde.

„Ich bin auf deiner Seite, Bruder", sagt Nix zu mir. Aber ich glaube ihm kein einziges Wort.

„Hol mich aus diesem Raum raus", befehle ich mit stählerner Stimme.

Nix lässt die Arme neben sich fallen, die Finger gespreizt. „Alles, was ich will, ist ein Schutzschild gegen ihn. So wie du und Cain es habt; man kann nur eine bestimmte Menge an Folter ertragen. Wie lange wird es dauern, bis er uns alle einsperrt oder aus der Hölle wirft oder was weiß ich?"

Ein leises Stöhnen ertönt in meiner Brust. Ich weiß, wie Nix seine Spiele spielt, wie er Mitleid einsetzt, um seine Opfer zu bekommen. Man sollte meinen, dass er mit seiner Macht über die Lust mit Leichtigkeit bekommt, wen er will, aber alle meine Brüder sind Raubtiere, die es lieben zu jagen. Aber wenn Nix die Absicht hat, Luzifer davon zu berichten, dann sollte ich meinen Feind auf jeden Fall im Auge behalten.

Also nicke ich einmal und gebe ihm Hoffnung, wo es keine gibt. Meine Alarmglocken schrillen auf Hochtouren. Vielleicht habe ich gerade einen schweren Fehler gemacht, aber es ist zu spät, um ihn zu bereuen. Deshalb gibt es in der Hölle ein Sprichwort, das besagt, dass man seine Feinde umarmen soll, damit man weiß, wie groß man das Loch für ihre Gräber ausheben muss.

Nix klopft mir auf die Schulter. „Gut, dann wollen wir dich mal hier rausholen, ja?"

Während er zur Tür geht, kann ich nicht verhindern, dass sich das Grauen in meinem Bauch zusammenbraut. In meinem Hinterkopf flackert ein Hauch von Angst auf ... nicht um mich, sondern um Aria.

Nix stößt die Tür auf, die sich ihm widersetzt, und scharrt mit dem Fuß über die Markierung, wodurch eine Lücke im Salz und der Erde entsteht. Natürlich hätte Cain eine Schutzbarriere geschaffen, die nur für mich bestimmt ist. Was für ein Arschloch!

„Erledigt", ruft Nix und schaut mich an. „Ich komme bald auf dich zurück, Bruder." Dann verblasst er und verschwindet mit einem Wimpernschlag.

Es ärgert mich, dass er mich besucht hat, aber zumindest hat es zwei Zwecke erfüllt. Erstens wusste ich dadurch, dass Luzifer vom Tagebuch wusste, was bedeutet, dass wir auf der Hut sein müssen. Vor allem ich. Zweitens: Ich bin raus aus diesem langweiligen Keller und kann mein Mädchen aufspüren.

Ich trete in den ruhigen Flur und mache mich auf den Weg nach oben, gerade als Elias nach draußen in den Hof stürmt. Ich warte, bis er aus dem Blickfeld verschwunden ist, dann gehe ich schnell die Treppe hinauf und mache mich auf den Weg in die oberen Stockwerke des Hauses.

ARIA

Ich fahre mir mit einem Kamm durch die nassen Haare, als ich nach einer *weiteren* dringend benötigten heißen Dusche zurück in mein Schlafzimmer schlendere. Seit ich mit Elias aus Illinois nach Hause gekommen bin, bin ich erschöpft. Meine Gedanken kreisen um das Gespräch mit meiner Mutter, um die Erkenntnis, was für ein Mistkerl mein Vater war, und trotz alledem wusste Elias genau, wie er mir danach ein Lächeln ins Gesicht zaubern konnte.

Es kribbelt mich immer noch, wenn ich daran denke, was Elias auf dem Balkon des Hotels mit seiner Zunge gemacht hat. Dieser Kerl verblüfft mich immer wieder mit dem, was er mit mir anstellt und lässt mich ständig nach ihm lechzen. Selbst jetzt kann ich nicht vergessen, wie sich seine Hände auf meinem Körper angefühlt haben, wie er immer und immer wieder in mich gestoßen ist. Ich vermisse ihn jetzt schon und fühle mich teilweise leer, wenn er nicht an meiner Seite ist.

Als wir uns das erste Mal trafen, hat er mich zu Tode erschreckt, aber jetzt erfüllt mich alles an ihm mit Erregung und Bewunderung. Komisch, wie sehr der erste Eindruck, den man von jemandem hat, falsch sein kann. Ich lege den Kamm auf meinen Nachttisch und suche nach meinen Socken, denn die Luft ist kühl. In diesem Moment trabt Cassiel ins Zimmer, als wäre er ein Zirkuspferd.

„Wo bist du gewesen?"

Er antwortet mit einem halben Stöhnen, dann hüpft er auf mein Bett und legt sich auf den Bauch, die Vorderbeine vor sich ausgestreckt und das Kinn darauf gestützt. Aber seine Augen folgen mir durch den Raum. Wegen den neuen Möbeln im Zimmer und den geretteten Klamotten ist alles überall wild verstreut. Schließlich stoße ich auf meine Unterwäsche und meine Hose auf dem Boden der Kommode und hüpfe durch den Raum, um sie anzuziehen. Dann fange ich an, den riesigen Sack mit Kleidung zu sortieren, den ich immer noch nicht eingeräumt habe.

Ich drehe das Radio an und fange an, zu dem Song, der gerade läuft, zu tanzen.

Erst als ich meine Unterwäsche in der Schublade verstaue, bemerke ich, dass jemand in der Tür steht.

Ich blicke auf und sehe Maverick, dessen Augen sich anerkennend auf mich richten. Hastig werfe ich das

Höschen hinein und schließe die Schublade mit meiner Hüfte.

„Solltest du nicht im Keller sein?"

Er drängt sich vor und stolziert herum, und er ist in jeder Hinsicht umwerfend. Diese starken Schultern, ein Bizeps, der mich dazu bringt, mich gegen ihn zu stemmen, und kussbereite Lippen, von denen ich nur zu gut weiß, wie sie schmecken. „Willst du wirklich, dass ich dort bin oder hier bei dir?"

Er streicht an mir vorbei, sein Arm fährt über meinen Bauch, während er den Raum durchquert. Seine Berührung lässt mich kribbeln und ich drehe mich zu ihm um, als er schmunzelnd aus dem Fenster starrt.

„Es geht nicht darum, was ich will, sondern darum, wo Cain glaubt, dass du am sichersten bist", antworte ich.

Er dreht sich um und lehnt sich an die Wand, die Arme vor der Brust verschränkt. „Sicher für mich oder für den Rest von euch?" Sein Tonfall hat etwas fast Feindseliges an sich und ich bin mir nicht sicher, warum, aber er ärgert mich. Vielleicht liegt es an dem ganzen Mist, den wir in letzter Zeit erlebt haben, oder daran, dass ich mich nach etwas Zeit für mich allein gesehnt habe.

„Ich dachte, es wäre ein guter Zeitpunkt, um dort weiterzumachen, wo wir unten im Keller aufgehört haben." Lässig breitet er seine Arme aus und holt einen Dolch aus der Rückseite seiner Jeans. Wie er so dasteht, dreht er die Klinge mühelos in seiner Hand.

Ich würde lügen, wenn ich behaupten würde, dass ich nicht an sein verlockendes Angebot denken würde. Die Erinnerung an die Erregung, die er in mir auslöste, der Drang, unanständig zu sein, das Hochgefühl, ihn zu verletzen, erregten mich. Ich verstehe es nicht ganz, aber selbst jetzt schwirrt mir das Adrenalin von dem, was wir getan haben, im Magen.

Nur was danach mit Elias und ihm kam, war eine Explosion, die ich nie wieder erleben möchte. Ich hätte schwören können, dass er Maverick töten würde, und ich war machtlos, ihn aufzuhalten. Ich zittere, wenn ich daran denke, wie sehr ich geschrien und mit den Fäusten auf sie eingeschlagen habe, ohne Erfolg.

Gerade habe ich mit drei Dämonen mein Glück gefunden, und natürlich fühle ich mich zu einem vierten hingezogen, der Unruhe in unser Leben bringt. Vielleicht war es mein Fehler, mich auf Maverick einzulassen und zu glauben, dass nichts passieren könnte.

„Das ist keine gute Idee", antworte ich. „Wenn Elias dich wieder erwischt, wird er dich dieses Mal umbringen. Und ich bin müde von all den Kämpfen. Ich will nur, dass ihr alle verschwindet."

Mit einer letzten Drehung der Klinge verstaut er sie hinten in seinem Gürtel. „Glaubst du wirklich, dass es so einfach ist? Elias ist ein Straßenköter und hat mich schon immer gehasst. Dorian ist ein Möchtegern-Sündendämon, also hoffe ich darauf, mit meinem Bruder Frieden zu schließen. Er ist derjenige, der hier das Sagen hat, aber das wird seine Zeit brauchen."

Ich ziehe die Schultern zurück und hasse es, wenn er von den Männern spricht, die mich mit ihrer Liebe ins Verderben stürzen, und ich lasse nicht zu, dass jemand Scheiße über sie erzählt.

Ich knirsche mit den Zähnen, als Feuer über meine Haut leckt und meine Worte heraussprudeln. „Kein Wunder, dass Elias dich in Stücke reißen will. Vielleicht ist es besser, wenn er uns zusammen findet. Dann kann ich mir Popcorn holen und dabei zusehen, wie er dir den Arsch versohlt, anstatt ihn zum Aufhören zu bewegen."

Seine Augen verengen sich und sein Gesicht wird starr, als er mich mit ernsten Augen ansieht. „Willst du es selbst mal versuchen? Du und ich. Lass deine Wut an mir aus und lass uns diesen Punkt hinter uns lassen."

Mein Inneres zittert. „Du willst wissen, was ich wirklich denke?"

„Sei brutal ehrlich. Ich kann es verkraften." Dunkelheit legt sich über seinen Blick, und wenn ich zu tief hineinschaue, bin ich überzeugt, dass ich die dunkelsten Abgründe der Hölle finde.

„Tief in deinem Inneren bist du einsam und möchtest unbedingt Frieden mit den Jungs schließen. Du siehst, wie hart sie gekämpft haben, nachdem sie aus der Hölle geworfen wurden, und jetzt wünschst du dir, du hättest dich ihnen angeschlossen, anstatt dich auf Luzifers Seite zu stellen. Aber dein Ego hindert dich daran, ehrlich zu sein und zuzugeben, dass du Fehler gemacht hast."

Er wölbt eine Augenbraue. „Mein Ego ist nicht so groß. Kennst du Dorian überhaupt?"

Ich rolle mit den Augen. „Dein Kopf ist so aufgeblasen, dass ich mich wundere, dass du überhaupt in diese Villa passt."

Er gluckst, es klingt gezwungen und unecht.

„Und willst du jetzt wissen, was ich denke?", antwortet er.

Ich warte auf das Gift, das ich in seinem Gesicht sehen kann.

„Du hast Angst davor, wie sehr du dich nach der Dunkelheit sehnst. Vor mir, vor Sayah. Denn wenn du sie annehmen würdest, müsstest du zugeben, dass du vielleicht doch nicht so unschuldig bist. Vielleicht ist es nicht Sayah, die dich diese schrecklichen Dinge denken lässt."

Ich starre ihn an, während Wut über seine Worte in mir aufsteigt. Etwas in meiner Brust kocht vor Wut. „Was zum Teufel soll das heißen?"

Er stößt sich von der Wand ab und schreitet durch den Raum. „Du hast die meiste Zeit deines Lebens mit diesem Ding in dir gelebt. Glaubst du nicht, dass sie dich zu dem gemacht hat, was du geworden bist?" Er greift nach meinem Kinn und hebt es an, um mich zu zwingen, in diese tiefbraunen Augen zu schauen. „Ich nehme an, was ich bin, Aria. Dass in mir ein Fluss der Dunkelheit fließt, der mich antreibt zu jagen, zu ficken und mir zu nehmen, was ich will. Was ist mit dir?"

Alles an ihm ärgert mich, und ich hasse seine Worte. Ich schiebe seine Hand weg. „Du weißt nicht, wovon du redest."

Er lacht und schlendert aus meinem Zimmer. Das Geräusch seiner schweren Stiefel auf den Dielen wird leiser, als er die Treppe hinuntergeht.

Panik steigt in mir auf, denn ein Teil von dem, was er gesagt hat, ist richtig. Was ist, wenn die Anziehungskraft, die ich auf diese Dämonen, auf Mavericks dunkle Seite ausübe, daher rührt, dass ich selbst ohne Sayah zu etwas Dunklem geworden bin?

DORIAN

„Nun, das ist nicht ganz so gelaufen, wie ich es mir vorgestellt habe", sage ich und lasse mich auf die Couch im Wohnzimmer fallen. Das Feuer im

Kamin kriecht über meinen frierenden Körper. Obwohl ich schon eine gefühlte Ewigkeit auf der Erde bin, habe ich mich immer noch nicht ganz an die Kälte gewöhnt.

„Es ist besser gelaufen, als wir es hätten planen können." Cain reibt sich die Hände an den Flammen. „Hast du nach Maverick gesehen?"

Ich nicke. „Er hat auf dem Bett im Keller geschlafen." Mir war aufgefallen, dass der Ring aus Salz und Erde an einer Stelle etwas dünner aussah, was die Katze gewesen sein könnte, wenn sie dort unten auf Erkundungstour war. Ich habe es trotzdem in Ordnung gebracht.

Polternde Schritte auf dem Flur lassen mich über meine Schulter zur Tür des Wohnzimmers blicken.

Elias erscheint, ernst und steif. „Wir haben eine Besucherin."

Ich lache leise darüber, wie sehr er mich an einen Butler erinnert, aber bevor ich mich über ihn lustig machen kann, betritt Miranda mit einer kleinen Tasche unter dem Arm den Raum.

Ich versteife mich auf meinem Platz und frage mich, warum sie hier ist.

Sie trägt eine schwarze Reithose über ihren langen Beinen und einen cremefarbenen Strickpullover. Irgendetwas an ihr sieht ... normal aus. Ich war bisher gewohnt, sie in einem Hexenkleid oder mit Kristallen zu sehen. Niemand würde je vermuten, dass sie eine mächtige Seherin ist, die aussieht, als käme sie gerade von einer Runde Polo.

Sie hat nur Augen für Cain und beachtet Elias und mich nicht einmal, als sie sich an den kleinen Tisch in der Mitte des Raumes stellt. Cain geht zu ihr und ich erinnere mich an das angespannte Gespräch in ihrem Zelt, als wir das Tagebuch abgegeben haben. Ich stehe schnell auf und trete zu den beiden hinüber, ebenso wie Elias.

Diese Frau hat uns von Anfang an verarscht, sie hat es auf Cain abgesehen und will einen Platz an seiner Seite, um über die Hölle zu herrschen. Verdammt, sie hat den Mumm, sich so hohe Ziele zu stecken, aber zu glauben, dass sie einen so verrückten Ort wie die Unterwelt beherrschen kann, muss schon teilweise verrückt sein.

„Ist es vollbracht?" Seine Worte sind unmissverständlich.

Sie nickt. „Es ist vollständig entschlüsselt", sagt sie ihm.

Klar, Miranda und ich hatten damals etwas miteinander, auch wenn ich sie im Stich gelassen habe. Aber ich habe ihre Direktheit immer geschätzt, und jetzt möchte ich sie am liebsten umarmen. Scheiße, sie hat Luzifers tiefste Geheimnisse aus seinem Tagebuch übersetzt.

„Was steht da drin?", frage ich.

Ihr Blick bleibt auf Cain haften. Sie hat Glück, dass Aria jetzt nicht bei uns ist, sonst hätte sie Miranda die Augäpfel herausgerissen, weil sie Cain so lüstern anstarrte.

Ich bin mir sicher, dass Miranda nicht wirklich in ihn verliebt ist, sondern eher in seine Macht. Die Energie, die sie ausstrahlt, ist keine Erregung, nicht wie bei Aria. Miranda handelt strategisch und kalkuliert, und es würde mich nicht überraschen, wenn ihr Plan darin bestünde, sich bei Cain einzuschmeicheln, um auf den Thron zu kommen, und ihm dann in den Rücken zu fallen.

Elias stützt seine Hände auf den Tisch, lehnt sich vor und begegnet Mirandas Blick.

„Lass uns in Ruhe. Hast du nichts Besseres zu tun, wie

zum Beispiel ein Stöckchen zu holen?", spottet sie und richtet ihre Aufmerksamkeit wieder auf Cain.

„Wir haben genug Platz", antworte ich und stelle mich gegenüber von Elias an den Tisch, und er grinst in meine Richtung. „Also, erzähl. Was hast du herausgefunden?"

Sie hält das Tagebuch immer noch fest und drückt es jetzt eng an ihre Brust. „Du erinnerst dich doch an unsere Bedingungen, oder, Cain?"

Schatten huschen über das Gesicht unseres Anführers, seine Augen verdunkeln sich, aber auch er hat sich nicht in seine Dämonenform verwandelt. Er hat alles unter Kontrolle, wie immer. Aber die Luft könnte genauso gut Melasse sein, so dick wie sie geworden ist.

Und ich liebe jede Sekunde davon ... die Spannung, die Ungewissheit, die Spielchen. Es gibt viele Dinge, die ich in der Hölle nicht vermisse, aber anderen bei ihren politischen Spielchen zuzusehen, war für mich so etwas wie ein Lieblingszeitvertreib.

„Ich stehe immer zu meinem Wort. Also, was hast du festgestellt?" Cains Worte sind scharf und knapp und durchschneiden die Spannung. Es ist klar, dass er die Situation hasst, aber was sagt man über den Kapitän, der mit dem Schiff untergeht? Ein Teil von mir fragt sich, ob das sein Backup-Plan ist, falls die Dinge jemals so weit kommen und Miranda ihn zwingt, seinen Teil der Abmachung zu erfüllen. Aber Aria würde das niemals zulassen ... sie würde Miranda umbringen, daran habe ich keinen Zweifel. Die Kleine ist ein Höllenfeuer, und vielleicht ist es das, worauf Cain zählt.

Das ist etwas, das ich nicht verpassen möchte.

Wir sind alle leise, beobachten Miranda und warten.

Sie grinst, während sie das Tagebuch von ihrer Brust

nimmt, es langsam aufschlägt und durch die Seiten blättert, bevor sie es zuklappt und über den Tisch zu Cain schiebt.

Er schnappt es sich schnell und sieht es durch, dann schaut er zu ihr auf. „Wo ist die Übersetzung?"

Miranda tippt sich an die Schläfe. „Ich dachte, du hättest es eilig und wolltest nicht, dass ich Wochen damit verbringe, alles abzutippen, vor allem nach meinen Erkenntnissen."

„Und die wären?", dränge ich sie zum Sprechen. Dieses ständige Warten und Quatschen reizt mich, sie zum Reden zu zwingen. Aber ich will auch nicht, dass mir eine Seherin im Nacken sitzt.

„Sagst du es uns, oder dauert das auch noch ein paar Wochen?", fragt Elias mit zusammengebissenen Zähnen.

Miranda ist genervt, weil sie es mit Handlangern wie Elias und mir zu tun hat. Verdammte arrogante Schlampe.

„Um ehrlich zu sein, war das meiste, was da drin stand, nur Geschwätz", begann sie. „Er wiederholte immer wieder das Gleiche. Er hat es im Grunde als Notizblock benutzt, um Informationen über verschiedene Arten von Kreaturen zu sammeln. Ein paar Dinge auf Latein über Weihwasser, aber sonst nicht viel. Betrachte es als eine Art Monsterhandbuch." Sie lacht, aber niemand lacht mit ihr und dann beruhigt sie sich wieder. „Zähe Meute."

Ich starre sie an und will sie daran erinnern, dass sie bei unserem letzten Besuch ihre Krallen gezeigt und damit klar gemacht hat, was sie von uns hält. Und das war ganz sicher nicht auf einer freundschaftlichen Ebene. „Steht da irgendetwas über Aria drin?"

„Nur einmal, und das war ein Titel für eine leere Seite.

Aber wisst ihr, was ich denke?", fragt sie und holt tief Luft. „Für mich liest sich der Rest des Tagebuchs fast wie eine Liste von Möglichkeiten, als ob er seine Gedanken darüber aufgeschrieben hätte, was sie sein könnte."

„Wie kommst du darauf?", fragt Cain, dessen Blick sich verengt und Miranda durchdringt.

„Zum einen gab es viele Seiten, auf denen er die Herkunft und die Merkmale eines Monsters aufge-schrieben und dann durchgestrichen hatte. Es waren so absurde Dinge wie beispielsweise Shifter. Selbst ich hätte ihm sagen können, dass das nicht das ist, was mit dem Mädchen los ist.

„Und die, die nicht durchgestrichen wurden?", frage ich nach und habe das Gefühl, dass wir ihr die Antworten quälend langsam entlocken müssen.

„Völlig unterschiedlich. Einer war ein Schattenwirker."

„Das kann nicht sein", unterbricht mich Cain. „Diese Dinger erzeugen normale Schatten, keine lebendigen. Und sie können von niemandem Besitz ergreifen."

„Genau", stimmt sie ihm zu, schiebt den Stuhl zurück und macht es sich bequem. Wir drei tun es ihr gleich. „Er hat einen gefallenen Engel als Möglichkeit aufgezählt, mit nur wenigen Merkmalen und vielen Kritzeleien, die keinen Sinn ergeben. „Es gab einige Arten wie Schatten, Irrlichter und sogar Nachtmahre, über die ich nicht allzu viel weiß, aber auch hier hat er nur Merkmale notiert, die mit Aria zu tun haben könnten, nehme ich an."

„Das klingt, als hätte er keine Ahnung", spricht Elias das Offensichtliche aus.

„Er weiß nicht genug über Sayah, um die beste Zuord-nung zu den Monstern zu finden", antwortet Cain und blickt dann zu Miranda hinüber. „Ich möchte, dass du mir bis nächste Woche die abgetippte Übersetzung schickst, damit ich sie untersuchen kann."

Cain kannte Sayah besser als Luzifer, also könnte er in seinen Notizen etwas finden, das Aria helfen könnte, zu kontrollieren, was der Teufel selbst übersehen hatte.

„Es ist wirklich ein Forschungstagebuch", erklärt sie uns. „Und es enthält keine Schlussfolgerungen. Nur zufällige Gedanken und Hinweise, die er entdeckt hat."

„Na, das ist doch schon mal was", sagt Elias und lehnt sich in seinem Stuhl zurück. „Ich weiß nicht, ob es Informationen sind, für die es sich zu sterben lohnt, aber das ist das Problem deines Bruders, nicht unseres." Er blickt zu Cain hinüber, der nicht antwortet. Anhand der Abwesenheit in seinen Augen vermute ich, dass er nicht einmal gehört hat, was Elias gesagt hat.

„Sonst noch etwas?", fragt er plötzlich.

„Ja", gibt sie zu. „Es ist nicht viel, aber im hinteren Teil des Buches gibt es Notizen, in denen davon die Rede ist, jemanden zu foltern, um seine Seele zu entnehmen, oder vielleicht in diesem Fall, was auch immer in Aria ist. Sie wird nicht ausdrücklich erwähnt, aber wovon sollte er sonst reden?"

Ich richte mich in meinem Stuhl auf und meine Brust spannt sich an, mein plötzliches Schnappen nach Luft durchdringt den Raum.

„Er ist wirklich eine verdorbene Seele, nicht wahr?", antwortet sie und ihr Mund verzieht sich. „Auf diesen Seiten gibt es nichts zu entdecken, außer seinen eigenen Gedanken darüber, wie er jemanden quält. Die kannst du lesen, wenn ich dir die vollständige Abschrift liefere."

Das ist nicht das, was ich hören will, und ich

verkrampfe mich, sodass sich meine Hände an der Seite zu Fäusten ballen. Es sollte mich nicht überraschen, dass Luzifer zur Folter greift. So geht er mit allen um.

Miranda ist schon auf den Beinen. „Nun, das ist alles, was ich gefunden habe. Mehr gibt es nicht, aber nur weil es dir nicht die Antwort gibt, die du suchst, ändert das nichts an unserer Abmachung."

Cain zieht die Stirn in Falten, aber er lässt sich nicht darauf ein. „Komm mit mir. Ich bringe dich zur Tür."

Sobald sie weg sind, schaue ich zu Elias hinüber, der total angespannt ist und seine Schultern nach vorne gezogen hat, als würde er die Last der Welt auf sich tragen.

„Er darf sie nicht in die Finger kriegen", sagt er. „Wir haben beide Luzifers Folterungen in Aktion gesehen, und niemand kommt da lebend raus. Sieh dir an, wie kaputt die Sündendämonen sind, nur wegen ihm. Wenn er Aria in die Finger bekommt, wird er sie brechen und sie wird nie wieder zurückkommen. Wir werden sie für immer verlieren."

Ich schlucke schwer und fahre mir mit einer Hand durch die Haare. Meine Brust schmerzt bei seinen Worten, denn er hat recht. Wenn wir zulassen, dass dieser Mistkerl seine Klauen in Aria schlägt, haben wir alles verloren.

18

ARIA

Ich schlage die Augen auf, als ich einen dumpfen Schlag an der Tür höre.

Die Nacht verdunkelt mein Zimmer und ich starre auf die leicht angelehnte Tür, während ich immer noch schweigend im Bett liege und versuche, das Geräusch wieder zu vernehmen. Wenn jemand in meinem Zimmer ist, dann soll er denken, dass ich schlafe ... zumindest im Moment.

Als nach einer langen Pause, die sich eher wie fünfzehn Minuten anfühlt, nichts kommt, hebe ich vorsichtig den Kopf und stelle fest, dass Cassiel nicht mit mir auf dem Bett liegt. Und ich bin mir sicher, dass ich weiß, was mich geweckt hat: Er ist aus dem Bett gesprungen.

Ich atme tief durch und hasse es, dass ich in letzter Zeit so schreckhaft geworden bin. Ich muss mich wirklich abregen. Ich atme tief ein, lasse meinen Kopf zurück auf das Kissen fallen und frage mich, ob einer der Jungs wach ist.

Ich schließe die Augen und lasse mich in den Schlaf sinken.

Die Dielen ächzen und ich rolle mich auf den Rücken, öffne erschöpft die Augen und warte darauf, dass Cassiel wieder raufspringt und sich niederlässt. Stattdessen kommt aus dem Augenwinkel ein verschwommener Fleck auf mich zu, so schnell, dass ich weiß, dass es unmöglich Cassiel sein kann.

Ich zucke zusammen, um aufzustehen, aber ein schweres Gewicht stößt mich zurück auf das Bett. Was zum Teufel? Ich reiße meine Arme hoch, um aufzustehen, aber er ist so groß und schwer.

Die kalte Schärfe einer Klinge sitzt plötzlich an meiner Kehle. „Sei still, Dunkle."

„Wer zum Teufel bist du?" Ich liege steif im Bett und habe schreckliche Angst, mich zu bewegen. Ein Ausrutscher mit der Klinge und ich verblute auf meinem Bettlaken.

Und im Ernst, Dunkle?

Ein Esel schilt den anderen Langohr.

Der Wichser spreizt sich auf mir und überragt mich wie ein Berg. Alles, was ich im Dunkeln sehe, ist das silberne Glitzern seiner Augen.

„Wer ich bin, spielt keine Rolle. Ich habe lange gebraucht, um dich endlich aufzuspüren."

Mein Verstand brummt und ich gehe alle Sündendämonen in meinem Kopf durch und frage mich, wer zum Teufel dieser Mann ist. Auf jeden Fall nicht Nix. Aber das verhindert nicht das heftige Zittern, das mich durchfährt, weil ich nachts in meinem Bett angegriffen werde.

„Also, wer bist du?", frage ich dreist, auch wenn mein Leben auf dem Spiel steht. Aber wenn ich eines über

Dämonen weiß, dann, dass sie gerne reden, vor allem über sich selbst. „Die Höllenhunde haben also versagt und du bist die Verstärkung? Du weißt, dass du laut Luzifer nur eine Stufe über den Höllenhunden stehst."

„Wage es nicht, seinen Namen in meiner Gegenwart auszusprechen!", brüllt er, sein ganzer Körper zittert, und die Klinge drückt noch fester gegen meine Haut. Ich stemme mich gegen das Bett, als wollte ich durch die Matratze hindurch rutschen. Das Leuchten in seinen Augen wird immer intensiver, und verdammt, dieser Typ macht mir Angst.

„Okay, entspann dich. Wir haben alle Probleme mit unserem Vater."

„Hör gut zu. Du bist *Die Erste* und es interessiert mich nicht, dass du die Hölle liebst oder dass du dich entschieden hast, Luzifers Konkubine zu werden, aber ..."

„Ähm, entschuldige bitte, aber lass uns einen Schritt zurückgehen. Ich werde bestimmt nicht die Konkubine dieses sadistischen Arschlochs. Niemals. Ich meine, hat er dir das etwa gesagt?" Ich kann es wirklich nicht gebrauchen, dass der Psychopath, der die Hölle beherrscht, plötzlich beschließt, mich für sich zu beanspruchen. Das wäre das Schlimmste auf der ganzen verdammten Welt. In diesem Fall würde ich absichtlich zulassen, dass Sayah mich in Besitz nimmt, nur damit sie sich an ihm vergreifen kann. Und wie ich mein Glück kenne, würde sie seine Art von Wahnsinn lieben.

Aber das Biest auf mir hat sich weder bewegt noch seine Klinge von meiner Kehle genommen.

„Was meinst du damit, ich bin Die Erste? Ich bin deine erste Mission und es ist das erste Mal, dass du raus darfst, um zu spielen?"

„Du redest zu viel."

„Und du hast mich noch nicht getötet, also was willst du wirklich?"

Er hebt den Kopf und lacht. Das Geräusch ist erschreckend und genau das, was ich von einem Serienmörder erwarten würde, der gerade den perfekten Mord begangen hat. Das Mondlicht fällt auf sein Gesicht und enthüllt die grinsende Fratze, die auf sein Gesicht gemalt ist. „Du bist wie alle anderen, auch wenn du es noch nicht weißt."

„Wie wer? Deine höllischen Brüder?"

Er senkt den Kopf und die Dunkelheit stiehlt sich wieder in seine Züge. „Das kann ich nicht gerade leugnen. Meine Brüder sind verdammt nervig", zischt er.

„Das ist noch milde ausgedrückt. Eher arrogante Arschlöcher."

Er neigt den Kopf zur Seite und mustert mich eine lange Pause lang. „Bist du bereit zu sterben, Scheusal?"

„Nun, nein, die Antwort lautet nein. Und warum bin ich das Scheusal, wenn du derjenige bist, der aus den Abgründen des verdorbensten Ortes im Universum kommt ... der *Hölle*." Alles an diesem Kerl wirkt wie das Gegenteil der Ausgeburt Luzifers. Er fragt mich, ob ich sterben will, und es gibt kein lüsternes Geflirte. Was entgeht mir?

Er zuckt bei meiner Antwort zusammen, seine Schultern beugen sich nach vorne. „Beleidige mich nicht."

Die Klinge drückt fester auf meinen Hals und ich erstarre, während mir ein Schauer über den Rücken läuft.

„Hör zu, bitte, du musst das nicht tun. Lass uns darüber reden, es ausdiskutieren, egal was."

„Oh, aber ich muss. Das ist mein Auftrag."

Auftrag?

Das Licht im Raum geht an und das blendende Licht blendet meine Augen. Ich blinzle, als sich die Klinge von meinem Hals löst. Der kräftige Kerl auf mir stöhnt und schirmt seine Augen mit einem Arm ab.

Ich winde mich und versuche, seine Hand mit der Klinge von mir wegzuschieben, was aber nicht gelingt. Scheiße, ist der Typ aus Stahl?

„Gabriel!", knurrt Cain, als Dorian und Elias hinter ihm in den Raum platzen. „Was zum Teufel machst du hier?"

Der Name Gabriel lässt mich nicht mehr los. Es gibt keine Sündendämonen mit diesem Namen. Der einzige Gabriel, von dem ich gehört habe, ist ... Ich schnappe nach Luft. Das gibt's doch nicht! Der Mann, der auf mir sitzt, ist auf keinen Fall ...

„Bitte sag mir nicht, dass ein Erzengel versucht, mich zu töten", sage ich, weil ich es langsam leid bin, der Prügelknabe von allen zu sein.

Nein, das kann nicht sein. Engel sind unsere Beschützer und vollbringen gute Taten. Es muss ein anderer Dämon mit einem ähnlichen Namen sein.

Ich blinzle, um wieder klar sehen zu können, und langsam kommt der Mann auf mir zum Vorschein. Ich starre auf den Anblick, der sich mir bietet. Der Typ leuchtet. Das ist die einzige Möglichkeit, ihn zu beschreiben.

Weiche Locken in der Farbe der Sonne umrahmen sein markantes Gesicht mit dem ausgeprägten Kiefer und den Wangenknochen, der prominenten Nase und den prallen, roten Lippen. Dieser Mann hat fast etwas Engelhaftes an sich, und dann sind da noch seine stechenden, silbernen Augen, die das gleiche Leuchten haben.

Ich brauche gar nicht erst zu fragen, denn dieser Mann ist auf keinen Fall ein Dämon.

Verdammt!

„Jetzt hängt der Himmel auch noch mit drin?" Wir stecken in großen Schwierigkeiten.

„Das geht dich nichts an", befiehlt Gabriel und sein wütender Gesichtsausdruck wird noch intensiver, als er Cain anschaut. „Ich bin hier, um die Dunkle zu töten."

Ich täusche ein Husten vor, obwohl ich innerlich zittere. „Du verwechselst mich mit jemand anderem."

Ich habe immer angenommen, dass Engel die Stimmen von ... nun ja, von Engeln haben. Aber bei Gabriel ist das nicht der Fall. Seine Stimme ist rau, als hätte er gerade an einem Sack Steine gekaut. Verdammt, er ist riesig und unglaublich einschüchternd. Das muss er wohl auch sein, wenn es seine Aufgabe ist, die Menschen vor Dämonen zu schützen. All die Bilder, die ich von Engeln gesehen habe, sind irreführend.

Sie werden als verletzlich, fast zerbrechlich dargestellt, während dieser Kerl aussieht, als wäre er aus zwei Quarterbacks gemacht, seine Muskeln wölben sich gegen die Ärmel seiner weißen Tunika.

Meine Männer sehen nicht beeindruckt aus. „Das geht mich sehr wohl etwas an", knurrt Cain und hebt die Schultern, als er nach vorne tritt. „Sie gehört uns, sie ist durch ihr Blut mit uns verbunden. Du kannst sie nicht mitnehmen. Was auch immer du für einen Grund hast, hier zu sein, ich werde ihn erfahren." Ein Knurren dringt aus seiner Kehle, Dorian und Elias stehen neben ihm. Zusammen sind sie eine furchterregende Kampfmaschine.

Sofort verdunkeln sich Cains Augen und auch die Adern unter seiner Haut.

Ich schlucke schwer.

Drei Dämonen gegen einen Engel, und ich bin mittendrin. Das ist nicht gut.

Ich habe irgendwie Angst davor, sie kämpfen zu lassen. Und das hat nichts mit der ganzen „Gut-gegen-Böse"-Sache zu tun. Die Männer sind alle groß und mächtig, aber ich vermute, dass Gabriel hier eine furchtbare heilige Scheiße gegen sie entfesseln kann. Und ich will nicht, dass meine Dämonen verletzt werden.

„Wie wär's, wenn du von mir runtergehst, bevor du mich zu Tode quetschst, und wir bei einem Kaffee über dieses Missverständnis reden?"

Gabriel blickt auf mich herab und zieht eine Augenbraue hoch, als hätte ich einen dummen Witz gemacht. Wow, er hat keinen Sinn für Humor.

Plötzlich dreht er sich um und steigt von mir herunter, als wäre er darin geübt, von Opfern herunterzukommen, die er im Schlaf erstochen hat. Ich will aufstehen, als seine Hand mich an der Schulter packt und mich hochzieht. Ein stechender Schmerz schießt durch meinen Arm, als er mich so fest packt, dass ich zusammenzucke.

„Autsch. Du brauchst deine Finger nicht in meine Knochen zu rammen."

Er lässt mich los und wendet sich an Cain.

„Sündiger Dämon des Stolzes, verbannter Sohn Luzifers, sprich", fordert er.

Wow, das ist ja ein toller Titel.

„Du hast keinen Grund für einen Streit mit uns." Cain tritt vor, das Kinn hoch erhoben. Nichts macht ihm Angst.

Verdammt, ich liebe ihn und finde es toll, ihn so stark zu sehen.

In Anbetracht der Situation ist das wahrscheinlich nicht das Beste, woran man denken sollte.

„Sie betrifft uns", sagt Gabriel. „Und das weißt du auch, Sohn Luzifers. Sie ist Die Erste und muss ausgelöscht werden."

Ich blinzle ihn an, während mein Verstand seine Worte verarbeitet und mir klar wird, dass er Sayah als Die Erste bezeichnet haben muss. „Moment mal ... ich muss ausgelöscht werden?"

Meine anfängliche Fröhlichkeit ist sofort verflogen.

Als niemand antwortet und meine Jungs genauso verdattert dreinschauen wie ich, bricht Gabriel in eines seiner überdramatischen Lacher aus und legt sogar eine Hand auf seine Brust, um den Effekt zu verstärken. „Oh, heute hast du mich überrascht, Dämon."

Ich bin gerade so irritiert, dass mein Blick zwischen dem Engel und den Dämonen hin und her springt. „Habe ich etwas verpasst?"

Seine Augen weiten sich, als er sich im Raum umschaut. „Keiner von euch weiß es, oder?", fährt er fort. „Wie kann das sein?"

„Wenn du weiter im Kreis reden willst, dann verpiss dich aus unserem Haus", sagt Elias.

Aber Cain hebt eine Hand, um ihn zum Schweigen zu bringen, und mustert den Engel. „Kläre uns auf."

„Ihr versteckt eine leviathanische Kreatur in eurer Mitte, eine tickende Zeitbombe für alle Engel und Dämonen, für die ganze Menschheit, und ihr habt sie beschützt."

Hat er mich gerade eine leviathanische Kreatur genannt? „Was zum Teufel ist das?"

Gabriel kommt schnell auf mich zu und hat seine Hand um meine Kehle gelegt und drückt zu.

Panik durchzuckt mich und ich kralle mich an seiner Hand fest.

„Das ist eine widerliche Kreatur. Das allererste Monster, das Gott geschaffen hat. Du warst ein Fehler, eine Abscheulichkeit, und mir wurde befohlen, das Problem zu beseitigen. Ich habe meine Arbeit getan und die Bestien ausgerottet, aber eine ist mir entkommen."

Blitzschnell ist Cain an unserer Seite, seine Faust trifft den Kopf des Engels und reißt ihn von mir herunter. Ich stolpere rückwärts und stolpere über meine eigenen Füße. Aber ich falle direkt in Dorians Arme, der mich blitzschnell auffängt.

Der Kampf zwischen Cain und Gabriel bricht wie eine Explosion los, so schnell, dass ich nicht sehen kann, wo der eine anfängt und der andere aufhört.

Mein Herz pocht in meiner Brust und ich wende mich an Dorian. „Ich verstehe nicht wirklich, was eine leviathanische Kreatur ist, aber es ist schlimm, oder?"

Er nickt und zieht mich auf die Beine, und jetzt durchfährt mich blanke Angst. Ich wollte schon so lange wissen, was Sayah ist, aber jetzt nehme ich das zurück. Wenn es den Zorn eines Engels heraufbeschworen hat, der mich töten will, bin ich im wahrsten Sinne des Wortes im Worst Case Szenario gelandet.

Gabriel wird gegen eine Wand geschleudert und hinterlässt eine deutliche Delle.

Cain stürzt sich blitzschnell auf ihn und packt ihn an

der Kehle. Sein Dämon kommt heraus, die schwarzen Flügel ausgebreitet, die Krallen an den Enden auf Gabriel gerichtet. „Keiner von uns wird gewinnen, wenn wir weiter kämpfen, das weißt du. Du musst verstehen, dass an der Schwelle des Himmels eine größere Gefahr lauert und dass Aria vielleicht die Einzige ist, die uns allen helfen kann. Und jetzt zieh dich verdammt noch mal zurück!"

Gabriel rümpft angewidert die Nase, dann stößt er Cain eine Faust in die Brust, die ihn zurücktaumeln lässt. „Dann sprich, Dämon."

Sie stehen einander gegenüber, jeder von ihnen groß und beeindruckend.

Dorian und Elias stehen auf beiden Seiten von mir, halten mich fest, bereit zu kämpfen, um mich zu beschützen, und mein Herz schlägt für sie. Sie sind alles für mich. Aber im Moment habe ich wirklich Angst.

„Luzifer will einen Krieg entfesseln und den Himmel erobern und dabei so viele Engel wie möglich töten. Er glaubt, dass er Sayah ... ich meine, die leviathanische Kreatur, als Waffe braucht, die ihm helfen wird."

Gabriels Brust bläht sich auf und er atmet laut aus. „Dann erledigen wir das Monster jetzt, genau wie ich es vorhatte."

„Nur, dass sie unsere Waffe ist, um ihn aufzuhalten. Er wird das nicht kommen sehen."

Es ist nicht gerade beruhigend, dass sie über mich reden, als wäre ich gar nicht im Raum. Bei der Intensität ihrer Worte, der Kraft, die von den beiden Kraftpaketen ausgeht, scheinen die beiden vergessen zu haben, dass sie nicht allein in meinem Zimmer sind.

„Erkläre das!", bellt Gabriel und verschränkt die Arme vor seiner gestählten Brust. „Wie wollt ihr das machen?"

Cain lässt sich nicht aus der Ruhe bringen. „Wir sind dabei, die letzten Feinheiten zu klären, aber wenn es um Luzifer geht, sind wir alle auf derselben Seite. Wir müssen ihn aufhalten.“

„Was hält euch also davon ab, ihn jetzt zu entthronen?“

Cain fährt sich mit der Hand durch sein dunkles Haar. „Wir haben die letzten beiden Relikte für Azraels Harfe nicht gefunden, mit denen wir wieder in die Hölle eintreten können.“

Gabriel mustert ihn eindringlich, dann blickt er zu mir hinüber und jagt mir eine Gänsehaut über den Rücken. Wie ist es möglich, dass ein Engel mir mehr Angst einjagt als ein Dämon? Aber, wie Cain schon sagte, er ist auf unserer Seite. Na ja, bis auf Sayah ... das erste Geschöpf, das Gott erschaffen hat. Scheiße, das hört sich schrecklich an und sie ist in mir. Kein Wunder, dass sie von mir Besitz ergreifen will. Dabei hatte ich die ganze Zeit den Verdacht, dass sie eine Art dämonische Bestie oder ein Fluch sein könnte.

Aber sie ist vom Himmel gekommen.

Macht mich das zu Gottes Fehler oder zu einer Waffe? Um ehrlich zu sein, wäre ich lieber keines von beiden.

„Wenn sie wirklich eine Leviathan ist, wie du behauptest, dann ist sie die Einzige, die Luzifers Plan durchkreuzen und ihm ein Ende bereiten kann“, fährt Cain fort.

Gabriel hat eine kurze Zeit lang nichts gesagt, sondern seine Augen geschlossen, als hätte er beschlossen, eine kurze Meditation einzulegen. Als sie sich wieder öffnen, zucke ich zusammen, und habe ich schon erwähnt, dass der Typ mir Angst macht?

Endlich ergreift er das Wort. „Da ich derjenige war,

der die Harfe zerstört und ihre Teile verstreut hat, werde ich euch verraten, wo sich die letzten beiden Teile befinden, damit ihr Luzifer entthronen könnt. Wenn ihr versagt, werde ich dich, Cain, und deine Dämonen persönlich jagen und in der Versenkung verschwinden lassen."

Cain scheint sich von der Drohung nicht beirren zu lassen. Er steht aufrecht und starrt Gabriel direkt an, aber er hatte schon immer das beste Pokerface.

„Abgemacht", sagt er.

Gabriel rückt näher an ihn heran und spricht mit Cain, aber seine leisen Worte sind nicht zu entziffern.

Cain nickt, und die beiden gehen auseinander.

„Was wirst du mit Aria machen?", fragt Dorian laut. „Sie ist frei und in unserer Obhut." Er sagt das wie eine Selbstverständlichkeit.

Gabriel dreht sich in meine Richtung, sein Blick bohrt sich in mich.

Kein Wort.

Kein Ausdruck.

Keine Bewegung.

Er ist ein gottverdammter Freak und erinnert mich immer mehr an Serienkiller mit ihrem Laserblick auf ihre Beute.

Blitzschnell verschwindet er aus unserem Leben, ein Wirbelwind bläst uns entgegen, während ein halbes Dutzend weißer Federn durch den Raum wirbelt.

Cassiel taucht plötzlich aus dem Nichts auf und stürzt sich mit seiner riesigen Pranke auf die Federn und schlägt nach ihnen, während sie zu Boden sinken.

„Wir stecken in einer Menge Scheiße, nicht wahr?", frage ich.

Aber niemand antwortet. Elias zieht mich an seine Brust und ich drücke mich an ihn und warte darauf, eingehüllt und davongetragen zu werden.

Cain stellt sich vor mich, seine Hand liegt so zärtlich auf meiner Wange, dass mir der nächste Atemzug bis hinab in die Lunge feststeckt. Die Leidenschaft in seinen Augen bedeutet alles für mich.

„Das könnte sich sogar zu unseren Gunsten auswirken. Wir haben Gabriel jetzt auf unserer Seite", sagt Cain. „Wir werden die Sache beschleunigen. Wir müssen meinen Vater entthronen. Und jetzt wissen wir, wohin wir als Nächstes gehen müssen."

Absolut nichts von dem, was er gerade gesagt hat, beruhigt mich. Besonders die Tatsache, dass Gabriel die Frage, was er mit mir vorhat, nicht beantwortet hat. „Aber was ist mit dem, was Gabriel mich genannt hat. Leviathan. Kann mir bitte jemand erklären, was das ist? Das macht mir Angst."

Cain seufzt und ich weiß schon, dass ich seine Antwort hassen werde. „Diese Geschöpfe sind selten und man begegnet ihnen so gut wie nie. Alles, was ich über sie weiß, steht in der Bibel, und da sie von Menschen geschrieben wurde, ist sie nicht sehr zuverlässig. Im Grunde steht da nur, was Gabriel uns gesagt hat – eine von Gottes ersten Schöpfungen, die er aus Versehen zu mächtig gemacht hat und deshalb zerstören musste."

„Toll."

„Wenigstens haben wir jetzt einen Namen für Sayah", sagt er und versucht, das Ganze besser klingen zu lassen.

Ich möchte glauben, dass das, was wir gerade entdeckt haben, gut ist, aber warum blitzt dann Besorgnis in Cains Augen auf?

19

CAIN

Unser erster Halt ist Island. Der Berg Kirkjufell, um genau zu sein.

Laut Gabriel befindet sich dort das Fußteil der Harfe, während das letzte Stück auf dem Grund des Atlantiks liegt. Während Aria und ich also den nächsten Flug in die weite Welt nahmen, hatte ich das nächstliegende unserer Suchteams beauftragt, ein Boot zu chartern und den Schädel zu bergen.

Ich hätte Dorian und Elias gebeten, mitzufahren, aber angesichts der Probleme mit den Nightwalkers und den Höllenhunden sind sie in der Villa und im Fegefeuer besser aufgehoben. Außerdem traue ich Maverick nicht über den Weg, wenn er allein zu Hause ist. Auch wenn er sich im Moment an seine Versprechen zu halten scheint. Ich kenne meinen Bruder und er ist wie Houdini, er kann sich aus all meinen Fesseln befreien. Magischen und anderen.

Als der Fremdenführer uns durch das eisige und felsige Gelände fährt, ertappe ich mich dabei, wie ich Aria wieder anstarre. Sie sitzt neben mir und blickt verträumt aus dem Fenster, und genau wie auf dem Flug hierher hat sie kaum mit mir gesprochen. Trotz meiner armseligen Versuche, ein Gespräch anzufangen, ist sie kalt und distanziert geblieben.

Ich seufze und erinnere mich daran, wie ich vor nicht allzu langer Zeit absichtlich eine solche Distanz zwischen uns geschaffen habe. Es hat eine Weile gedauert, aber wir haben das überwunden und uns füreinander geöffnet. Warum fühlte es sich dann so an, als stünden wir wieder am Anfang? Warum beachteten wir einander nicht und warteten darauf, dass einer von uns seinen Starrsinn aufgibt und sich entschuldigt?

Sie braucht keine Pralinen oder Blumen, wie Dorian vorgeschlagen hat. Ich muss einfach mit ihr reden. Ihr alles erklären – warum ich das alles getan habe. Sie muss wissen, dass ich nur an sie denke.

Ich atme tief ein und öffne den Mund, um etwas zu sagen, aber ihr aufgeregtes Quietschen unterbricht mich. Sie drückt ihre Wange ans Fenster und deutet nach draußen, wo der Himmel in Neongrün und -gelb leuchtet, die Farben blinken und bewegen sich, als wären sie lebendig.

Ich atme tief durch und bin selbst von diesem Anblick fasziniert. Ich habe noch nie etwas so Beeindruckendes gesehen. Schon gar nicht auf der Erde. „Die Aurora Borealis...“

Sie wirft einen Blick über ihre Schulter zu mir. „Das Polarlicht?“

„Mhmm.“ Ich hätte nie gedacht, dass die Erde etwas so atemberaubend Schönes bieten könnte. Bis ich Aria kennenlernte, natürlich. Und jetzt, wo ich hier bin und zwei der schönsten Wunder dieser Welt gleichzeitig sehe, bin ich praktisch sprachlos. Voller Ehrfurcht.

„Ich spüre es", sagt Aria plötzlich und reißt mich damit aus meinen Tagträumen.

„Was spürst du?"

Sie wirft einen Blick auf den Fahrer, der zweifelsohne ein Mensch ist, und senkt ihre Stimme. „Meinen Zeh ..."

Ah. Sie spürt die dunkle Magie des Relikts der Harfe. Perfekt. „Das bedeutet, dass wir am richtigen Ort sind."

Das Auto holpert über die unbefestigte Straße, bis wir einen abgesperrten Bereich mit Verbotsschildern erreichen. Der Fahrer stellt den Wagen ab und schaltet den Motor aus. „Weiter können wir nicht fahren", sagt er.

„Das reicht." Ich öffne die Tür und auf der anderen Seite tut Aria dasselbe.

„Niemand darf an den Ketten vorbei. Es ist ein zu gefährlicher Aufstieg", erklärt der Mann.

„Wir schaffen das schon", rufe ich ihm durch das heruntergekurbelte Fenster zu und begebe mich zu Aria am Heck des Wagens. Als ich meinen Arm um sie lege, wirft sie mir einen Seitenblick zu. „Nur ein bisschen ... romantisches Sightseeing."

Sie schnaubt lachend.

„Wir sind in ein paar Minuten zurück", sage ich ihm und führe Aria an den Ketten vorbei, bevor er noch etwas sagen kann. Ich hoffe, dass es ein kurzes Unterfangen wird, auf jeden Fall weniger ereignisreich als damals, als wir auf Mavericks wilder Verfolgungsjagd nach Missouri gefahren sind.

Der Boden ist gefroren und rutschig. Aria umklammert meinen Arm, da ihre Schuhe wegrutschen. Es fällt ihr schwer, aufrecht zu stehen, geschweige denn den steilen Berg hinaufzugehen. Wenn ich ihre Gabe nicht bräuchte, um uns zu sagen, wo das Relikt versteckt ist, würde ich sie im Auto bleiben lassen.

„Hörst du schon etwas?", frage ich sie.

Sie zittert, aber sie nickt. „Ein hohes Pfeifen, glaube ich. Wie eine Flöte. Aber ich bin mir nicht sicher, ob es das Relikt ist oder der Wind, der mir um die Ohren pfeift."

„Und dein Zeh?"

„Er zuckt wie verrückt. Ich glaube, er will, dass wir weiter aufsteigen."

Ich seufze. „Natürlich will er das." Ich halte sie fester an der Taille, während wir den hinteren Teil des Berges umrunden. Langsam. Sehr langsam. Wenn wir so weitermachen, sind wir bei Sonnenaufgang auf dem Gipfel. „Hättest du etwas dagegen, wenn ich uns auf den Gipfel fliege?"

Sie verzieht das Gesicht. „Was ist mit dem Fahrer? Wird er uns nicht sehen?"

„Der Berg wird uns größtenteils verdecken, und ich bleibe dicht an ihm dran. Die Dunkelheit sollte auch helfen."

Trotzdem wirkt sie unsicher.

„Selbst wenn der Mensch uns sehen würde, bezweifle ich, dass er seinen eigenen Augen trauen würde", versichere ich ihr. „Menschen haben eine Art, sich Dinge einzureden, um ihre Ängste zu lindern."

„Das ist wahr. Menschen sehen, was sie glauben wollen."

„Ganz genau."

Sie nickt und gibt mir ihr Einverständnis, und ich drücke ihren Körper an meinen, während mein Dämon aus mir herausbricht. Meine Flügel zerreißen mein Hemd und meine Jacke, das Höllenfeuer schießt durch meine Adern und ich stoße mich ohne zu zögern vom Boden ab. Arias Arme umschlingen mich, während wir aufsteigen, und ich sorge dafür, dass wir so nah wie möglich am Berg bleiben, auch wenn der Wind gegen uns peitscht.

Sie streckt ihren Kopf heraus und zeigt auf den Gipfel.

In dem Moment, in dem wir wieder den Boden berühren, zieht sich mein Dämon zurück und meine Flügel klappen ein. Ich lasse die Schultern rollen, um das Unbehagen zu lindern, das das Zurückhalten meines Monsters immer mit sich bringt.

Aria bleibt auf dem Kamm stehen und ihr Gesicht fällt in sich zusammen.

„Was ist los?"

„Spürst du das?", fragt sie. „Den Boden? Es fühlt sich an, als würde er ... pulsieren."

Ich schaue um uns herum, aber ich sehe keine Anzeichen von Bewegung. Ich spüre auch nichts. „Pulsieren?"

„Vielleicht atmet er? Ich bin mir nicht sicher, wie ich es erklären soll. Aber es fühlt sich an, als ob der Berg unter meinen Füßen lebendig ist."

„Das muss das Relikt sein."

Sie nickt. „Mein Zeh stimmt mir zu. Allerdings hat das Pfeifen aufgehört." Ihr Blick senkt sich. „Wie sollen wir an das Ding kommen, wenn es unter Schichten von Eis und Fels liegt?"

Das ist kein Problem. Ich signalisiere ihr, dass sie zurücktreten soll, und beschwöre wieder den dämonischen Teil von mir, aber ich konzentriere das tobende Feuer in mir auf meine geschlossenen Fäuste. Sie leuchten orange-rot. Ich gehe in die Hocke, stelle mich über den Felsen und schlage mit all meiner Kraft zu. Scharfkantige Erd- und Eissplitter fliegen in alle Richtungen, sodass Aria noch ein Stückchen weiter zurückspringt. Ich wiederhole es immer wieder, der Schmerz schießt meinen Arm hinauf und wird jedes Mal stärker.

„Mach weiter", sagt Aria. „Ich kann die Musik wieder hören. Du bist fast am Ziel."

Noch drei Schläge und der Felsen bricht weg und gibt eine Vertiefung frei. Die Luft strömt uns entgegen, schlägt mir ins Gesicht und riecht nach Verwesung und abgestandenem Wasser. Vorsichtig greife ich hinein.

Als meine Finger etwas Festes und Eiskaltes berühren, packe ich es und ziehe es aus dem Loch. Im Licht des Polarlichts kann ich gerade noch die faltige, graue, schuppige Haut und die krallenbewehrten Zehen einer Kreatur erkennen. Überhaupt nicht menschenähnlich. Nein, dieses Ding sieht aus, als wäre es von einem Tier.

Als ich das Teil in meiner Hand untersuche, blitzt grünes Licht vor meinen Augen auf und betäubt mich. Ich höre Aria irgendwo in der Nähe keuchen, aber ich kann vor lauter Helligkeit nichts sehen.

Ich bin blind.

ARIA

Meine Augen brennen im grellen grünen Licht. Ich kann Cain nicht sehen; ich weiß nicht einmal, ob er noch mit mir auf dem Berg ist. Oder ob *ich* überhaupt noch auf dem Berg bin. Es gibt keine Möglichkeit, das herauszufinden, wenn ich nicht weiter als bis zu meiner Nasenspitze sehen kann.

Dunkle Formen nehmen in der Ferne Gestalt an und ich blinzle schnell, um sie zu erkennen. Die Lichter werden schwächer und schwächer, und allmählich nehmen die schattenhaften Flecken immer mehr Gestalt an – menschliche Gestalt – bis das Bild vor mir deutlich erkennbar ist.

Ich stehe in der Mitte eines großen Raumes in mittelalterlichem Stil, der aus schwarzem, poliertem Marmor besteht und in Rot und Gold gehüllt ist. Es gibt einen riesigen steinernen Kamin, an den ich mich erinnere, und ein Podest mit einem Altar und einem Thron, der einem König angemessen ist.

Einem König der Hölle, um genau zu sein.

Mein Atem gefriert in meiner Lunge. Ich bin wieder in Luzifers Schloss.

Wie zum Teufel bin ich hierher gekommen? Und wo ist Cain?

Ich schaue mich verzweifelt um und frage mich, ob das Relikt uns irgendwie befördert hat, aber als ich Cain sehe, kriecht er die paar Stufen hinauf, seine Kleidung ist zerrissen, als hätte er gerade einen erbitterten Kampf hinter sich, und jeder Zentimeter seines Körpers ist mit Blut bedeckt. Seine Flügel sind ausgebreitet, schwarze Adern überziehen seine Haut, und ich spüre, wie mir die Säure die Kehle hinaufbrennt. Er ist verletzt. Schwer. Ich will zu ihm laufen, aber meine Füße sind wie festgeklebt. Ich habe keine Kontrolle über meinen Körper.

„*Cain!*", versuche ich zu schreien, aber auch meine Stimme ist in mir gefangen. Panik steigt in mir auf. Ist es wieder Sayah? Das muss sie sein. Sie hat mich wieder in ihren Bann gezogen, und ich bin machtlos, meine Kontrolle wiederzuerlangen.

In diesem Moment bemerke ich, dass er versucht, zu einer anderen Person zu gelangen, die auf der anderen Seite des Throns liegt. Mit silbrig-weißem Haar und ebenso blasser Haut ...

Ich schnappe nach Luft und mein Herz schlägt wie wild. Maverick.

Er liegt auf dem Rücken und umklammert seinen Bauch, der aufgerissen wurde und stark blutet.

Aber das wird doch wieder heilen, oder? Wir sind in der Hölle, und Dämonen sind hier unsterblich. Es wird nur kurz wehtun, aber er wird wieder gesund.

Als Cain ihn erreicht, hebt er die Hand und das Kerzenlicht im Raum fällt auf etwas Metallisches in seiner Hand.

Ein Dolch.

Und nicht nur irgendein Dolch. Eine Engelsklinge.

Cain wird sie in das Herz seines Bruders stoßen.

„Nein!"

Aber es hat keinen Sinn. Sie können mich nicht hören.

„Es tut mir leid, Bruder ...", flüstert er mit schmerzverzerrter Stimme.

Zu meinem Entsetzen tut Cain genau das, was ich vorausgesagt habe, und sticht Maverick direkt in die Brust. Mein Kopf füllt sich mit meinen Schreien, aber keiner von ihnen verlässt meinen Mund. Ich kann nur zusehen, wie Mavericks Körper zuckt, bevor er ganz regungslos wird. Tot.

Oh mein Gott ...

Ich kann nicht einmal verarbeiten, was gerade passiert. Und als Cain die Klinge wieder in die Hand nimmt, sie auf sich selbst richtet und sie wieder hochhebt, verschwimmt mein Verstand völlig. Eine meiner größten Ängste spielt sich vor meinen Augen ab und ich kann nichts tun, um sie aufzuhalten. Er wird sich auch gleich umbringen.

Cains schwarze Augen blicken in meine Richtung und verwandeln sich automatisch in ihr wunderschönes Kristallblau. Diesmal spiegelt sich eine große Traurigkeit in ihnen wider, während er mich ansieht, aber keine Spur von Reue, die mir sagt, dass er weiß, was er tut. Er wünschte nur, er müsste es nicht tun.

Mein Herz wird schwer. *„Bitte. Tu es nicht."*, flehe ich ihn leise an und hoffe, dass er irgendwie weiß, was ich denke. Aber sein Gesichtsausdruck verrät mir, dass er sich entschieden hat.

In dem Moment, in dem er sich die Engelsklinge in die Brust stößt, werfe ich mich mit aller Kraft nach vorne und schaffe es irgendwie, mit den Füßen den Boden zu verlassen. Die neongrünen Lichter flackern wieder auf und blenden mich. Plötzlich rutsche ich auf dem glatten Boden aus und meine Turnschuhe finden keinen Halt mehr. Orientierungslos rudere ich mit den Armen und versuche, das Gleichgewicht zu halten, aber es hilft nichts. Ich spüre, wie ich falle.

„Aria!"

Starke Hände packen mich und reißen mich zurück. Das seltsame Licht verschwindet und als ich wieder sehen kann, sehe ich Cains Gesicht, so perfekt wie es nur sein kann, aber mit Sorgenfalten. Kein Blut. Keine Wunden. Nur mein Dämonenprinz, der schwer atmet und mich festhält, als hätte er Angst, mich loszulassen.

Als mein Blick nach rechts schweift, sehe ich warum. Ich wäre fast vom Berg Kirkjufell gestürzt.

Ich mache einen Satz nach vorne, stoße gegen seine Brust und er schlingt seine Arme fest um mich. Ich spüre kaum die Angst davor, selbst fast zu sterben, als ich das Bild, wie er Maverick und dann sich selbst tötet, immer wieder in meinem Kopf ablaufen sehe. So lebendig, als wäre ich in Luzifers Thronsaal dabei gewesen.

Ich kann die Tränen nicht zurückhalten, die mir in die Augen schießen, und auch nicht die Schluchzer, die sich durch meine Brust fressen.

Cain drückt mich fester an sich und seine Finger streichen durch mein Haar. „Du hast es auch gesehen, nicht wahr?", flüstert er gegen meine Stirn.

Ich kneife meine Augen zusammen. Zu diesem Zeitpunkt könnte ich nicht einmal mehr Worte formulieren, selbst wenn ich es versuchen würde.

„Es muss an dem Relikt liegen", fährt er sanft fort. „Irgendein ... Moment der Angst oder so."

Ich schaue zu ihm hoch. Als ich versuche, meine Fassung wiederzuerlangen, bricht meine Stimme. „Aber du hast es doch gehalten. Nicht ich."

Er legt nachdenklich den Kopf schief. „Du hast Recht. Und meinen Bruder zu töten, ist nicht meine Angst."

„Und dich selbst umzubringen?"

„Ob ich das befürchte? Nein."

„Was zum Teufel war das dann? Und warum habe ich es auch gesehen?"

„Ich vermute, dass es etwas mit der Verbindung zwischen uns zu tun hat", erklärt er. „Die Magie konnte sich durch unsere gemeinsame Verbindung übertragen."

Wie aufs Stichwort klingelt Cains Handy. Er zieht es aus seiner Hosentasche, blickt auf das Display und sagt: „Es ist Dorian", bevor er es an sein Ohr hält.

„Ja?"

„Was zum Teufel war das?", höre ich Dorian sagen.

Ich trete einen Schritt zurück und bringe ein wenig Abstand zwischen uns, aber nicht zu viel, denn unter mir ist so viel Eis.

„Du hast es also auch gesehen." Cain nickt in meine Richtung, um mir zu sagen, dass dies nur seine Theorie bestätigt.

Dorian redet laut weiter. „Helles grünes Licht? Du bist in Luzifers Thronsaal gekommen? Du tötest deinen Bruder und dann ..."

„Ja, ja. *Das.*"

„Was zum Teufel soll das, Cain?" In seinem Tonfall schwingt Besorgnis mit. Natürlich ist er beunruhigt. Er war gerade Zeuge, wie sich sein engster Freund selbst erstochen hat. „Gibt es etwas, das du mir sagen willst?"

„Wir haben den Fußteil gefunden", sagt er und präzisiert dann. „Das Relikt. Ich glaube, dass das, was wir gesehen haben, ein Teil seiner dunklen Macht war, die sich durch unsere Verbindung überträgt. Aria hat es auch gesehen und ich vermute, Elias wird mich als Nächstes anrufen, um mir dasselbe zu sagen."

Es herrscht einen Moment lang angespannte Stille am anderen Ende der Leitung, bevor Dorian wieder spricht. Diesmal mit gesenkter Stimme. „Du glaubst doch nicht, dass das ein Gedankenblitz in die Zukunft war, oder?"

Die Vorstellung senkt sich wie ein Felsbrocken in meine Magengrube. „Ein Gedankenblitz in die Zukunft? Was? Das wird tatsächlich passieren?"

„Das behaupte ich nicht", antwortet er in seiner üblichen, übertrieben ruhigen Art. „Das werden wir erst feststellen können, wenn ..."

„Wenn du eine Engelsklinge durch dein Herz gerammt hast." Meine Stimme wird lauter; ich kann nicht anders.

Cain will einen Schritt auf mich zu machen, aber dann fällt ihm ein, dass er noch mit Dorian telefoniert und legt auf, ohne sich zu verabschieden. Er steckt das Handy ein und streckt die Hand nach mir aus.

„Aria, bitte."

Die Traurigkeit in seinen Augen erinnert mich zu sehr an das, was ich in der Vision gesehen habe – oder was auch immer es war – und meine Brust zieht sich zusammen.

„Kann ich ..." Er atmet aus, fast ärgerlich über sich selbst. „Kann ich dich noch ein bisschen länger halten?"

Seine Frage hat mich aus dem Konzept gebracht. Es ist so untypisch für ihn, so etwas zu fragen, aber wie kann ich nach dem, was wir gerade gesehen haben, nein sagen? Ich habe das Gefühl, dass mein Inneres zittert, und ich will nur, dass er mich festhält und mir sagt, dass er so etwas Verrücktes nie tun würde. Egal, was das Relikt sagt.

Ich rücke näher an ihn heran und erwidere seine Umarmung. Diesmal drückt er mich ein bisschen fester, aber das ist mir egal. Das ist der Trost, den ich im Moment brauche.

Ich atme sein Parfüm und seinen feurigen Duft ein und lasse ihn über mich wehen, um meine aufgewühlten Nerven zu beruhigen. Über uns ist das Polarlicht verschwunden und hinterlässt einen tiefschwarzen, mit Sternen übersäten Himmel. Es ist fast so, als ob das Relikt die magische Lichtshow verursacht hätte. Und vielleicht war es das auch. Wenn es um diese Relikte geht, überrascht mich nicht mehr viel.

Wir bleiben eine Weile so aneinander geschmiegt. Wir sagen nichts, genießen nur die Gesellschaft und die Wärme des anderen. Die Wut, die ich ihm gegenüber wegen meiner Mutter empfunden hatte, ist jetzt verflogen. Weit weg. Es gibt nur noch den Schmerz und die absolute Trauer, die ich empfinde, wenn ich ihn möglicherweise wieder verliere. Das überwältigt mich.

Ich möchte ihn fragen, ob er vorhatte, das zu tun, was ich in der Vision gesehen hatte, ob es wirklich ein Blick in die Zukunft war, aber ich habe fast zu viel Angst vor der Antwort, um die Frage zu stellen. Ich möchte lieber nie wieder darüber nachdenken.

Ich liebe ihn so sehr, dass es weh tut. Der Gedanke, dass er nicht mehr bei mir sein wird, schmerzt körperlich. Ich hätte nie gedacht, dass ich jemals so etwas für jemanden empfinden würde, schon gar nicht für einen Dämon.

Aber ich tue es.

Nachdem mehr Zeit vergangen ist, lässt Cain mich endlich los und tritt zurück. Dann entledigt er sich der Reste seiner zerrissenen Jacke und hebt damit das Relikt auf, ohne es noch einmal zu berühren. Zu unserer Erleichterung blitzen keine hellen Lichter mehr auf und es erscheinen keine gespenstischen Bilder.

Er breitet seine Flügel aus und will mich gerade um die Taille fassen, um uns vom Berg zu fliegen, als sein Telefon erneut klingelt. Seufzend holt er es aus der Tasche und geht ran, ohne auf das Display zu schauen.

Durch den Lautsprecher dröhnt eine vertraute tiefe Stimme: „Was zum Teufel …"

„Ja, Elias. Ich weiß."

20

DORIAN

Elias und ich sind immer noch aufgewühlt von der Vision.

Wie könnten wir das auch nicht sein? Wir waren gerade Zeuge, wie sich unser engster Freund mitten in Luzifers Thronsaal geopfert hat. Und wofür? Ich bin mir nicht sicher. Aber ich habe den leisen Verdacht, dass es etwas mit dem zu tun hat, was Aria und ich in Storms Bibliothek über die Verbindung der Seelen von Luzifer und seinem Sohn entdeckt haben.

Vielleicht war es nur ein fehlerhaftes Aufblitzen von etwas Unwirklichem, das uns als Teil der Magie des Relikts erschrecken sollte. Es könnte aber auch etwas anderes sein. Ein Blick auf ein zukünftiges Ereignis, und das ist es, was ich befürchte. So wie ich Cain kenne, traue ich ihm das auch zu. Als er und Aria nach ihrer Islandreise durch die Haustür kamen, schickte ich Aria die Treppe hinauf, damit sie sich ausschlafen konnte, und lenkte Cain direkt ins Wohnzimmer, um unter vier Augen weiter zu reden.

Sobald ich sicher bin, dass wir allein sind, stürze ich mich auf ihn. Bevor ich auch nur ein Wort sagen kann, hält er seine Hand hoch.

„Wo ist Elias?", fragt er mit einer Stimme so leidenschaftslos wie Stein.

„Höllenhunddienst", sage ich abweisend. Ich weiß, dass er dem unvermeidlichen Gespräch aus dem Weg gehen will, aber er kann sich nicht vor mir verstecken. Er geht vor dem Kamin auf und ab und ich laufe um die Couch herum, um ihn aufzuhalten. „Cain."

Er runzelt die Stirn.

„Bitte sag mir nicht, dass das, was wir gesehen haben, eine Vision der Zukunft war", sage ich. „Sag mir nicht, dass du so etwas Verrücktes planst."

Er blickt auf seine Jacke in den Händen hinunter, und erst da merke ich, dass sie um etwas gewickelt ist. Wahrscheinlich das Relikt.

Sein Schweigen verärgert mich. Er antwortet nicht auf meine einfache Frage, und das ist kein gutes Zeichen.

„Cain ..."

„Ich weiß es nicht", antwortet er schließlich und holt tief Luft.

Aber das reicht mir nicht aus. „Was soll das heißen, du weißt es nicht? Wie kannst du nicht wissen, ob du vorhast, dich umzubringen oder nicht? Das würde ich als eine verdammt große Sache ansehen und nicht als etwas, bei dem du unschlüssig bist."

Seufzend streicht er mit den Fingern über die Jacke, bevor er wieder zu mir aufsieht. „Ich habe nachgedacht ..."

„Oh, oh. Das ist nie ein gutes Zeichen."

„Hör mir zu", beginnt er wieder schärfer, „wenn es

stimmt, was du und Aria herausgefunden habt, und meine Seele irgendwie mit Luzifer verbunden ist, dann gibt es vielleicht einen Weg, ihn zu schwächen."

„Du meinst, indem du dich selbst tötest." Ich kann nicht glauben, was ich hier höre. „Und deine Brüder."

Er nickt. „Je mehr von uns sterben, desto schwächer wird er. Und dann können du und Elias ihn ausschalten. Ein für alle Mal."

Ich blinzle. Das ist nicht sein Ernst, das kann nicht sein. „Ich weiß, dass Miranda nicht einfach ist, aber es muss einen anderen Weg geben, um aus dem Dämonenvertrag herauszukommen, als sich selbst zu töten."

Er ist totenstill. Nicht ein Fünkchen Humor in seinem Gesicht.

„Was ich damit *sagen will*, ist, dass du das auf keinen Fall tun kannst. Du bist verrückt, wenn du glaubst, dass ich zulasse, dass du dich umbringst."

„Willst du Luzifer vom Thron stürzen?"

„Das ist eine verdammt dumme Frage."

„Dann ist das vielleicht die einzige Möglichkeit."

„Das bezweifle ich stark", schnauze ich. „Warum hast du auf einmal so einen Todeswunsch? Wir haben alles getan, um zu überleben. Gekämpft, gerungen und geschuftet, um am Leben zu bleiben, und du willst es einfach zu Ende bringen? Einfach so?"

Er antwortet nicht, sondern starrt mich weiterhin grimmig an.

Ich lege meine Hand auf seine Schulter und schaue ihm in die Augen. „Cain, hör mir zu. Ich habe dir gesagt, dass ich dir bis ans Ende der Zeit folgen werde, und das werde ich auch. Ich werde alles tun, was du von mir verlangst. Ich würde sogar eine Engelsklinge in Maverick rammen. Sogar Lorcan. Oder Val. Verdammt, sogar …“

„Ich hab's verstanden.“ Er unterbricht mich und ein kleines Lächeln umspielt seine Lippen.

„Tut mir leid.“ Ich war ein bisschen zu aufgeregt beim Gedanken, diese Arschgeigen zu töten. „Du verstehst schon. Aber eines werde ich nie tun: dich sterben lassen. Niemals. Das steht nicht zur Debatte.“

Er klopft ihm mit dem Arm auf die Schulter. „Du bist ein guter Freund, Dorian. Ohne dich wäre ich verloren.“

„Da ist was Wahres dran“, spotte ich und trete einen Schritt zurück. „Ich nehme an, was du da in der Hand hältst, ist nicht nur ein Haufen schmutziger Wäsche?“

Er nickt. „Ich muss es zu den anderen in meinem Zimmer legen.“

„Ich sollte Elias für ein paar Stunden eine Pause gönnen. Ich habe ihn dazu überredet, endlich zu duschen. Obwohl der Gestank vielleicht die Hunde in Schach hält.“

Wieder grinst er, aber er verbirgt es gut. „Und Maverick?“

„Immer noch in seinem Versteck im Keller. Er wirft mit Messern nach deinem Konterfei oder so.“

„Gut, das bedeutet, dass der Zauber funktioniert“, sagt er.

„Für den Moment ja, aber wir wissen beide, dass er ein Entfesselungskünstler ist.“

„Nicht, wenn er versucht, uns seine Loyalität zu beweisen.“

Da bin ich mir nicht so sicher. Ich traue Maverick nicht über den Weg. Er heckt da unten etwas aus. Da bin ich mir sicher.

„Geh und entbinde Elias von seinem Wachdienst", sagt er. „Ich bin sicher, dass er auch mit mir reden will."

Ich sehe zu, wie er aus dem Wohnzimmer und die Treppe hinauf geht, bevor ich selbst durch den Flur und die Hintertür hinausgehe. Gleich darauf sehe ich Elias, der den Hügel hinauf in Richtung des Anwesens läuft. Als er mich sieht, rollt er mit den Augen.

„Du hättest mich schon vor einer halben Stunde treffen sollen", bellt er verärgert.

„Cain und Aria sind zu Hause."

Seine Augen weiten sich. „Ich muss mit ihnen reden …"

„Er wartet auf dich", sage ich. „In seinem Zimmer."

Er schiebt sich an mir vorbei und geht hinein.

„Vergiss nicht zu baden!", rufe ich ihm hinterher. „Du stinkst wie ein Schweinestall."

Er zeigt mir den Mittelfinger, bevor er die Tür hinter sich zuschlägt.

Ich wende mich wieder dem dunklen Wald zu, gehe den Hügel hinunter und steuere auf den See am Rande des Grundstücks zu. Als ich mein Shirt ausziehe und es ins Gebüsch werfe, befreie ich meine Dämonengestalt und lasse die höllische Kraft durch mich rasen. Sie wärmt meine Haut und vertreibt die bittere Winterkälte. Ein Teil von mir wünscht sich, dass ich heute Abend einem Höllenhund begegne, damit ich meine verletzten Muskeln spielen lassen kann und das Chaos und die Zerstörung bekomme, nach denen sich mein Dämon sehnt. Aber der andere Teil von mir wünscht sich einen ruhigen und entspannten Lauf, damit ich es hinter mich bringen und meiner süßen kleinen Aria heute Abend einen Besuch abstatten kann, bevor sie ins Bett geht.

Als ich den See erreiche, betrachte ich das silbrige Eis, das die Oberfläche bedeckt und im Mondlicht schimmert. Es ist fast poetisch. Vor allem, wie sich ein leichter Dunst über den gefrorenen Boden und zwischen den Bäumen auf der gegenüberliegenden Seite legt.

Solche Anblicke kann man in der Hölle nie genießen. Diese Friedlichkeit. Dieses geisterhafte Glühen und diese Ruhe. Es ist ... wie soll ich sagen ... *himmlisch*.

Das Knirschen meiner Schritte im Schnee und das Pfeifen des Windes sind die einzigen Geräusche in der Nacht. Ich weiß nicht, wie lange ich schon hier draußen bin oder wie oft ich um die Villa herumgelaufen bin, um das Land nach etwas Verdächtigem abzusuchen, aber als ich den See wieder erreiche, wird mir langsam kalt in den Knochen. Ich habe kein Fell; ich bin für diese Art von Tätigkeit nicht gemacht, also sieht es so aus, als wäre es Zeit für Elias, wieder mit mir zu tauschen. Hoffentlich hat der Hund inzwischen sein Bad genommen.

Als ich mich gerade auf den Rückweg zur Villa machen will, ertönt irgendwo hinter mir in der Ferne ein leises Brummen. Ich bleibe auf der Stelle stehen.

Ein weiteres Geräusch, diesmal lauter, und ich erkenne, dass es kein Brummen ist, sondern ein Knurren, und alle Haare auf meinen Armen stehen mir zu Berge. Ich drehe mich um und sehe durch den Dunst ein Paar leuchtend gelbe Augen, die mich von der anderen Seite des Sees anstarren.

Dann ein weiteres Paar.

Und noch eins.

Bis jeder dunkle Winkel zwischen den Bäumen von Raubtieraugen erhellt wird. Höllenhunde.

Es sind nicht ein paar, sondern Dutzende, und das

sind nur die, die ich sehen kann. Angst durchfährt mich, und ihr Knurren und Grollen zerreißt die Stille.

Scheiße! Das ist ein Hinterhalt.

ELIAS

Angst schwingt in dem unsichtbaren Band mit, das uns alle miteinander verbindet, und gleichzeitig spürt mein Hund die herannahende Gefahr.

Dorian. Verdammt. Er steckt in Schwierigkeiten.

Ich stürze splitterfasernackt aus der Dusche und laufe in den Flur, wo ich Cain antreffe, dessen Gesicht die Sorge widerspiegelt, die ich empfinde. Er hat es auch gespürt.

Schritte poltern, und Aria eilt die Treppe hinunter. „Irgendetwas stimmt nicht. Dorian ...“

„Wir wissen es.“ Cain stürmt schon die restlichen Stufen zum ersten Stock hinunter.

Ich wähle den einfacheren Weg und springe über das Geländer. „Wir werden angegriffen.“

„Aria, du bleibst hier. Geh mit Maverick in den Keller. Er wird dich beschützen“, befiehlt er.

So sehr mir der Gedanke missfällt, dass Maverick in der Nähe von Aria ist, sie sollte mit ihm sicherer sein als allein, wenn der Feind über uns herfällt. Es ist ein Risiko, aber eines, das wir eingehen müssen.

„Was? Nein!“

„Bleib. Hier.“ Er stößt jedes Wort aus, bevor er aus der Haustür stürmt. Das steht nicht zur Debatte, und diesmal kann ich mich nicht für sie einsetzen. Cain hat Recht. Wenn die Hölle wieder ins Spiel kommt, ist es zu gefährlich für sie.

Ich werfe ihr einen letzten Blick zu und knurre: „Geh nach unten", dann sprinte ich zur Hintertür und lasse meine Bestie auf halbem Weg los.

In dem Moment, in dem ich in die eisige Nacht eintauche, sehe ich Dorian den Hügel hinauflaufen und die Armee riesiger Wölfe hinter ihm herdonnern, die zu groß sind, um aus dieser Welt zu stammen.

Echt jetzt? Ich bin zehn Minuten lang weg und dann passiert genau das.

Sie müssen sich versteckt haben und darauf gewartet haben, dass ich verschwinde, damit sie zuschlagen können. Verdammt! Ich hätte es besser wissen müssen, als mich von Dorians Sticheleien beeindrucken zu lassen. Und außerdem habe ich gar nicht *so* schlecht gerochen.

Ein Schatten stürzt vom Himmel herab und plötzlich bricht Feuer aus, das durch die Dunkelheit lodert und mehrere Höllenhunde aus der Bahn wirft. Cains Flügel schlagen gegen den Wind, als er sich tief herabfallen lässt, eines der gewaltigen Tiere aufhebt und mit ihm zurück in die Luft schießt. Der Höllenhund schnappt mit seinem mächtigen Maul nach ihm, aber Cain dreht sich und nutzt seinen Schwung, um das Tier über das Feld zu schleudern. Quiekend verschwindet es irgendwo weit hinter den Bäumen.

Ich donnere den Hügel hinunter, meine Bestie will Blut und nichts anderes. Dorian hält plötzlich an, lässt sich auf die Knie fallen und dreht mir seinen gebeugten Rücken zu. Für einen Moment bin ich verwirrt, aber dann erkenne ich, dass er mir eine Rampe geschaffen hat, von der ich abspringen kann.

Clever, das muss ich ihm lassen.

Ich stürme auf ihn zu. Sobald meine Pfoten seinen

Rücken berühren, stößt er sich auf die Füße, um mir noch mehr Auftrieb zu geben. Ich segle durch die Luft, der Wind fährt durch mein Fell, und als ich lande, bohren sich meine Krallen in das Fleisch von zwei Hunden. Wir rollen übereinander, und während des Gerangels schafft es einer von ihnen, seine Zähne in mein Hinterteil zu schlagen. Der Schmerz durchzuckt mich und ich schlage um mich, wobei ich mich in alles verbeiße, was ich in die Finger bekomme. Ich erwische den weichen Unterleib des einen und zerreiße ihn. Warmes Blut füllt mein Maul. Der andere Hund lässt mich los, und ich reiße mein verwundetes Bein zurück und treffe ihn ins Auge.

Als ich wieder aufschaue, fliegt Cain im Tiefflug um das Rudel herum und wirft Feuerbälle in das Getümmel. Dorian ist auch dabei, sein silbernes Haar und seine leuchtenden Runen-Tätowierungen sind wie ein Leuchtfeuer in der Dunkelheit. Er springt und weicht jedem Tier aus, das ihm zu nahe kommt, und benutzt seine langen Nägel, um Muskeln und Fleisch zu zerreißen.

Aber es sind zu viele von ihnen. So viele wir auch ausschalten, es gibt immer noch eine Herde von Höllenhunden, die auf das Anwesen zustürmt. Wir können sie nicht alle erwischen.

„Lasst sie nicht zum Haus kommen!", schreit Cain. Er schickt ein Höllenfeuer los, das eine vorübergehende Mauer bildet, die die Hunde aufhält. Aber bei so viel Schnee um uns herum sind die Flammen schnell wieder erloschen und die Kreaturen setzen sich wieder in Bewegung.

Verdammt! Er hat Recht. Wir dürfen nicht zulassen, dass sie das Haus erreichen!

Mein Herz hämmert gegen meine Rippen und ich rase

den Hügel hinauf, schnappe nach einem Bein und ziehe es zu mir hinunter. Als ich ihm die Halsschlagader durchbohre, stirbt er, und ich stürze mich auf den nächsten.

Es sind immer noch zu viele von ihnen. Und sie sind fast an der Hintertür. Einige weichen sogar aus und drängen nach vorne, um sich aufzuteilen.

Wir stecken hier tief in der Scheiße.

Ich schalte einen weiteren Hund aus, aber ein Dutzend weiterer rennt immer noch vor mir her. Sie sind nur noch wenige Schritte davon entfernt, einzudringen.

Ein Blick über die Schulter zeigt mir, dass Dorian zu sehr damit beschäftigt ist, die Gruppe an der Baumgrenze zu erledigen, und Cain folgt der Gruppe, die auf die Einfahrt zusteuert, und versucht, sie daran zu hindern, durch die Haustür zu stürmen.

Wir haben versagt.

MAVERICK

Oben sind donnernde Schritte zu hören. Noch mehr Staub und wer weiß was noch alles regnet auf mich herab, als ich auf dem Bett liege und keuchend und hustend aufspringe.

Scheiß auf diesen Raum. Scheiß auf den Keller. Ich bin es langsam leid, meine Zeit hier unten zu verbringen, während Cain und seine Clique es sich in ihren Zimmern oben gemütlich gemacht haben.

Verdammt beschissen.

Natürlich konnte ich diesen Raum verlassen, wann immer mir danach war. Das kleine Loch in der kreisförmigen Linie der Dämonenfalle ist immer noch da, denn

Dorian hat es nur halbherzig ausgebessert. Er hat eine Stelle übersehen. Und es scheint, dass Aria meinen Besuch bei ihr geheim gehalten hat, also bin ich das Einzige, was mich in diesem Raum hält.

Und mein Bedürfnis, mich bei Cain beliebt zu machen und unseren Vater ein für alle Mal zu besiegen.

Obwohl ich zugeben muss, dass es ziemlich langweilig wird.

Wo ist die Aufregung? Wo ist die Gefahr? Die Action? Mein Bruder scheint in letzter Zeit darin zu schwimmen, und ich will auch ein Stück vom Kuchen.

„Maverick!" Arias angsterfüllter Schrei kommt von irgendwo da oben. „Maverick!"

Mein Magen verkrampft sich augenblicklich und ehe ich mich versehe, eile ich die Treppe hinauf, um ihr im Foyer entgegen zu laufen. Sie ist allein.

Ich schaue mich um. Irgendetwas ist hier nicht in Ordnung. Ich spüre Ärger in der Nähe, sehe die Angst in ihren Augen ... aber warum ist sie allein?

„Wir werden angegriffen", sagt sie in aller Eile. „Ich weiß nicht genau, von wem, aber nach dem ganzen Tumult draußen würde ich sagen, dass es nicht gut läuft."

Draußen ertönt eine Symphonie aus Grollen, animalischem Knurren und nur allzu bekannten Kampfgeräuschen, die von Sekunde zu Sekunde lauter werden. Näherkommen.

Oh, oh. Sieht so aus, als ob die Jungs es schwer haben, diesen Kampf zu gewinnen.

„Höllenhunde", sagt Aria. „Das müssen sie sein."

„Wo zum Teufel ist Elias? Kann er seine Art nicht kontrollieren?"

„Irgendetwas muss da nicht stimmen. Sie sind alle da

draußen, und ich kann ihre Panik durch die Verbindung spüren."

„Die Hunde müssen näher kommen." Ich schaue mich im Raum um, auf der Suche nach einer Waffe, die wir benutzen können, wenn es darauf ankommt. An der Wand neben der Treppe hängt ein Schild mit zwei gekreuzten Schwertern, zweifellos eine unbezahlbare Antiquität, und ich reiße sie herunter.

Ich hatte doch um Nervenkitzel gebeten, nicht wahr?

„Was machst du da?", fragt Aria mit großen Augen.

„Ich besorge uns etwas, mit dem wir uns verteidigen können", sage ich zu ihr.

Von draußen ertönen weitere schreckliche Geräusche und Schatten bewegen sich vor den Fenstern. Ich drücke ihr den Griff eines Schwertes in die Hand. Es ist schwerer, als sie erwartet, und sie hat Mühe, es zu halten. „Es wird Zeit, dass du die Kampftechniken, die ich dir beigebracht habe, in die Tat umsetzt."

„Techniken, die du mir beigebracht hast?" Ihre Stimme wird höher. „Wir hatten nur eine Lektion. Kaum eine Lektion."

„Es wird Zeit, dass du das, was du weißt, in die Tat umsetzt."

Mit beiden Händen umklammert sie das Schwert und bringt es in eine Kampfhaltung. Na ja, so ungefähr. Ich nehme das andere Schwert und packe es mit festem Griff. Ich habe auch meine Dolche an meinen Gürtel geschnallt, nur für den Fall, dass ich sie brauche. Mit ihnen bin ich sowieso treffsicherer.

Weitere Schatten ziehen vor den Fenstern vorbei, näher an der Eingangstür. Dann ein Feuerschein und Licht.

Das muss Cain sein. Mein Bruder ist der einzige von uns Sieben, der die Fähigkeit hat, das Höllenfeuer zu kontrollieren.

Dann gehen wir besser hinten raus.

„Lass uns gehen." Ich drehe mich und wir laufen gemeinsam den Flur hinunter. Ich trete die Tür auf, und wir stürzen uns in den Schnee und mitten hinein in den Wahnsinn.

Höllenhunde, so groß wie Autos, sind über das Gelände verstreut und Dorian tut sein Bestes, um sie an der Baumgrenze abzuwehren. Frische Kratzspuren ziehen sich über seine Brust und bluten stark, aber sie scheinen ihn nicht zu bremsen. Er ist schnell genug, um den meisten Angriffen auszuweichen und den Tieren das Genick zu brechen, bevor sie überhaupt wissen, wo sie sich hinstürzen.

Das größte Gemetzel findet nur wenige Meter vor uns statt, wo ein riesiger schwarzer Höllenhund auf die Angreifer eindrischt und sie nach links und rechts schleudert. Blut spritzt, wenn seine mächtigen Kiefer Hälse und Mägen zerreißen – wirklich überall, wo er rankommt – und färbt das ganze winterliche Weiß purpurrot.

„Elias", keucht Aria neben mir und bestätigt meine Vermutung, dass derjenige, der wie ein Stier in die Menge stürmt, der große Tölpel ist.

Aber trotz seines überholten Kampfstils und Dorians Schnelligkeit sind es zu viele Hunde, als dass sie es mit ihnen aufnehmen könnten, und ein paar schlüpfen durch. Wenn Cain mit seinen eigenen Problemen vor dem Haus zu tun hat, bedeutet das, dass wir hier hinten die letzte Verteidigung sind.

„Sie wollen die Relikte. Wir können sie nicht ins Haus

lassen", sagt Aria, stellt sich breitbeinig hin und erhebt ihr Schwert. Trotz der Gefahr, die uns umgibt, kann ich nicht anders, als zu bewundern, wie unglaublich scharf sie mit der Waffe in der Hand und dem entschlossenen Blick auf ihrem Gesicht aussieht. Sie mag Angst haben, aber sie wird auch nicht klein beigeben. Nicht, wenn es darum geht, das zu verteidigen, was ihr gehört.

„Relikte? Ich mache mir mehr Sorgen, dass sie dich erwischen." Die Worte sind mir herausgerutscht, bevor ich realisiert habe, was ich gesagt habe, und sie sieht mich von der Seite an. Ich überlege mir schnell eine clevere Erklärung. „Cain bringt mich um, wenn du wieder verletzt wirst."

Einer der Hunde bricht aus dem Handgemenge mit Elias aus und kommt auf uns zu. Schnell trete ich vor Aria, schwinge mein Schwert und strecke die Bestie nieder. Das war leicht.

Zwei weitere rasen auf uns zu, und ich greife mit einer Hand nach meinen Dolchen und lasse sie fliegen. Sie wirbeln durch die Luft und treffen die Mistkerle mitten in die Stirn. Sie fallen auf der Stelle um. Tot.

Mit einer schnellen Bewegung meiner Handgelenke fliegen die Dolche zurück und landen wieder in meiner Hand.

Aria starrt mich ungläubig an. „Das ist ein raffinierter Trick", sagt sie.

„Was?" Ich gluckse und genieße den beeindruckten und verblüfften Blick auf ihrem Gesicht. Ich zeige ihr die Kristalle entlang des Griffs, die mit einem starken Zauber versehen sind. Ein besonderes Geschenk, das ich von einem Hexenmeister bekommen habe, dessen Seele ich unter Vertrag hatte. „Ich hatte nicht vor, dir alle meine Geheimnisse zu verraten."

Über ihre Schulter hinweg sehe ich, wie ein Hund vor dem Haus um die Ecke biegt und mit voller Wucht auf Aria zukommt. Seine Augen leuchten gelb, als er sie entdeckt, und meine Lungen ziehen sich vor Panik zusammen. Ich versuche, mich vor sie zu schieben, aber gleichzeitig bohren sich scharfe Zähne in meine Wade und ziehen mich zu Boden. Als ich mich umdrehe, sehe ich ein weiteres Paar bernsteinfarbener Augen auf mich gerichtet, während sich eine der Bestien in mein Bein verbeißt.

Der Schmerz schießt durch mich hindurch und mir wird für eine Sekunde schwarz vor Augen.

Scheiße, das tut weh!

Als ich meine Hand hebe, merke ich, dass ich mein Schwert bei meinem Sturz fallen gelassen habe und es irgendwo im Schnee verloren gegangen ist. In diesem Moment beschließt der Hund, seinen Kopf zu schütteln und reißt dabei Muskeln von Knochen ab. Ich brülle vor Wut.

Scheiß auf das Schwert. Ich bin sowieso besser mit meinen Dolchen.

Ich nehme beide in eine Hand und stoße sie in die Augen der Kreatur. Sie quietscht, bockt und bäumt sich auf, aber sie lässt mich los. Mein Sieg ist jedoch nur von kurzer Dauer, denn ein anderer Höllenhund will seinen Platz einnehmen und stürzt sich auf mich.

Mein Bein ist ein blutiges Wirrwarr aus Haut und Gewebe und ich weiß, dass das Stehen, geschweige denn das Laufen, höllisch wehtun wird. Aber ansonsten bin ich ein leichtes Ziel. Ich kann hier nicht einfach liegen bleiben.

Als ich meine Dolche zurückhole, stürzt sich das Höllending auf mich. Kurz bevor es auf mir landet, schimmert es silbern.

Als es mit seinem ganzen Gewicht auf mir landet, spüre ich die Wärme seines Blutes in meine Kleidung sickern. Aber ich war nicht derjenige, der es erstochen und sein erbärmliches Leben beendet hat.

Dann sehe ich Aria über mir stehen. Die Klinge ihres Schwertes ist rot gefärbt, sie atmet schwer und ihre Schultern zittern.

Heilige Scheiße! Sie hat es getötet. Sie hat mich gerettet.

Sie blinzelt und in diesem Moment fällt mir der unheimliche weiße Schleier über ihren Augen auf. Er verblasst langsam wieder zu ihrer natürlichen braunen Farbe, aber er war eindeutig da. Ich hatte ihn mit eigenen Augen gesehen.

Das Schattenwesen will herauskommen und mitspielen.

Ich weiß, dass ich mir Sorgen machen sollte, und ein Teil von mir tut das auch, aber ein anderer Teil – der dunklere, verdrehte Teil – ist unglaublich erregt.

Als ich den toten Hund von mir stoße, reicht mir Aria ihre Hand. Ich brauche sie nicht, aber ich ergreife sie trotzdem und lasse mir von ihr aufhelfen.

„Geht es dir gut?", fragt sie.

Sie *klingt wie Aria*. Es gibt noch keine merkwürdige Vermischung zwischen ihrer und Sayahs Stimme.

„Ja, und du?", erwidere ich.

Sie nickt langsam, etwas unsicher. Aber der Hunger

nach dem Tod steht ihr noch ins Gesicht geschrieben. Vor allem, wenn sie sich wieder dem Chaos zuwendet, das vor uns tobt. Sayah will noch mehr Blut, noch mehr Zerstörung, und wenn wir sie gewähren lassen, könnte Aria wieder völlig ausrasten, so wie neulich nach dem Ritual. Wir könnten sie verlieren.

„Was machst du da? Bring Aria rein!" Cain fliegt mit seinen riesigen, fledermausartigen Flügeln über uns hinweg und verdunkelt das Licht des Mondes. Weitere Höllenhunde donnern den Hang hinauf, und Cain schleudert einen weiteren Feuerstrahl auf sie, um sie aufzuhalten.

„Hinein!", brüllt er. „Jetzt!"

Ich drehe mich zu Aria um. „Komm mit. Wir werden die Tür verbarrikadieren." Ich packe sie am Arm, und ihr Kopf ruckt zu mir, ihre Bewegungen sind zu steif.

„Sie brauchen unsere Hilfe", schnappt sie. In ihrer Stimme schwingt jetzt ein seltsames Grollen mit. Ein Hauch des dunklen Wesens in ihr kommt an die Oberfläche.

Oje. Es könnte zu spät sein.

Ich ziehe sie zurück, aber ihre Füße bewegen sich nicht. Sie bleiben wie angewurzelt stehen.

„Das sind große Jungs", sage ich ihr. „Sie können das selbst regeln."

Ihre Hände schnellen nach außen, sodass ich zurückspringe und die Erde unter unseren Füßen zu beben beginnt. Eine Warnung schießt mir durch den Kopf.

Ich bin zwar kein Cain und Dunkelheit zu spüren ist nicht meine Stärke, aber das Böse strahlt in dichten Wellen von Aria ab. So sehr, dass ich es sogar von dort, wo ich stehe, spüren kann.

„Aria!", ruft Cain, seine Stimme ist voller Angst. „Lass nicht zu, dass Sayah dich unter ihre Kontrolle bringt. Kämpfe gegen sie an. Du musst sie bekämpfen."

Sie ignoriert ihn und schnippt mit den Handgelenken. Ein Schatten schießt vom Boden direkt in die Luft und bildet eine dunkle Wand vor uns, die sich wie ein undurchsichtiger Wolkenkratzer erhebt. Ich kann nichts anderes tun, als sie anzustarren, erschüttert und tief beeindruckt.

„Ar... Aria", versuche ich stattdessen. „Cain hat Recht. Du darfst nicht zulassen, dass dieses Ding dein Leben beherrscht. Du kannst es kontrollieren."

Die Arme immer noch ausgestreckt, streift ihr völlig weißer Blick mich. Das Gift in ihrem Blick lässt mich zurückweichen. Die Höllenhunde prallen mit voller Wucht gegen die behelfsmäßige Mauer und versuchen, sie zu durchbrechen. Das hörbare Knacken ihrer Genicke ertönt als Nächstes und Arias Mund verzieht sich zu einem verruchten Lächeln.

Das macht ihr Spaß.

Ich liebe Tod und Gemetzel so sehr wie jeder andere Dämon, aber das hier ist ein bisschen verrückt. Das muss sogar ich zugeben.

Vorsichtig nähere ich mich ihr. „Aria ... Ich weiß, dass du da drin bist."

„Sie weiß, wo ihr Platz ist, Dämon! Und das solltest du auch wissen", bellt Sayah zurück. Es sind Arias Lippen, die sich bewegen, aber ihre Stimmen vermischen sich.

Mit einer weiteren Bewegung ihres Handgelenks erscheint eine weitere hohe Schattenwand am Fuße des Hügels. Der Boden bebt erneut, und plötzlich bewegen sich beide Wände aufeinander zu und drängen alle

Höllenhunde oder Dämonen, die sich dazwischen befinden, nach innen. Und ich sage Dämonen, weil Elias und Dorian mittendrin sind und jetzt mit dem Rest zusammengeschoben werden. Cain schießt nach oben, um nicht von den sich schnell bewegenden Wänden zerquetscht zu werden, aber Elias und Dorian haben es schwer, vor den vielen Höllenhunden zu fliehen, die ihnen im Weg stehen. Sie werden herumgeschleudert und zertrampelt, während die Wände immer näher aufeinander zu gleiten.

Sie werden zerquetscht werden.

„Aria!", ruft Cain zu uns hinunter, aber natürlich hört sie nicht auf ihn. Ihr Mund ist jetzt zu einem breiten Grinsen verzogen.

Was soll ich tun? Soll ich sie ausschalten? Das rettet vielleicht Dorian und Elias, aber ihr würde ich wehtun. Ich umklammere meine Dolche. Gibt es noch eine andere Möglichkeit?

„Aria, hör mir zu. Du kannst Sayah kontrollieren. Das kannst du. Du hast es dein ganzes Leben lang getan, und du kannst es auch jetzt tun." Meine Worte sprudeln nur so aus mir heraus, aber Dorian und Elias haben nur Sekunden, bevor sie zu Dämonenpfannkuchen gepresst werden. „Sie arbeitet mit deiner Angst. Mit deinen Unsicherheiten." Ich muss es wissen. Meine Kraft erlaubt es mir, das Gleiche zu tun.

Moment, Scheiße. Meine Kraft.

Ohne weiter darüber nachzudenken, klatsche ich meine Hand auf Arias Schulter, tauche in ihre und Sayahs verworrene und unübersichtliche Gefühlswelt ein und wühle mich durch, bis ich Arias Selbstvertrauen finde. Es ist klein, zerbrechlich und überwältigt von so vielen anderen negativen Gefühlen, die Sayah umgeben, aber ich ziehe es heraus und fülle sie mit so viel Ego, dass Elias neidisch wäre.

Aria blinzelt und ihre ausgestreckten Hände beginnen zu zittern.

Sayah verliert ihren Einfluss.

Meine Hand bleibt fest auf ihr. „Wenn du Sayah nicht sofort verjagst, wirst du Dorian und Elias umbringen. Schieb die Schattenschlampe zurück in ihr Loch."

Die Schattenwände flackern, und ich sehe, wie sich ihr Gesicht verändert. Ihre Augen verlieren das milchige Weiß und ihre Gesichtszüge werden weicher. Ihre Schultern sinken, und die Wände werden langsamer.

„Genau so, Aria. Sayah kann ohne dich nicht überleben. Du kannst das Kommando übernehmen. Du hast die Kraft dazu."

Wieder flackern die Wände. Dorian und Elias rennen zu den Ausgängen auf der anderen Seite, springen über Höllenhunde und kämpfen sich den Weg nach draußen frei. Schließlich schaffen sie es gerade, als die beiden Seiten wieder schneller werden und in einer riesigen Rauchwolke zusammenstoßen. Alle Höllenhunde, die darin gefangen sind? Verschwunden. Schwupps. Zerschmettert in die Vergessenheit.

Elias wandelt sich zurück in seine menschliche Gestalt und er und Dorian sehen einander an, schwer atmend und aus ihren Kampfwunden blutend. Das war verdammt knapp.

Arias Knie knicken ein und sie geht zu Boden, aber ich packe sie schnell und ziehe sie an mich. Ihr Kopf neigt sich nach oben und ihr Blick schweift über mein Gesicht.

„Danke", flüstert sie.

Ich schnaube ein Lachen, um die Sorgen, die Angst

und das Bedauern zu überspielen, die in mir kämpfen. Auch wenn ich es nicht zugeben will, ich hasse es, sie so zu sehen. So schwach. „Danken? Für was? Du hast doch die ganze Arbeit gemacht."

Cain landet mit einem lauten Aufschlag direkt vor uns. Seine Flügel klappen ein, und als er Aria ansieht, runzelt er die Stirn. „Alles in Ordnung mit dir?"

Sie versucht zu nicken, aber sie ist zu schwach. Cain kommt auf mich zu und nimmt sie in seine Arme. Als er zu mir aufschaut, ziehen Wut und Unsicherheit über sein Gesicht. Aber zu meiner Überraschung ist da auch Erleichterung zu sehen.

„Danke", sagt er und neigt sein Kinn nach unten.

Mein Bruder ... dankt mir. Ich hätte nie gedacht, dass ich diesen Tag erleben würde.

Dann dreht er sich ohne ein weiteres Wort um und geht mit Aria ins Haus. Elias und Dorian schreiten an mir vorbei, Elias mit einem leichten Hinken, und folgen Cain ins Haus. Sie lassen die Tür offen, damit auch ich hereinkommen kann.

Bevor ich das tue, blicke ich auf das große Grundstück des Anwesens und versuche, alles zu verarbeiten, was gerade passiert ist. Höllenhunde, Sayah, die unglaublichen und furchterregenden Kräfte, die Aria besitzt ... Das Adrenalin pumpt immer noch durch meine Adern und es fällt mir schwer, mich zu beruhigen. Jetzt wissen wir sicher, dass es einen Weg gibt, wie sie sie kontrollieren kann. Wir wissen zwar nicht genau wie, aber zumindest wissen wir, dass es einen Weg gibt.

Und das macht den ganzen Unterschied aus.

21

ARIA

Das Morgenlicht durchflutet mein Schlafzimmer, und draußen ist der Wald friedlich. Kein einziges Lebewesen rührt sich. Wer hätte gedacht, dass dies letzte Nacht der Schauplatz eines blutigen Kampfes mit Höllenhunden war … und mit Sayah?

Ich nicht. Aber ich beginne zu lernen, dass mich die Dinge, die in meinem Leben passieren, nicht mehr überraschen sollten.

Eine leviathanische Kreatur. Eines der ersten Dinge, denen Gott je begegnet ist. Vor den Engeln? Vor Dämonen?

Ich habe Sayahs unermessliche Kraft gesehen. Ich kann verstehen, warum Gott sie alle auslöschen wollte. Sie müssen zu mächtig gewesen sein. Aber irgendwie ist Sayah entkommen und hat sich Jahrhunderte lang versteckt. Verdammt, Jahrtausende. Bis sie sich an mich klammerte.

Es gibt so viel mehr, was ich über sie wissen möchte,

jetzt, wo ich einen Namen für sie habe. Aber das ist ein Thema für einen anderen Tag. Es gibt noch so viel, was ich auspacken muss.

Ich schüttle den Kopf und schleppe mich ins Badezimmer, wo ich mich ausziehe.

Die heiße Dusche spritzt über meinen Kopf und das dampfende Wasser rauscht über meine Schultern und meinen Körper. Ich schließe die Augen und neige den Kopf zum heißen Strahl, der alle Schmerzen und Sorgen wegspült ... Ich will, dass sie verschwinden.

Ist es zu viel, einen Tag zu haben, an dem ich nicht gejagt werde?

Heute habe ich Glück!

Ich lache vor mich hin, sonst muss ich am Ende noch weinen, weil die Dinge gestern so schnell außer Kontrolle geraten sind und Sayah so schnell über mich gekommen ist. Das Gute ist, dass ich anscheinend etwas Kontrolle über sie gewonnen habe, also werde ich die kleinen Siege mitnehmen, wo ich kann.

Ich schnappe mir die Seife und schäume meinen Körper ein, bis ich wie der Marshmallow-Mann aus *Ghostbusters* aussehe, dann lasse ich das heiße Wasser an meinem Körper hinunterlaufen und bilde eine Lache aus Seife um meine Füße. Der Stress des Tages droht mich einzuwickeln wie eine Anakonda, die das Leben aus mir herausquetscht. Und vielleicht war das mein Problem. Ich denke zu viel über die Dinge nach.

Schau dir Elias und Dorian an. Sie scheinen sich um die meisten Probleme nicht zu kümmern und gehen mit ihnen um, wie sie kommen. Ich muss mehr wie sie sein.

Das zischende Geräusch der Duschtür, die sich öffnet, lässt mich die Augen aufreißen.

Wenn man vom Teufel spricht ... Dorian steckt seinen Kopf herein, grinst und seine Augen verengen sich auf meine Brüste. „Hey, Schönheit."

Ich lächle sofort zurück. Irgendetwas an ihm lässt die Anspannung schmelzen und Schmetterlinge schlagen in meinem Bauch mit ihren kleinen Flügeln.

„Hast du Lust auf Sex?", fragt er unverblümt.

Ich kann mir ein Lachen nicht verkneifen, weil er die Frage so offen stellt. Erst als er die beschlagene Duschtür aufstößt, merke ich, dass er jedes Wort ernst meint. Er ist splitterfasernackt und sein gewaltiger Schwanz ist bereits erigiert.

Ich werfe ihm einen strengen Blick zu. „Wie lange hast du mich schon beobachtet?"

„Das würdest du wohl gerne wissen. Ist das ein Ja?"

Ich trete zurück in die große Dusche, in der locker zwei Personen Platz finden. „Wie könnte ich zu deinem verrückten, splitterfasernackten Arsch Nein sagen? Du bist ja praktisch schon hier drin."

Er gluckst und tritt ein, nur um Cain Platz zu machen, der hinter ihm eintritt, ebenfalls nackt.

Meine Augen hätten aus ihren Höhlen quellen können, wie in einem dieser lächerlichen Cartoons.

„Oh, habe ich vergessen zu erwähnen, dass ich sowohl Cain als auch mich meinte?", bemerkt Dorian, legt einen Arm um meine Taille und zieht mich an sich heran, wobei er seinen Schwanz zwischen meine Arschbacken klemmt, den er absichtlich an mir reibt. Er hält mich fest, während mein Sündendämon zu uns hereinsteigt.

„Das könnte eng werden", sage ich und beobachte, wie Cain seitlich einsteigt, bevor er die Tür zuschiebt und sich unter den Wasserstrahl begibt, wobei sein Schwanz noch immer hart und erigiert ist. Das Wasser spritzt an seinem Körper herunter, seine Muskeln wölben sich und ich bin völlig fasziniert davon, wie schön und begehrenswert dieser Mann ist.

„Das hoffen wir", flüstert Dorian in mein Ohr.

Ich verdrehe halb die Augen, halb lache ich über sein schreckliches Wortspiel.

Cain steht mir gegenüber, triefend nass, die Wunden, die er sich beim gestrigen Kampf zugezogen hat, sind zwar verschlossen, aber sie sind immer noch rot und sehen schmerzhaft aus. Er streichelt mein Gesicht und sagt: „Hast du Lust darauf, dass wir uns dich teilen?"

Ich kann keine Worte finden. Ich war schon mit Elias und Dorian zusammen, aber Cain … er war schon immer eher ein einsamer Wolf.

„Wir dachten, du könntest etwas Verwöhnung gebrauchen", sagt Dorian, während ich noch immer in Cains Augen versunken bin, in der Verführung, die über sein Gesicht flimmert.

„Oh, ich verstehe", sage ich schließlich und räuspere mich. „Beinhaltet diese Sitzung auch eine Fußmassage?"

Cain rückt noch näher an mich heran und nun klemme ich zwischen den beiden Männern, deren steinharte Erektionen gegen mich drücken, und ich schnappe plötzlich nach Luft.

Sein Blick wandert über mich, bevor er sich zu mir beugt und mich mit einer Leidenschaft küsst, die mir die Knie weich werden lässt. Dorian hat seinen Mund auf meinem Hals und seine Hände auf meinem Hintern.

„Ich werde dich ficken, bis du schreist, meine Schöne", flüstert Dorian in mein Ohr, während Cain über meine Lippen leckt.

„Sie wird keine Chance haben zu schreien", stichelt Cain, sieht mir in die Augen und verspricht mir all die schmutzigen Dinge, von denen ich nicht genug bekommen kann.

Im Moment fällt es mir schwer, mich auf etwas anderes zu konzentrieren als auf meine Männer und darauf, wie schnell die Dinge sich entwickelt haben. Sie haben nicht gescherzt, als sie sagten, dass sie Sex haben wollen, und zwar sofort.

„Wir sind zum Schluss gekommen, dass wir dir nicht genug Aufmerksamkeit geschenkt haben", sagt Cain zu mir.

„Ihr beide habt euch verschworen, um mit mir Sex zu haben?" Es fällt mir schwer, mich zu konzentrieren, während Dorians Zunge meinen Hals entlang fährt und seine Finger über meine Arschritze gleiten. Meine Brust flammt auf, weil mir so heiß ist und mein Herz so heftig schlägt. Ich bin klatschnass und habe Schmerzen, und ich rede nicht von der Gischt, die über uns spritzt.

Cain grinst verrucht und hinterhältig. In der Dusche gibt es nicht viel Bewegungsfreiheit, aber wir kommen gut zurecht.

„Wir werden dich immer und immer wieder zu unserem Eigentum machen", haucht Dorian in mein Ohr, während Cain mit seinen Händen über meine Brüste, die Kurve meiner Taille und meine Beine hinunter fährt. Als seine Finger an der Innenseite meiner Oberschenkel wieder nach oben wandern, stöhne ich auf.

Es kribbelt am ganzen Körper, wie federleicht sich seine Hände anfühlen.

Er findet mit seinen Fingern meine Muschi und reizt meine geschwollenen Schamlippen. Seine Lippen pressen sich auf eine steife Brustwarze und er nimmt sie in seinen Mund, um mich zu verschlingen.

Ich stöhne auf, wölbe meinen Rücken und kralle mich in Cains starke, runde Schultern, um mich aufrecht zu halten.

„Ich liebe deinen Körper", sagt Dorian schroff gegen die weiche Haut hinter meinem Ohr, und hinter seinen Worten liegt etwas Dunkles und Erotisches. Die Hitze in mir entzündet sich zu einem Lagerfeuer, und ich bekomme eine Gänsehaut. Jeder Zentimeter von mir wird besonders empfindlich für jede Berührung, jedes Streicheln über meine Haut, jeden Kuss.

Als ich über meine Schulter zu ihm schaue, sind seine Augen teilweise verklärt, als wäre er so in Erregung versunken, dass es kein Zurück mehr gibt. Und ich weiß, dass er seine Inkubuskraft auf uns alle anwendet und die bereits entflammte Erregung zwischen uns noch verstärkt.

Die Empfindungen sind plötzlich so viel erotischer, ihr Stöhnen heißer, die Art, wie sie mich reizen, ursprünglicher und roher.

Plötzlich schiebt Dorian seinen Finger ohne Vorwarnung direkt in meinen Arsch.

Ich stöhne noch lauter auf, als ich einen unerwarteten, scharfen Schmerz spüre, der sich schnell in ein sehr erregendes Gefühl verwandelt.

Cain wandert zu meiner anderen Brust und seine beiden Finger dringen nun in meine Muschi ein.

Die Geräusche, die aus meinem Mund kommen, die Lustschreie, sind die herrlichsten Laute, die ich je von mir gegeben habe. Ich schwebe und bin mir nicht sicher, wie viel davon ich bin und wie viel Dorians Einfluss ist, aber mein Innerstes zieht sich zusammen und ich brauche mehr.

„Wenn du so weitermachst, kommt Elias zu uns", warnt Dorian, aber ich würde ihn willkommen heißen. Gut, er passt vielleicht nicht mit uns in die Dusche, aber meinen riesigen heißen Höllenhund würde ich auf keinen Fall ausschließen.

Meine Hände fahren durch Cains Haare, während seine Zunge über meine Brustwarze streicht. Diese umwerfenden, gefährlichen Männer machen mich verrückt vor Lust.

Cain lässt mich mit einem lauten Knall los und richtet sich auf ... aber er lässt seine Finger tief in mir, während Dorian das Gleiche von hinten macht.

Ich kann mich kaum aufrecht halten, so sehr vibriert mein Körper.

Der Moment ist einfach absolut perfekt.

Ich werde von zwei umwerfenden Kerlen erregt und mein Körper glüht, während das Wasser über unsere Körper läuft. Warum hatten wir nicht schon früher Sex in der Dusche? Das ist verdammt heiß.

Cain zieht seine Finger zurück und steckt sie in seinen Mund, um mich zu genießen. „Du bist so schön und perfekt."

Seine Worte schlagen mich in ihren Bann und ich lehne mich gegen seine Brust. Meine Hände gleiten an seiner steinharten Brust hinunter, bis meine Finger über seinen schweren Schwanz streichen.

Dorian zieht sich aus meinem Hintern zurück und hat seine Hände auf meine Hüften gelegt. „Ich will, dass du dich nach vorne beugst", fordert er.

Ich blicke zu Cain auf und bin ganz hingerissen von ihm. Wie konnte ich nur so viel Glück haben?

„Ich würde tun, was er verlangt", neckt mich Cain, aber die Begierde hinter seinen Augen treibt ihn an einen Ort explosiver Lust. Ich fasse seinen Schwanz an und streichle ihn schnell auf und ab, was ihn nur stöhnen lässt. Und ich liebe es, wie er so aussieht.

Völlig unter meinem Einfluss.

Dorian hat seinen Mund an meinem Ohr, eine Hand auf meiner Brust, die er drückt. „Ich brauche dich, meine Schöne."

Ich drehe meinen Kopf herum und unsere Münder treffen sich, unser Kuss ist von hungriger Erregung, von unbändigem Verlangen geprägt. Seine Zähne kratzen an meiner Unterlippe und ein Knurren ertönt aus seiner Kehle.

„Scheiße! Du bist wie geschaffen für mich ... für uns!" Er zieht sich zurück und drückt sich mit dem Rücken an die Wand, dann fährt er mit einer Hand über meine Wirbelsäule und bringt mich dazu, mich nach vorne zu beugen.

Cain weicht fast augenblicklich zurück und folgt damit Dorians Anweisungen. Und ich nehme das als mein Stichwort, um Cain die Art von Vergnügen zu bereiten, die er mir schenkt. Ich beuge mich herunter und nehme seine Eichel in meinen Mund.

Er knurrt und seine Hände umklammern mein Haar auf eine dominante Art und Weise, die mich vor Erregung schwirren lässt. Ich liebe es, dominiert zu werden, und ich werde das auch nicht abstreiten.

Dorian reibt mit der Spitze seines Schwanzes über meine klatschnassen Schamlippen. Ich spreize meine

Beine, um ihm mehr Platz zu geben, damit wir in diesem engen Raum zurechtkommen.

Er stößt in mich hinein und ein Stöhnen entweicht meiner Kehle, als er meine Hüften packt und seine Finger sich in mich graben.

Ich lasse meine Lippen tiefer über Cains Erektion gleiten und genieße seinen moschusartigen, salzigen Geschmack.

Dorian stößt tiefer in mich hinein und wird dabei immer schneller und härter. Er lockert den Griff seiner gierigen Hände und stößt in mich hinein und wieder heraus, wobei unser glühendes Fleisch aneinander stößt.

Wir drei fallen schnell in einen Rhythmus aus Ficken und Saugen, unser Stöhnen wird lauter.

Gierig fahre ich mit meiner Zunge an Cains Schwanzansatz entlang und umschließe seine strammen Eier mit meiner Hand, während ich mich mit der anderen auf seinen Oberschenkel stütze, um nicht umzukippen.

In diesem Moment der puren Ekstase vergesse ich alles. Ich zittere, als diese Männer mich in den ultimativen Zustand der Euphorie versetzen, und ich will genauso viel zurückgeben. Mein Mund umspielt Cains Erektion und ich will, dass er sich genauso verliert und die Begeisterung fühlt, die meinen Körper erfasst.

Dorian knurrt und stößt in mich hinein, während seine Finger über meine Klitoris streichen. Ich erschaudere unter dem explosiven Höhepunkt, der mich zum Äußersten treibt, ohne dass ich es kommen sah. Der Höhepunkt bricht so schnell über mich herein, dass sich meine Muschi fest um Dorian krampft. Ich stöhne und zittere.

„Fuck!", knurrt Cain als Antwort, als ob mein

Orgasmus einen Ketteneffekt ausgelöst hätte. Sein Schwanz erstarrt in meinem Mund und er pumpt seinen Samen in mich. Ich schlucke alles, was er mir gibt.

Dorian fickt mich wild und stöhnt. Plötzlich zuckt er und schießt seinen eigenen Höhepunkt in mich hinein. Die Geräusche, die er dabei macht, sind so verdammt erregend. Dickes, klebriges Sperma füllt mich von beiden Seiten, während ich wie auf Wolken schwebe und nicht genug bekommen kann.

Ich habe keine Ahnung, wie ich überhaupt noch stehen kann, da ich meinen Körper nicht mehr spüre. Ich bin atemlos und lasse Cain los, um nach Luft zu schnappen. Ich lecke mir über die Lippen und schlucke, was sich in meinem Mund befindet. Dorian schließt mich in seine Arme und drückt mich mit dem Rücken an seine Brust, während er immer noch tief in mir vergraben ist.

Er knurrt mir ins Ohr, sein Schwanz pulsiert immer noch und sein heißer Samen rinnt an der Innenseite meiner Oberschenkel herunter, weil er so heftig gekommen ist.

Cain mustert mich und lächelt. „Ich liebe es, zuzusehen, wie du gefickt wirst."

Ich kann mir nicht helfen, aber wenn ich das höre, macht mich das so sehr an. Meine Muschi krampft sich zusammen und spannt sich um Dorian. Er jault hinter mir auf, während ich Cains wachsende Erektion umfasse.

„Du bist dran, mich zu nehmen", säusle ich. „Ich will mehr. Bitte!"

Seine Lippen verziehen sich zu einem verruchten Grinsen und er schmiegt sich an mich. „Aria, meine Liebe, ich gebe dir die Welt, wenn du darum bittest."

Cassiel stößt gegen mein Bein, als wir beide gleichzeitig aus meinem Schlafzimmer kommen. Ich kraule ihm das Fell auf dem Kopf und er mault mich an.

„Hey, *du* bist zur gleichen Zeit wie ich rausgestürmt." Er eilt mir voraus und ich schüttle den Kopf darüber, wie aufdringlich er geworden ist, als würde er denken, das Haus gehöre ihm.

Ein tosender Wind pfeift durch das Haus und es knarrt, weil draußen ein Schneesturm wütet. Gestern Abend bin ich früh schlafen gegangen und ich bin sicher, dass ich noch vierundzwanzig Stunden schlafen könnte.

Nach den jüngsten Ereignissen freue ich mich auf einen ruhigen Tag, wenn man bedenkt, dass wir noch das letzte Relikt jagen müssen. Aber heute will ich keine Weltuntergangsprobleme. Ich habe meinen E-Reader in der Hand und habe vor, mich unten vor den Kamin zu setzen und mich mit einer guten Geschichte einzukuscheln.

Sadie kommt die Treppe hinauf, mit erhobenem Kopf und großen Augen, als sie mich kommen sieht. Sie lächelt mich herzlich an, und ich ertappe mich dabei, dass ich das Gleiche tue. Sie trägt ihr langes schwarzes Kleid mit der weißen Schürze und sieht ganz wie ein Dienstmädchen aus.

„Miss, Cain bittet Sie, zum Mittagessen in den Speisesaal zu kommen."

„Zum Glück war ich auf dem Weg dorthin", sage ich scherzhaft. Das Mädchen lächelt schüchtern und nickt, dann geht es die Treppe hinunter. Cassiel läuft die Treppe hinunter, weil er denkt, sie würde mit ihm um die Wette laufen. Ich kichere vor mich hin, als er sie praktisch umwirft und als Erster unten ankommt.

Sadie richtet sich auf und klopft ihr Kleid ab, sie wirkt leicht irritiert.

„Tut mir leid, Sadie. Er ist ein bisschen aufgeregt, weil er im Haus festsitzt."

„Schon gut", sagt sie mit zusammengekniffenen Lippen und deutet mit der Hand in Richtung Esszimmer, dass ich gehen soll. Die Doppeltüren sind geschlossen, was ungewöhnlich ist, aber vielleicht halten sie den Raum warm. Die Dämonen mögen die eisige Kälte nicht besonders.

Sadie ist schon weg, also trete ich vor und öffne dann die Türen.

Ich werde sofort von so vielen visuellen Eindrücken und Farben bombardiert, dass ich nicht weiß, wohin ich zuerst schauen soll.

In einer Ecke steht ein riesiger Weihnachtsbaum, dessen Spitze schräg gebogen ist, weil er nicht in den Raum passt, und jeder Zweig blinkt mit Ornamenten und Lichtern. Ein Berg von Essen und ein praller Truthahn schmücken den langen Tisch. Und dann sind da noch die Grußkarten, die an Seilen quer durch den Raum hängen. Oh, und die übergroßen roten Bänder, die an den Wänden hängen. Überall im Raum stehen Schüsseln mit Hershey's Kisses-Schokolade, und aus irgendeinem Grund stehen überall rote Coca-Cola-Dosen und - Flaschen. Sogar in der hintersten Ecke steht eine Kiste mit dem sprudelnden Zeug. Was hat es damit auf sich?

Ich drehe mich auf der Stelle um, genieße den Saal und lächle wie ein Verrückter, dass meine Dämonen sich an Weihnachten erinnert haben. Ich liebe die festlichen

Farben, der gebratene Truthahn lässt mir das Wasser im Munde zusammenlaufen, und alles, was sie gemacht haben, ist einfach bezaubernd. Obwohl ich gerne wüsste, was es mit den ganzen Softdrinks auf sich hat.

Es ist so viel passiert, dass ich gar nicht daran gedacht habe, dass heute Weihnachten ist. Um ehrlich zu sein, habe ich den Tag die meisten Jahre ignoriert, weil ich es hasste, dass ich keine richtige Familie hatte, mit der ich ihn feiern konnte. Murray ging mit seinen Kumpels zum Pokerspielen.

Aber das hier ist ... einfach perfekt. Es schnürt mir die Kehle zu, dass sie das für mich gemacht haben.

Es fühlt sich an, als wäre ich gerade in einen Raum gekommen, in dem der Weihnachtsmann explodiert ist und seine ganze fröhliche Güte über den Raum verteilt hat.

Als eine sanfte Version des Liedes „Carol of the Bells" aus einem Lautsprecher im Raum ertönt, sehe ich mich nach den Jungs um, aber der Saal ist leer. Ich trete ein und bin überwältigt von der Gestaltung, als sich jemand hinter mir räuspert.

Ich drehe mich sofort um, und mein Mund hätte mir offen stehen können.

Cain schreitet in einem Weihnachtsmannkostüm in den Raum. Ich bin mir nicht sicher, ob ich lachen oder mich für ihn nackt ausziehen soll. Er trägt eine rote Schlabberhose, die sehr tief auf den Hüften sitzt und diese V-förmigen Ausschnitte an den Hüften zeigt, die Mädchen verrückt machen, und sein roter Weihnachts-mannmantel ist offen und zeigt eine nackte Brust darun-ter. Ich kann nur auf seine Muskeln starren.

Ein halb ersticktes Stöhnen entweicht meinen Lippen

bei dem Anblick dieses leckeren Kerls. Verdammte Scheiße! Will er, dass ich das Essen esse oder ihn?

Auf beiden Seiten der Tür kommen Dorian und Elias heraus, jeder von ihnen in einem Eisbären-Overall gekleidet, komplett mit Kapuze und Ohren.

Mein Herz zerfließt förmlich zu einer Pfütze neben meinen Füßen. Und diese mächtigen Männer so gekleidet zu sehen, gibt mir den Rest.

Ich lache halb, halb fange ich an zu weinen wie ein Baby. Ich komme mir dumm vor, weil ich überreagiert habe und wahrscheinlich wie eine Verrückte aussehe, während ich mir die Tränen wegwische.

Alle drei Jungs umringen mich schnell und Cain nimmt mich in seine Arme. „Was ist los, Aria?"

„Ich habe dir doch gesagt, wir hätten echte Eisbären mitbringen sollen", sagt Dorian.

„Und dich von ihnen zerfleischen lassen", antwortet Elias. „Ich war für diese tierischen Clydesdales aus der Budweiser-Werbung. Dann hätten wir einen Ausritt machen können."

„Im Schneesturm?", bellt Dorian zurück.

Ich beobachte sie lachend, während mir noch mehr Tränen über das Gesicht laufen.

Cain sieht mich mit einem verwirrten Blick an. „Ich weiß nicht, was wir falsch gemacht haben, um dich so zu bestürzen", sagt er.

Ich schüttle den Kopf und sage: „Ihr habt alles richtig gemacht. Das sind Freudentränen." Ich drücke meine Hände gegen seine feste Brust, seine Haut steht in Flammen, und in mir wetteifern so viele Gefühle um die Aufmerksamkeit. Angefangen vom Schmerz in meiner Brust, dass sie das für mich getan haben, bis hin zum

Wunsch, jeden Zentimeter meiner Männer in ihren Kostümen zu begutachten, und dann der Gedanke, herauszufinden, ob der Weihnachtsmann keine Unterwäsche trägt, spielt in meinem Kopf eine große Rolle.

„Ihr habt das alles für mich getan." Beim nächsten Einatmen bekomme ich einen Schluckauf, weil sich meine Kehle noch mehr zuschnürt.

Cain wischt mir mit seinen Daumen die Tränen von den Wangen, während er mein Gesicht streichelt. „Ich würde Krampus selbst vor dir niederknien lassen, wenn das ein Lächeln in dein Gesicht zaubern würde."

Die Tränen kullern aus meinen Augenwinkeln, nicht wegen der Vorstellung, dass er mir den Anti-Weihnachtsmann bringt, sondern weil ich genau weiß, dass er es tun würde, wenn ich ihn darum bitten würde.

„Warum weinst du?", fragt Elias aufrichtig.

„Ihr habt alle an Weihnachten gedacht, während ich es völlig vergessen habe." Wer genau ist eigentlich der echte Dämon in diesem Raum? Ich löse mich aus Cains Umarmung und drehe mich auf der Stelle, um mich dem Raum zuzuwenden. „Das ist perfekt. Ich meine, ich verstehe die riesigen Schleifen oder die Kiste Cola nicht ganz, aber es gefällt mir." Ich wende mich meinen drei Dämonen zu und lächle sanft. „Und was ich noch mehr liebe, ist, dass ihr das alles möglich gemacht habt und euch sogar schick gemacht habt."

„Wir sind für dich da", sagt Cain.

Dorian durchquert den Raum zum Baum, bückt sich, um etwas aufzuheben, und kommt dann mit einem kleinen eingepackten Geschenk in den Händen zurück. „Du bekommst auch etwas zum Anziehen." Er grinst besonders verrucht. Das tun sie alle drei, um genau zu sein.

„Wow, ihr habt ein Geschenk für mich. Vielen Dank dafür. Das wusste ich nicht, sonst hätte ich auch etwas für euch alle besorgt."

„Mach es auf", fordert Dorian, der sich mehr Sorgen um meine Reaktion auf das Geschenk macht.

Aus Neugierde reiße ich das grüne Geschenkpapier ab und öffne den Deckel der schwarzen Schachtel. Ich schaue auf die rote Seide und Spitze, die in rosa Seidenpapier gefaltet ist. Ich hebe das Kleidungsstück auf, als Dorian mir die Schachtel aus der Hand reißt. Ich halte ein sexy, einteiliges Mieder aus Spitze in der Hand, das wirklich nicht viel verbergen kann. Es besteht größtenteils aus dünner weißer Spitze, die glitzert, als wäre sie aus Diamanten gewebt worden, und ein paar gut platzierte rote Bänder verdecken wichtige Stellen. Dünne Schulterträger, ein tiefer V-Ausschnitt, und die Bikinizone sieht aus, als würde sie bis zu meinen Achseln reichen. Das ist extravagant und so freizügig, dass ich fast erröte.

Ich schaue zu den Jungs hoch, die mich anstarren, als wären sie Wölfe. „Das ist wunderschön. Äußerst freizügig, aber einfach umwerfend."

„Ziehst du es an?", fragt Elias spitzbübisch, während ihre Blicke mich bereits verschlingen.

Sie nicken und ich lache schon fast hysterisch, denn es sollte mich nicht überraschen, dass sie das wollen. „Wisst ihr was, nach dem Mittagessen machen wir einen Deal."

Wenn es etwas gibt, das nie langweilig wird, dann sind es die herrlichen Blicke auf den Gesichtern meiner Männer, die mir zeigen, wie erregt sie sind, wenn sie nur an mich denken. Meine Brustwarzen werden sofort hart und wenn ich meine Beine zusammenziehe, entflammt die Hitze zwischen meinen Schenkeln.

Lust überkommt ihre Blicke, und ich falte das Geschenk zusammen und lege es zurück in die Schachtel in Dorians Händen. Er legt es beiseite, als wäre es eine kostbare Krone. Innerlich bin ich schon ganz aufgeregt, weil ich wissen will, wie sie auf mich in diesem Kleid reagieren werden und was genau danach kommt.

In diesem Moment stürmt Cassiel plötzlich in den Raum und stößt Elias halb von hinten gegen die Beine. Er taumelt, die Arme nach außen geworfen, um das Gleichgewicht zu halten, während ich lache.

Cassiel ist schon beim Essen, die Vorderpfoten auf dem Tisch und er hat seine Nase in der Schüssel mit der Soße, die er überall hin spritzt.

„Cass", rufe ich und wir stürzen alle herbei, um einen ausgewachsenen Luchs in einem chaotischen, verrückten Moment aus der leckeren Soße zu ziehen.

Er knurrt die Jungs an, die ihn festhalten, und sie weichen zurück, dann steckt er seine Nase wieder hinein.

Ich kann nicht aufhören zu lachen, ganz ehrlich. „Lasst ihm doch die Soße." Ich fasse mir an den Bauch, weil ich nicht aufhören kann, darüber zu lachen, wie verrückt Cassiel aussieht, aber es ist ja auch sein erstes Weihnachten.

Der Rest von uns setzt sich an den Tisch. Cain am Kopfende, Dorian an meiner Seite und Elias mir gegenüber. Cassiel sitzt am anderen Ende des Tisches gegenüber von Cain und schlürft.

Cain gibt sich die Ehre und tranchiert den Truthahn, und mir kribbelt es immer noch beim Gedanken, dass ich mich zum ersten Mal so zufrieden und zu Hause fühle, wenn ich Weihnachten mit drei Dämonen und einem Luchs verbringe. Wer hätte das gedacht? Und dann wandern meine Gedanken zu Maverick.

„Sollen wir Maverick auch zum Weihnachtsessen einladen?"

„Nein", sagen alle drei unisono. Okay, das ist eine einstimmige Entscheidung.

„Ich habe gesehen, wie er sich im Keller eingerichtet hat", bestätigt Dorian. „Er sieht zufrieden aus."

Ich möchte ihm widersprechen, aber ich will auch nicht, dass das Mittagessen in einem weiteren Streit zwischen den Jungs endet.

Ich stürze mich auf meinen Teller mit Truthahn, Bratkartoffeln und Grünzeug. Elias hält die Truthahnkeule in der Hand und isst sie wie ein König, der auf einem Thron sitzt.

Dorian und Cain genießen ihren Wein und beobachten mich.

„Ich hatte nie eine richtige Familie und Murray hat Weihnachten gemieden, deshalb bedeutet es mir sehr viel, dass ihr das für mich tut. Ich danke euch. Aber ich muss wissen ... was hat es mit den Schleifen und dem Jahresvorrat an Cola auf sich?" In diesem Moment entdecke ich einen Stapel Spielzeugkisten für Hess-Trucks neben dem Baum. „Und spenden wir später Spielzeug für Kinder?"

Dorian schaut sich angestrengt um und folgt meinem Blick zu den LKWs.

„Das sind alles Dinge, über die sich die Menschen an Weihnachten freuen", erklärt mir Cain. „Wir haben jahrelang gesehen, wie die menschliche Fernsehwerbung jedes Jahr die gleichen Dinge anpreist, und wir wollten, dass es für dich perfekt ist. Die riesigen Bänder sind zu Weihnachten immer an den Autos, was vermutlich Glück bringen soll. Es überrascht mich allerdings, dass so viele Menschen ihrem Partner ein Auto zu Weihnachten schenken."

„Und ständig gibt es Werbung mit dem Weihnachtsmann und seinen Eisbären, die Cola trinken. Das scheint den Menschen zu gefallen", sagt Dorian.

„Hmm, nun ..."

„Ich habe euch doch gesagt, dass die Bärenkostüme übertrieben sind", sagt Elias schmatzend mit einem Bissen Truthahn auf seinen Lippen. „Ich hätte einfach die Gestalt wechseln können."

„Wirklich?", antwortet Dorian. „Damit du als Höllenhund und der Luchs sich beide um die Soße streiten können?" Er fängt an zu lachen.

„Ich meinte nicht die vollständige Verwandlung, sondern dass wir ein bisschen von unserem wahren Ich zeigen."

„Mir macht beides nichts aus", antworte ich sofort, was auch völlig richtig ist. Ich nehme einen Bissen von einer Bratkartoffel, lehne mich dann kauend zurück und betrachte die beiden. Verdammt, ich liebe alles an diesen Männern.

Die Art, wie sie sich zanken, bringt mich immer zum Lachen.

Sie mögen zwar aus der Unterwelt stammen, aber sie zeigen auch die Art von Zuneigung, die ich von Dämonen nicht erwartet hätte. Und sie verehren mich mehr als alles andere. Sie lassen mich kaum aus den Augen, sie beschützen mich mit ihrem Leben und ich habe das Gefühl, dass ich mit ihnen über alles reden kann. Dass sie heiß wie die Hölle sind, versteht sich von selbst. Diese drei verschlingen meinen Körper und besitzen jeden Zentimeter von mir.

Manchmal sind sie so liebevoll und nett zu mir, dass ich weinen möchte.

Ich esse weiter, als das Gespräch auf einen Eisbären-Wandler kommt, den sie in der Hölle kennengelernt haben, und ich bin wie gebannt. Cain streckt seine Hand aus und legt sie auf meine.

„Fröhliche Weihnachten", sagt er und mein Herz bricht fast, weil er so liebenswert ist. Ich bringe es nicht einmal über mich, ihn zu korrigieren, dass es *Frohe Weihnachten* " heißt. Ich lächle nur und sauge alles in mich auf, was er mir sagt, und wünsche mir, dass dieser Moment ewig andauern möge.

In diesem Moment wird mir klar, dass ich in Wahrheit nicht mehr ohne meine Männer leben kann. Ich brauche sie.

Eine Gänsehaut überzieht meine nackte Haut, aber nichts ist vergleichbar mit dem Feuer, das zwischen meinen Schenkeln lodert. Ich bin zwar nicht ganz nackt, aber wenn ich an mir herunterschaue in dem knappen, sexy Mieder der Dämonen, könnte ich es genauso gut sein. Der Streifen rotes Band bedeckt kaum meine Brustwarzen, und zwischen meinen Schenkeln ist nur ein Streifen Stoff, der nichts der Fantasie überlässt. Und von hinten bin ich praktisch splitterfasernackt.

Mein Gesicht steht in Flammen, doch in meinem Kopf schwirren schmutzige Bilder von dem, was die Jungs mit mir anstellen werden, diese unanständige Dinge nach Pornostar-Manier, die mich zum Erglühen bringen.

In meinem Bauch kribbelt es vor Vorfreude, und wenn ich nur daran denke, wird meine Muschi schon ganz feucht.

Ruhig, Mädchen!

Ein leises Klopfen an der Tür zum Badezimmer lässt

mich zusammenzucken. Mensch, warum ist es hier drin so heiß?

„Dauert nicht lange", antworte ich.

„Okay, Babe", antwortet Dorian und ich kann seine Erregung schon an diesen beiden Worten hören. Sekunden später ist er wieder da. „Falls du Hilfe beim Anziehen brauchst, bin ich für dich da."

„Ha, das glaube ich nicht. Du kannst warten und dich überraschen lassen, wie alle anderen auch."

Ich wende mich wieder dem Spiegel zu und bin fast entsetzt über das Mädchen, das mich anschaut. Okay, Mädchen ist nicht das richtige Wort. Eher Sex-Kätzchen-Bombe. Wer hätte gedacht, dass ein spitzenbesetztes Outfit mein Aussehen und sogar mein Selbstwertgefühl völlig verändern kann?

Ich greife nach dem Stirnband, das zu dem Outfit gehört. Ich setze es auf und starre auf das süße kleine Rentiergeweih. Wie dieses Outfit an ein Rentier erinnern soll, ist mir schleierhaft, aber ich bin bereit, mitzuspielen. Es ist ja schließlich Weihnachten.

Ich atme tief durch und taste nach dem Türgriff. „Du schaffst das. Du wirst selbstbewusst da rausgehen und dich vom Weihnachtsmann und seinen beiden Eisbären ficken lassen." Ich verdrehe die Augen, wenn ich daran denke, wie schlimm das klingt. Doch der Nervenkitzel, den ihr Versprechen auslöst, flackert in mir auf.

Draußen auf dem Flur ist keine Spur von Dorian zu sehen. Ein Geflüster der Jungs dringt aus dem Wohnzimmer, also werfe ich einen kurzen Blick nach links und rechts, um sicherzugehen, dass Sadie und Ramos nicht in der Nähe sind und mich sehen, und flitze vorwärts. Der Boden ist eiskalt unter meinen Füßen.

Mein Herz klopft so laut, dass ich befürchte, ohnmächtig zu werden. Dann bleibe ich in der Tür stehen, mein Gesicht errötet, aber ich rede mir ein, dass nichts, was ich jetzt tue, die Jungs abschrecken würde. Nicht, wenn ich wie die Rentierkönigin aller Sünden gekleidet bin.

Ich lehne einen Arm an den Türrahmen, lehne mich halb dagegen und betrachte die Jungs, die mir den Rücken zukehren.

„Ist das ein schlechter Zeitpunkt?", schnurre ich und setze meine beste und erotischste Stimme ein.

Sie drehen sich gleichzeitig um und Elias stolpert über seine eigenen Füße, als er versucht, um die Couch herumzukommen.

Ich grinse teuflisch und genieße die lüsternen Blicke, mit denen sie mich verschlingen ... alles an mir.

Cain hat seine Weihnachtsmannjacke ausgezogen und steht nur in seiner roten Hose da, die er mit einer gewaltigen Erektion ausfüllt. Dorian und Elias sind fast verblüfft, was ihnen gar nicht ähnlich sieht.

Ich lache über ihre Reaktionen.

„Fick mich!", knurrt Dorian und kommt auf mich zu, während er den Overall abstreift, sodass er tief auf den Hüften sitzt und einen durchtrainierten, muskulösen Körper offenbart. Mein Blick ist auf die dunklen Haare gerichtet, die über seine Leistengegend bis zum Stoff reichen, und ich atme plötzlich schwer.

Meine Brustwarzen werden bei diesem Anblick steif und sein kräftiger Arm schlingt sich um meine Taille und zieht mich gegen ihn. Seine Erektion drückt gegen meinen Bauch und seine Lippen schließen sich um meine und seine Zunge taucht in meinen Mund. Es gibt keinen feierlichen Tanz. Dorian ist geil und er wird sich nehmen, was er will.

DORIAN

*A*ria stöhnt laut gegen meinen Mund und ich verliere den Verstand, wenn ich sie so herausgeputzt sehe. Sie ist verdammt schön.

Als ich sie zum ersten Mal in der Tür sah, bedeckt mit Stoffstreifen, wurde mein Schwanz so schnell hart, dass mir schwindelig wurde.

Dieses wahnsinnig heiße Bild hat sich für immer in mein Gedächtnis eingebrannt.

Die Kurven ihrer Brüste und ihre strammen Nippel, die das rote Band, das sie bedeckt, durchstoßen, ihre kurvige Figur, die Länge ihrer scharfen Beine. Aber das Bild ihrer süßen Muschi geht mir nicht aus dem Kopf. Das will ich auch gar nicht. Der Stofffetzen bedeckt gerade noch ihren Schlitz, die weichen äußeren Schamlippen ihrer rasierten Muschi liegen frei.

Fuck!

Ich drücke sie an mich und verschlinge sie tief mit meiner Zunge, während mein Schwanz schon vor lauter Verlangen nach einem harten Fick ausläuft.

Ich bin ein verdammter Inkubus, aber bei Aria verliere ich jede Kontrolle.

Ihre Hand gleitet vorne an meiner Unterhose herunter und ihre kleine Hand umschließt meinen geschwollenen Schwanz. Ich bin so verdammt groß und dick, und die Sanftheit ihrer Berührung, die Begierde, mit der sie mich drückt, macht mich fertig.

Ich knurre, als sie ihre Hand an meinem Schaft auf und ab bewegt.

Unsere Augenbrauen berühren sich und wir sehen uns in die Augen. Alles an ihr erregt meinen Körper und ich schiebe den Träger leicht von ihrer Schulter, der Stoff gleitet herunter und enthüllt eine wunderschöne Brust mit den rosafarbenen Brustwarzen. Ich greife zu ihr und knete sie.

„Du bist alles für mich", stöhne ich, kaum in der Lage, durch ihre Berührung zu Atem zu kommen. „Und mach es härter. So ist es gut, meine Schöne."

Sie gibt wieder dieses köstliche Stöhnen von sich, das mir noch lange nachhallt, wenn ich mit ihr fertig bin.

Fuck!

Oben ertönen Schritte, bestimmt von einem der Dienstmädchen, aber das reicht aus, um Aria aus meiner Umarmung zu reißen. Ihre Hand lässt meinen Schwanz los und ich knurre, weil ich ihre Berührung zurückhaben will. Sie wirft einen Blick über ihre Schulter, und ich schleiche mich an ihr vorbei, um die Schiebetüren zu schließen.

Aria leckt sich über die Lippen und starrt von mir zu Cain und Elias, die beide ausgehungert aussehen. Cain hat seine Hand in der Hose und streichelt sich. Er macht keine Anstalten, auf sie zuzugehen, sondern sieht nur zu.

Sie schlendert an mir vorbei und wendet sich Elias zu, wobei sie die Hüften schwingt und von hinten einen atemberaubenden Anblick bietet. Dieser knackige Hintern, der sich bei jedem Schritt bewegt, ist perfekt.

Sie ist zu viel. Ich werde heute verdammt noch mal durchdrehen und nichts wird ausreichen, bis ich meinen Schwanz in ihr versenkt habe.

ELIAS

*D*er Anblick dieser perfekten Titten lässt meine Eier anspannen. Langsam schleicht mein kleines Kaninchen auf mich zu. Sie weiß genau, was sie tut ... Wann zum Teufel ist sie so eine Verführerin geworden?

Wenn sie mich ansieht, ist hinter ihren Augen nur pures Verlangen zu erkennen und mein Höllenhund ist ganz aus dem Häuschen. Er will rauskommen und spielen. Ich schnuppere an der Luft und nehme ihr Geschlecht auf. Scheiße, ich kann mich kaum noch auf den Beinen halten.

„So will ich dich haben ... nackt und feucht für mich."

Bei meinen Worten macht sie fast einen Schritt zurück und ich betrachte die leichte Röte auf ihren Wangen. Jeder Zentimeter von ihr erregt mich. Mir bleibt der Atem im Hals stecken und ich nehme sie in meine Arme, wobei meine Hände auf die Rückseite ihrer Schenkel wandern. In wenigen Augenblicken habe ich sie hochgehoben und sie schlingt sich um meine Taille, genau so, wie es sein soll.

Sie packt das lächerliche Eisbärenkostüm und zieht sich näher an mich heran, um meine Lippen zu finden. Ihre Küsse sind wie süße Bonbons, aber als sie mir auf die Unterlippe beißt, stoße ich ein Knurren aus. Mein Schwanz zuckt beim Schmerz, bei der verdammten Qual, dass ich noch nicht in sie eindringe.

Cain und Dorian sind in der Nähe, sie sehen zu, aber ich konzentriere mich auf meine Aria.

Sie gehört mir.

Jeder Zentimeter von ihr gehört mir.

Ich führe sie zum Tisch, während diese köstlichen Lippen zu meinem Ohr gleiten. Ihr Atem ist warm und wie eine Feder, die über meine Haut streicht. Das Feuer in mir brennt darauf, sie zu erobern und sie daran zu erinnern, dass sie uns gehört ... und nur uns.

„Sag mir, wie sehr du an meiner Muschi lutschen willst", flüstert sie mir ins Ohr.

Meine Sicht verschwimmt, als ich merke, wie schnell mein Blut bei ihren Worten in meinen Schwanz schießt. Alles, was ich riechen kann, ist ihr süßer Nektar, und zu hören, wie sie mich reizt, macht mich fertig. Ein Mann kann nur bis zu einem gewissen Grad standhalten.

Ich lasse sie vorsichtig auf den Tisch sinken, ihre Beine sind immer noch gespreizt und befinden sich auf beiden Seiten meiner Hüften.

Dorian und Cain stehen da und streicheln ihre Schwänze. Ihre Augen sind nur auf Aria gerichtet, und ihr gilt auch mein Hauptaugenmerk.

„Du bist überwältigend", sage ich. „Aber es wird Zeit, dass wir unser Geschenk auspacken."

„Tu es", stöhnt Dorian.

Ich will jeden Zentimeter von ihr.

Ich löse den Gurt von ihrer anderen Schulter und gebe die andere Brust frei, und sie keucht leise und starrt uns beide an. Mein Blick wandert zu ihrem weichen Bauch, während ich den Stoff über ihre Hüften gleiten lasse. Sie hebt sie an, als ich an der Spitze ziehe, und sie hebt ihre Beine für mich in die Luft. In Zeitlupe ziehe ich die Spitze bis zu ihren Knöcheln und schiebe sie an jedem ihrer wunderschönen kleinen Füße vorbei, die ich küsse.

Cain knurrt, seine Ungeduld ist genauso quälend wie meine, aber wir haben den ganzen Tag und die ganze Nacht Zeit. Eine Ewigkeit, um Aria zu genießen ... also will ich es zum ersten Mal langsam angehen und jeden Teil von ihr auskosten.

„Elias ...", säuselt sie, drückt ihre Brüste zusammen und kneift in ihre Nippel. Mein Schwanz schmerzt, weil ich so verzweifelt nach Erlösung verlange.

Ich öffne ihre Beine weit und fahre mit meinen Fingern an der Innenseite ihrer Schenkel entlang.

Sie zittert unter meiner Berührung.

Mein Blick senkt sich und ihre kleine rosa Muschi glänzt vor Erregung, die Innenseiten ihrer Schenkel sind feucht vor Erregung.

Dorian und Cain stehen auf beiden Seiten von mir, ihre hektischen Atemzüge sind laut wie die eines Tieres. Aria spreizt sich für uns und stöhnt, während ihre Hand zwischen dem Tal ihrer Brüste nach unten gleitet, über ihren Bauch und zu ihrem feurigen Kern.

Sie streichelt sich selbst, reibt ihren Kitzler.

Mein Körper spannt sich an und ich gehe in die Knie, schiebe ihre Hand weg und drücke mein Gesicht zwischen ihre Schenkel. Sie ist so nass, ihr Duft ist berauschend. Ein Knurren erklingt besitzergreifend in meiner Kehle.

Ich nehme sie in meinen Mund und fahre mit meiner Zunge über die weichen Schamlippen. Ihr Stöhnen wird immer lauter, ihre Hüften wippen und sie presst sich gegen mich.

Ich liebe es, wenn sie so erregt ist, dass sie mir ihre Muschi ins Gesicht stößt. Ich bin ein Tier und verschlinge sie ganz und gar, wobei die schmatzenden Leckgeräusche immer lauter werden. Ich verliere mich in ihr und lasse mich mitreißen, während ihre Hüften beben und ihr Stöhnen immer lauter wird.

Ihr Körper spannt sich an und ich weiß, dass sie kurz davor ist zu kommen. Ich will, dass sie schreit, aber noch nicht. Also löse ich mich von ihr und lecke mir über die Lippen. „Es ist noch nicht so weit."

Sie reckt ihren Kopf zu uns hoch, ihre Wangen sind gerötet, ihre Augen in Erregung versunken. „Willst du mich verarschen ... warum hörst du auf? Mach weiter, bitte."

Ich lache und stehe auf. „Ich liebe es, wenn du bettelst."

CAIN

Sie ist eine Göttin.

Weiche Kurven, freche Brüste, eine unvergleichliche Schönheit. Sie ist so viel kleiner als wir drei und doch fressen wir ihr alle aus der Hand.

Sie schmollt, weil Elias ihr etwas vorenthält, und als er zur Seite tritt und in meine Richtung blickt, stelle ich mich zwischen die Beine meiner Liebsten.

„Cain, bitte lass mich nicht warten."

„Ich liebe dich so sehr." Die Worte kommen mir über die Lippen, während meine Finger über ihre Oberschenkel gleiten.

Sie nickt und ihre herrlichen Brüste wippen bei dieser Geste. „Aha. Und wirst du jetzt etwas in dieser Richtung unternehmen?"

Ich lasse meine Finger in ihre geschwollene Muschi

gleiten und drücke zwei dicke Finger in ihre feuchte Weichheit. Sie stöhnt und neigt ihren Kopf zurück, ihre Brust hebt sich vor Erregung.

„Ja. Ja!"

Dorian und Elias atmen laut, ihre Blicke sind auf unser Mädchen gerichtet. Es ist unvorstellbar, was sie mit uns anstellt. Sie hat sich um unsere Herzen geschlungen und es gibt kein Entkommen aus ihrem Griff.

Ich stoße wie wild in sie hinein, ihre Hüften wippen, ihre Muschi saugt sich an meinen Fingern fest, ihr Verlangen ist so verdammt schön.

Plötzlich klopft es an der Tür zum Wohnzimmer.

Ich knurre und Elias schnauzt den Eindringling an: „Lass uns allein."

Aber das Klopfen ist nicht zu überhören. „Cain, es tut mir leid, dass ich dich störe. Bitte, ich muss dringend mit dir sprechen." An der heiseren Stimme erkenne ich, dass es Ramos ist, und die Anspannung in seinem Tonfall sagt mir, dass etwas nicht stimmt. Er weiß, dass er mich nicht unterbrechen sollte, es sei denn, es gibt einen dringenden Grund.

Seufzend ziehe ich meine Finger von Aria zurück. Ihr enttäuschtes Stöhnen ist wie ein Messer in meiner Brust.

„Was ... was ist los?" Sie blinzelt zu mir hoch.

Ich beuge mich über sie und küsse sie, dann flüstere ich: „Ich bin noch nicht fertig mit dir. Geh nicht weg, meine Liebe."

Ich durchquere den Raum und bin verärgert über die Unterbrechung. Ich hatte mir vorgenommen, Aria heute nur zu verwöhnen und ihr alles zu geben, was sie will. Und dazu gehört nicht, dass mir die Arbeit in die Quere kommt.

Schnell trete ich in den Flur und ziehe die Tür hinter mir zu. Ramos steht dort und wippt unruhig auf seinen Füßen. Normalerweise ist der Dhampir ruhig und entspannt, egal in welcher Situation, und die Tatsache, dass er kaum stillhalten kann, macht mir Sorgen.

„Was ist los?", frage ich ihn.

Die Atmosphäre ist angespannt und die bitterkalte Luft weht in die Villa, weil die Eingangstür weit offen steht. Er muss völlig verzweifelt hier hereingeplatzt sein. Er nimmt nicht einmal zur Kenntnis, dass ich nackt vor ihm stehe.

Meine Angst steigt ins Unermessliche.

Er leckt sich über die Lippen, bevor er antwortet: „Die Nightwalkers haben das Fegefeuer übernommen."

Ich starre ihn an und bin mir nicht sicher, ob ich ihn richtig verstanden habe. „Wie bitte?"

„Ihr Meister und seine Gefolgsleute sind hereinge-platzt, haben die Kunden rausgeschmissen und den Laden dicht gemacht", fährt er fort und seine Worte werden immer drängender. „Sie sagen, dass er ihnen jetzt gehört."

Ein Lachen sprudelt in meiner Kehle hoch.

Dieser Vampir hat eindeutig Todesangst. Glaubt er wirklich, er könnte einfach in meinen Club spazieren, seine Fahne hissen und ihn als seinen Besitz beanspru-chen? So laufen die Dinge hier nicht.

Was für ein idiotischer und amateurhafter Fehler. Ein Fehler, für den er am Ende mit seinem Leben bezahlen wird.

Ich habe diesen Club von Grund auf aufgebaut. Ich habe die Arbeit geleistet, um ihn zu dem zu machen, was er heute ist. Es ist eines der Dinge, die uns an die Spitze gebracht haben. Und niemand – *niemand* – wird ihn mir wegnehmen. Schon gar nicht so ein neumodischer Vampir mit einem Minderwertigkeitskomplex.

Es ist lächerlich, dass er das überhaupt versuchen würde.

Aber ich musste auch an andere Leute denken. Zum Beispiel an Antonio, Sting und den Rest meiner Angestellten. „Was ist mit den Mitarbeitern passiert?", frage ich.

„Sie wurden gefesselt und eingesperrt, aber aus ihren Gesprächen geht hervor, dass sie Pläne haben, sie entweder zu verwandeln oder auszusaugen."

Meine Belustigung verfliegt und wird durch Wut ersetzt. Stephan will meine Leute verschlingen? Das glaube ich nicht.

„Warst du dabei?"

Er nickt. „Sie haben versucht, mich zu fesseln wie die anderen, aber ich konnte mich befreien."

Er meint, dass er seine besonderen Fähigkeiten mit Druckpunkten genutzt hat, um seinen Angreifer außer Gefecht zu setzen.

„Und was ist mit Viktor und Charlotte?"

„Sie sind verschwunden. Sie waren schon vor dem Angriff weg."

Zweifelsohne werden sie sich noch mehr Ärger einhandeln.

Ich will gerade zur Tür hinausgehen, wo die Limousine und Holmes auf mich warten, aber dann merke ich, dass ich immer noch nur halb bekleidet bin. Abrupt drehe ich mich um und rase die Treppe hinauf. Als mein Dämon beginnt, aus mir herauszudrängen, lasse ich ihn gewähren, meine Flügel treten aus meinem Rücken hervor und meine Sicht verdunkelt sich.

„Mein Herr, was soll ich tun?", ruft Ramos von unten.

Bei der Landung drehe ich mich abrupt und er springt zurück, als er mich verwandelt sieht. „Sag es den anderen." Meine tiefe Stimme hallt von den Wänden wider. „Bring sie ins Fegefeuer. Wir beenden das heute Abend."

Ich springe die letzten Stufen hinauf, stürze in mein Zimmer und ziehe mir schnell eine andere Hose an. Sekunden später reiße ich die Balkontür auf und trete nach draußen. Meine Flügel strecken sich und schlagen gegen den Wind.

Ich hatte geahnt, dass Stephan sich rächen würde, nachdem Viktor seinen Hush-Vorrat dezimiert hatte, aber das Fegefeuer angreifen? Das wird er noch bereuen.

Mein schwarzes Herz pocht vor brutalem Hass, während mich meine Flügel höher tragen. Ich rase auf den Stadtrand zu, direkt auf das Fegefeuer zu, denn ich weiß, dass Elias und Dorian nicht weit hinter mir sein werden.

Als die Baumkronen und die schmutzigen Straßen in schwarze Straßen und Hochhäuser übergehen, sehe ich in der Ferne schwarzen Rauch, der den Nachthimmel füllt. Die Luft riecht nach Feuer und erinnert mich an die Hölle, und als ich tiefer sinke, versengt mir die enorme Hitze, die von unten kommt, das Gesicht. Rote und orangefarbene Flammen verzehren eines der Eckgrundstücke.

Aber nicht irgendein Grundstück.

Es ist das Fegefeuer.

Und es wurde in Brand gesteckt.

23

CAIN

Alles, wofür ich gearbeitet habe. Jahre meines Lebens, Geld, Zeit und Energie. Alles weg. In Rauch aufgelöst.

Ich stolpere über den Treppenabsatz und kann meinen Blick nicht von dem Inferno abwenden, das in dem Gebäude wütet und es praktisch komplett verschlingt.

Ich hatte mein Herz und meine Seele in diesen Club gesteckt; ich hatte von Grund auf ein Imperium aufgebaut. Und jetzt kann ich nur noch zusehen, wie es niederbrennt.

Schmerz ergreift mich, wie ich ihn noch nie zuvor gefühlt habe. Ich bin wie gelähmt, kann nur auf die Flammen starren und weiß, dass ich nichts mehr retten kann, selbst wenn die menschliche Feuerwehr kommt.

Ich weiß nicht, wie lange ich dort wie festgefroren verharre, aber als ich das hektische Schlagen von Flügeln und das Scharren von Nägeln auf dem Pflaster höre, weiß ich, dass ich nicht mehr allein bin.

„Scheiße..." Es ist Maverick. Er muss hierher geflogen sein.

Obwohl er nicht zu den Leuten gehört, die Ramos bitten sollte, hierher zu kommen, macht es mir nichts aus, dass er hier ist.

„Was zum Teufel ist passiert?", fragt er und kommt auf mich zu.

Ich antworte nicht.

Die heftigen und schmerzhaften Geräusche brechender und sich neu ausrichtender Knochen kommen von meiner anderen Seite und bald steht Elias in voller Größe und völlig nackt da.

Er blickt mich an und wartet auf den nächsten Befehl. Als ich keinen gebe, sagt er: „Was sollen wir tun?"

In der Ferne quietschen Reifen und plötzlich erhellt Licht den Parkplatz, als die Limousine um die Ecke brettert. Diesmal fährt nicht Holmes. Dorian sitzt am Steuer und rast wie ein Verrückter herbei. Kaum hat er den Wagen über drei Parkplätze hinweg in die Parklücke geschleudert, reißt er die Tür auf.

„Verdammt", murmelt er, während die hellen Farben des Feuers auf seinem Gesicht tanzen.

Aria und Ramos, die mittlerweile der Kälte entsprechend gekleidet sind, steigen als Nächste aus, und aus irgendeinem Grund macht mich der Anblick von Arias erschüttertem Gesicht fast fertig. Das Fegefeuer war vielleicht nur dazu da, sie zu beschäftigen, während sie unter unserem Vertrag stand, aber es war viel mehr für sie geworden. Ein zweites Zuhause. Ein Ort, an dem sie etwas Freiheit hatte und mit Freunden zusammen sein konnte. Ich kann den Kummer und die Qualen in ihrem Gesicht deutlich sehen.

„Cain", wiederholt Elias, dieses Mal etwas lauter, „was sollen wir tun? Die Feuerwehr wird in wenigen Minuten hier sein."

In diesem Moment fällt mir ein, dass Ramos erwähnt hatte, dass Antonio und die anderen irgendwo gefesselt sind.

„Ramos, du und Elias, ihr geht rein und seht nach, ob noch jemand von unseren Mitarbeitern da drin ist", befehle ich und ohne zu zögern, stürmen die beiden ins Gebäude.

Aria tritt vor, ihr Gesicht vor Angst verzerrt.

„Es wird ihnen gut gehen." Dorian legt ihr eine Hand auf die Schulter. „Vergiss nicht, wir sind aus Höllenfeuer gemacht und Ramos ist zu klug, um zu sterben."

Aber trotz seiner tröstenden Worte scheint sie immer noch unsicher zu sein.

Wir warten alle und jede Sekunde fühlt sich wie Stunden an. Es ist unmöglich, etwas anderes zu hören als das heftige Zischen und Knistern der Flammen. Als weder Ramos noch Elias zurückkehren, wird meine Sorge immer größer. Es sollte nicht so lange dauern.

Dieses Feuer hat ein gefährliches Ausmaß erreicht. Selbst für Höllenkreaturen. Wir dürfen nicht vergessen, dass wir in dieser Welt schwächer sind; wir können sterben.

Das war's. Ich muss reingehen und sie holen. Ich ziehe meine Flügel zurück in meinen Körper und stapfe in Richtung Fegefeuer, wobei die Hitze und der Rauch so stark sind, dass meine Augen tränen.

„Nein, Cain!", schreit Aria mir hinterher.

Ich muss es tun. Ich kann sie nicht einfach da drin lassen.

Doch kurz bevor ich die Schwelle erreiche, bricht das Dach ein und erzeugt eine Explosion aus heißer Luft und Flammen, die so groß ist, dass jedes Fenster zerspringt und Asche, Holz- und Glassplitter überall herumfliegen. Ich reiße meine Arme über mein Gesicht und werde durch die Wucht der Explosion nach hinten geschleudert, wobei meine nackten Füße über den Bürgersteig rutschen.

Arias Schreie erfüllen meine Ohren, gefolgt von Dorians Flüchen. In Panik stürme ich wieder aufs Feuer zu, diesmal mit Dorian auf meinen Fersen, aber ein riesiger Schatten verdunkelt plötzlich das Licht und ein schwarzer Höllenhund springt aus den Trümmern, fünf Menschen auf seinem Rücken. Ramos taucht als Nächstes auf, stolpert heraus und hält sich die Hände vors Gesicht. Er fällt zu Boden und ich eile zu ihm und ziehe ihn weiter vom Club weg, damit er nicht noch einmal zusammenbricht. Er hustet und hustet, seine Augen sind blutunterlaufen.

Trotz seines geschwächten Zustands klopft er mir auf den Arm, um sich zu bedanken und mir zu sagen, dass es ihm gut gehen wird.

Ich stehe auf und schaue über den Parkplatz, wo Elias die fünf sehr aufgewühlten Mitarbeiter des Fegefeuers abgesetzt hat, darunter auch Antonio und Sting. Aria ist bei ihnen und untersucht sie alle auf lebensbedrohliche Verbrennungen oder Verletzungen. Abgesehen davon, dass sie durcheinander sind und ein bisschen herumgeschubst wurden, scheint es ihnen gut zu gehen.

„Gut gemacht, du Trampeltier", stichelt Dorian und klatscht gegen den Rauch, der aus Elias' Fell aufsteigt. Er schnaubt ihn daraufhin an.

„Was ist los, Dämonen? Habt ihr Angst vor ein biss-chen Feuer? Ist das nicht euer Ding?" Eine männliche Stimme schwebt von irgendwo über uns herab, irgendwo versteckt hinter dem dichten Rauch. Gelächter erhebt sich, und sofort ist die Traurigkeit über den Verlust meines Clubs verschwunden. An ihre Stelle tritt eine unermessliche Wut.

Ich breite meine Flügel aus, bereit, mich in die Lüfte zu erheben und zu sehen, wer da spricht, aber der Rauch löst sich auf und ein Mann springt hindurch und landet in einer perfekten Hocke vor mir. Langsam erhebt er sich, und mir wird klar, dass es falsch war, ihn einen Mann zu nennen. Er ist zu jung. Er sieht kaum älter als fünfundzwanzig aus, hat kurzgeschnittenes Haar, eine breite Nase und ein glatt rasiertes Gesicht. Ein Junge.

Sein Mund verzieht sich zu einem überheblichen Grinsen, während er über den Parkplatz schlendert und seine Reißzähne zeigt. „Ich hoffe, du bist mir nicht böse", sagt er, während er näherkommt. Er zeigt mit dem Daumen auf das Fegefeuer, das hinter ihm in Flammen steht. „Ihr habt mir etwas sehr Wichtiges weggenommen, also musste ich euch etwas wegnehmen. Fair ist fair."

Dorian kommt an meine Seite und lacht. „Warte, du bist Stephan? Du?"

Als sich der Vampir verbeugt, prustet Dorians Lachen aus ihm heraus. „Das ist ein Scherz. Ein Witz. Das kann nicht wahr sein. Sind wir in einer dieser blöden Reality-Shows? Wo ist die Kamera?"

Irgendetwas, was er gesagt hat, muss einen Nerv getroffen haben, denn Stephans Selbstvertrauen scheint zu bröckeln. „Du hast verloren, alter Mann." Er spuckt die letzten Worte aus, als ob es eine Beleidigung wäre. „Es ist Zeit, dass eine neue Generation diese Stadt regiert."

Elias stellt sich zu meiner Linken auf und knurrt, die Lippen über scharfen Zähnen zusammengepresst.

„Was ist nur mit diesen Millennials los?", stichelt Dorian. „Sie denken immer, dass die Welt ihnen etwas schuldet und dass sie sich einfach nehmen können, was ihnen nicht gehört."

Maverick schreit von irgendwo hinter uns: „Was ist ein Millennial?"

„Wenn ich das wüsste. Ich höre nur, dass der Begriff oft benutzt wird."

Amüsiert rollt Stephan mit den Augen. „Du bist erbärmlich. Wirklich", sagt er. „Und wenn du darauf hoffst, dass die Feuerwehr oder die Polizei vorbeikommt, würde ich das nicht tun."

Das bedeutet, dass er seine Hände mit im Spiel hat und hinter den Kulissen Einfluss auf sie nimmt. Er hat seinen Einfluss sogar auf die menschliche Seite von Glenside ausgeweitet. Nicht nur auf die übernatürliche.

Wut pumpt durch meine Adern wie geschmolzene Lava.

„Maverick, Aria, bringt Antonio und die anderen in Sicherheit", befehle ich und lasse Stephan nicht aus den Augen. Das Donnern von eiligen Schritten sagt mir, dass sie kein Problem damit haben, das zu tun.

Gut.

Meine Flügel strecken sich und mein Dämon wird unruhig von diesem sinnlosen Hin und Her. Ich will Blut. Ich will Rache. Und kein vorpubertäres kleines Vampirkind wird mich davon abhalten, genau das zu bekommen.

Stephan schaut gelangweilt auf seine Nägel, und ich

weiß nicht, was mich mehr ärgert. Seine Gleichgültigkeit oder die Tatsache, dass er noch atmen, geschweige denn sprechen kann. „Bevor wir mit der Party loslegen und es blutig wird, habe ich ein Angebot für dich."

Ich knirsche mit den Zähnen. Jetzt spielt er auch noch mit uns. „Ein Angebot."

Er hebt seine Hände. „Hör zu. Ich weiß, Deals sind normalerweise deine Sache, aber ich habe einen, den du sicher gerne hören willst."

Dorian blickt mich an. „Hat er gerade was von Deal gesagt?"

„Kein Interesse", belle ich. Meine Nerven sind am Ende.

„Ja, du kannst dir dieses Angebot sonstwohin stecken", schreit Dorian zurück.

„Du hast diese Stadt schon lange im Griff", fährt Stephan fort und beachtet ihn nicht. „Du weißt offensichtlich, was du tust. Nur deshalb biete ich dir einen Platz in meinem Team an. Du sollst mein Verbündeter werden, nicht mein Feind."

Elias knurrt, und seine Spucke spritzt.

„Das heißt 'Fick dich' in der Hundesprache, falls du das nicht aus dem Zusammenhang herauslesen konntest."

„Du nimmst mir die Worte aus dem Mund", sage ich mit zusammengebissenen Zähnen. „Diese Stadt gehört uns. Das war schon immer so. Und wird es immer sein."

„Es ist eine Schande, dass du so denkst." Stephan schnippt mit den Fingern und weitere Vampire fallen aus dem Rauch. Hinter uns. Überall um uns herum, bis wir ganz von ihnen umgeben sind. Sie fletschen ihre Reißzähne gegen uns.

Ich schaue von Elias zu meiner Linken zu Dorian zu meiner Rechten, dessen Hörner sich auf seinem Kopf kringeln, dessen Nägel zu Klauen werden und dessen Runen unter seinem Hemd leuchten. Sie wippen auf ihren Zehenspitzen, bereit für den Kampf.

„Wie in alten Zeiten?", fragt Dorian mit einem verruchten Lächeln im Gesicht.

Ich nicke. „Keine Überlebenden."

Elias hebt den Kopf und lässt ein mächtiges Heulen los, dann preschen wir drei in entgegengesetzte Richtungen davon.

ARIA

Ich laufe mit Antonio, Sting und den anderen Mitarbeitern des Fegefeuers die dunkle Straße hinunter, als eine Gefahrenwarnung meine Wirbelsäule durchzuckt. Ich bleibe stehen, als ich merke, dass sie nicht von mir oder Sayah ausgeht, sondern vom Band, das mich und meine Dämonen zusammenhält. Irgendetwas stimmt nicht.

Ich schaue nach oben und sehe, wie Gefahren von den Dächern der Gebäude springen und sich in die Richtung bewegen, aus der wir gerade gekommen sind. Zum Fegefeuer.

Noch mehr Vampire.

Oh Scheiße. Stephan ist wieder aufgetaucht. Und so wie es aussieht, hat er eine ganze Armee mitgebracht.

Angst macht sich in meinem Bauch breit. Das letzte Mal, als Cain, Dorian und Elias es mit einer solchen Übermacht zu tun hatten, wären sie fast besiegt worden.

Sie werden Hilfe brauchen.

Maverick bemerkt, dass ich stehen geblieben bin und hält an. „Was machst du da? Wir müssen alle von hier wegbringen."

„Das wissen sie. Sie brauchen uns nicht mehr." Ich wechsle die Richtung und laufe zurück in Richtung Fegefeuer. Es dauert nicht lange, bis Maverick neben mir ist und mit mir Schritt hält.

„Wir haben Befehle bekommen, verstehst du", sagt er.

„Ach ja, richtig. Ich vergaß. Du befolgst immer die Befehle anderer, ohne Rücksicht auf die Konsequenzen. Das hast du auch bei deinem Vater gemacht."

Seine Augen weiten sich. Er ist fassungslos über meine Worte, aber das ist mir scheißegal. Wenn meine Dämonen mich brauchen, dann werde ich dort sein.

Er schweigt eine Weile und rennt immer noch an meiner Seite. Dann sagt er: „Gut, dann komme ich mit dir."

Das ist jetzt ein bisschen offensichtlich, aber gut.

„Und das hier wirst du brauchen." Er zieht das Schwert an seiner Hüfte aus der Scheide. Während Ramos uns erzählt hat, was im Fegefeuer passiert ist und wir alle hierher geeilt sind, habe ich gar nicht bemerkt, dass Maverick es hat. Er wird langsamer und übergibt es mir. Erst als ich die Waffe in der Hand halte, merke ich, dass es dasselbe Schwert ist, das wir bei unserem Kampf mit den Höllenhunden benutzt haben.

„Du hast es mitgebracht?", frage ich und drehe es in meiner Hand.

„Du hast es schon mal sehr gut geführt." Er zuckt mit den Schultern. „Außerdem solltest du nie mit leeren Händen in einen Kampf mit Vampiren gehen."

„Stimmt."

Er deutet mit einem Nicken auf die nächste Straße, wo das Feuer des Clubs noch immer die Nacht erhellt. „Gehen wir."

Wir beschleunigen unser Tempo wieder. Ich bin beileibe keine erfahrene Schwertkämpferin, aber ich fühlte mich mit einer Waffe im Kampf gegen Vampire sicherer als ganz ohne. Vor allem, weil Sayah heutzutage so unberechenbar ist. Sie um Hilfe zu bitten, könnte zu einer Katastrophe führen.

Als wir den leeren Parkplatz erreichen, werden wir von dem Anblick, der sich uns bietet, aufgehalten. Überall liegen Leichen auf dem Boden. Obwohl der meiste Schnee zu Hügeln gepflügt wurde, ist alles – vom Bürgersteig über die Bänke bis hin zu den Parkuhren – rot mit Blut gefärbt.

Im Hintergrund wütet das Feuer, das Licht in eine sehr dunkle Szenerie bringt. Elias reißt einem Vampir die Eingeweide heraus und wirft sie auf den Boden, während Dorian sich durch die Menge kämpft, einen mit seinen Krallen aufspießt und ihn über die Straße schleudert.

Cain ist in der Luft, hält zwei Vampire am Hals und fliegt dann mit voller Geschwindigkeit in ein benachbartes Gebäude, um ihre Schädel gegen den Stein zu schlagen. Ich höre das Krachen von hier unten und mir wird schlecht, wenn ich nur daran denke, also versuche ich es zu vermeiden.

„Da!", ruft Maverick und zeigt auf die nächstgelegenen Dächer. Die Schatten, die ich vorher gesehen habe, hüpfen näher an die Schlägerei heran.

Panik ergreift mich. „Wir müssen sie aufhalten!"

„Hier, halt dich fest!" Maverick greift mit seinen

Händen unter meine Arme und ehe ich mich versehe, werde ich in die Luft gehoben. Seine Flügel sind nicht so stark und groß wie die von Cain, aber er schafft es, mich ohne Probleme auf eines der Dächer zu fliegen.

In dem Moment, in dem unsere Füße das Dach berühren, schwenken die Vampire in unsere Richtung und stürzen sich in einem wahnsinnigen Tempo aus den Schatten auf uns.

Die schiere Anzahl der Vampire lässt mich erschaudern, und ich halte mein Schwert fest umklammert.

Maverick stößt einen Kriegsschrei aus und stürmt mit unvorstellbarer Geschwindigkeit los. Er zieht seine Dolche aus dem Gürtel und schleudert sie mit tödlicher Präzision durch die Luft, um zwei Vampire auf einen Schlag auszuschalten. Mit einer Handbewegung segeln die Klingen zurück in seine Hände, nur um drei weitere Vampire niederzustrecken.

Ich habe Dorian, Elias und Cain schon oft kämpfen sehen, aber die Art und Weise, wie Maverick alle Teile seines Körpers gekonnt zum Kampf mit seinen Waffen einsetzt, ist fast schon wunderschön. Was auch immer nötig ist, um den Feind zu erledigen – und er ist auch noch gut darin.

Beim Anblick des Gemetzels erhebt sich Sayah und will ein Stück vom Kuchen abhaben. Ich spüre, wie ihre Dunkelheit in meine Muskeln sickert und meine Adern verstopft. Aber wie ich bei dem Angriff der Höllenhunde gelernt habe, hilft mir ihre Anwesenheit, macht mich stärker und schneller. Ich kann sie zu meinem Vorteil nutzen ...

Wenn ich sie nur unter Kontrolle hätte.

Ich hatte es schon einmal geschafft, sie davon abzuhalten, die volle Kontrolle über mich zu erlangen, aber das war mit Mavericks Hilfe. Er hatte es geschafft, mehr Selbstvertrauen in mir zu wecken, als ich es zuvor allein getan hatte. Würden wir es wieder tun können, wenn die Dinge zu sehr aus dem Ruder laufen?

Ich habe keine Zeit, weiter darüber nachzudenken, denn ein Vampir landet von irgendwo oben vor mir. Es ist eine Frau mit einem kurzen blonden Bob und einem rosa Strickpullover. Wären ihre Zähne nicht so rot gefärbt und der Bluterguss unter ihrem Auge nicht so schnell verheilt, würde ich schwören, dass sie eine Elternvertreterin ist oder eine Benefizveranstaltung für Fußball leitet. Keine blutrünstige Kreatur der Nacht.

Hat Stephan auch Hausfrauen verwandelt?

Ich hebe mein Schwert und sie zischt laut, ihre Reißzähne blitzen auf. Sie stürzt sich auf mich und ich schwinge die Waffe. In Windeseile weicht sie meinem Schlag aus und stürzt sich wieder auf mich. Eine Warnung durchzuckt meine linke Seite – eine Warnung von Sayah – und ich drehe mich ruckartig und wirble meine Klinge herum. Sie schneidet den Vampir in der Mitte durch. Sie blinzelt fassungslos, bevor sich ihre obere Hälfte von ihrer unteren trennt und sie zu Boden fällt.

Sayah jubelt über ihren Tod, und meine Erregung steigt. Vielleicht schaffe ich das ja doch.

Der Aufprall eines weiteren Feindes, der in der Nähe landet, lässt mich herumwirbeln und mein Schwert durch die Luft sausen. Ich bewege mich nur aus Instinkt, und als warmes Blut über mein Gesicht und meine Brust spritzt, weiß ich, dass ich einen weiteren tödlichen Schlag ausgeführt habe. Ein Lächeln zerrt an meinen Mundwinkeln.

Ich genieße das hier. Vielleicht ein bisschen zu sehr.

Der Vampir stolpert rückwärts und hält sich den Hals. Ich gehe zum Angriff über und stoße das Schwert in die Mitte seiner Brust. Ich sehe, wie das Leben aus seinen Augen weicht, und etwas in mir entflammt vor Erregung.

Als ich es wieder herausziehe, trete ich ihn zur Sicherheit.

Jemand packt mich an den Haaren und zieht kräftig daran. Ich schreie auf, der Schmerz schießt durch meinen Schädel und lässt meine Augen tränen. Mein Angreifer zerrt wieder an meinen Haaren und drückt mich mit einem Ruck an seine Brust. Seine Arme legen sich um mich, und sein ranziger Atem strömt mir ins Gesicht.

„Hmmm, du bist eine ganz schön Feurige", säuselt er in mein Ohr. „Ich frage mich, ob du so gut schmeckst, wie du dich anfühlst ..."

Ich höre einen Luftzug und einen Schmerzensschrei und plötzlich lösen sich die Arme des Vampirs von mir. Ich springe von ihm weg und sehe Mavericks Dolche in seiner Stirn stecken. Er schlurft zurück und verdreht die Augen, als er versucht, sie zu betrachten.

Ein weiteres Zischen, als Mavericks anderer Dolch an mir vorbeirauscht und ihn ins Herz trifft.

Im Handumdrehen ist Maverick an meiner Seite. Ich berühre mein brennendes Ohr, und als ich auf meine Finger schaue, glänzen sie vor Blut.

„Scheiße!", keuche ich.

„Tut mir leid wegen deines Ohrs", sagt er mit einem verspielten Zwinkern.

„Nur ein Kratzer. Es hätte viel schlimmer sein können." Ich nehme meine Waffe wieder hoch und schwinge sie gegen den nächsten Blutsauger, der auf mich zukommt, während Maverick sich in den Kampf stürzt.

Er ruft über seine Schulter: „Das Herz. Denk daran, auf das Herz zu zielen, um sicher zu töten."

Das Herz. Richtig.

Diesmal packe ich das Schwert mit beiden Händen, hole aus und greife an. Ich ramme es dem erstbesten Vampir, der sich in meine Richtung dreht, in die Brust und stoße es so nah wie möglich an sein Herz heran.

Als der Vampir zusammenzuckt, die Augen sich weiten und Blut aus seinen Mundwinkeln tropft, denke ich, dass ich richtig gehandelt habe.

Ich stoße einen Fuß gegen sein Bein und ziehe das Schwert aus ihm heraus. Er bricht zusammen und fällt auf den Boden. Stiefel krachen hinter mir auf den Boden, und ich drehe mich zu dem entgegenkommenden Monster um. Ich stürme nach vorne, hole mit meiner Waffe aus und schalte es aus.

Vielleicht ist es das Adrenalin, nicht zu sterben, oder Maverick in meiner Nähe zu haben, der diese Vampire vernichtet, aber ich fühle mich selbstbewusster, als ich es mir je mit einem Schwert zugetraut hätte.

Cain fliegt in die Luft und schickt mit seinen Flügeln eine gewaltige Windböe über das Dach. Die Vampire verlieren den Halt und werden zurückgeschleudert, einige rollen vom Dach und stürzen in die Tiefe.

Ich schaue nach oben und freue mich, dass Cain unversehrt ist, als mir eine dunkle Gestalt auffällt, die eine benachbarte Feuerleiter hochklettert.

„Cain!", schreie ich, als Stephan durch den rauchigen Dunst springt und auf einem seiner Flügel landet und ihn herunterzieht. Da er ihn nicht loswerden kann, gerät er außer Kontrolle und gemeinsam stürzen sie durch die Luft. Cain schlägt um sich und krallt sich an jedem Stück von Stephan fest, das er erwischen kann, aber Stephans Griff bleibt eisern. Ich stürme an den Rand des Daches, lasse mich auf die Knie fallen und beobachte, wie sie direkt auf das Fegefeuer und das Feuer zustürzen.

Mein Herz hört auf zu schlagen, die Angst lähmt mich bis ins Mark. Kurz bevor die Flammen sie verschlingen können, taucht Elias in Form eines Höllenhundes aus dem Nichts auf und springt über das Inferno, um die beiden Männer in Sicherheit zu bringen.

Die drei landen in einer dunklen Gasse, außerhalb meiner Sichtweite, aber nach dem bösartigen Knurren und den Kampfgeräuschen zu urteilen, haben sie die Sache sicher im Griff.

„Aria!"

Als Dorians Stimme ertönt, drehe ich mich auf dem Absatz um und falle zu Boden, als ein anderer Nightwalker etwas nach mir schwingt. Erst als er versucht, es auf mich niederzuschlagen, merke ich, dass es ein Bleirohr ist. Reflexartig strecke ich die Hände aus und sein Schlag trifft stattdessen mein Schwert.

Er knurrt mich mit ausgefahrenen Reißzähnen an und stützt sich auf seine Waffe. In meinem Inneren nimmt Sayahs Einfluss auf mich zu, und mein Verstand beginnt abzudriften. Sie will mich beherrschen, sie will die Kontrolle.

Aber ich kann sie ihr nicht geben. Aber ohne sie könnte ich sterben.

Dorian taucht blitzschnell hinter dem Vampir auf und klopft ihm auf die Schulter. „Ähm, entschuldige bitte."

Irritiert wirft dieser einen Blick über seine Schulter und in diesem Moment schlägt Dorian ihm mit seinen langen Nägeln ins Gesicht. Es reicht natürlich nicht aus, um ihn zu töten, aber er zieht das Rohr weg und schlägt damit in Dorians Richtung. Er weicht ihm mühelos aus. Er schwankt nach links, dann nach rechts, zurück und nach unten. Die Wunden in seinem Gesicht schließen sich bereits und der Vampir knurrt frustriert.

„Okay, du hast Recht. Genug herumgespielt", sagt Dorian. Als er das Rohr wieder nach ihm ausstreckt, schnappt Dorian es sich und reißt es ihm so schnell aus der Hand, dass sowohl der Vampir als auch ich fassungslos sind. Dann rammt er das Ding direkt durch seine Brust.

Der Vampir röchelt und Blut sprudelt aus seinem Mund, bevor er wie ein Sack Kartoffeln zu Boden fällt.

Dorian tritt auf die Leiche, um zu mir zu gelangen und bietet mir seine Hand an. Er hilft mir aufzustehen. „Du bist gar nicht so schlecht mit dem Ding", sagt er und nickt in Richtung des Schwertes.

Ich lächle. „Danke."

„He! Dorian!", ruft Maverick vom anderen Ende des Daches. Er lehnt sich über die Kante und schaut auf die Straße hinunter. „Sieht aus, als bekämen wir eine zweite Welle!"

Dorian und ich eilen hinüber und folgen seinem Blick, um noch mehr Nightwalkers zu sehen, die sich dem Kampf anschließen.

„Heilige Scheiße! Wie viele von diesen Wichsern hat dieser Highschool-Abbrecher erschaffen?"

„Sieht aus wie fünfzig oder so", antwortet Maverick, obwohl die Frage eindeutig rhetorisch war.

„Konnte er nicht einfach im Keller seiner Mutter bleiben und nach Internetpornos süchtig sein wie der Rest dieser Generation?"

Maverick wischt sich mit dem Handrücken die Blutspritzer von der Stirn. „Hast du das als Kind auch gemacht?"

„Schön wär's", sagt er, dann springt er auf ein nahegelegenes Abflussrohr und beginnt hinunterzuklettern. „Pass auf sie auf", bellt er in Mavericks Richtung.

„Sie kann ganz gut auf sich selbst aufpassen, falls du das noch nicht bemerkt hast", ruft er ihm hinterher. Als er zu mir aufschaut, lächelt er mich an und in meinem Bauch werden die Schmetterlinge wach. Wenigstens einer glaubt an mich.

Ein lauter Kampfschrei erschüttert die Nacht. Maverick und ich tauschen verwirrte Blicke aus, bevor wir wieder zu Boden blicken. Aus den Schatten tritt ein Mann mit einem goldenen Brustpanzer und einem Lederrock. Mit seinem dunklen Haar und seiner gebräunten Haut sieht er aus, als wäre er gerade aus einer Zeitmaschine aus dem alten Rom gestiegen.

„Was zum Teufel ist das?", fragt Maverick ungläubig.

Ich kenne nur einen großen, dunklen und gut aussehenden Vampir wie ihn. Ich lache. „Das ist Viktor."

Er wirft den Kopf zurück und stößt einen weiteren kriegerischen Schrei aus. Die Dunkelheit hinter ihm verschiebt sich und plötzlich stürmen noch mehr Vampire auf den Parkplatz und knallen frontal mit Stephans Horde zusammen. Es sieht so aus, als hätte er ein paar Freunde aus anderen Vampirbünden mitgebracht.

„Er hat seine Armee mitgebracht", sagt Maverick. „Aber warum ist er gekleidet wie ..."

„Das würde ich nicht fragen", antworte ich.

„Verstanden." Nachdem er seine Dolche in den

Händen geschwungen hat, verstaut er sie in seinem Gürtel. „Na, hoffentlich ist das hier dann schneller vorbei."

Als ich mir die Umgebung ansehe, sehe ich, dass das Dach mit Leichen übersät ist, die meisten von ihnen sind Mavericks Werk. „Hattest du denn keinen Spaß?", frage ich ihn, denn es sieht ganz so aus, als hätte er das.

Er grinst als Antwort.

Das wilde Geräusch von Schreien und Tod von unten bringt uns beide dazu, uns wieder über den Dachrand zu lehnen. Unten sind das Grundstück und die Überreste des Fegefeuers ein heilloses Durcheinander. Von hier oben sieht es aus wie ein wimmelndes Ameisennest, das sich über das Land ausbreitet und alles auf seinem Weg verschlingt.

Es sind so viele Vampire gegen meine Dämonen, und so wie es aussieht, hat das, was Maverick und ich hier oben getan haben, kaum eine Delle hinterlassen. Mir dreht sich der Magen um.

„Bleib hier", befiehlt Maverick, und bevor ich widersprechen kann, springt er mit ausgebreiteten Flügeln vom Gebäude und gleitet direkt ins Herz der Schlacht.

„Maverick! Warte!" Aber er hört mich nicht und verschwindet in der Masse, um den Feind zu bekämpfen.

Das ist Wahnsinn.

Ich dachte schon, die Höllenhunde wären schlimm, aber das hier ist ein totaler Krieg. Wie viele Tote wird es geben? Werden meine Dämonen überleben?

Mein Herz setzt einen Schlag aus. Es muss einen anderen Weg geben, dieses Blutbad zu beenden. Einen todsicheren Weg.

Der scharfe Wind fegt an mir vorbei, wirbelt mein

Haar auf und jagt mir eine Gänsehaut über die Arme. Meine Haut kribbelt und ich merke, dass die Kälte, die mich umgibt, nicht natürlich ist. Sie ist übernatürlich.

Sayah.

Auf der anderen Seite des Daches zittert mein Schatten und wächst und Sayah strömt aus mir heraus. Zuerst rast mein Puls vor Angst – schließlich weiß ich, wozu sie fähig ist. Sie ist eine Leviathan, ein Monster, und sie will mich wie ihre Marionette benutzen, um zu tun, was sie will.

Aber dann erinnere ich mich an den Kampf gegen die Höllenhunde und an Mavericks ermutigende Worte. Er hatte gesagt, dass Sayah *mich braucht*. Ich brauche sie nicht. Und das ist doch der Schlüssel, oder? Sie hat mich all die Jahre in einer symbiotischen Beziehung beschützt. Aber wir sind mehr als das.

Ich habe sie früher kontrolliert, als ich dachte, sie sei meine Freundin. Als ich dann sah, wie stark sie wirklich war, habe ich sie als meine Gegnerin betrachtet. Vielleicht habe ich das alles falsch gesehen.

Es geht nicht um sie gegen mich. Ihre Macht ist meine, und was mir gehört, gehört ihr. Wenn ich schwach bin, wird sie auf mir herumtrampeln. Aber wenn ich das Sagen habe, wird sie zuhören müssen.

Wir sind ... eins.

Kann das funktionieren?

Ich atme tief durch die Nase ein und versuche, das Selbstvertrauen aufzubringen, das ich unter Mavericks Berührung gespürt habe. Es ist nicht so leicht, es in mir zu finden wie damals, aber ich sage mir immer wieder, dass ich es schaffen kann. Wie beim Schwert, wie bei der Suche nach den Relikten und der Überlistung des Nekro-

manten und der Flucht vor dem Drachen, überrasche ich
mich immer wieder selbst. Und das kann ich auch
hier tun.

Ich bin eine Überlebenskünstlerin. Das war ich schon
immer. Aber dieses Mal werde ich mehr als das sein.

Ich werde mein Schicksal selbst in die Hand nehmen.
Und niemand – kein Dämon, keine Leviathan, nicht
einmal Luzifer selbst – wird mich vom Gegenteil
überzeugen.

Dies ist mein Leben, und ich nehme die Zügel wieder
in die Hand.

24

ARIA

Eine Kraft durchströmt mich, wie ich sie noch nie zuvor gespürt habe. Der Wind wirbelt wie ein kleiner Tornado um mich herum, zerzaust meine Haare und meine Kleidung. Ich fühle mich stark, unbesiegbar, unsterblich, und es ist nicht Sayah, die mir das antut, sondern ich bin es. Ich habe die Kontrolle.

Ich lasse mein Schwert fallen. Es klappert auf den Boden, aber das ist mir egal. Hoffentlich werde ich es nicht mehr brauchen.

Langsam hebe ich meine Hand und Sayahs Schatten ahmt meine Bewegungen nach und erhebt sich vom Boden. Sie steht aufrecht vor mir, wie eine geisterhafte, langgestreckte Version von mir selbst.

Sayah ist eine Kraft für sich, aber ich frage mich, wie weit ich es zulassen kann.

Ich hebe meine Hand noch weiter an und zu meiner Überraschung verdunkelt sich jeder Schatten auf dem Dach und wächst, bevor er sich vom Boden löst und ebenfalls frei steht. Wie Miniatur-Sayahs, mit glühend roten

Augen und allem drum und dran. Ihre undurchsichtigen Formen schweben näher zu mir, als ob sie auf meinen nächsten Befehl warten würden.

Heilige Scheiße! Das ist absolut furchterregend. Ein Albtraum im Entstehen.

Aber ich darf keine Angst haben. Im Moment gehorchen sie mir, und ich kann sie benutzen, um den Kampf mit den Nightwalkers ein für alle Mal zu beenden.

Ich balle meine erhobene Hand zu einer festen Faust.

Schatten?, rufe ich ihnen im Geiste zu, so wie ich es bei Sayah getan habe. Als sie meinen Befehl hören, werden sie alle munter. *Es ist so weit.*

Ihre roten Augen leuchten heller, und dann sind sie los, laufen im Zickzack das Gebäude hinunter und schlängeln sich zwischen Viktors Männern hindurch. Einer nach dem anderen suchen sie Stephans Vampire auf, hüllen sie in ihre schattenhafte Essenz ein und verschlingen sie, bis nichts mehr übrig ist. Wenn sie zum nächsten Vampir weitergehen, ist nichts mehr vom vorherigen Vampir übrig. Nicht eine Spur. Sie sind völlig von ihrer Dunkelheit verschlungen worden.

Ich beobachte mit einer Mischung aus Entsetzen und Aufregung, wie Sayah und die anderen die Nightwalkers mit wenig Mühe ausschalten. Ich entdecke Cain, Dorian und Elias in der Menge, die das Geschehen beobachten, aber nicht wissen, was sie tun sollen. Als Cain seinen Kopf hebt und mich auf dem Dach stehen sieht, springt er in die Luft.

Sein verletzter Flügel bleibt von mir nicht unbemerkt, zumal es ihm schwerfällt, auf dem Dach zu landen. Er verfehlt die Kante und rutscht aus, wodurch mein Herz einen Schlag aussetzt. Ich eile zur Seite und sehe, dass er immer noch da ist und sich nur an den Ziegeln festhält.

Mit einem kräftigen Ruck ist er auf dem Dach. Kaum steht er, werfe ich mich in seine Arme. Er zieht mich an sich und streckt mir seine Flügel entgegen.

„Du bist es immer noch …", murmelt er gegen meinen Kopf.

Ich neige meinen Kopf zu ihm hinauf und sehe, wie er mich mit seinen babyblauen Augen anschaut. „Was dachtest du, wer es sein würde? Die Königin von England?"

„Aber … die Leviathan …" Er wirft einen Blick über seine Schulter auf die Szenerie unten, wo meine Schatten gute Arbeit beim Aufräumen leisten und weniger Nightwalkers den Parkplatz übersäen. Einige fliehen sogar schon, nachdem sie gesehen haben, was sie anrichten können.

„Ich glaube, ich habe jetzt den Dreh raus", sage ich, aber sein Blick sucht mein Gesicht nach Anzeichen dafür ab, dass Sayah mich kontrolliert.

„Deine Augen sind immer noch weiß, aber du klingst wie meine Aria."

„Das liegt daran, dass ich deine Aria *bin*."

Immer noch unsicher starrt er mich an.

Ich stoße ein nervöses Lachen aus. „Cain, ich bin's. Wirklich."

Er wartet einen weiteren langen Moment, bevor er fragt: „Wie hast du dann weitere Kreaturen beschworen?"

„Ich bin mir nicht ganz sicher … Aber mir wurde klar, dass ich die Fähigkeit habe, sie zu kontrollieren. Und Sayah. Das habe ich Maverick zu verdanken."

„Maverick?"

Ich nicke. „Ja, er hat mir geholfen zu erkennen, dass

ich Sayah nicht brauche. Sie braucht mich. Und sie konnte mich nur erobern, weil ich sie gewähren ließ. Wenn ich diejenige bin, die das Sagen hat und an sich glaubt, muss sie auf mich hören. Ich meine, das denke ich jedenfalls. Bis jetzt scheint es ja zu funktionieren."

Er blickt wieder nach unten. „Das würde ich auch sagen. Aber ich denke, du solltest sie jetzt zu dir zurückrufen."

Seine Worte überraschen mich. „Sie zurückrufen? Aber warum? Sie haben noch nicht alle Nightwalkers ausgeschaltet."

„Sie haben ihre Aufgabe mehr als gründlich erledigt", sagt er. „Der Großteil von Stephans Bund stand nur unter seinem Kommando, weil sie ihm die Treue hielten, weil er sie verwandelt hatte. Jetzt, wo er weg ist, kann Viktor wieder die Führung in Glenside übernehmen und seine Gemeinschaft reformieren."

„Er ist tot?", frage ich ungeduldig. Nach all der Scheiße, die dieser Vampir uns angetan hat, ist es eine Genugtuung für mich zu wissen, dass er erledigt ist. Ich wünschte nur, ich hätte es selbst tun können. Oder mit den Schatten.

„Ja, er ist tot", bestätigt Cain. „Also kannst du die Kreaturen zurückrufen. Der Kampf ist vorbei. Wir haben gewonnen."

Das Problem ist, dass ich sie nicht aufhalten will. Die Energie, die in mir schwirrt, ist berauschend, und der Gedanke, dass ich der Grund dafür bin, dass all diese Blutsauger tot sind, erfüllt mich mit Stolz.

Die kleine Miss Aria, die jetzt so viele töten kann, ohne auch nur einen Finger zu rühren. Oder ein Schwert.

Die kleine Miss Aria muss sich nicht mehr ducken oder weglaufen oder Schutz brauchen.

Ich habe jetzt Macht, *echte* Macht. Ich kann mich wehren.

„Aria ..." Ein warnendes Grollen ertönt aus Cains Kehle, als er zu mir herüberkommt.

„Aber dein Club ... Sie haben ihn zerstört. Und was ist mit deinem Flügel? Sie alle haben den Tod verdient", versuche ich ihn zur Vernunft zu bringen.

„Ich wird mit der Zeit heilen. Und meinen Club kann man ersetzen. Dich nicht."

„Aber mir geht es gut", sage ich ihm. „Besser als gut, um ehrlich zu sein. Siehst du?"

Er geht weiter auf mich zu und zwingt mich, zurückzuweichen. „Es ist vollbracht", sagt er. „Ruf die Monster zurück."

Alles in mir sagt nein. Tu es nicht. Jeder dieser Blutsauger hat einen grausamen Tod verdient. Aber die Art, wie Cain mich ansieht, als würde ich zum Feind werden und nicht zu seiner Liebe, lässt mich alles neu überdenken.

Er hat ja recht. Ich will auch nicht zu weit gehen und in diese dunkle Stimmung geraten, in die Sayah mich versetzen kann. Ich muss aufmerksam sein und das Gleichgewicht finden.

Wie zuvor hebe ich meine Hand und finde die Kraft in mir, die mit Sayah verbunden ist.

Komm zurück. Deine Aufgabe ist erledigt.

Auf mein Kommando klettert Sayah mit den anderen Schatten im Schlepptau an der Seite des Gebäudes hoch. Cain und ich sehen zu, wie die anderen ihren Platz einnehmen und wieder zu den natürlichen Schatten des Daches werden.

Sobald Sayah wieder in mich schlüpft und mein normaler Schatten zurückkehrt, hört die Kraft, die von mir ausgeht, auf und Cain lächelt.

„Da ist sie. Aria. Meine Liebe." Er schließt mich wieder in seine Arme und beugt sich zu einem Kuss herunter. Er ist süß und sanft und alles, was ich brauche, um das Adrenalin zu beruhigen, das immer noch durch mich rauscht. Er hilft mir, das feurige Verlangen nach mehr Tod und Zerstörung zu stillen.

Als er sich von mir löst, flüstere ich: „Danke, dass du mich nicht vom Weg abgebracht hast."

„Immer doch." Dann blickt er sich auf dem Dach um und legt seine Stirn in Falten. „Mit meinem Flügel bin ich mir nicht sicher, ob ich uns beide von hier runterbringen kann. Vielleicht muss Dorian dich tragen ..."

Kichernd zeige ich mit dem Daumen auf die Zugangstür auf dem Dach. „Wir könnten auch einfach die Treppe nehmen."

Er lacht und seine Augen glänzen vor Vergnügen.

„Eine Treppe hinunter ins Erdgeschoss laufen? Du meinst, wie normale Menschen?", sagt er, als wir auf die Tür zugehen.

Er ist ein Fürst der Hölle. Ich bin eine Leviathan – was auch immer das bedeutet – und schieße Schatten aus meinem Körper, und wir haben gerade gemeinsam eine Armee von Vampiren ausgelöscht. Was von all dem ist bitteschön normal?

„Ja, klar. *Ganz normal.*"

Was immer das auch heißen mag.

Ich lasse mich völlig erschöpft auf den Rücksitz der Limousine fallen, aber mein Puls rast. Cain sitzt vorne, während Elias und Maverick mit mir auf den Rücksitz steigen und Dorian fährt.

Es ist ziemlich eng, aber wir schaffen es. Keiner von uns streitet, wir schaffen es einfach, denn irgendwie ist uns nach dem, was passiert ist, klar geworden, dass wir keine Feinde füreinander sind. Maverick ist jetzt mehr (ein Teil von uns) *wir*, als er es je gewesen ist.

Wir sind alle mit Blut bespritzt, haben Wunden und Schnitte, unsere Kleidung ist zerrissen, aber wir lächeln.

„Scheiß auf Stephan und diese Vampire", knurrt Elias. „Mein kleines Kaninchen, du hast so viele vernichtet. Weißt du eigentlich, wie scharf und furchterregend das anzusehen war?"

Ich kann nicht aufhören zu lächeln, was seltsam ist, weil ich so zufrieden bin, nachdem ich ein blutiges Schlachtfeld verlassen habe. Aber zum ersten Mal überhaupt überkommt mich ein Gefühl der Zugehörigkeit und Zufriedenheit. Zum ersten Mal fühle ich mich nicht mehr wie der Freak, der ich schon immer war.

„Du warst beeindruckend", fügt Dorian hinzu und blickt mich aus dem Rückspiegel an. „Du hast Sayah wieder kontrolliert."

Ich strahle innerlich. Ich ertappe Cain dabei, wie er mich vom Beifahrersitz aus mit einem stolzen Gesichtsausdruck beobachtet. Ist es seltsam, dass ich es liebe, in ihrer Anerkennung und ihren Komplimenten zu baden?

„Das habe ich Maverick zu verdanken, der mir gezeigt hat, wie ich sie kontrollieren kann." Ich beuge mich vor, schaue zu ihm hinüber und grinse ihn an. Ich bewundere, wie verdammt scharf er aussieht, wenn er mit Blut bedeckt ist. Alle meine Männer bedeuten mir alles, und im Moment zähle ich ihn zu dieser Gruppe.

Alle Dämonen drehen sich zu Maverick um, der lässig mit den Schultern zuckt. „Das ist gar nichts."

Dorian gluckst. „Vielleicht bist du gar nicht so übel."

Ich verdrehe die Augen bei diesem Versuch von einem Kompliment, aber Maverick grinst daraufhin. „Vielleicht."

„Also, was kommt als Nächstes?", fragt Elias.

„Nichts", sage ich gemeinsam mit Dorian.

„Ich will eine verdammte Pause von dem ganzen Weltuntergangskram", gebe ich wahrheitsgemäß zu. „Wenigstens für einen Tag oder so, vor allem, weil wir nie ganz mit dem Feiern von Weihnachten fertig geworden sind."

„Was passiert an Weihnachten?", fragt Maverick.

„Für dich", antwortet Elias hastig. „Überhaupt nichts."

Ich kichere vor mich hin, weil er so besitzergreifend ist und ich es bewundere, wenn sie zum Macho werden. Diese Dämonen gehören mir. Es gibt kein Zurück mehr. Ich werde mit allen Mitteln darum kämpfen, sie zu behalten, so wie sie es für mich tun. Was Maverick angeht, so ist das noch nicht ganz geklärt, aber ich habe das Gefühl, dass er der anständige Kerl sein wird, der er in letzter Zeit zu sein scheint.

Ich lehne mich an Elias zurück und genieße einfach mal die Ruhe. Ich weiß, dass mit Gabriel und dem Showdown mit Luzifer ein großes Durcheinander auf mich wartet. Außerdem möchte ich immer noch mehr über Leviathane herausfinden, wenn ich kann. Aber das kann alles bis später warten.

Als wir vor dem Anwesen halten, steigen wir alle aus der Limousine und stolpern in die Villa.

„Ich werde eine Woche lang durchschlafen", scherze ich, obwohl ich mich in Wahrheit so sehr danach sehne. Zusammen mit einer Fußmassage und einem Frühstück im Bett.

Cain schleppt sich bereits ins Wohnzimmer, Dorian hinter ihm, und sie tropfen Blu auf alles.

„Heiße Dusche und Essen", antwortet Elias, legt seinen Arm um meine Taille und zieht mich ins Wohnzimmer. Ich vermute, dass wir uns zuerst über das Geschehene unterhalten werden.

Ich werfe einen Blick zurück auf Maverick, der bereits in Richtung Keller schlendert, anstatt sich uns anzuschließen.

„Vielleicht braucht er ein anderes Zimmer. Der Keller ist so trostlos", schlage ich vor, woraufhin Elias murrt, aber auch er sagt nicht direkt nein. Ich lächle in mich hinein, denn ich weiß, dass Maverick nicht nur mir immer mehr ans Herz wächst, sondern auch von meinen drei Liebhabern langsam akzeptiert wird.

Im Wohnzimmer mache ich mich auf den Weg zum Kamin. Die Wärme des Feuers auf meiner Haut ist wie der Himmel.

Bei meinem nächsten Atemzug stellen sich die Härchen auf meinen Armen auf.

Ein Energiefluss läuft mir den Rücken hinunter. Aber damit kommt auch das Kribbeln in meinem Zeh ... die Kraft, die ich spüre, wenn ich in der Nähe der Relikte bin, wenn sie aktiviert sind.

Ich erstarre und werfe einen Blick auf die drei

Männer, als auch sie wie versteinert dastehen. „Habt ihr das gespürt?", frage ich.

Sie nicken. „Was soll der Scheiß jetzt?", knurrt Elias.

„Magie!", antwortet Cain mit panischer Miene.

Mir dreht sich der Magen um, denn kaum sind wir zu Hause, fängt das Ganze schon wieder an?

„Scheiße, jetzt?", knurrt Dorian.

„Mein Zeh", keuche ich und das Gefühl wandert jetzt heftig über alle meine Zehen. „Die Relikte", sage ich gerade noch, als die drei Dämonen aus dem Zimmer stürmen.

Ich bin ihnen auf den Fersen, und wir stürzen direkt in Cains Zimmer.

Überall ist Erde verstreut, als hätte jemand Erde hier reingeschüttet und jedes Möbelstück damit bedeckt.

„Was zum Teufel ist hier passiert?", frage ich.

Cain flitzt durch den Raum und reißt die Schranktür auf. Dann lässt er sich vor einer bereits geöffneten Falltür in den Dielen auf die Knie fallen. Um den Schrank herum liegen Haufen von Erde, als ob jemand nach einem Knochen gegraben hätte.

Und ich weiß sofort, dass er die Relikte dort versteckt hat. Die Erde hält ihre Macht in Schach.

Mein Blut gefriert zu Eis, als ich näher komme und feststellen muss, dass sich im gähnenden Loch keine Relikte befinden. Cain wühlt sich mit seinen bloßen Händen wütend durch die Erde.

„Scheiße!", brüllt er und zieht sich zurück. Als er den Blick hebt, zeigt sich ein Gesichtsausdruck, den ich nie erwartet hätte, und ich will, dass er verschwindet, denn er gehört nicht zu ihm.

Niederlage.

„Sie sind weg. All die verdammten Relikte sind weg!"

Mein Herz rast und das Entsetzen zerreißt mich.

„Du willst mich doch verarschen!" Dorian drängt nach vorne, um sich selbst zu überzeugen.

„Wie? Wer?", frage ich.

Elias' donnerndes Knurren bringt mich dazu, mich zu ihm umzudrehen, während er aus dem Zimmer stürmt.

Meine Knie zittern, als ich näher an den Schrank stolpere, und meine großen Augen begrüßen Cain, als er auf die Beine kommt.

Ich finde keine Worte, um den Schmerz darüber zu lindern, was sie alle verloren haben. Was wir alle verloren haben ... unsere Chance, Luzifer aus unserem Leben zu tilgen.

Der Schrecken trifft mich schwer und ich stolpere rückwärts, während die Welt für ein paar Augenblicke stillsteht.

Cains Gesicht rötet sich vor Wut und Dorian gräbt verzweifelt in der Erde. Aber es ist wahr. Es ist nichts da. Jemand hat die Relikte gestohlen.

Hinter mir regt sich etwas und ich drehe mich zu Elias um, der in den Raum stürmt. Er ist wütend, seine Augen brennen und seine Hände sind zu Fäusten geballt.

„Maverick ist weg", knurrt er atemlos. „Das verdammte Wiesel ist nirgendwo in der Villa. Er hat die Relikte mitgenommen!"

Dorian rappelt sich auf, während er atemlos ausstößt: „Dieser Hurensohn! Ich werde ihm mit bloßen Händen das Rückgrat herausreißen und es ihm wieder einpflanzen."

Cain bewegt sich nicht, sagt kein Wort. Er zittert vor Wut, und sein Schweigen ist erschreckend. Ich kann mir nicht einmal ansatzweise vorstellen, wie es sich anfühlt, wenn sein Bruder ihn auf diese Weise betrügt.

Aber diese Katastrophe macht alles zunichte, worauf wir hingearbeitet haben.

Ich kann nicht atmen, als die Dunkelheit über mich hereinbricht und mir die Hoffnung raubt, an die ich mich zuvor geklammert hatte. Sie nimmt mir alles.

Maverick ... was zum Teufel hast du getan?

DIE LIEBE DER DÄMONEN, 6

Wir sind durch die Hölle gegangen... aber jetzt wird es Zeit, dem Teufel die Ehre zu erweisen.

Hier sind wir. Hier endet alles.

Ich, mein Schatten und meine Dämonen treten gegen Luzifer an.

Nachdem die Relikte gestohlen wurden, führt der einzige Weg zu ihnen zurück ins Höllenfeuer – zurück in die Hölle, wo Luzifer auf uns wartet. Ihn zu besiegen, könnte bedeuten, das entscheidende Opfer zu erbringen, aber selbst wenn so viel auf dem Spiel steht, weiß ich nicht, ob ich das kann.

Die Sache mit Cain, Elias, Dorian und jetzt Maverick

hat sich schnell aufgeheizt, aber ich würde meine Seele hundertmal verkaufen, um sie für mich zu behalten. Für immer.

Was ist, wenn das nicht klappt?

Vor uns liegen so viele Gefahren, aber ich werde die Hölle auf Erden beschwören, um die zu retten, die ich liebe. Ich frage mich nur, wer am Ende die unheilvolle Krone tragen wird?

Lies das höllisch heiße Finale der Sündendämonen-Serie! Finde heute heraus, wie die Geschichte ausgeht!

ÜBER MILA YOUNG

Mila Young geht alles mit dem Eifer und der Tapferkeit ihrer Märchenhelden an, deren Geschichten sie beim Heranwachsen begleiten haben. Sie erlegt Monster, real und imaginär, als gäbe es kein Morgen. Tagsüber herrscht sie über eine Tastatur als Marketing Koryphäe. Nachts kämpft sie mit ihrem mächtigen Stift-Schwert, erschafft Märchen Neuerzählungen und sexy Geschichten mit einem Happy End. In ihrer Freizeit liebt sie es, eine mächtige Kriegerin vorzugeben, spaziert mit ihren Hunden am Strand, kuschelt mit ihren Katzen und verschlingt jedes Fantasymärchen, das sie in die Finger bekommen kann.

Für weitere Informationen...
mila@milayoungbooks.com
www.milayoungbooks.com

ÜBER HARPER A. BROOKS

Harper A. Brooks lebt in einer kleinen Stadt an der Küste von New Jersey. Obwohl klassische Autoren schon immer ihre Bücherregale füllten, fühlt sie sich zu den dunklen, magischen und romantischen Geschichten hingezogen. Wenn sie nicht gerade ganze Welten mit sexy Shiftern oder legendären Liebesgeschichten erschafft, findet man sie entweder mit einer guten Tasse Kaffee in der Hand oder zu Hause beim Kuscheln mit ihrem pelzigen, vierbeinigen Sohn Sammy.

Sie schreibt Urban Fantasy und paranormale Liebesromane.

RONE-PREISTRÄGERIN
USA TODAY-BESTSELLERAUTORIN

Möchtest Du mehr von Harper A. Brooks lesen?
http://BookHip.com/MCBDCN

Tritt der Harper-Lesergruppe bei und erhalte exklusive Inhalte, Sneak-Peeks, Werbegeschenke und mehr! www.facebook.com/groups/harpershalflings